# El beso del ángel

ANDRÉS PASCUAL

# EL BESO DEL ÁNGEL

ESPASA

ESPASA NARRATIVA



Preimpresión: MT Color & Diseño, S. L.

Depósito legal: B. 2.637-2020
ISBN: 978-84-670-5775-1



Espasa, en su deseo de mejorar sus publicaciones, agradecerá cualquier sugerencia que los lectores hagan al departamento editorial por correo electrónico: sugerencias@espasa.es

www.espasa.com
www.planetadelibros.com

Impreso en España/Printed in Spain
Impresión: Unigraf, S. L.

Editorial Planeta, S. A.
Avda. Diagonal, 662-664
08034 Barcelona

El papel utilizado para la impresión de este libro está calificado como **papel ecológico** y procede de bosques gestionados de manera **sostenible.**

*A mis cuñadas Esther, Marisa, Mariola, Maripí,*
*Gela, Conchi, Jacinta y Concha.*
*Contra todo pronóstico, os quiero a las ocho.*

Me imaginé un mundo perdiendo el dedo meñique,
tambaleándose sin sus bases de equilibrio.
Intento, apretando con fuerza la mandíbula,
imaginar un mundo sin mujeres.
Pero no puedo.

LORETO SESMA, *La princesa*

# 1

*Cuatro años antes*

La venda que le tapaba los ojos no dejaba un resquicio a la luz. Le apretaba la frente y la nariz, que empezaba a gotear agüilla salada por los sollozos. Podía sentirla en los labios llagados. Tenía las muñecas en carne viva por la cuerda que la mantenía atada a una silla.

Oyó pasos y se estremeció. Sudaba por el esfuerzo derrochado en tratar de soltarse, pero su piel estaba fría.

—Espero que no se te haya hecho larga la espera —dijo la voz.

Ella aspiró de golpe y retuvo en sus pulmones el aire viciado. Notó unos dedos que acariciaron su cara y dio tal respingo que levantó la silla del suelo y comenzó a lloriquear. La voz chasqueó de forma repetida, como haría para calmar a un bebé en plena noche.

—¿Has participado alguna vez en una cata a ciegas?

La mente de la joven reaccionó con una ráfaga de imágenes de carreras por la nave de crianza de una bodega que visitó de niña con su madre. Aquel día jugaron a esconderse tras las barricas y se salpicaron con el agua de las mangueras que los operarios dejaban enrolladas junto a grandes escobas.

Chirrió la portezuela de un armarito. Dos copas chocaron entre sí y le hicieron saltar el corazón.

—Se recomienda un modelo más estrecho y de cristal grueso —explicó la voz, que le llegaba acompañada del sonido de un líquido al verterse—. Pero yo prefiero estas otras porque puedo introducir al mismo tiempo la boca y la nariz. —Tras aspirar de forma sonora, preguntó—: ¿Sabes por qué me gustan las catas a ciegas? Porque no dejan lugar a los prejuicios. Carecen de etiquetas que te empujen a pensar que lo que vas a probar es mejor o peor. En la oscuridad los vinos, al igual que las personas, solo responden por lo que son. No hay ruido, solo hay verdad.

La joven notó el cristal de la copa rozando sus labios y todo su cuerpo tembló.

—Normalmente utilizamos un recipiente para escupir —siguió la voz—, pero hoy no te voy a privar del placer de tragar.

—Déjame ir —consiguió articular—, te lo suplico...

—Primero inhalamos los aromas primarios, que nos dan pistas sobre la variedad de uva. ¿Qué te parece esta? Anímate, seguro que la adivinas. Luego lo movemos en círculos para dejar una lágrima en el cristal y calibrar el grado de... ¿No dices nada? Vaya decepción. De alcohol, con lo fácil que era... Espera que lo agite un poco más para que libere los aromas de la crianza. —Se tomó un par de segundos y volvió a la carga, acercándole la copa para que pudiera oler—. ¿Qué notas aquí, barrica o botella?

Sometida, hizo un esfuerzo sobrehumano por complacerle. Sabía de qué iban las catas, pero allí no había moras, ni cerezas, ni flores, ni madera, ni ceniza ni café.

—Por favor...

—Pruébalo —le ordenó. Ella dio un sorbo trémulo—. Hazlo girar alrededor de la lengua para apreciar los sabores básicos. Dulce, salado, ácido, amargo... Si están equilibrados, habré conseguido un vino redondo. ¿Qué te parece? ¿Es o no redondo?

La viscosidad se apoderó de su paladar. De pronto creyó reconocer aquella textura inesperada, el sabor metálico...

Escupió el líquido con una arcada.

Era sangre.

# 2

—¿Quieres que avise arriba para que vengan a echarnos una mano? —pregunto a Bugatti cuando abre el portón trasero de la furgoneta.

—Entre los dos nos apañamos, no te pongas señoritinga.

Cuento las barcas de cebollas apiladas. Una, dos, tres... Seis. Estamos en la puerta de servicio de la Cocina Económica, un comedor social que lleva más de un siglo sirviendo alimento gratis a cualquier persona necesitada que viva o pase por Logroño. Allí se congregan cada día hombres y mujeres sin trabajo, estudiantes sin recursos, ancianos sin familia y algún sintecho. Para llenar los estómagos de tantos *sin* hacen falta muchas hortalizas.

Bugatti se arremanga. Aunque lleva siete décadas a sus espaldas no tiembla ante los esfuerzos físicos. Es corpulento y de miembros robustos; aún recuerdo cuando de niña me levantaba por los aires. Trabajó de chapuzas en la bodega de la primera mujer de mi padre, donde también hacía de chófer. De ahí el apodo, que luce con orgullo porque le gusta el lema de la marca: «Nada puede ser demasiado hermoso». Forzudo, pero romántico. Su único vicio es leer filosofía y, con el tiempo, se ha convertido en uno de esos sabios que lo dicen todo con sus silencios. Mi padre congenió tanto con él que se lo llevó como hombre de confianza a Los Estorninos, el restaurante que le granjeó su estrella Michelin. Bugatti se ocupaba de los recados, los portes, las gestiones administrativas. De todo menos de los fogones.

Levanta cuatro barcas a la vez con un bufido.

—Coge tú esas dos que pesan menos, sobrina.

Lleva treinta y dos años llamándome así, y a mí me encanta que lo haga. No tenemos la misma sangre, pero sí mucha alma compartida.

Pasamos junto a la cámara de frío y subimos a la cocina, donde se prepararán las más de cien comidas y otras tantas cenas que darán ese día, un número que aumenta cuando llegan las avalanchas de temporeros y han de doblar turnos. Yo suelo acudir a echar una mano a esta hora, recién amanecida. Si la noche anterior he estado de farra o me he enganchado a alguna serie hasta las tantas, me entran ganas de mandar a todos *los sin* a tomar viento y quedarme en la cama, pero me puede lo de escaparme cuanto antes de casa de mis padres, adonde regresé a vivir hace cuatro años. A Bugatti no le emociona madrugar, pero sí pasar un rato conmigo.

Sor Blanca, la jefa, conocida como «Hermana Sirvienta», nos pide que coloquemos las barcas junto a los hornos. Pertenece a las Hijas de la Caridad que gestionan el comedor, una comunidad fundada por San Vicente de Paúl para servir a Jesucristo en la persona de los pobres. Bajo el hábito se esconde una mujer moderna y resolutiva. Acumula sesenta y tantas primaveras bien llevadas gracias a esa curiosidad inagotable que le da un brochazo de eterna juventud a su cara de roedor de dibujo animado. Todo un icono en estos tiempos en los que las vocaciones están en vías de extinción. El día que me inscribí como voluntaria me dijo que, más allá de la solidaridad, lo importante es creer en las personas y en sus posibilidades de construir un futuro mejor para los demás y para nosotros mismos. Me lo grabé a fuego porque acababa de regresar a Logroño después de haber trabajado en el extranjero; aquí me faltaba el aire y la inspiración me venía que ni pintada para empezar de nuevo. Pero va pasando el tiempo, las cosas no han salido como esperaba y el tatuaje con la frase de la monja empieza a borrarse en mi brazo.

Nos pide que la ayudemos a pelar las cebollas y lloramos a lágrima viva mientras Bugatti me habla del último libro que ha leído.

—¿Qué tal tu padre? —pregunta al cabo, enjugándose los ojos con el dorso de la mano. Hago un gesto de resignación—. Tengo que ir más a verle. ¿Y la Conchita cómo lo lleva?

—Mi madre también igual.

En ese momento, el vicepresidente y un vocal de la junta se asoman por el ventanuco que conecta con el comedor. El primero es topógrafo, un hombre mayor que tan pronto se echa a las calles a buscar donaciones como pasa las tardes dando clases de refuerzo de matemáticas en las aulas que han montado en el piso de arriba. El otro, un informático dueño de una cadena de sistemas tecnológicos para empresas en su lustrosa cincuentena, más estirado, pero con muchos contactos que vienen bien para la fundación. Forman parte del equipo que impulsó los nuevos proyectos, como el centro de educación infantil que, desde el edificio contiguo, inunda la manzana de risas limpias y llantos breves.

—Ahí los tienes, con sus corbatas impecables de buena mañana —dice orgullosa sor Blanca.

Paso las manos por el chorro del grifo y salgo para darles dos besos, algo que no me apetece hacer, pero es lo que toca. El vicepresidente es buen amigo de mi padre, quien también fue vocal hasta que pasó lo que pasó. Para esta gente yo no soy realmente yo, sino una proyección del dueño de Los Estorninos.

—Disculpa que me aproveche una vez más de que eres periodista —me aborda con ese pedir que parece un dar—. ¿Crees que podrías echarnos una mano con lo del Premio Valores Familiares?

—¿Qué necesitáis?

—Una nota de prensa de esas que tú redactas tan bien; y, si no es mucho pedir, que la distribuyas por los medios. Queremos aprovechar que nos han concedido el galardón para hacer un poco de ruido.

—Siempre que tus ocupaciones te lo permitan —apunta el empresario informático.

—Ando liada, pero ya me apañaré.

—Sabía que no nos fallarías.

Dibujo una sonrisa que logro alargar hasta que se van al despacho del gerente. Me resulta agotador aparentar que mi vida es estupenda, pero qué le voy a hacer. Mi madre necesita un pilar, por frágil que sea, sobre el que sustentar la imagen de la familia.

Bugatti se percata al instante. Con ese cóctel de Platón y Aristóteles y Kant y Descartes que lleva dentro no se le escapa la más mínima miseria humana.

—¿Cómo va la cosa? —me pregunta.

Me encojo de hombros. Siempre ha sido un alma libre, pero, en el fondo, piensa que debería buscarme un trabajo fijo. Una fábrica de calzado de Arnedo me ofreció el mes pasado ocuparme de sus redes sociales, pero les dije que no. Cuando el periodismo se lleva en la sangre... Muchos dicen que el desplome de los diarios de papel lo ha convertido en un oficio sin futuro, pero yo estoy tratando de sacar partido del cambio de paradigma. Para que una noticia tenga éxito en la era digital has de tomar la delantera a los demás medios, justo lo que intento hacer gracias a algún que otro chivatazo de sucesos locales que me pasa un inspector de Policía con el que salgo. Con esos artículos que me publica el periódico no me da ni para pagar los autónomos, pero estoy convencida de que, si sigo metiendo la cabeza en la redacción por esa vía, también acabaré metiendo el trasero en una silla. Solo tengo que mantener viva la inspiración de sor Blanca y confiar en que un día se me presentará ese gran tema que me permitirá hacerles ver de lo que soy capaz.

—Todo llegará —me consuela, leyéndome la mente.

—Lo que de momento me ha llegado es hacer una nota de prensa de gratis.

—Piensa que, para lo joven que eres, has hecho ya un montón de cosas.

Mientras estaba bajo el gran paraguas de mis padres —apuntaría—, antes de que se le rompieran las varillas. Pero, para no ponerme demasiado dramática, vuelvo a coger el cuchillo de pelar cebollas y exclamo:

—¡Sigamos llorando por una buena causa!

Y le planto un beso que él celebrará el resto del día.

Sin darme cuenta, ya son las nueve. Guardo el delantal en la taquilla y salgo a la calle, donde me esperan un par de habituales que me dedican un saludo efusivo repleto de dientes blancos. Son hermanos, dos torres venidas de Burkina Faso llamadas Manjou y Bagdomo.

—¿Qué tal estáis?

—Bien, señora.

Les encanta llamarme así porque saben que me da una rabia que no me aguanto. Como ha sugerido Bugatti, en la treintena aún eres joven, y yo tengo aspecto de serlo más aún. Nunca he abusado del sol porque me salen manchas, sigo casi a rajatabla la dieta mediterránea, bebo no sé cuántos litros de agua al día... Y cuando tenía motivos para reír también lo hacía siempre que podía, ya que relaja la tensión muscular y retrasa la formación de arrugas de expresión. Más aún, cuando estoy nerviosa cuento chistes malos y suelto sin filtrar todo lo que se me pasa por la cabeza, dos cosas que me hacen parecer un tanto infantil. Todo eso para que ahora estos figuras me cuelguen el título prematuro de señora. La verdad es que son un encanto. Duermen envueltos en cajas de cartón en un pasaje junto a la estación de autobuses y se levantan cada día convencidos de que algo va a cambiar.

Me apoyo en el capó de un coche aparcado y les pregunto qué toca hoy.

—El cuerpo —contesta Manjou.

—Pues empieza tú.

—Esta es mi nariz —dice, señalándola.

—Esta es mi nariz —contesto yo haciendo lo propio— y esta es mi boca.

—Esta es mi nariz, esta es mi boca —retoma Bagdomo, y apunta a su pierna con un larguísimo dedo índice— y esta es mi rodilla.

Vuelve a tocarle a Manjou.

—Esta es mi nariz, esta es mi boca, esta es mi rodilla... y este es mi culo.

Se parten de risa. Como la señora profesora que soy, debería echarles la bronca, pero me arrastran a una especie de baile tribal. Me gustaría darles alguna clase de español en condiciones para que tuvieran más fácil encontrar trabajo, pero nos limitamos a estas sesiones de tres minutos que al menos les divierten... y a mí también, lo cual no es poco. Ya se sabe lo que dicen de la solidaridad, que al final el principal beneficiado es el que ayuda y todo eso. Lo que más les gusta son las piezas de los coches. Esta es la rueda; este es el retrovisor; esta es la llanta. Este es mi sueño —es lo que piensan entretanto—, tener un coche propio.

Si están aquí como clavos cada día es porque, después del reto de las palabras, les invito a un café en el bar de al lado. Un rato agradable que hoy quiere aguarme el vocal de la junta, quien ha salido a la calle y levanta la mano para llamar mi atención. Espero que no busque otros dos besos de despedida. Ya le di más que de sobra cuando, al volver a Logroño, me cegó con su próspera cadena de tiendas y me prometió que iba a dejar a su mujer porque su historia estaba acabada. Fui una ingenua, pero qué podía hacer. Estaba desesperada y a su lado veía posible recuperar el tipo de vida que me corresponde.

—Les das más palique a estos que a mí —me suelta como si tuviera gracia.

Las torres de ébano se ponen en guardia. Deben de llevarlo en la sangre; el nombre de Burkina Faso significa «patria de hombres íntegros», justo lo que yo necesito. Con uno solo ya me valdría.

—¿Quieres jugar a aprender español tú también? —le pregunto.

—Yo ya sé todas las palabras que necesito, o eso creía. Contigo no terminaba de entenderme.

—Dime qué quieres, Álvaro.

Así se llama. Álvaro Montaña, como la montaña de ordenadores que tiene en sus almacenes, o la de poca clase que también atesora. Acaba de dejarse bigote, como si ese punto de moderno fuera a arreglarlo. Dios mío, qué tonta puedo llegar a ser algunas veces...

—Que no quiero nada, mujer —dice—. Solo hablar un poco contigo, que hace mucho que no te veo.

—Pues vengo cada mañana.

—¿De verdad sigues enfadada?

Le miro con indiferencia. En realidad eso es lo que siento por él, nada. El día que me dejó en lugar de dejar a su mujer, me echó en cara que no era capaz de comprometerme, como si eso fuera algo que escoges hacer o no hacer.

Me excuso diciéndole que he de acompañar a Manjou y Bagdomo al bar, pero ya no puedo evitar que me haya amargado el café. En cuanto pido los suyos, les doy un abrazo y me voy para casa.

Atravieso la Glorieta, el paseo del Espolón y llego a la Gran Vía. Para entonces la ciudad está bien despierta. Los coches de marca se dan paso en rotondas adornadas con flores y las fuentes llenan la calle de frescor. Los escaparates destellan. La gente camina muy briosa para ser lunes; más de un conocido me saluda con una alegría especial. Eso es porque mañana es el Día de La Rioja, al que seguirá el patrón San Bernabé, y a nadie le amarga un puente.

Cuando entro en el piso de mis padres, toda la luz queda fuera.

Me detengo frente al espejo del recibidor. ¿Quién eres? Uno setenta, esbelta, pelazo cobrizo ondulado. Los ojos azules de mi madre, la mujer más delicada del mundo; la nariz marcada y los labios carnosos de mi padre, que siempre ha sido exuberante en todo. En cuanto a la nariz, yo la veo algo más grande de lo que debería —sería capaz de oler la primavera siguiente—, pero dicen que lo que me pueda robar de *sex-appeal* me lo devuelve multiplicado en personalidad. También he heredado de él una manchita de nacimiento que luzco bajo la oreja derecha. Cuando era pequeña, me contaba que era el beso de un ángel. Pero una compañera del instituto a la que le iba el esoterismo decía que era la mancha de la bruja, un pezón adicional que las hechiceras hacían brotar en sus familiares para sorberles la sangre que necesitaban para vivir. A veces pienso que tenía razón, que por ahí me sorben la sangre sin enterarme mientras duermo.

Respiro hondo y voy directa a mi habitación. A mitad del pasillo me golpeo la rodilla con la puerta entreabierta del zapatero, que no he visto por la maldita penumbra que inunda la vivienda. Desde lo que le ocurrió a mi padre, mi madre tiene bajadas las persianas casi del todo. Dice que es para que no se le quemen los muebles, como si de un día para otro se hubiera volatilizado la capa de ozono. La psicóloga asegura que esa necesidad de abrazar la oscuridad es su forma de guardar luto por el descalabro familiar.

Me dejo caer sobre la cama.

El techo de siempre.

Vaya comienzo de día... No es fácil asumir que me he convertido en una de *esas* personas. Estudio una carrera que me entusiasma, encuentro trabajo en una agencia de noticias de Madrid, tras el período de prueba me envían a batirme el cobre a Bruselas, y de repente me veo obligada a volver a la casilla de salida con un par de fotografías de lo que pudo ser y la obligación de sonreír porque todo está bien mientras un informático venido a más al que me estuve tirando me mira con lástima.

—¡Camino!

Es mi madre, que ha debido de escuchar mi cháchara mental. Qué mujer, ¿por qué se empeña en hablarme a voces cuando estoy en otra habitación? Mira que yo intento quererla, pero cuanto más empeño pongo, más me cabrea. Voy hacia el armario a por un jersey. Estoy destemplada, pero no porque haga frío. Eso de no reconocerte cuando te miras al espejo te congela los huesos.

Entonces suena el portero automático.

Por alguna razón, siento una repentina congoja. Tal vez sea por intuición o se trate de un arrebato de sabiduría de este cuerpo que, sin que nadie se lo haya explicado, es capaz de hacer latir el corazón incluso en esos días en los que desearías que se detuviera.

—¿Puedes abrir? —me pide mi madre.

Si tú estás más cerca, Dios santo...

Voy hacia la cocina arrastrando los pies y me aproximo a la pantallita iluminada.

No termino de creer lo que estoy viendo.

# 3

Reúno toda la firmeza de que soy capaz para preguntar sin titubeos:

—¿Qué haces aquí?

—¿Camino? Menos mal, ábreme.

—¿Por qué?

—Abre, por favor.

Mira con expresión de perturbado a ambos lados y después, de nuevo, a la camarita. Mi madre nota algo desde el salón.

—¿Quién es?

Tapo el auricular con la mano. Me cuesta decirlo.

—Lucas.

—¿Cómo que Lucas? ¿Tu hermano?

—Sí, mamá, sí. Mi hermano. ¿Conoces a otro Lucas?

Atraviesa el pasillo como una bala para unirse a mí y hacernos fuertes. Durante unos segundos nos limitamos a observar cómo su rostro se deforma cuando se aproxima a la lente.

—¿Te había avisado de que iba a venir? —me pregunta.

—¿Cómo va a avisarme? Llevo cuatro años sin hablar con él, como tú.

Pulso el botón.

—¿Qué haces?

—Pues abrirle, mamá, qué voy a hacer.

—Pero ¿va a subir?

—Quédate aquí que ya salgo yo. No me pongas aún más nerviosa de lo que ya estoy, que me va a dar un mal.

Me planto bajo el dintel. Las correderas del ascensor chirrían más que nunca. Me impresiona verlo, y más aún descubrirlo tan desmejorado. Siempre había sido del estilo novio de Barbie, con el pelo castaño claro repeinado y planta de lidercillo de hermandad americana, pero lo que se acerca por el descansillo parece más bien un payaso de madera desvencijado. Por mucho que haya hecho por evitarle todo este tiempo, parece mentira que viviendo en la misma ciudad no nos hayamos cruzado una sola vez.

—¿A qué has venido?

—Déjame entrar.

—No.

—Ha ocurrido algo terrible.

Tengo un nudo en el pecho.

—Algo terrible pasó cuando les destrozaste la vida a los papás. ¿Por qué no les dejas en paz?

—Camino, soy yo. ¿Qué te ha pasado?

—Dímelo tú.

Respira hondo.

—Lamento que acumules tanto rencor —tiene el valor de decir. Me dispongo a cerrar la puerta, pero él mete a tiempo el pie y alza las manos para pedir calma—. Solo unos minutos, te lo ruego. Tienes que ayudarme a pararlo.

La ira es barrida por una ola de inquietud que me da un revolcón y se introduce por mi boca y mis orificios nasales.

—¿Qué tienes que parar?

Mi madre se acerca gritando por mi espalda.

—¿Cómo te atreves a llamar a esta puerta después de lo que nos hiciste?

Está tan nerviosa que le tiembla la voz.

—Ha pasado mucho tiempo, mamá. ¿No podríamos...?

—Así has resuelto las cosas toda tu vida, haciendo lo que te viene en gana sin pensar en nadie que no seas tú mismo y luego regresando con cara de cordero degollado. ¿Qué quieres ahora, eh? ¿Qué quieres? ¡Nos exprimiste y despareciste!

Sus gritos retumban en la caja de escaleras. Es una mujer de complexión delicada como sus maneras, pero de pronto se ha tensado como un perro de presa y aprieta los puños hasta clavarse las uñas. Sus piernas tiemblan. Las zapatillas de casa de paño, con sus cuadros grises y azules y suela amarilla, contrastan con el elegante pantalón blanco y el jersey fino de cuello cisne sobre el que cuelga su collar de círculos dorados, ese que trajo de algún viaje exótico cuando la gente aún no iba a esos sitios.

Una lágrima se desliza por la mejilla de mi hermano. No lo había visto llorar desde que éramos pequeños. A mí también me entra un brote de congoja. ¿Cómo hemos llegado a esta situación? Por dos veces intenta decir algo. A la tercera, lo consigue:

—Pero si me echaste tú, mamá...

Mi madre escapa llorando al salón y se derrumba en el sofá. Lucas va detrás y se sienta en el orejero con la discreción de una visita ajena. Observa cada cosa a su alrededor como si fuera la primera vez. Se detiene en la vitrina en la que mi madre acumula los viejos premios y reconocimientos de mi padre: diplomas, bandejas de plata, pequeñas esculturas sobre pedestales con inscripciones que ensalzaban el restaurante. Toda la estancia parece el museo de una época de esplendor, una forma patética de aferrarse al pasado para sobrevivir en el ingrato presente. Lucas se fija en las persianas bajadas. El sol se deja la piel para atravesarlas, pero apenas consigue iluminar lo suficiente para que nos reconozcamos las caras.

—¿Dónde está papá? —pregunta por fin.

—¿De verdad quieres verlo?

Sin esperar respuesta, mi madre abandona el salón con determinación y va hacia el dormitorio conyugal. Al momento reaparece empujando la silla de ruedas.

Ahí está mi querido y escuálido padre, con esos ojos siempre tan abiertos que parecen estar pidiendo auxilio, perdido en el interior de una chaqueta de punto que odiaba cuando era algo más que un vegetal. En la pechera, a modo de medallas que mi madre le coloca para que no olvide quién es, la insignia de la Academia Riojana de la Gastronomía, una pequeña asociación a la que estuvo ligado desde mucho antes de que su restaurante obtuviera la estrella. Lejos de volverse un esnob, siguió asistiendo a todos los eventos que podía: la feria de la golmajería, las jornadas de la verdura de Calahorra, de donde es oriundo... No había nada en el mundo que le gustase más que chuparse literalmente los dedos con su pandilla de mus.

—¿No vas a saludarle?

Lucas baja la cabeza.

—Aunque parece que sí, no puede oírte —intercedo con una compasión involuntaria mientras me siento junto a mi madre.

Ella me lanza una mirada demoledora a la que sigue la cantinela que yo soporto cada día:

—¡Dijiste que nuestro dinero no corría peligro, que lo habías estudiado todo bien!

—Mamá, por favor...

—Tú y ese abogaducho, Valdemar, los dos exhibiéndoos con vuestros trajecitos como dos chulos mientras nos llevabais a la ruina.

—Nunca llegué a pensar que eso podría ocurrir. Tenía un plan...

—¡Tu padre trabajaba de sol a sol! ¡Ese es el único plan que funciona en la vida! Se levantaba de madrugada para ir al mercado a escoger el género mientras tú dormías. Y cuando por fin le reconocieron su labor, en lugar de dejarle disfrutar del éxito, vas tú, que no sé cómo has podido salir de mi vientre, y... —Se vuelve hacia mi padre y muda a una voz dulce—. Fueron esos embargos los que te hicieron esto, ¿verdad, mi amor?

Acaricia la cara inerte de mi padre y se percata de que una babilla le cuelga del labio. La retira con un pañuelo que vuelve a depositar en el bolsillo de su pantalón.

Los embargos, así resume mi madre el concurso de acreedores de la promotora inmobiliaria de Lucas que llevó a la quiebra el restaurante de mi padre. Pero cómo se te ocurrió avalar esas operaciones, papá. Siempre consideraste el dinero como un mal con el que tenías que convivir. Que si yo soy un cocinero, que si yo de esto no entiendo... No querías entender, eso era lo que pasaba. Y luego, mira. Te hundes y me arrastras a mí contigo, obligándome a volver a esta ciudad para echar una mano a mamá, que se está volviendo medio loca o loca entera.

Cuando Lucas reúne fuerzas para erguir la barbilla, suspira de forma entrecortada. Pasa la mano por su tez blancuzca, que en otros tiempos exhibía un moreno de anuncio. Ha de extraer cada frase de su pecho a tirones.

—Seguramente tendría que haber actuado de otra forma, mamá. Pero necesito que sepas que voy a...

—No tengo nada que hablar contigo. Hace cuatro años me dejaste bien claro lo que significábamos para ti.

—No me digas eso, por favor. Sigo siendo tu hijo.

—Para mí eres un desconocido.

—No sabes la cantidad de veces que he pensado en venir.

—Si lo que quieres es pedirme perdón para quedarte mejor, tú sabrás. Pero no vas a cambiar la opinión que tengo sobre ti.

Lucas me busca los ojos con gesto de súplica. Y como si con ello hubiera prendido una lanzadera de fuegos artificiales, estalla en la noche perpetua del salón un collage de castillos construidos con cojines del sofá y veladas frente a la televisión, y de riñas que duraban solo un minuto, y de risas cuando Lucas repetía haciendo el tonto mis coreografías de danza, y de conversaciones sentados en el suelo, rebuscando palabras que aún no conocíamos para expresar las injusticias de la vida de niños.

Para no ponerme a llorar, yo también desvío la mirada hacia el ejemplar de periódico que hay sobre la mesa de centro. La portada muestra la fotografía de un joven que se ha comido a su madre tras guardarla en tápers en la nevera. Suelen pasarme este tipo de sincronicidades. Al llegar, Lucas ha mencionado que necesita algo. Ha venido a devorarnos de nuevo y el cuerpo me pide decirle: aquí me tienes, soy tu hermana, muerde donde quieras. Pero me someto a la sentencia de mi madre, que ya ha dado el martillazo sobre la mesa en la que, de súbito, vibra mi teléfono.

Me inclino disparada a ocultar el nombre del contacto y la foto que aparece en la pantalla: un hombre con gafas de sol de cristal naranja y casco de bicicleta en un paso de montaña.

—He de atender esto —me excuso; y aprovecho para huir a mi habitación y dejar que hablen ellos.

—Camino... —me retiene mi hermano cuando voy a cruzar la puerta.

He venido a buscarte, sigue diciéndome con su mirada. Pero no puedo más, carezco de fuerzas para seguir siendo ese pilar sobre el que todos se yerguen intentando sacar la cabeza para respirar.

Y me encierro en mi agujero de adolescente.

—Hola, Marcos —contesto.

Es un inspector jefe de la Policía Nacional al que conocí ocho meses atrás en un evento de la Casa de los Periodistas. Tiene barba poblada y una bulldog francesa muy viejecita que se está quedando ciega, a la que cuida como si fuera un bebé. Creo que esa vis protectora que va más allá del juramento del cuerpo es lo que me empujó a volver a llamarlo tras nuestra primera cita. Es diferente que con los otros. No creo que la relación vaya a ir a más, pero al menos nos damos cobijo cuando necesitamos un hombro que no nos exija un interrogatorio previo. Tiene un apartamento en uno de esos edificios levantados de un día para otro cerca de la comisaría, tan próximo al campo de fútbol que casi puede ver los partidos, en el que nunca me he quedado a dormir.

—Apunta —me urge—. Una mujer ha sido vista caminando desnuda en plena calle al final de Duquesa de la Victoria.

Yo no puedo arrancar a Lucas de la mía. Empiezo a hiperventilar por los nervios y a pensar cosas absurdas, como que el tema de esta demente en pelotas tiene más enjundia que mi anterior exclusiva sobre un jabalí que habían abatido en pleno centro. Pobre animal. Si había salido de su hábitat era porque el cambio climático lo dejaba sin comida. Todos tenemos que buscarnos la vida...

—¿Sigues ahí?

—Sí.

Apenas puedo hablar. Desde que Lucas ha entrado por la puerta de casa se han revolucionado todos los electrones y neutrones a mi alrededor. Hasta las sillas del comedor deben de tener arritmia.

—Coño, Camino, al menos podrías mostrarte un poco más agradecida. Que no es el Watergate, pero me juego que me expedienten.

—Oye, no te enfades, que nadie te obliga.

—¿Cómo no me voy a enfadar? Como el mes pasado, cuando te pasé lo de la banda que asaltaba pisos. ¿Sabes cómo me enteré yo? No, porque no me lo preguntaste. Pues no creas que fue por la centralita del 112, sino porque mi colega de la Guardia Civil, que es a quien correspondía el asunto por jurisdicción, me llamó personalmente para ponerme al tanto. ¡Desde su móvil!

—Mi hermano ha venido a casa.

—¿El que la lio? —pregunta más tranquilo.

—No tengo otro.

—Y ¿qué quiere?

—Da igual. ¿Qué tal la perrita? —vuelvo a desviar la conversación—. ¿Has hablado con el veterinario?

—No voy a someterla a la operación. Lo mejor que puedo hacer es pasar con ella todo el tiempo que pueda y darle sus caprichitos, como ese arroz con pollo que tanto le gusta, ¿verdad, Tonga?

Así que la tiene encima. A través del teléfono alcanzo a oír cómo le hace alguna carantoña y ella babea. Me gusta esa versión suya, cuando deja sobre la cómoda la placa y esos escudos interiores menos brillantes, pero que marcan un perímetro igual de infranqueable. Estoy tentada de decírselo, me siento de mantequilla.

—¿Seguro que estás bien? —advierte su radar de poli—. ¿Quieres que haga algo?

—No te preocupes, luego te llamo.

Suspiro hundiendo la cara en las manos. Cuando vuelvo a abrir los ojos me doy de bruces con el cuadro de la Virgen de Valvanera que mi madre, mostrando una repentina devoción por la patrona, colgó junto al armario mientras estuve en Bruselas. El Niño Jesús que sujeta en brazos está girado hacia un lado. Seguro que evita mirarme por vergüenza ajena, pero también porque busca personas extraviadas por el pecado. A él mismo le encontró un ladrón, según nos contaron en una excursión del colegio al priorato donde descansa la talla. El criminal se ablandó con los rezos de una víctima, pidió ayuda al cielo para enderezar su vida y un ángel le reveló el paradero de la imagen en ese rincón perdido de la sierra de la Demanda. «¿No piensas —me preguntó entonces el cura— que si fue capaz de llegar hasta lo alto de este monte para buscarla merecía el perdón de cualquier pecado que hubiera cometido?».

¿Y tú, Lucas? Qué tortura... Siempre me ha tocado las narices la parábola del hijo pródigo que regresa para beberse el vino de los que decidieron sacar a la familia adelante, pero ¿cómo es posible que llevemos cuatro años sin hablar? La imagen de mi padre en estado catatónico se apodera de mi corazón y parece no dejar espacio para la clemencia, pero al instante me ablando como el ladrón al recordar a mi hermano asomándose a esta habitación cuando me notaba deprimida por algún drama del instituto. Abría la puerta lo justo para meter la cabeza y tarareaba en voz baja aquella canción que hablaba de un amigo fiel con el que superar todos los problemas.

Regreso al salón.

Mi madre está vertiendo lágrimas artificiales en los ojos siempre abiertos de mi padre.

—¿Y Lucas?

—Se ha marchado.

—Vaya... —Esquivo las emociones que rebotan de una pared a otra como pelotas de goma—. ¿Cómo ha ido?

—Ya lo has visto tú misma.

—¿Ha dicho algo más?

—No mucho.

—He estado pensando...

—Que soy muy dura.

Suspiro.

—Son demasiadas cosas, mamá. La verdad es que prefiero no hacer valoraciones.

Se emociona, pero en esta ocasión hace lo posible por contener el llanto.

—Pues no las hagas.

—¿Ha dejado un teléfono?

Niega.

Tras dudar un instante sobre si decírmelo o no, se suena la moquilla y deja caer:

—Solo ha comentado que esta noche tiene un evento en la bodega esa.

—¿En la de Fabiola?

Un viento de acero vuelve a congelarle el rostro.

—No menciones ese nombre en esta casa.

# 4

Me enfundo un vaquero de cintura alta y una camiseta blanca con la leyenda «Space Cowboy» en letras de terciopelo granate, y esas zapatillas de deporte blancas con detalles plateados que compré hace unos días para levantarme el ánimo y tres o cuatro centímetros, ya que tienen una de esas suelas que parecen infladas como un globo. Pierdo un rato en escoger las pulseras, cuatro o cinco anillos, sin duda ese que tiene una abeja, los pendientes de aro. Qué le voy a hacer si en lo que a complementos se refiere tiendo al exceso. Hace un calor inusual para ser junio y en cualquier momento puede reventar el cielo, así que también descuelgo una gabardina. Que no falte de nada. Suelto el moño que había compuesto con un palillo de comer sushi. La melena me hace parecer más agresiva y en este momento necesito de todo mi poderío.

Paso por el salón para darles un beso. Siento la piel de mi madre endurecida por una falta de sueño que ni su crema hidratante con melatonina puede suplir. La de mi padre, puro algodón. Enciendo la lámpara de pie para que no les engulla la penumbra y enfilo hacia el garaje.

El día transcurre en una nebulosa. Acudo al lugar donde han encontrado a la mujer desnuda caminando por la calle. Hago fotos, entrevisto a vecinos y comerciantes, llamo a una prima médica que me explica los trastornos que pueden empujar a alguien a actuar así. Sin desprenderme de una creciente ansiedad, voy a la cafetería del parque Gallarza y me siento a una mesa de la terraza para escribir el artículo. Una vez que lo envío al periódico, cruzando los dedos —más aún, rogando al cielo— para que lo publiquen, me reclino sobre la silla metálica y echo un vistazo a mi alrededor. Todo lo que veo me recuerda a Lucas, cada una de las calles adyacentes de esta zona de pinchos, cada esquina y cada farola y cada trocito de acera, con esas baldosas con racimos y motivos vitivinícolas. Casi todos los que iban por allí a tomar un vino y unas tapas eran habituales; nos conocían, nos saludaban y se interesaban por nuestra vida envidiable, por nuestros viajes, por nuestros sueños.

Cuando el sol empieza a dar una tregua en la interminable tarde de junio, tomo aire y salgo hacia Bodegas 1521, donde trabaja.

Está situada en la orilla norte del Ebro, en un tramo de la breve carretera que parte del puente de piedra siguiendo la margen del río hacia el este. Un paraje único al pie del monte Cantabria, el cerro que se dispara en vertical desde el mismo arcén. Mientras tomo la curva antes de llegar, siento un escalofrío. A pesar de su proximidad al centro de la ciudad, nunca he franqueado esa puerta. Mi madre se ocupó de grabarme a fuego siendo niña que ese lugar era una extensión del infierno en la Tierra.

Fabiola Marín, la propietaria y sin duda la bodeguera más potente de la región, fue la primera mujer de mi padre. Una historia para no dormir. Su matrimonio apenas duró tres años. Ella debía de montarle numeritos por cualquier nimiedad delante de todo el mundo mientras él se limitaba a agachar la cabeza. Las malas lenguas dicen que Fabiola lo tenía sometido porque mi padre abrió Los Estorninos con su dinero, aunque yo estoy segura de que el pobre, que siempre ha sido un santo de canonizar, debía de comportarse así por no discutir. Bueno, un santo salvo por el detalle de que abandonó a Fabiola cuando se enamoró de mi madre, pero eso son cosas del corazón que no se pueden controlar.

Tras el divorcio, Fabiola se volvió una persona patológicamente huraña. Ni siquiera concedió entrevistas cuando uno de sus vinos consiguió cien puntos en la revista de Robert Parker. Aunque para hablar mal de mi pobre madre no le faltaban ni tiempo ni ganas. La ponía de puta para arriba y se inventaba todo tipo de mentiras para mancillar su nombre. No quiero imaginar lo que tuvo que disfrutar cuando hace cuatro años contrató a Lucas, acogiéndolo bajo su ala de ricachona y convirtiéndolo en su protegido cuando todo el mundo le había dado la espalda por la quiebra de la promotora. Aunque todavía me cuesta más entender cómo mi hermano tuvo el valor de pedirle trabajo precisamente a ella, sabiendo que aquello iba a herir a mi madre aún más que la pérdida de los millones.

Al plantarme frente a la bodega me quedo con la boca abierta. Las construcciones originales ya no se alcanzan a ver desde la carretera. En la vasta explanada libre que siempre había existido a la entrada de la propiedad ha levantado un enorme cubo de cristal de espejo.

Había oído que Fabiola estaba haciendo reformas, y sé bien que es una mujer que nunca ha temido innovar en un mundo tan aferrado a sus tradiciones como es el del vino, pero ni en mil años habría imaginado un diseño tan rompedor. No se aprecian huecos ni ventanas. Tan solo una visión cambiante del entorno dependiendo del instante y del punto desde el cual lo observes: el sol de la tarde sobre las montañas, brumosos chopos en la orilla, nubes desplazándose como un velo de novia... Y también una imagen de mí misma. De mi coche, de la ciudad a mi espalda. Una experiencia visual inagotable que por la noche se convertirá en un universo paralelo lleno de estrellas. De hecho, parece uno de esos monolitos venidos de otra galaxia que salen en las películas de ciencia ficción. Da la sensación de que puedes mirar a través del cubo, introducirte en él. A los pocos segundos de estar contemplándolo, pierdes las referencias de lo que es real o reflejado.

Me aproximo al aparcamiento anexo, que controla un portero aferrado a unos folios. Le explico que no estoy en la lista, pero que soy hermana de Lucas Tejada. Tras comprobar mi identidad y confesar que no sabía que el jefe tuviera hermanos, levanta la barrera. El deslumbrante parque móvil está a la altura del evento. Me cuesta encontrar un hueco para el biplaza negro que mi padre me ayudó a comprar cuando conseguí mi primer trabajo. El cuero rojo del interior se ha desgarrado en algunas zonas. Siempre me queda decir que es *vintage*, como empiezo a sentirme yo misma cuando me presentan a gente nueva.

Una azafata impecable me indica que he de acceder por una puerta lateral que resulta casi imperceptible, al ser del mismo material reflectante que el resto.

—Y aquí tiene la información de los servicios del hotel —añade.

Me entrega un folleto que leo por encima. Fabiola no solo ha querido modernizar su imagen, sino que se ha apuntado a la imparable tendencia del enoturismo. Dentro del cubo de espejo hay una docena de habitaciones que dan a la trasera, donde la bodega sigue con el trajín diario, y también un spa con tratamientos de vinoterapia y un área *chill out* en la terraza superior con vistas al río. La última página del librillo es una foto de mi hermano en actitud de brindis sobre la que ha estampado su firma y una frase de agradecimiento en su condición de director de *marketing* y comunicación de la bodega y mánager del hotel.

Joder, Lucas...

Cuando accedo al vestíbulo y veo los efectos lumínicos que el espejo genera en el interior al repartir los rayos de sol como si fuera un caleidoscopio, me pregunto qué pensaría el padre de Fabiola si viera cómo han cambiado las cosas desde que fundó la bodega. Supongo que debería rendirse a la evidencia y aceptar el relevo generacional, ya que tras su muerte prematura fue su hija quien creó algunos de los mejores vinos de la denominación de origen. Todos ellos están etiquetados con fechas de grandes efemérides de la región: el reserva 1095 conmemora la primera aparición oficial del nombre de Logroño en el Fuero de Alfonso VI; y el blanco 1431, la concesión del título de ciudad por Juan II. El año que da nombre a la bodega también tiene su significado. En 1521, cuatro mil soldados comandados por el duque de Nájera obligaron a huir a los treinta mil del ejército francés que habían asediado Logroño con la intención de emprender la conquista de Castilla. Está claro que Fabiola, tan apasionada de la historia como su padre, ha hecho coincidir de forma premeditada la inauguración del hotel con los actos del quinto centenario de esa batalla libertadora, que comenzarán dentro de tres días y se prolongarán durante todo el año hasta la efeméride.

La recepcionista me pide que suba por la escalera de hierro forjado que conduce a la terraza. Atravieso una puerta de cristal y...

Todo un espectáculo. Una DJ con sombrero de ala ancha pincha una música suave que envuelve la decoración minimalista. Al otro lado del río, el ocaso tiñe de rojo el parque de la Ribera, el contorno de las iglesias del casco antiguo, los puentes de piedra y de hierro que se difuminan a lo lejos... Una estampa de acuarela que se ríe de mi estado de ánimo.

Me sorprende la variedad de los invitados. Conozco a muchos de ellos, pero no es la típica congregación de viejas glorias locales. Algunos, muy jóvenes, conversan con el desparpajo de las reuniones que filma Woody Allen. A mi lado, un hombre con gafas redondas declara a un grupo que el hotel puede encantarte o parecerte una aberración, pero que no te deja indiferente. Otro añade que se trata de efectismo para afianzar la marca partiendo de la sofisticación de la que siempre han hecho gala sus vinos. Me giro y un camarero que pasa con una bandeja me ofrece canapés de trucha ahumada del Najerilla con cebolla en escabeche, que rechazo. Tengo un nudo en el estómago.

Enseguida veo a Lucas. El corazón se me acelera.

Está pegado a una veinteañera guapísima con pinta de esas japonesas que se disfrazan de personajes de anime. Preciosa melena rubia que cae por un lado, flequillo recortado con tiralíneas, tez pálida impoluta, con ojos enormes y pestañas marcadas, piernas finísimas bajo una falda corta plisada. Más allá del aspecto un tanto excéntrico y de la inquietante mezcla de inocencia y sensualidad, desprende un halo que hipnotiza. Tal vez por ello mi hermano parece ahora tan diferente a cuando ha venido a casa dando pena por la mañana. No es que haya recuperado su lustre habitual, pero de algún modo ha logrado maquillar el semblante febril.

Mientras los observo, empiezan a discutir. Intentan no exaltarse, pero algo se han dicho que ha roto la armonía.

Me acerco por detrás.

—Hola.

Lucas se vuelve hacia mí. Sin duda parece alterado, o quizá lo percibo así tras haber intentado odiarlo durante cuatro años. Lo que está claro es que no sabe qué decir, y mira que es difícil dejar sin palabras a mi hermano. Se disculpa con la chica, que sin duda es famosa, dada la forma en la que se le echa encima un grupo de invitados en cuanto la deja libre, selfi incluido.

Solo cuando está seguro de que no nos oye, me habla:

—¿Qué haces aquí?

—¿Tú qué crees?

—Después de tu reacción de esta mañana, prefiero no creer nada.

Estiro la mano para coger una copa de la bandeja de otro camarero y doy un trago profundo para armarme de valor.

—Siento haberme comportado así, estaba confusa y nerviosa con mamá al lado. Pero me ha alegrado verte.

Calibra mi disculpa y pone gesto de condescendencia.

—A mí no me ha parecido que te alegraras tanto.

—Que sí, Lucas. Y también te quiero ayudar.

—¿Por qué piensas que busco tu ayuda?

—No te pongas ahora a la defensiva, por favor. ¿Qué es lo que necesitas parar?

Eso es lo que ha dicho al llegar a casa: «Tienes que ayudarme a pararlo».

Chasquea la lengua y niega con la cabeza.

—Ya da igual, creo que es mejor que te vayas.

—No me hagas suplicar, que entre nosotros no hace falta.

—Que no necesito limosnas, hermana. Estoy trabajando duro para reparar lo que hice, buscando la forma de devolver a nuestros padres hasta el último euro que les hice perder, pero veo que nadie se da cuenta.

—Yo sí...

—Tú también dejaste de creer en mí, Camino. Si de verdad estás tan dispuesta a echarme una mano, tendría que haberte salido de dentro esta mañana nada más vernos.

—No me vengas ahora dando lecciones de amor fraterno.

—¿Cuántas veces me has llamado en estos cuatro años para preguntarme qué tal estaba?

—Que no quería saber nada de ti, Lucas, ¿no te das cuenta? Y cuando me entraban ganas de coger el teléfono, pensaba que tú tampoco te habías dignado a llamar ni una sola vez para disculparte o dar una explicación.

—Me daba vergüenza, coño, parece mentira que no lo entiendas.

—¡Con lo que le pasó a papá, cómo puedes hablar de vergüenza!

—No grites, que te va a oír todo el mundo.

—Es que me duele muchísimo que encima me eches en cara mi reacción, que ha sido de lo más natural. Yo no llevé a los papás a la ruina y, sin embargo, soy quien abandonó una carrera para venir a arrimar el hombro.

—Y...

Sonríe de forma trágica.

—¿Qué pasa? —No quiero que se guarde nada.

—Venga, dilo.

—¿El qué tengo que decir?

—Que soy yo quien tiene la culpa de que no levantes cabeza, de que lleves una vida penosa y tengas que ocuparte de nuestro padre y de nuestra madre, que está consciente, pero aún peor que él. Que soy yo quien tiene la culpa de que no tengas un puto duro. En tu caso, siempre somos los demás los que tenemos la culpa de todo.

La música enmudece, todo el mundo se queda congelado a mi alrededor, el sol del ocaso se eclipsa. Tiene más razón que un santo: no levanto cabeza. Pero eso de que nunca asumo la responsabilidad...

—Hago lo que puedo —me defiendo, y estoy a punto de claudicar, pero él añade:

—Estás en deuda conmigo.

—¿Cómo?

—Te brindé la excusa perfecta para que pudieras regresar a casa sin tener que explicar a nadie que no tenías huevos para enfrentarte al mundo y ser tú misma.

—Mira cómo te salió a ti el enfrentamiento —golpeo al aire para tratar de salir del rincón.

—Que no hace falta que te excuses. Si yo entiendo que es mucho más fácil vivir a la estela de los papás sin arriesgar lo más mínimo. Y ahora que encima has visto que has dejado de ser la Camino-triunfadora-que-se-marchó-porque-esto-se-le-quedaba-pequeño, siempre puedes decir que te viste obligada a volver, que si no brillas es porque esta ciudad es tu cárcel.

—¡Yo tenía una vida fuera!

—Una vida en la que necesitabas pelear cada día, y de la que escapaste pensando que aquí volverías a ser la reina del mambo sin mover un dedo, la doña perfecta salvadora de la familia que yo había destruido. Tú no quieres una vida propia, Camino. Lo que quieres es una excusa para seguir quejándote de que no tienes una vida propia.

Me estremezco, estoy a punto de decirle que al final va a ser verdad que se ha convertido en un desconocido. Pero, me guste o no, lo que veo frente a mí es ni más ni menos que al hermano que fue antes de que la vida lo pusiera todo patas arriba, soltándome alguna verdad que nadie más que él se atrevería a decir en voz alta. Quiero convencerlo de que está equivocado, demostrarle que sí soy capaz de enfrentarme al mundo, incluida a nuestra madre, gritar fuerte que creo en él. Porque si soy capaz de hacer eso, tal vez exista una posibilidad, por pequeña que sea, de volver a creer en mí misma.

Pero en lugar de decírselo, callo.

Dejo pasar tres segundos vitales.

El móvil vibra en mi bolso, desvío un instante la mirada de sus ojos y él aprovecha para dar media vuelta y perderse entre la gente.

# 5

En cuanto reacciono voy tras él, pero se ha puesto a charlar con un político que le ha abordado. Decido esperar un poco, encontrar el momento adecuado.

Saco el móvil del bolso para comprobar el aviso. Es un mensaje del periódico. Lo abro con ganas para compensar el mal rato que estoy pasando, por lo que la caída es aún es más dura. No quieren el artículo de la mujer desnuda. Rechazada. ¿Qué hay en mi texto que pueda no gustarles? ¿El contenido? ¿El tono? He tratado el tema con todo el respeto que merecía. Y, pese a mi gran empeño, seguro que han publicado cuatro líneas de alguna becaria acompañando un vídeo de Twitter tomado desde una ventana.

Doy una vuelta por la sala, lo cual hace que me sienta cada vez peor. Todos los presentes parecen tener una vida asombrosa. Desfilan ante mí padres primerizos, maduros con ganas de seguir creciendo, hípsters recién licenciados que paran el mundo cada vez que arquean una ceja. Todos ellos conformes con su identidad y con su momento, bien por explosivo, bien por sereno. Justo lo contrario de lo que me ocurre a mí. Con lo que prometía la niña, leo en sus medias sonrisas.

Me cruzo con Hugo Betancor, un reportero gráfico venido de fuera que lleva unos meses trabajando para el periódico. Un bombón rubio de uno noventa y tantos con un toque canalla que debe de traer loca a media redacción. Tiene cogida de la mano a Victoria, una chica unos años mayor que yo que, me quiere sonar, es familia de un noble de la Sonsierra. Para colmo, es divertida. En cuanto nos presentamos, me ficha como cómplice para hacer un repaso de todos los presentes.

—Y aquel de allá es actor —señala una vez que ha terminado con los de la tierra—. Sale en *La casa de papel*.

—Hace mil años también hizo *Periodistas* —añado, tratando de mostrarme participativa mientras encuentro el momento de volver a abordar a Lucas—. Cómo me gustaba aquella serie.

—Así que lo tuyo es vocacional.

—Acaba de rodar un anuncio de la bodega —interviene Hugo, liberándome de dar explicaciones.

No es el único famoso que danza por allí. Me cuenta que la rubia que estaba hablando con mi hermano se ha convertido en la nueva reina de Instagram gracias a unos vídeos en los que se dedica a leer sus propias poesías. Se llama Penélope y, contra todo pronóstico, es de Logroño, aunque vive fuera.

—Me siento como quien guarda una botella para una fecha señalada y se da cuenta de que nunca vino, que el vino se ha hecho vinagre —recita Victoria.

—Menuda fan estás hecha.

—La sigo y me gusta. Es un fenómeno viral, no te imaginas qué locura le ha entrado a la gente con ella. Pero lo de sabérmelo de memoria es porque ha escrito esos versos para la etiqueta de una serie conmemorativa que la bodega va a sacar por lo del quinto centenario.

—Se queda a dormir para estrenar el hotel, y el actor también —añade Hugo, a quien han encargado un reportaje del evento para el periódico.

Pienso en el mensaje que acabo de recibir y vuelvo a deprimirme, lo cual detectan. Hugo se excusa diciendo que ha de ocuparse del *photocall*. Victoria me dedica un «luego nos vemos» y va tras él, contoneándose de forma graciosa al son de la música experimental.

En ese momento ocurre algo inesperado.

Penélope, la reina de internet y de la fiesta, viene hacia mí.

—¿Puedo acompañarte? —pregunta, educadísima.

Creo no haber oído bien.

—¿Disculpa?

—Te he visto triste. Eres la hermana de Lucas, ¿no?

Me confunde su actitud tan directa.

—Sí, lo soy. Y lamento que se me note tanto que no tengo un buen día. Será mejor que desaparezca para no ensombrecer el ambiente.

—No, por favor. Échame una mano.

—¿Cómo?

—Quédate a mi lado.

No me extraña que sus vídeos conquisten a la gente, con esa voz que parece un río. A nada que escriba un poco bien, yo también la convertiría en mi susurradora de cabecera.

—Me siento como quien guarda una botella para una fecha señalada... —recito, sonriendo.

—No me digas que te la sabes.

—Me la acaba de chivar una amiga. Perdona, pero hasta hoy no te conocía.

No soy muy de Instagram, estoy por añadir. Llevo una temporada larga en la que no tengo demasiados instantes de anuncio.

—No sabes cuánto me alegra —celebra.

—¿Por qué?

—Seguro que suena presuntuoso, pero echo de menos el anonimato.

—Pues yo de eso sé un rato, y además nos ha salido un pareado.

Ríe de forma dulce.

—¿A qué te dedicas tú? —me pregunta.

—Soy periodista.

—Qué bueno.

—Aunque últimamente no me dan muchas oportunidades de demostrarlo.

Me doy cuenta de que es la primera vez que me confieso en... ¿cuánto tiempo? Es debido a su voz hipnótica; seguro que por eso la sigue tanta gente. Todos tenemos necesidad de hablar.

—Está todo complicado.

—A ti parece irte como un cohete.

—Y no veas lo agradecida que estoy, pero sigo estudiando la carrera para cuando esto termine.

—No digas eso, ¿por qué tendría que terminar?

Despliega otra sonrisa que lleva dentro mucha más sabiduría de la que le correspondería por su edad y me da la réplica recitando:

—Serena tu espíritu, vive tu vida en paz, solo eres sombra que traga la eternidad.

Es como si hubiera escogido las palabras que necesito, un sopapo poético para acabar de convencerme de que no tengo tiempo para tonterías.

—Ese verso no es mío, no te pienses —aclara con humildad.

—Pues si vamos a ser tragados, brindemos cuanto antes.

Me vuelvo en busca de un camarero.

—Toma mi copa —ofrece—. Me la ha traído tu hermano y está sin tocar.

—¿Y tú?

—No bebo.

—Mejor no se lo digas a nadie —sonrío—, al menos mientras seas la imagen de la bodega.

Sonríe también, me la entrega y doy un trago al tiempo que Lucas sube a un estrado arropado por aplausos.

Me impresiona verlo allí arriba, esperando con aplomo a que el público guarde silencio mientras muestra sin inmutarse su mejor cara. Para eso hay que nacer. Tras disculparse en nombre de Fabiola Marín por su no asistencia al evento —lo cual no sorprende a nadie porque, a pesar de ser la propietaria, son más que conocidas sus excentricidades y su aislamiento voluntario— va dando paso a los representantes de las instituciones, los cuales parecen olvidar que ningún discurso ha hecho historia por largo. Yo sigo contemplándolo a él. Cómo se parece a papá en todo. En que son dos desastres encantadores a los que da la sensación de que nada les importa un carajo, y de pronto se lanzan como piratas al abordaje de un sueño imposible. Ambos se abren paso por el mundo pidiendo perdón en lugar de permiso, con ese entusiasmo infantil que te desespera y te contagia y te enamora. ¿De dónde sacan ese brillo? Aun desde el abismo en el que parece encontrarse, los dientes de mi hermano relucen blanquísimos y sus ojos tienen un led tras la retina. Así has sido siempre, Lucas, una de esas personas que todo el mundo quiere que le toque a su lado en una cena. Así vuelves a ser para mí, pasada esta época rara. Te quiero de nuevo en la silla contigua.

—Tu hermano es especial —confirma Penélope, entendiendo la forma en la que contemplo cada movimiento suyo en el estrado.

—Lucas vive la vida a pecho descubierto —digo con orgullo recuperado—. No hace como el protagonista de tu poema, que guarda el vino bueno para una ocasión especial que quizá no llegue nunca. Su lema es: si cada vez abres la mejor botella que tienes, siempre disfrutarás de la mejor botella.

Penélope ríe tapando su boca preciosa con la mano y me lanzo a contarle alguna de nuestras anécdotas míticas, como cuando a Lucas y a mí, llevados por no sé qué tipo de ciencia infusa, nos daba por escondernos a fumar en un pajar cerca del instituto, que estaba a las afueras. ¡En un pajar, subidos a esas pilas altísimas de fardos que podrían haber prendido con una sola chispa! Penélope sigue riendo, ya de forma abierta. Entonces noto que mis sentidos se adormecen. Me froto los ojos, empiezo a ver borroso. Pero si solo he tomado una copa además de esta que aún llevo en la mano... Debe de ser por los nervios, al igual que me ha ocurrido en casa por la mañana. No es la primera vez que me dan este tipo de bajones. Cuando estaba en el grupo de teatro del instituto, un rato antes de estrenar función necesitaba un equipo de reanimación. Y eso que me encantaba salir al escenario, sin duda por aquello de ponerme una máscara y dejarme llevar.

Mientras observo a Lucas confiando en que se crucen nuestras miradas, me llegan frases sueltas sobre la oferta enoturística de la región y una aplicación del Consejo Regulador que permite escanear etiquetas y llevar tu vinoteca en el bolsillo. A mi lado, alguien comenta en voz baja que el cubo de espejo es una trampa mortal para los pájaros, los cuales se estrellarán confundidos contra sus muros. Con el aplauso final empiezan a circular bandejas de postres. Sigo mareada, tengo que sentarme un rato.

Miro a un lado y a otro, no hay asientos libres. Vuelve la música, que ahora me agrede. No así a los demás. Todos actúan con una suficiencia insultante, ríen y brindan y contemplan el horizonte tan lleno de oportunidades mientras se preparan para copular unos con otros allí mismo y celebrar su buena fortuna como un puñado de faunos en un aquelarre.

Le pido mil veces disculpas a Penélope. Ella me suplica otras mil «no te vayas», pero la dejo en una esquina apartada de la terraza y enfilo la escalera hacia la recepción buscando un sofá en el que pueda echarme un minuto sin que nadie me vea. Se me ha revuelto el estómago. Ha de ser eso, que no he comido nada en todo el día salvo una ensaladilla mientras escribía el artículo en la terraza del parque. Pienso en la mayonesa, que me encanta, y me sobreviene una arcada.

Antes de llegar a la planta baja, justo al comienzo del pasillo de las habitaciones, me asomo a una salita que han habilitado con portátiles a disposición de los huéspedes. Hay un rincón de lectura con una lamparita de pie. Ideal. Entro, encajo la puerta tras de mí, voy hacia el sillón orejero, que no resulta ser demasiado cómodo, y me dejo caer como si acabara de terminar el Camino de Santiago. Dios, qué mal me encuentro y qué bien se está aquí. Cierro los ojos. Solo un minuto, hasta que recupere el tono...

Y me quedo dormida.

Sueños etílicos de cosas informes y angustia muy adentro, como un globo que no cabe en el interior de mi pecho pero sigue hinchándose más y más...

Abro los ojos sobresaltada y empapada en sudor, como tantas noches desde que volví a Logroño y empecé a dormir mal.

Tranquila, Camino, estás en...

¿Dónde? La cabeza me estalla. La luz de la luna tamizada a través del cristal reflectante me transporta a estados aún más confusos. Trato de incorporarme. Tengo que asirme al brazo del sillón para no salir despedida y caer al mar.

Entonces lo veo.

¿Es una figura? Sí que lo parece, agazapada detrás de la mesa de los portátiles. O tal vez no...

—¿Lucas?

Quiero fijar la vista; entorno los ojos, pero con ello no logro sino que se cierren...

Del todo.

Vuelvo a abrirlos de golpe.

La figura está encima de mí.

Doy un grito, salta hacia atrás y se va corriendo.

Me hago un ovillo sobre el sillón, como una niña, abrazando mis piernas temblorosas. ¿Quién era? Un empleado morboso, alguien del *catering*. Noto una humedad en la cara. Al girarse de forma brusca, me ha salpicado. Me llevo un dedo a la mejilla. ¿Vino? ¿Sudor? Hay algo en el suelo. Me agacho sujetándome la cabeza, que parece atravesada por agujas de hacer punto. Por todas partes, hasta la puerta, hay gotas que la luminosidad de la noche vuelve densas y oscuras.

Sangre.

Me palpo el cuerpo, aterrada. De nuevo la cara, con alivio y también con asco al comprobar que es ajena.

Agarro una figura de cristal con forma de racimo, avanzo blandiéndola como un arma antigua y salgo de la estancia. Hay un silencio sepulcral. ¿Qué hora es? Estoy al principio de un largo pasillo. A un lado, el cristal infinito que da al río. Al otro, la hilera de habitaciones.

Por el suelo, más salpicaduras.

Camino despacio. Una de las puertas está entreabierta. Me asomo y...

Necesito unos segundos para salir del ciclón de desconcierto. Mi cerebro pone a trabajar a las neuronas mínimamente despejadas para procesar lo que tengo delante. Nadie podría imaginar algo semejante. Más sangre impregnándolo todo con ese olor que atrae a las hienas y que puedo mascar, palpar en el aire.

La cama, una piscina en la que yace un cuerpo desnudo.

Doy unos pasos temerosos y se me saltan las lágrimas. Me tapo la boca para no vomitar, pero no puedo evitarlo.

Es Penélope.

Tiene un ojo abierto, como si hubiera sido obligada a observar lo que le estaban haciendo. El otro apenas se intuye entre la masa informe que emerge detrás de los cortes que le atraviesan el rostro, irreconocible, y el resto del cuerpo, desgarrado a tiras. Cientos de tajos longitudinales en los pechos, en el vientre, en los brazos y las manos, en las piernas y los pies, como si una garra de uñas metálicas se hubiera ensañado con ella hasta no dejar ni un centímetro sin lacerar. De un lateral del tronco cuelga medio metro de intestino, que se ha salido. Algo llama mi atención sobre la cómoda. Es un pedazo de piel. Entonces comprendo que lo que hay a mis pies, a la entrada del baño, también son tiras arrancadas. Quien ha hecho esto no es humano. Es una bestia que ha estado a unos centímetros de mí, dispuesta a desollarme igual que a este ángel.

Abandono la habitación gritando. El actor hace su aparición. También otras dos personas a las que han debido de invitar a estrenar el hotel.

¿Mi hermano?

Lucas, ¿dónde estás?

Me desmayo. Apenas siento el impacto de la cara contra la tarima, que huele a recién colocada.

# 6

El día de mi comunión, una de las niñas se desmayó en el altar mientras posaba para la foto de grupo, asfixiada por las capas del vestido de mininovia. La frase que más se oía por la iglesia no era «qué emoción», sino «qué calor». Al menos no tenía que llevar americana y corbata como Lucas, quien no había querido saber nada de trajes de marinero, alegando que el Ebro no era navegable.

Era una comunión doble. Me habían hecho esperar un año para que coincidiera con la de mi hermano, que a su vez se adelantó otro a los de su clase. Fue una faena, pero al menos pude invitar a mi mejor amiga, Mariela, quien no dejaba de darme consejos de experta para calmarme antes de salir hacia la iglesia. Llegaba tarde porque había llorado por mi pelo, tras haber saltado de la raya al lado a la raya en medio y luego al revés. Tampoco ayudó lo del vestido, que era heredado de una prima de Pamplona y me quedaba corto. Mi madre decía que había que aprovechar las cosas, pero yo la había escuchado reprochar a mi padre que tuvieran que reinvertir en el restaurante todo lo que ganaban. No me planteé intervenir. Era capaz de renunciar a lo que fuera con tal de generar un buen clima a mi alrededor, y además tenía otras preocupaciones mucho más profundas que el estilismo, como el batiburrillo espiritual que me había ocasionado la catequesis. «Jesús bajará cuando te comas el pan», dijo el cura en el ensayo general, y allí estaba yo frente al altar pensando que iba a conocerlo en persona.

Cuando Lucas leyó su petición, antes de dejar el púlpito se detuvo, pensativo. Todo el mundo lo observaba. Tras dudar un par de segundos, volvió a pegarse al micrófono y añadió otra más: «También pedimos por el pelo de mi hermana, para que le siga creciendo tan bonito y se lo pueda peinar como quiera».

Mientras los asistentes se miraban con la boca abierta y vergüenza ajena, pensé que había valido la pena esperar un año para compartir ese día con él.

Una vez en casa, me senté en el sofá del salón para pensar en todo lo que había ocurrido desde la mañana. Mi hermano había caído derrengado en uno de los sillones. El flequillo rubio, pegado a la frente por el sudor; la corbata, quién sabe dónde. Entonces sonó el teléfono. Me estiré a cogerlo antes de que se despertase. Pregunté quién era varias veces, pero nadie contestaba. Llamé a mi madre, que se había metido en su habitación. Oí correr el agua de la ducha. Estaba a punto de colgar cuando escuché una voz de mujer al otro lado.

—¿Claudio?

Tenue, lejana.

—No está. Se ha quedado en el restaurante para recoger después de la fiesta.

—¿Qué fiesta?

—Mi comunión. ¿Quiere que le diga algo?

—¿Eres...?

Interrumpió la pregunta.

—Soy su hija.

—Eso no lo sabes. No conoces a tus padres.

—¿Por qué no?

—Porque tu madre es una puta y tu padre es un cabrón. ¡Puta, cabrón! ¡Puta, cabrón! ¡Puta, cabrón!

Solté el teléfono, que cayó primero sobre la mesita auxiliar y después al suelo formando un gran estrépito. Lucas se incorporó. Mi madre preguntó desde el baño si pasaba algo. Agarré despavorida el borde del vestido blanco, sucio de polvo de cuando estuve jugando por la plaza mientras los invitados tomaban café. Mi corazón palpitaba a mil por hora.

—No, mamá. Todo está bien.

# 7

«¡Puta, cabrón!», resuena en mi mente.

¡Puta, cabrón! ¡Puta, cabrón! ¡Puta, cabrón!

Abro los ojos y veo otros de oscuras pestañas frente a mí. Recuerdo el aliento de la bestia y grito.

Me sujeta por los hombros. Trato de defenderme atizando golpes a un lado y a otro.

—¡Tranquila, Camino!

Voy dándome cuenta.

Es Marcos, el hombre con el que salgo. Me ofusco aún más hasta que comprendo que no hay lugar tan apropiado para un inspector jefe de la Policía.

—Penélope está muerta —acierto a decir.

—No hables ahora, tranquila.

—Solo dinos una cosa —interviene una mujer que está a su lado. Es Santolaya, su compañera inspectora de la brigada. Marcos le dedica una mirada severa, pero ella continúa sin inmutarse—. ¿Qué hacías en la planta de las habitaciones del hotel en plena noche?

Marcos asiente, pidiéndome que conteste.

—Vi la sangre...

Les explico de forma un tanto inconexa cómo se han sucedido las cosas desde que bajé a la sala de lectura y me quedé dormida.

—¿Estabas bebida?

—Solo había tomado un par de copas de vino. Tal vez fue por haber discutido con mi hermano.

—¿Cuál era el motivo de la discusión? —sigue escarbando Santolaya.

Miro a mi alrededor. Me han tumbado en la cama de otra habitación. Recuerdo el charco en las sábanas, la mata de pelo rubio con grumos. Me incorporo y comienzo a sollozar.

—Lo mejor será que prestes una declaración formal en comisaría —propone Marcos.

—¿Piensas que yo...?

—Como testigo, Camino. Nadie piensa nada de ti. Es tu hermano el que no aparece por ningún lado.

Salimos al pasillo. Al pasar junto a la habitación de la poetisa me detengo unos instantes. El cuerpo lacerado sigue allí; las tiras de piel, esparcidas como la ropa usada de un adolescente. La Policía Científica dispara fotografías y busca indicios por los rincones. Van enfundados en buzos de plástico con calzas, gorros y mascarillas. Esterilización absoluta en mitad de la carnicería. Uno de ellos nos enfoca con una cámara de vídeo y bajo la cabeza.

—Pisad solo por las zonas marcadas que llevan hasta las escaleras —nos pide.

—Mantenme informado —ordena Marcos a Santolaya mientras toca sutilmente mi hombro, invitándome a continuar.

—¿Es que vas con ella? Te necesitamos aquí.

—Termina tú de coger las filiaciones de los huéspedes y del personal para el informe, que no me puedo creer que nadie haya oído nada. ¿Siguen todos juntos?

—En la sala de reuniones.

—Bien. Y espera a la comisión para el levantamiento.

—Acaban de decirme que el secretario está aparcando abajo.

Él asiente. Dado que su compañera no parece satisfecha, añade en voz muy baja:

—Aquí no puedo interrogarla, está bloqueada. Y cuanto antes dispongamos de su testimonio, mejor.

Mientras atravesamos la recepción, un chico joven trajeado me observa con los brazos cruzados y el rostro descompuesto. Es muy flaco y la chaqueta de dos botones le hace parecerlo aún más. No puedo decir lo que siente por mí. Pena, repulsa, miedo. Marcos sigue guiándome con una mano apoyada en mi espalda como si fuera una invidente. Una vez fuera, lo convenzo para que vayamos en mi coche; no quiero tener que regresar a este lugar para recogerlo.

Junto a él ha aparcado una ambulancia, dentro de la cual prestan asistencia a una empleada que ha sufrido un ataque de ansiedad. Una patrulla uniformada de Seguridad Ciudadana custodia la entrada al recinto. Me piden el carné y anotan mi nombre junto a la hora, las 08:01. Por radio suenan mensajes apenas inteligibles sobre asegurar el segundo círculo. Están acordonando la zona con una cinta cuyo extremo agitado por el viento se eleva como una cobra. Entorno los ojos al pensar en los rotativos en marcha, que se pierden en la brumosa luminosidad del amanecer. Marcos pisa el acelerador, levantando gravilla al salir a la calzada.

Un rato después estoy sentada junto a su mesa en la tercera planta de la jefatura donde se encuentran las dependencias de la brigada de Policía Judicial. Nunca había subido allí. Por el aspecto diáfano, parece más un banco o una agencia de seguros. Los pocos agentes que no forman parte del operativo exterior se mueven de aquí para allá con precipitación, pegados a sus móviles.

—¿Por qué Santolaya está así conmigo?

—Camino, te hemos encontrado inconsciente frente a la habitación de hotel de una mujer desollada.

—Pero yo no he hecho nada.

—Ni ella te acusa de nada. ¿Has visto que te hayamos bajado a los calabozos o te esté esperando el abogado de oficio?

—¿Necesito uno?

—Pues claro que no. Cuando hay un testigo, siempre tomamos una declaración espontánea *in situ* para arrancarle en caliente todos los datos que pueda aportar. A medida que pasan los minutos la gente se hace más reacia a hablar o la mente se les bloquea. Por eso insistía en que no perdiera tiempo en traerte aquí.

—Estoy muy nerviosa, Marcos.

—Lo que has pasado es terrible, pero ya no tienes de qué preocuparte. —Empieza a teclear, pero levanta los ojos un instante para decir—: Estás conmigo.

Me vuelvo hacia el ventanal que da al centro comercial. Al ser festivo, está desierto. Se escuchan sirenas lejanas.

—Y has dicho que mi hermano...

—Llevamos toda la mañana intentando localizarlo. Ha dejado el teléfono en su despacho de la bodega y en su casa de la calle

Menéndez Pelayo no hay nadie. ¿Sabes algún otro sitio al que haya podido ir?

—Ni siquiera sabía que tenía un piso en esa calle. Ayer fue la primera vez que lo vi en cuatro años.

—Es un piso alquilado.

—¿Habéis hablado con mi madre?

—Nos ha dicho exactamente lo mismo que tú.

—Me gustaría haberla llamado yo.

—Esto es muy serio como para andarse con delicadezas.

—¿También le has dicho lo que me ha pasado a mí?

Niega mientras vuelve a teclear. Se lo agradezco y nos ponemos manos a la obra. Va transcribiendo mi relato paso a paso, nunca mejor dicho, siguiendo mis pisadas entre el reguero de sangre.

Al cabo de media hora durante la que revivo el asco y me hundo aún más al constatar cómo el cóctel imprudente de vino y estómago vacío y ansiedad por la aparición de mi hermano terminó conmigo hasta el punto de quedar a merced de alguien que salpicó sangre en mi cara:

—¿Quieres un poco de agua?

Pienso en el cuello de Penélope trazando una curva imposible, a buen seguro seccionado mientras dormía para evitar los gritos. Vuelvo a notar la bilis en mi garganta.

—No soy capaz de tragar. ¿Hemos terminado?

—Solo tienes que dejarme tu móvil.

—¿Por qué?

—Puro protocolo para descartar indicios de criminalidad. Necesito hacer un volcado de datos.

Lo saco del bolsillo de la gabardina y se lo entrego.

—Antes has dicho que venía en condición de testigo.

—Relájate, por Dios. De este modo nadie podrá echarme en cara que te doy un trato de favor. Bastante estoy haciendo al ocuparme de tu declaración.

—Lo dices como si fuera un delito estar liados. Además, ¿es que lo sabe mucha gente por aquí?

Sin contestarme, llama la atención de un compañero, que se acerca para llevar mi teléfono al laboratorio. Imprime mi declaración, que firmo, y la remite a los miembros de la brigada que están participando en la investigación. Mientras esperamos se pone un café de máquina cuyo olor inunda la estancia.

—Hoy en día, el móvil es tan importante como una prueba de ADN o una autopsia. Con la geolocalización podemos evidenciar si has ido de forma repetida a un lugar que se sale de tu rutina o dónde estabas en el momento de autos. Además de comprobar la frecuencia y el destino de tus llamadas, claro está...

Se detiene y se aprieta la nariz con los dedos en pinza.

—¿Qué ocurre?

—Que en el listado saldrá la que te hice ayer.

—Pero ha podido ser por cualquier cosa —digo en voz baja—. Y, además, no me publicaron el artículo.

—Déjalo. No quiero hablar de eso con la que tenemos encima.

La bestia...

—¿Quién puede haber hecho algo así? Si hasta le sacó las vísceras...

—Cuando te llevas por delante la pared abdominal es normal que se produzca una evisceración, como llaman los forenses a ese desbordamiento de las tripas. Y con semejante cantidad de cortes superpuestos... Pero eso no cambia que me gustaría tener la oportunidad de volarle la cabeza.

Se vuelve hacia ambos lados, como si aquello pudiera haber sonado inconveniente. Uno de sus compañeros aprovecha para acercarle un listado de posibles candidatos. Delincuentes conocidos con perfiles policiales en los que cabría encontrar alguna coincidencia, reclusos en programas de libertad condicional, así como un álbum de agresores sexuales que Marcos aparta a un extremo de la mesa a la espera de que se confirme si Penélope también ha sido víctima de ello.

—Tal vez sea un enfermo. Algún tipo de psicópata.

—En todo caso, un psicótico —corrige con ese aire docente que imprime a las frases cuando habla de trabajo—. Los psicópatas son metódicos hasta la obsesión. Suelen ser personas aparentemente normales e inteligentes, con un ego tan enorme como su necesidad de tenerlo todo bajo control. De esos a los que les gusta desafiar a la Policía, ya sabes a cuáles me refiero por las películas. Y en cuanto a sus víctimas, nada que ver con lo de esta pobre chica. A menudo violan y torturan antes de matar, porque lo que realmente les excita es mantener el control en un acto criminal que tratan de alargar lo máximo posible, bien sea preparándolo o después ejecutándolo con parsimonia.

—Y los psicóticos...

—Todo lo contrario. Actúan por impulsos, sin planificar. Muchos son individuos poco inteligentes e inadaptados que viven solos, no como los anteriores. Y responden al patrón de lo que hemos visto en el hotel: violencia extrema, imposibilidad de controlar su agresividad y ausencia total de interacción con la víctima. En este caso se ve que la atacó mientras dormía. Es de libro, Camino. A no ser que...

—¿Qué?

Santolaya se presenta en las dependencias de la brigada y va directa hacia Marcos.

—Jefe...

—¿Qué ocurre?

Se da cuenta de que su compañera no quiere hablar si yo estoy delante. Se levanta e intercambian unas palabras en un aparte. Al poco, vuelven juntos hacia mí. Santolaya me muestra una bolsita transparente con algo dentro.

—¿Conoces esta pulsera?

Intento que no se me note la sorpresa. Desde luego que la conozco, yo misma se la regalé a Lucas en un concierto de la gira de reunificación de Héroes del Silencio, cuando todavía le quería con toda mi alma. Fuimos en autobús a Zaragoza. Recuerdo la cara que puso tras sus Ray-Ban de sol al verla, logo de la banda incluido, y el beso sonoro que me dio en la mejilla, y también cómo se la arrancó de la muñeca y la arrojó a la basura delante de mí el día que, tras una discusión por una memez, me dijo que les tenía comido el coco a nuestros padres y me acusó de ser capaz de hacer cualquier cosa con tal de seguir siendo su niña bonita, incluso ponerlos en su contra. ¿De qué has sido tú capaz ahora, Lucas? «Tienes que ayudarme a pararlo», me dijiste en la puerta de casa. ¿Te referías a esta carnicería? Dios mío... Sacaste en su día la pulsera de la basura sin decírmelo, la guardaste durante años y te la pusiste para venir a pedirme ayuda. Eres un desastre de hombre para algunas cosas, pero no puedes haber tenido nada que ver con esa sangre y esos colgajos...

—¿Dónde la habéis encontrado?

—¿Pertenece a tu hermano?

—No sé si será esa, pero tenía una igual —concedo.

Se miran. Marcos respira hondo.

—Será mejor que te vayas, Camino. Ya te llamaremos con lo que sea.

# 8

Me veo plantada en la acera sin saber qué hacer. Tendría que salir disparada hacia casa, pero necesito reunir fuerzas para soportar la conversación que me espera con mi madre. Durante unos minutos respiro como si estuviera esquivando un ataque de pánico. Giro sobre mí misma. Los nuevos bulevares están vacíos, salvo por los vehículos policiales que entran y salen chirriando rueda. Según me ha explicado Marcos, han activado una jaula alrededor de Bodegas 1521, cerrando los accesos y peinando la zona en busca de mi hermano y de cualquier otra persona que pueda considerarse sospechosa por tener antecedentes o encontrarse fuera de su hábitat natural sin un motivo aparente.

Suena el móvil.

En la pantalla aparece un nombre: «Señor Burns». Así se llama el jefe de la central nuclear de la serie Los Simpson, pero quien está al otro lado de la línea es Tito del Prado, el coordinador de ediciones del periódico local. Tengo esta manía, guardar los números de teléfono de la gente con un apodo que me saco de la manga en lugar de hacerlo con su nombre verdadero. A veces me sirvo de famosos a los que me recuerdan, de forma que cualquiera que repasase mi lista de contactos creería que conozco a Tom Cruise, a Jackie Chan o a Donald Trump; pero lo que más me gusta es inventármelos. A una de mis primas que de vez en cuando me saca de vermú la tengo como «Fuerza de la naturaleza»; y nuestro médico de cabecera es «Despacito», y no porque le guste la canción, sino porque siempre dice que es así como mi pobre padre va a evolucionar.

No esperaba la llamada de Tito del Prado, no nos llevamos bien. Al poco de regresar a Logroño fui a pedirle trabajo, ya que viene a ser lo que antes se conocía como redactor jefe. A mitad de la reunión, que yo esperaba que fuera del tipo cafelito entre iguales y más bien pareció la entrevista que le harías a una estudiante de Erasmus, me pidió mi currículum. Pero si sabía perfectamente el trabajo que había estado haciendo para la agencia... Lo único que parecía importarle era el motivo que me había traído de nuevo aquí, como si no estuviera al tanto del calvario que atravesaba mi familia.

—¿Cómo estás? —pregunta cuando contesto—. Qué barbaridad lo que ha ocurrido en la bodega.

—Gracias por interesarte, Tito.

—Estamos todos consternados. Dime una cosa: ¿podrías pasar a verme unos minutos?

—¿Ahora?

—Solo si te va bien. ¿Dónde estás?

—En la comisaría.

—¡No quería interrumpir! Te dejo y hablamos luego.

—No te apures, ya he terminado aquí.

—¿Entonces?

Me dispongo a decir que sí como una ovejita que acude a la llamada del pastor, pero, cuidado, está siendo demasiado amable. Como decía mi padre, la desconfianza y el caldo de ave nunca son suficientes.

—Tal vez podrías adelantarme algo.

—Sin duda. Queremos que escribas algo para nosotros.

«Queremos», ha dicho. En plural mayestático, como si fuera el rey o el papa; o tal vez la propuesta ha pasado antes por el director, que siempre tiene la última palabra. Si es así, puedo imaginar de qué se trata. A Tito le va el morbo, lo cual le genera más de un conflicto con otros miembros del consejo editorial.

—¿En qué estás pensando?

—Los lectores están ávidos de conocer detalles sobre este horrendo crimen. El miedo se ha instalado en la calle desde que hemos lanzado la noticia...

—Y tú quieres alimentarlo.

—¿Perdona?

Tengo que empezar a controlarme.

—Lo digo sin acritud, Tito. Quieres que describa lo que he visto y ni siquiera sé si legalmente puedo hacerlo siendo testigo de un crimen.

—Hemos preguntado a los servicios jurídicos y aseguran que no tendría por qué haber ningún problema.

Respiro hondo.

—Da igual, no lo veo posible.

—¿Por qué?

—Pues porque mi hermano es el director del hotel. —Y nadie tiene ni idea de dónde está, iba a soltar de corrido, pero eso logro retenerlo—. No me parece bien.

—Te doy libertad absoluta para que lo enfoques como quieras. Tono, extensión... Tú dispones. Se trataría de una columna de corte emocional para acompañar la cobertura que vayan haciendo los redactores del periódico. Sabes que siempre nos gusta introducir algún testimonio personal que, en este caso, vendría respaldado además por tu criterio periodístico, lo que multiplica su valor. Nos tendrías a tu entera disposición para lo que necesitases.

—¿Qué quieres decir?

—No te estoy llamando para proponerte un artículo aislado sobre la terrible experiencia de anoche, Camino. Eso también estaría bien, a ver si me entiendes, pero lo que busco es que te ocupes de contarnos todo lo que vayas experimentando hasta que encuentren a ese bastardo. Tú vas remitiéndome los textos según te fluyan y yo les doy salida.

De alguna forma se ha enterado de mi relación con Marcos y cuenta con que yo pueda disponer de información privilegiada. Si no, de qué va a salirme con lo del fluir. Se está aprovechando de mi precaria situación, que conoce de primera mano desde que fui a mendigar a su puerta.

—No puedo, Tito. Lo siento.

—Pero...

—De ninguna manera.

—Ya...

Al parecer, no había previsto una negativa y se ha quedado sin argumentos.

—Tal y como lo enfocas parece algo natural, pero no lo es —le explico por pura cordialidad entre colegas, aunque él nunca me haya considerado así—. Me estás pidiendo que narre públicamente lo que siento como implicada y familiar y, al mismo tiempo, que escriba con rigor periodístico. ¿Cómo voy a separar una cosa de la otra?

—Seguro que encuentras el punto medio.

—Me sentiría como algunos tertulianos de televisión a los que siempre he criticado. No me pidas que participe en una farsa para hacer más sangre de un hecho trágico que me toca por todos lados.

—Mira, Camino, voy a hablarte claro y no te enfades. Desde que ha trascendido que tu hermano ha desaparecido, todo el mundo cree que él es el autor de esa barbaridad. Yo te estoy ofreciendo la oportunidad de que este tema se trate con delicadeza, de que puedas llevar la iniciativa para que no se convierta en un circo.

Así que también se sabe lo de la desaparición... Cuanto más lo pienso, más se me antoja un recurso amarillista para vender periódicos, pero no le quito la razón en cuanto a que puede ser una buena forma de defender públicamente a Lucas.

—Además te ponemos a un fotógrafo de la plantilla por si quieres acompañar los textos con imágenes. Veinticuatro siete —completa su oferta ante mi silencio, refiriéndose a su disponibilidad todas las horas del día, todos los días de la semana.

—¿Hugo Betancor?

¿Estoy aceptando?

—El que tú quieras. Hugo me parece perfecto. Podrías empezar hablando con Fabiola Marín, la propietaria de la bodega. Es la ex-mujer de tu padre, ¿no? Llévatelo para que le dispare unas fotos. No sé si sabes que nunca ha concedido una entrevista.

Empezamos fatal. Mi pobre madre...

—Quizá todo esto no sea buena idea, Tito.

—¡Espera, espera! Olvida lo que te he dicho y haz lo que consideres oportuno. Soy un capullo. Hace un minuto te aseguraba libertad total y mira lo que me ha costado intentar marcarte una línea.

La vida es así de imperfecta. Cuando llega la gran oportunidad, viene cargada de inconvenientes. Al regresar a Logroño me hice miembro de una asociación de periodistas de investigación nacida, como dice su página web, para levantar las alfombras del poder y remover conciencias. Era y sigue siendo mi sueño, pero lo único que he conseguido desde que rellené la inscripción es acceso gratuito a un curso virtual sobre redes sociales. Por mi mente desfilan los artículos del código ético que me remitieron al darme de alta. El noveno me obliga a inhibirme si la información en la que trabajo puede proveerme un beneficio personal. ¿Encontrar a mi hermano es uno de esos beneficios vetados? Tal vez no, pero sin duda resultaría... feo. No obstante, hace unos días leí que los tribunales acaban de dar el visto bueno a un reportaje que exalta los valores nazis y niega el holocausto judío durante el período hitleriano. Declaran que es repulsivo, pero publicable según la libertad de información constitucional. Y yo me estoy pensando ayudar a Lucas por una cuestión estética...

—En lo de que eres un capullo tienes razón.

Madre mía, lo he dicho en voz alta. Pero él se lo toma bien y aprovecha para soltar una risotada y dar por sellado el trato.

Voy directa a la terraza de la cafetería del parque Gallarza en la que suelo sentarme a escribir, escojo una mesa apartada, pido un té y abro el portátil.

*Camino Tejada.*
*Logroño. Martes, 9 de junio de 2020. 14:17 h*

*Esta mañana, nuestra pequeña ciudad de provincias —como la llamaba el narrador de* Calle Mayor, *aquella bella película de Bardem— debería haberse levantado de fiesta. Ilusionada por asistir a los actos del día grande de La Rioja, por conocer a qué personalidades se entregarán las medallas y a cuál de nuestros creadores el galardón de las artes, por escuchar los rotundos acordes de la sinfónica y los giros hipnóticos del grupo de danzas que invitan a vivir la tradición. Pero no ha sido así. Hoy, los logroñeses no pensamos en vivir, sino en sobrevivir. Nuestros hijos no pueden jugar en el parque. Corremos al cruzar los semáforos de avenidas vacías. Hay una bestia que acecha nuestras calles.*

*Anoche, en una habitación del recién inaugurado santuario del enoturismo de Bodegas 1521, mis ojos contemplaron un horror que no es de este mundo. Tiempo atrás leí que un psiquiatra forense de la Universidad de Columbia había dedicado su vida a crear la escala de la maldad. Estableció veintidós grados que, sobre el papel, podrían tener sentido para sus alumnos de criminología, pero que dejan de tenerlo cuando a la víctima de esa maldad le pones nombre y apellido, una cara preciosa y unos poemas salidos de un corazón que ya no latirá más versos. No existen grados para medir lo que yo vi. Una joven que merecería todas las medallas y galardones de nuestro día grande, convertida en el despojo de un animal salvaje. Nadie debería ver un cuerpo así desollado, ni su mirada clavada en el techo salpicado de sangre.*

*Me desmayé. Supongo que vomité antes de que eso ocurriera, porque tenía manchas en los zapatos. Cuando desperté en la habitación contigua, la Policía estaba haciendo su labor impecable. Protegiendo la escena del crimen, acopiando fotos y vestigios... También la necroreseña del cadáver, tomando huellas dactilares de una mano que se desprendía a tiras. Los demás dejamos muestras biológicas. En ese escenario, nadie puede ocultar nada; y tampoco yo quiero hacerlo con vosotros.*

*Muchos ya sabréis que mi hermano Lucas Tejada es el director de ese nuevo hotel en el que encontraron el cuerpo de Penélope. Para los que no estabais al corriente, es mejor que conozcáis desde ahora mi vínculo con él. Mi único hermano. Nadie sabe dónde está, ha desaparecido sin dejar rastro. Hay incluso quien afirma que podría ser el autor de la carnicería. Como hermana, os diría que Lucas se ha equivocado en muchas cosas a lo largo de su vida, como he errado yo y sin duda lo habréis hecho vosotros, pero que no es capaz de hacer algo así. Como periodista, que es como debo hablaros a través de estas páginas y como haré desde ahora sin excepción, he de poner sobre la mesa una tesis alternativa: Lucas es otra víctima de la bestia.*

*Es posible que se lo haya llevado a la gruta infecta donde esté escondida. Tal vez lo esté arrastrando de aquí para allá como un depredador errante, tirando de una de sus piernas entre las viñas que rodean nuestra ciudad. Por eso, mientras los cuerpos de seguridad siguen trabajando, ruego al cielo que lo mantenga vivo y, a vosotros, que compartáis toda la información de que dispongáis para encontrarlo y cazar al verdadero asesino antes de que siga haciendo añicos el techo de la escala de la maldad.*

Ya está enviado y, de inmediato, publicado en la edición digital, abierto para suscriptores del periódico y también para los que no lo son. En unos minutos aparece en la pestaña de «Lo + leído», alzado en el número 1 del Top 50. Tito del Prado me manda un mensaje para contarme excitado que todos los periódicos del grupo de otras provincias, sin excepción, están pidiéndolo para sus portadas de papel del día siguiente. Los medios nacionales también han empezado a dar la noticia, citándome como fuente y enlazando con nuestra edición online. Los comentarios al artículo se suceden con la rapidez de un hilo de Twitter. Todo el mundo quiere saber más: ¿por qué estabas en el hotel de madrugada? ¿Cómo es tu hermano?

No hay vuelta atrás.

Acabo de vender mi alma al diablo.

# 9

Intento entrar en casa, pero me resulta imposible introducir la llave. Mi madre debe de haber dejado la suya echada. Tengo que llamar dos veces para que me abra.

—Pero ¿qué has hecho? —me replica ya en el descansillo.

—Mamá, vamos dentro, que nos van a oír hasta los del primero.

—¡Pues no parece que eso te haya importado hasta ahora!

—¿Has leído la columna?

—No ha hecho falta, me ha llamado medio Logroño para contármelo. Nadie habla de otra cosa; la presidenta ha suspendido varios actos programados para hoy. Es una pesadilla. ¿Qué hacías en ese hotel toda la noche? Es a mí a quien queréis matar entre todos. Menos mal que estás bien.

Y menos mal que al menos has dicho esa última frase. ¿Ni siquiera vas a abrazarme? ¿Tampoco vas a preguntar si sé algo nuevo de mi hermano? Ambas estamos nerviosísimas. Debería haber venido antes. Entre lanzar el texto y una reunión con el equipo del periódico a la que me han dejado asistir como si fuera una más de la plantilla, se me ha echado la noche encima. En toda mi vida había estado tan cansada.

—Lo he hecho por Lucas.

—Sí, claro.

En el salón, los ojos de mi padre acechan como un gato en la penumbra. ¿Qué dirías de todo esto si pudieras hablar? Por una vez, confío en que detrás de esa mirada no haya nada.

—Hoy está como distinto —comenta mi madre.

—¿Qué quieres decir?

Me dejo caer en el sofá. Como una red a la que te arrojas desde las alturas, me engulle para expulsarme y volver a quedar en pie.

La ansiedad devora mis sentidos. Cruzo las manos y apenas noto los dedos. Espero una palabra de consuelo de mi madre, un gesto mínimo y suficiente como cuando, de niña, despertaba de súbito por las noches y ella era ese susurro desde el pasillo capaz de reducir a la nada la peor pesadilla. Pero lo que dice es:

—¿Hasta cuándo va a seguir haciéndonos sufrir este hijo?

—No creerás lo que están diciendo...

—¡Yo ya no sé lo que tengo que creer ni lo que no!

—No se trata de tener que creer, mamá, sino de *querer* creer. ¿Dónde está esa fe que te ha dado por mostrarle a la patrona? ¿No puedes guardar ni un poco para tu propio hijo?

—Ya le di todos mis ahorros, no me pidas que ahora le dé también mi fe. Bastante hice ayer dejándolo entrar en casa. Me comporté como tenía que comportarme, que mis padres me enseñaron bien. No como yo, que he debido de hacerlo todo mal.

—No digas esas cosas...

—¿De verdad viste a esa jovencita? Y todo lo demás... ¿Cómo puedes contar tus intimidades en el periódico?

El pasar tanto tiempo en la sombra a espaldas de la ciudad la ha convertido en alguien diferente. Ese rostro tan desapacible como sus frases no es ella. Mi verdadera madre es la que aparece en las fotografías de la Sala de Armas de Logroño, el club de esgrima del que formó parte en su juventud. La que convertía el combate en un baile aristocrático, con ese estilo heredado de románticos ancestros que conquistó a mi padre hasta el punto de empujarlo a abandonar a la poderosa Fabiola. Sobre el sofá cuelga un óleo antiguo que representa a dos damas batiéndose en duelo a espada; por si fuera poco, lo hacen con el torso desnudo para evitar que una brizna de tela les infecte las heridas. Cuando era pequeña estaba convencida de que una de esas dos aristócratas era mi madre. ¿Dónde ha ido a parar aquella mujer capaz de desnudarse el torso ante todos por su honor?

Se acabó. Voy hacia la ventana, agarro la cinta de la persiana y tiro de ella. La luz del ocaso entra como lo haría a través de una cristalera gótica; casi puedo oír el acorde de un órgano de tubos. Un haz ilumina a mi padre, que hace un levísimo arqueo de cejas.

Lo ha hecho, puedo asegurarlo, sentado en su silla ultraliviana de aluminio de pronto destellante.

—¿Por qué abres? —se escandaliza mi madre, entornando los ojos y lanzándose hacia la ventana.

La retengo y la abrazo. Se revuelve unos segundos, lloriqueando sin querer soltarse.

—Todo va a ir bien, mamá. Voy a encontrar a Lucas y a callar a todo el mundo.

Cuando me escucho a mí misma diciendo esto se me cae el alma a los pies. Por la ventana no solo entra la luz anaranjada, también las miradas de los vecinos. Llevo toda la vida encorsetada en un guion que marca, capítulo a capítulo, aquello que se espera de mí. He tenido que estar siempre tan a la altura de todo el mundo que no me han quedado fuerzas para estar a la altura de mí misma.

Libero a mi madre, que va directa a bajar la persiana mientras me alejo despacio hacia mi habitación.

Miro el móvil. Tengo dos llamadas de Cuerpo de élite. Así es como guardé el contacto de Marcos cuando lo conocí, por aquello de que es superpoli pero sobre todo por lo de cuerpo, que no lo tiene nada mal. Lo había dejado en silencio mientras escribía la columna. Mejor, así habrá tenido tiempo de calmarse.

—¿En qué estabas pensando? —embiste sin decir hola.

—No me eches la bronca tú también, por favor.

—No soy yo quien tiene que hacerlo. ¿Seguro que has valorado bien dónde te has metido?

—Es mi forma de ayudar a Lucas.

—Para eso estamos nosotros.

—Me dejasteis claro que lo que queréis es ayudarlo a entrar en prisión por un delito que no ha cometido. ¿Habéis descubierto algo nuevo?

—¿Habla la hermana o la periodista?

Justo lo que yo misma le dije a Tito del Prado. Ya me estoy arrepintiendo.

—¿Acaso le dirías algo a alguna de las dos?

—Ve con pies de plomo, Camino. No hagas o escribas nada de lo que puedas arrepentirte. Estás confundida.

—O tal vez este sopapo me haya espabilado por fin.

—Ten calma, no te pido más.

Nunca me pides mucho, Marcos, eso es verdad. Tienes una vida fácil, con tu placa y tu perrita y tu culote de la bici y tu apartamento junto a Las Gaunas. ¿Por qué yo no puedo ser como tú? Me gustaría saber qué falla en mi cabeza para nunca sentirme completa.

—En Logroño nunca pasan cosas así —se me ocurre decir—. Mi padre contaba que lo más raro que se había visto por aquí fue cuando, hace cien años, un equilibrista francés atravesó sobre un cable la plaza del Mercado, donde él tenía el restaurante.

Suelta una risilla fatigada.

—¿Qué dices?

—En serio, ese acróbata ya había cruzado varias veces la garganta del Niágara, una con los ojos vendados, otra llevando a su agente a la espalda y, la última, portando una silla sobre la que, a mitad de camino, se comió una tortilla.

Al mencionar la comida siento una náusea.

—Joder, Camino, eres única.

—¿Podrías pasarme tan solo una lista con los invitados al evento? —Vuelvo al ataque.

—No sé ni cómo te atreves a sugerirlo.

—Yo podría servirte de ayuda, conozco a mucha gente. Te juro que no publicaré nada que tú no leas antes.

Se lo piensa.

—Ni se te ocurra enviarme una sola línea, no vaya a ser que alguien lea el correo y me arruines la carrera.

—¿Entonces?

—Solo puedo decirte que el encargado de seguridad que controlaba la entrada se marchó a las diez. Para entonces quedaba poca gente dentro, nos estamos concentrando en esos.

Tengo que llamar a Hugo para ver hasta cuándo estuvo tirando fotos.

—Te dejo, Marcos. Mañana hablamos.

—¿Qué vas a hacer?

—No tengas miedo.

—Me preocupas, que es bien distinto.

—No tienes por qué.

O tal vez sí. Pero ¿qué importa? Quizá no pueda caer más bajo, pero estoy dispuesta a rescatar el verdadero espíritu de mi madre, desenvainar la espada y hasta desnudarme el torso si es necesario para ganar este duelo.

# 10

Despierto de súbito.

Me duele un hombro y la espalda por haber dormido en mala postura. Tras hablar con Marcos me quedé frita sobre la cama con el móvil en la mano. Por primera vez desde que estoy con él me pregunto si comencé esta relación para sentirme protegida o algo parecido. Seguro que un psicoanalista diría que busco tener a mi lado a alguien que me cuide al estar mi padre hecho trizas, y quién mejor que uno con pistola reglamentaria..., lo cual es una bobada mayúscula, a juzgar por los temblores que me entran cada vez que la deja en la estantería con la naturalidad con la que soltaría un paquete de tabaco. Será que me siento vulnerable después de lo que ha pasado, eso es todo. De lo que no me cabe duda es de que anoche no llegué a llamar a Hugo y se ha hecho de día.

Me doy una ducha y salgo a toda prisa hacia el periódico para verle en persona. A Tito del Prado le ha parecido ideal que lo escoja como fotógrafo, y no solo porque tiene un ojo especial para descubrir instantáneas donde parece no haberlas. En el pasado trabajó en el equipo de investigación de un diario de Lanzarote y tiene oficio de sobra para atarme en corto y que no se me vaya la mano. La idea inicial era que escribiera esas columnas de corte emocional, pero visto el éxito de la primera han accedido a darme más libertad y dejar que participe de forma más estrecha con los compañeros que llevan el tema.

Cuando entro en la redacción, las expresiones oscilan entre la enhorabuena y el pésame. Tito del Prado llama al jefe gráfico, que ha aparcado los temas de agenda y tiene a sus fotógrafos pendientes del único asunto que importa.

—Dice que ahora mismo le busca —me informa, colgando el teléfono de su mesa—. ¿Quieres un café?

—¿No lo tenías a mi disposición veinticuatro siete?

Sé que ha sonado un tanto cerril, pero no voy a pasarle ni media.

—Coño, Camino, que ya no hay sala de revelado para tenerlo ahí sentadito. ¿Dónde vas a llevártelo? Solo por curiosidad.

—De momento, necesito ver su repor completo del *photocall*. Ya que la Policía no va a proveernos de un listado de invitados, podemos componerla a partir de sus rostros.

—No hace falta que le esperemos, tengo el enlace a su archivo. —Coge el ratón y empieza a abrir ventanas con los ojos pegados a la pantalla—. Antes de enterarnos de lo ocurrido montamos una página de sociedad con las más representativas, pero también tengo las desechadas... *Voilà.*

Me concentro en las que hizo después de las diez. El evento parece muy diferente visto a través de estas instantáneas, despojado de las emociones que me azotaban *in situ*.

—Ahí está el actor.

—Parece que está limpio. Él mismo ha publicado su coartada en las redes sociales. Llevaba puesto un anillo con un chip que está promocionando y que le mide todos los parámetros del sueño. Horas, profundidad... Se supone que mientras estaban despedazando a esa cría, él se encontraba en plena fase rem.

—La tecnología puede manipularse.

—Solo te digo lo que hay hasta ahora.

Examino tres rostros sonrientes que alzan sus copas hacia la cámara.

—Me suena el de en medio.

—Es Lucio Brieva, el de la distribuidora de bebidas.

—Cómo ha envejecido. Mi padre me lo presentó hace años en el restaurante. El de la derecha es su socio, no me acuerdo de cómo se llama.

—Te lo miro enseguida, tiene un cargo en la Federación de Empresarios. La mujer es su pareja, una de Zaragoza que lleva toda la vida trabajando en un banco.

—¿Y ese que tiene cogido de la cintura al bellezón?

—Se llama Julio, tiene una empresa de climatización para bodegas. Ella es Lara, su mujer. También trabaja en el mundo del vino, pero de financiera. Me temo que no son posibles candidatos.

—Ni tampoco lo era Ted Bundy —contesto con un arranque de envidia ante tanta parejita ideal—. ¿Has visto la película que han hecho de él? Tan tierno que parecía, después de violar y asesinar a decenas de mujeres regresaba al lugar donde las había enterrado para practicar la necrofilia y llevarse trocitos a casa. Y ¿sabes cuál es su frase lapidaria? «Los asesinos en serie somos vuestros hijos, vuestros esposos, estamos en todas partes». Así que te ruego que no nos dejemos llevar por los prejuicios, ni de un lado ni del otro.

—Lo que usted mande, jefa.

—¿Me buscarás entonces la identidad de todos los demás?

Sonia, una de las redactoras que se está ocupando de la cobertura del asesinato, se asoma a la puerta y dice:

—La médica ha llegado a la tele, por si queréis bajar antes de que entre a plató.

—Es la doctora González —me informa Tito.

—¿La de la sección de salud que hacéis en el magacín de mediodía?

—Esa misma. Ha venido a grabar y quiero aprovechar para que le cuentes lo que viste. Los cortes de Penélope —añade, como si fuera necesario—. Se dedica a la valoración del daño corporal para compañías de seguros. Ya sabes, calcula la indemnización que corresponde a los lesionados en accidentes de tráfico y laborales, así que está puesta en patología forense.

—¿De verdad quieres entrar en eso?

—No en cámara. Solo pretendo recopilar cuanta información sea posible.

Le sigo a las instalaciones de TVR, que se encuentran en el edificio contiguo. La médica, una mujer madura con el pelo rubio recogido en un moño que le da un aspecto de institutriz, está reclinada en el sillón del cuarto de maquillaje. Parece comodísima a pesar de tener la cabeza inclinada hacia atrás y el escote cubierto de pañuelos de papel para que los polvos que escapan de la brocha no le manchen la blusa.

—Qué horror, Camino —se dirige a mí como si nos conociéramos de siempre, sin dejar de mirar hacia arriba.

—Le he comentado que tal vez puedas decirnos algo para esclarecer lo ocurrido en esa habitación —propone Tito.

—Ya os anuncio que sin haber visto ni una foto es más que complicado —advierte ella—. ¿Puedes decirme cómo eran exactamente las lesiones?

—Cortes longitudinales, algunos de ellos largos, pero sobre todo muchísimos, por toda la superficie del cuerpo.

—Madre mía. ¿Eran limpios o burdos?

—No puedo asegurarlo, más bien limpios. Buena parte de la piel se había desprendido a tiras, pero más que por desgarro parecía ser debido a la cantidad de tajos que le practicaron.

A medida que lo revivo voy sintiendo un profundo mareo.

—¿Eran finos?

—Había de todo.

—Y el arma no se ha encontrado...

—Yo al menos no la vi. La Científica andaba por allí cuando me sacaron por la mañana, pero estaba completamente bloqueada.

—Podría haberlo hecho con un cuchillo o un hacha, pero también con un objeto que no haya sido concebido para cortar, como un destornillador o una pieza de metal que el autor encontrase por ahí. La morfología de la herida es característica en cada caso, según actúa el filo sobre los tejidos, pero aun con fotos resulta difícil identificar el arma.

—Los cortes iban por grupos de tres o cuatro en paralelo —añado—, como si los hubiera hecho una garra.

—Eso explicaría los colgajos. Perdón por la palabra, los llamamos así.

—Cinco minutos y grabamos —indican desde producción.

—¿Qué te parecería entrar al programa con ella? —me pregunta Tito.

Le clavo la mirada.

—Al final me lo tenías que proponer, no te has aguantado.

—¿Qué me dices?

—¿Tengo que responderte?

—¿Le remarco un poco la sombra de ojos? —pregunta la maquilladora, que tiene su propio rostro descompuesto.

Hugo llega en ese momento y me habla desde la puerta, apoyado en el marco con esa postura un tanto encogida de quienes consideran una condena el ser tan altos.

—Siento que tuvieras que presenciar aquello —se excusa, tal vez pensando que Victoria y él tendrían que haberse quedado conmigo.

—Fue para mejor, así puedo ayudar a Lucas.

Se ha convertido en mi frase.

—Me alegro de que lo veas así —interviene Tito—. Yo subo para ponerme manos a la obra con las fotos. Y vosotros vais a...

—Luego te envío otra columna. —Es todo lo que le revelo, agarrando la puerta y al fotógrafo canario con pinta de sueco.

Ya en el coche, le explico que nos dirigimos a una urbanización de chalés situada al sur de la ciudad en la que vive la madre de Penélope. Necesito saber más de esa chica adorable que no me puedo quitar de la cabeza, al igual que tampoco puedo dejar de pensar en el amago de encontronazo que estaba manteniendo con Lucas —él, jefe del evento, y ella, invitada especial— cuando subí a la terraza y me acercaba a ellos por detrás.

—Gracias por escogerme —dice Hugo con su deje despreocupado.

—Lo he hecho porque eres forastero. Así tal vez seas capaz de contemplar las cosas tal y como son. Yo no puedo estar más contaminada.

—No te andas con rodeos.

—Contigo me siento cómoda.

—No hablo mucho.

—Tal vez sea por eso, ya hablo yo por los dos. Te parecerá fatal.

—¿El qué?

—Que escriba sobre este asunto estando mi hermano presente en cada línea.

Se detiene a pensar con la mirada clavada en una de las rotondas que hay que atravesar por el camino.

—¿Sabes eso de que todas las personas del planeta estamos separadas como mucho por seis eslabones?

—¿Y?

—Pues que en Logroño, según he comprobado desde que llegué, esa historia se reduce a un par de eslabones... como mucho.

Sonrío de forma trágica.

—Aquí todos estamos conectados por un montón de hilos, eso es verdad.

—Pues olvídate de ellos y sigue demostrando que esa circunstancia no te afecta para hacer bien tu trabajo.

—¿Te ha gustado la columna?

Asiente.

—Ya te he dicho que no suelo ser tan locuaz, pero me gusta la gente con huevos. —Es su mejor piropo, pero vuelvo a ponerme seria—. ¿He dicho algo que no debía?

Parece desconcertado.

—Mi hermano me dijo anoche justamente lo contrario; y, aunque me apene, creo que es él quien tiene razón.

—Bueno...

—Bueno, ¿qué?

—Que si al menos te has dado cuenta y has empezado a corregir... La vida es equivocarse y aprender.

—Mi rutina es equivocarme mucho y no aprender nada. Pero, sobre todo, ¡que nadie me lo note! Te juro que no sé por qué actúo así, es como una fuerza incontrolable. —Tomo aire—. Y tampoco sé por qué te estoy contando esto. Nunca había hablado de ello con nadie.

—Está bien sacar las cosas afuera. Si no, acabas estallando por un sitio o por otro.

Pongo el intermitente y giro hacia la urbanización Montesoria.

—Y lo dice el de Lanzarote —intento bromear—. Allí sí que estalla todo lo que sale a la superficie.

—Te sorprendería saber lo fértil que puede llegar a ser el suelo volcánico. ¿Has probado nuestros vinos?

—Los de aquí salen de un suelo arcilloso-calcáreo complicadísimo de cultivar, que lo sepas. Tienen mucho más mérito.

—Pues aplícate el cuento y sigue sacando lo mejor de ti en este momento de mierda.

Le dedico una mirada fugaz y aparco frente al unifamiliar de la madre de Penélope.

Observo la puerta sin moverme del asiento.

—Pobre mujer.

—¿De verdad vas a tocar ese timbre para preguntarle por su hija?

—A ella no.

—¿Entonces?

—Vamos a por los vecinos. Estoy convencida de que saben más de la vida de Penélope que su propia familia.

# 11

Bajo del coche y recorro arriba y abajo la calle para tomar el pulso al lugar. Aquella fue una de las primeras grandes urbanizaciones de la carretera de Soria. Con esa denominación para una vía, cualquiera pensaría que está a varios kilómetros de la ciudad, aunque la realidad es que se llega a pie desde el centro en poco más de media hora. He hecho ese recorrido infinidad de veces. Mariela Solís, mi mejor amiga del colegio, vive aquí desde que se construyó la primera fase.

Le pido a Hugo que me siga hacia su adosado, situado cuatro a la derecha del de la madre de Penélope. Cuando me acerco a la portezuela que da paso al jardincito de la entrada, empieza la cascada de recuerdos que han aguardado años en una caja del almacén inmenso de mi cerebro. Nada ha cambiado desde la última vez. Me asomo por el ventanuco que provee de ventilación al garaje. Como era demasiado grande para un solo coche y además helador, los padres de Mariela levantaron un tabique para que el frío no subiera a la vivienda y, de paso, sacaron una habitación extra que se convirtió en nuestro cuarto de juegos. Solíamos pasar horas en aquel agujero, muchos días hasta que su padre quitaba los plomos para echarnos. A veces hablando sin parar sobre los chicos de clase, otras escuchando una emisora que pinchaba canciones viejas, como aquella que iba sobre lo que nos reíamos en el pasado y como, los pocos que quedamos, hemos cambiado con el paso de los años. Podría cantarla entera. A mí también me ha entrado la melancolía, como decía otra estrofa.

—Hace mucho que no la veo —aviso a Hugo en voz baja mientras esperamos a que abran—. Se casó con su novio del instituto, tuvieron la parejita y se vinieron aquí cuando sus padres se mudaron a la costa por temas de salud.

Abre un niño de unos siete años que tiene sus mismos ojos azules.

—¿Eres el hijo de Mariela?

Se gira.

—¡Mamá!

—¡No grites, por favor! —se queja ella mientras se acerca atravesando el salón.

—Hola.

Primero se queda pasmada. Luego sonríe un tanto azorada, dejando claro que no sabe si debe colgarse de mi cuello o darme la mano o tal vez nada. Le soluciono la papeleta abrazándola yo y, al instante, ya me acompaña con un par de lagrimitas.

—Qué tonta soy, si me he emocionado y todo.

—Yo llevo un rato parada en la puerta para evitarlo, así que jugaba con ventaja.

Pero también derramo alguna, que seco rauda con el dorso de la mano.

Le presento a Hugo y nos invita a pasar al salón. Él se queda de pie, contemplando las dalias del jardín trasero a través del ventanal. Nosotras nos sentamos en un sofá beis que resulta agradable de tocar, como su pelo rubio. Las dos nos acariciamos las manos, si bien ella retira las suyas en un momento dado. Sonríe, se le quiebra el gesto, vuelve a intentarlo... Es como si unos gladiadores agotados librasen una batalla en su interior, mudando de la victoria a la derrota a cada golpe de sus enormes mazas.

—No puedo creer que estés aquí sentada —dice.

—Disculpa que no haya avisado antes.

—¡No hay nada que disculpar! Esta siempre ha sido tu casa.

—Lo sé, y siento haberla tenido tan abandonada.

—Me enteré de que volviste, pensaba que me llamarías... —Nada más decir eso, agita las manos en el aire para restarle importancia—. La vida nos va llevando por donde toca.

—Lo raro es que no nos hayamos cruzado por ahí.

—Yo te vi un día en el pasaje de avenida de Portugal a Gran Vía.

—¿Cuándo?

—Hace mucho, estabas con un hombre entrando en un portal. Te llamé, pero te metiste a toda prisa.

Recuerdo el vía crucis que supuso atravesar ese pasaje aquel día. Iba acompañada por Álvaro Montaña, el empresario informático que acababa de conocer en la Cocina Económica, y no podía estar más agobiada. Nos dirigíamos a la consulta que tenía en una entreplanta en la que comenzó a hacer sus pinitos antes de montar la cadena de tiendas. Me había dicho que iba a meter el coche en el garaje para subir directamente por el ascensor, pero no funcionaba el portón, así que lo dejó en zona azul y tardó una eternidad en sacar el tique, y luego tuvimos que cruzar a pie hasta el portal. Tendría que haberle mandado a él de avanzadilla y después aparecer yo, pero es que a su lado todo lo hacía del revés, comenzando por el hecho mismo de estar con él.

—No te preocupes —dice como disculpándose—. Es que me quedé un poco así porque creía que no querías hablar conmigo.

—Mariela, escucha, que no te oí. ¿Por qué iba a evitarte?

—Yo qué sé, me dijeron que habías vuelto y no esperaba que vinieras a verme el primer día, pero cuando tampoco apareciste en el funeral de mi padre...

—No me digas que ha muerto.

—Me dijeron que lo sabías.

—¡Que no, de verdad, que te habría llamado sí o sí! Óyeme, que tú lo has dicho antes: esta ha sido siempre mi casa, más aún que la mía propia.

—Eso pensaba yo.

—Y tienes que seguir pensándolo.

Se vuelve hacia Hugo.

—Será que me estoy volviendo un poco susceptible, no me lo tengáis en cuenta.

Él hace un gesto de estar al margen.

—Que no eres tú —le digo a Mariela, y debería haber añadido: que todo es culpa del informático de las narices.

—O será que llevo una temporada de ama de casa y me estoy volviendo loca con tantos colegios, extraescolares, híper y ahora el conservatorio de la niña.

Señala el piano de pared.

—Así que ha salido concertista como la madre.

—A ver —explica más tranquila—, va un poco a regañadientes. Pero a lo que voy, que no salgo nada. Aunque es mejor quedarse en casa. Vaya horror lo de anoche. Dios mío, Dios mío, pobre Penélope, pobre niña. —Hunde la cara en las manos—. Llevo todo el día pensando qué sería de mí si...

Baja la voz y estira el cuello hacia la puerta de la cocina, sobre cuya mesa su hijo se devana los sesos con un puzle.

—Roguemos para que no vuelva a pasar.

—He leído tu columna.

—Me hace una ilusión terrible verte —le aclaro de corazón—, pero no he venido solo por esto.

—Entiendo que lo hayas hecho justo ahora. Pero ¿de qué servirá el testimonio de una vecina?

Escojo mis siguientes palabras con cuidado.

—También eres mi amiga, eso es lo más importante. Si me he comprometido a esto es para conmover a la gente con una visión más íntima de esta desgracia y tratar de que la sientan y la respeten como si les hubiera ocurrido a ellos. Así, entre todos, tal vez encontremos a esa bestia antes de que sea demasiado tarde. Mi hermano Lucas necesita que dejemos el miedo de lado y nos echemos a la calle a buscarle.

—Ya...

Dudo que comparta mi tesis de que Lucas es otra víctima y no el verdugo, pero no puedo flaquear.

—No quiero que digas nada que te haga sentir incómoda. No soy la Policía ni te estoy interrogando.

—Aunque lo fueras, poco podría decirte. Esto ya no es como antes. —Y se dirige a Hugo, como si se viera en la obligación de explicarse para que no se sienta desplazado—. En el pasado, aquí no había secretos. Sobre todo en verano, la gente hacía la vida en la piscina y la plaza y te acababas enterando hasta de los detalles más irrelevantes. Todo el mundo sabía si entrabas o salías. Y si llegaba alguien de fuera como tú, ya ni te cuento.

—Tenía algo de cotilleo —intervengo, conmovida por el recuerdo—, pero también mucho de hacer piña.

—Eso era lo mejor, que todo el mundo colaboraba con el resto. En las fiestas de San Mateo, nuestros padres se turnaban para ir a buscarnos a la ciudad: uno a las dos de la mañana, otro a las tres... Aunque, de normal, la liábamos aquí. Nos parecía igual de bien llenar los buzones de hierba que colarnos en las obras de alrededor para fumar.

—Por eso me gustaba quedarme a dormir contigo. Me sentía parte de vuestro club.

Mientras Mariela me pone al día de todo el mundo, me doy cuenta de que he cuidado tan poco a mis amigos, no solo a ella, que los he acabado perdiendo. Suena tan duro que la mera idea me deja noqueada. Claro que conozco a gente. Mucha. Pero quien tiene un solo amigo de verdad sabe que no es lo mismo. Cuando regresé a Logroño evité reavivar aquellos lazos para no tener que dar explicaciones sobre una vida que me frustraba. Y la inercia me ha llevado a comportarme igual con aquellos a quienes fui abrazando por el camino. ¿Cuántas veces he cogido el móvil para hablar con la gente de Bruselas? Lo último que necesitan es escuchar tus miserias —salta mi sistema automático de extinción de incendios—, como si no tuvieran bastante con las suyas propias... Me asusta esa falta de compasión hacia mí misma. ¿Cómo pretendía sentirla por Lucas? Pobre hermano mío...

—¿También estaba en ese club la madre de Penélope? —pregunta Hugo.

—Ella era mayor, de una edad indefinida entre nosotras y nuestros padres. Llegó a la urbanización ya separada y con la niña pequeña. Yo misma la paseaba en su sillita por ahí afuera...

Se muerde el puño.

—¿Qué puedes decirme de ella? —ataco—. Aparte de que se había hecho escandalosamente famosa con lo de Instagram.

—Fue poco a poco. La gente piensa que el maná brota de repente, pero esa cría llevaba toda la vida entregada a la poesía.

Nos cuenta que fue de las afortunadas en leer los primeros versos que Penélope escribió con ocho años. Lejos de guardarlos bajo llave, la niña hacía fotocopias de los folios escritos a lápiz, borrones incluidos, y los repartía por la piscina. Más aún, empujaba a los vecinos a seguir mojándose después del chapuzón y votar por la poesía que más les hubiera gustado, la cual declamaba micro en mano en la tarima que montaban el día de las fiestas de la urbanización. De ahí saltó a los recitales provinciales, en los que siempre era la benjamina y que le sirvieron de rodaje para cuando grabó su primer vídeo. Lo hizo con el móvil, pero tal vez por aquella voz que hipnotizaba aún más que sus rimas, mucha gente joven conectó y lo convirtió en viral.

—Nadie sabe cuál es esa tecla que hay que pulsar para tocar los corazones —comenta Mariela, volviéndose hacia su piano, tal vez apenándose de no haberlo conseguido ella—. Pero el caso es que Penélope creó su propio canal de vídeo y empezó a colgar en Instagram esos versos que al menos compensaban toda la basura que suelen ver nuestros hijos. En cuanto se multiplicó el número de visitas, una editora avispada le ofreció publicar su primer poemario. Ya podéis imaginar de qué iba, la lucha diaria de una adolescente contra sus inseguridades y miedos. Y todo se disparó.

Me cuenta que Penélope llevaba viviendo dos años en Madrid, donde combinaba sus vídeos con la carrera de filología, que cursaba con calma. También estaba terminando de corregir las galeradas de un nuevo poemario que esta vez se disponía a publicar con una gran editorial, del cual solo han trascendido los versos cedidos a Bodegas 1521 para la etiqueta conmemorativa. Todas sus páginas mantienen esa atmósfera. Se llama *Di-vino* y está dedicado a su tierra, a la que había venido de visita para terminar con su piel esparcida por una habitación de hotel.

—¿Tienes un ejemplar de su primer libro?

Se levanta y va hacia una estantería en la que también hay fotos familiares: los niños con los abuelos en la playa, otras en la huerta, subiéndose a una higuera. Aparta una taza con motivos impresos de *Alicia en el país de las maravillas* —así debe de sentirse Mariela, cómo la envidio, sin esas inseguridades y miedos que, al parecer, los demás creen que es algo adolescente— y lo extrae para entregármelo.

Lo abro con cuidado, como si fuera un pergamino antiguo que pudiera reducirse a polvo, y leo la dedicatoria manuscrita:

«Gracias por esa puerta, Mariela, a la que siempre puedo llamar».

Tanta intimidad me pilla desprevenida.

—¿Teníais mucha relación?

—Penélope era una de esas chicas que, siendo preciosas, parecen un poco tristes, como si estuviera necesitada de cariño, ¿sabes cómo te digo? Su madre la quería, no te vayas a pensar, pero acuérdate de cómo éramos a esa edad en la que toca volar contra el viento. Y, si tienes una sensibilidad más desarrollada que el resto, peor aún. Me escribió esas palabras porque, durante un tiempo, venía aquí a tocar el piano.

—¿Fuiste su profesora?

—Más bien le hice compañía unos cuantos días con la excusa de enseñarle a poner los dedos para hacer sonar alguna melodía conocida. Era más una especie de terapia, acababa de dejarlo con su novio y necesitaba salir de su casa para cambiar de aires.

—¿Has dicho novio? ¿Lo conociste?

—Solo sé que tenía que ser mayor que ella, porque una noche vi cómo la traía en un cochazo.

Me estremezco, pero tengo que preguntárselo.

—¿No sería Lucas?

—¿Tu hermano? No lo había pensado. Fue a través de la ventana de la cocina y él no salió del vehículo, pero no creo. Según me confió la niña, debía de ser el hijo de un empresario importante. Algo relacionado con el vino, pero no bodeguero.

Como un cocinero con estrella. Me da pánico insistirle.

—¿La madre de Penélope no lo conocía?

—Llegó un momento en que estaba tan desesperada con que la niña anduviera viendo a alguien siendo menor que optó por no enterarse de nada. Tenían una relación complicada, espero que a mí no me ocurra lo mismo con los míos...

Me despido con la promesa de retomar la charla cuando todo haya pasado. Antes, Hugo le pide permiso para dispararnos un par de fotos. Ya en la puerta de salida, le pregunto:

—¿Podrías prestarme el poemario de Penélope? Prometo devolvértelo intacto.

Y me lo entrega con otro abrazo.

Mientras voy hacia el coche, lo abro para leer de nuevo la dedicatoria. Me vuelvo hacia la puerta, tras la cual ya se ha resguardado Mariela, e imagino a Penélope golpeándola con los nudillos en plena noche, intentando cobijarse de la última tormenta que estuviera viviendo.

Mientras dejamos atrás la urbanización, pongo el manos libres y llamo a Tito del Prado para que me diga si en alguna de las fotografías que están examinando aparece un empresario joven y rico que responda a la vaga descripción que me ha dado Mariela.

—Ni que estuvieras buscando novio —dice.

—No me fastidies, Tito.

—Tranquila, mujer, que estoy repasando el listado. A ver... No sé, todavía nos faltan algunas caras por identificar.

—Daos prisa, por favor. No quiero imponerme, pero te aseguro que es importante.

—Con los visionados que sigue acumulando tu columna puedes imponerte todo lo que quieras. ¡Pero mándame algo más cuando puedas!

Cuelgo.

Hugo me habla sin retirar la vista de la carretera.

—¿Adónde quieres ir ahora?

—A ver a Fabiola, la dueña de Bodegas 1521. Pero antes te dejo en el periódico, a no ser que prefieras bajar en otra parte.

—Tito quiere fotos de esa mujer.

—Hazme caso, Hugo. Esto es algo que tengo que hacer sola.

# 12

*Treinta y seis años antes*

—¿Dónde está Fabiola? —preguntaban a Claudio los invitados que iban llegando a la inauguración del restaurante.

Y él se preguntaba lo mismo, aunque ya contaba con que su mujer aprovecharía la fiesta para dar la nota. Lo tenía claro desde que se casó con ella: antes muerta que sencilla.

Además de sus amigos, algunos uña y carne desde el jardín de infancia, por allí danzaban tres altos cargos de la comunidad autónoma, concejales del Ayuntamiento, gentes de la cultura que estaban al tanto de las visitas periódicas de Claudio a las librerías y galerías de arte, los socios fundadores de una empresa tecnológica que estaban demostrando que la región podía dar ceros y unos además de uvas, y hasta un cura de la concatedral de la Redonda, cuyas torres se alzaban al otro lado de la plaza del Mercado, que no se privó de bendecir el local en cuanto tuvo ocasión.

A la hora señalada, los camareros recién estrenados desfilaron con los entrantes mientras los asistentes repasaban el menú de cinco platos vinculados a diferentes tipos de uva, como la vieira asada con gelée de malvasía o el foie gras de pato marinado en taninos de cuatro varietales. Claudio observaba satisfecho cómo todo el mundo se quedaba sin adjetivos nada más empezar. Había invertido mucho esfuerzo y toda su creatividad en la confección de aquella carta.

No había un hueco libre, salvo por una pequeña mesa vacía situada bajo el óleo impresionista de un paisaje de la Sierra Cebollera. Los cubiertos, colocados con milimétrica simetría a ambos lados del plato de porcelana y la servilleta de lino blanco, esperaban la llegada de la reina. La reina de ese restaurante —ya que lo había financiado ella—, de su matrimonio... y de la ciudad entera, a juzgar por cómo apareció. Con un traje de chaqueta de corte masculino y hombreras marcadas al estilo de las neoyorquinas que se cruzó en las Torres Gemelas durante su viaje de novios, Fabiola entró al restaurante con pausa y altivez. El jefe de sala la recibió aferrado al respaldo de su silla, pero ella la rehusó para dedicarse a ir de mesa en mesa saludando. Lo dicho: de reina para arriba.

Claudio la besó. Lo hizo de forma casta, lo cual no truncó el aplauso de los asistentes. La bodeguera estaba deslumbrante, con el pelo suelto y las mejillas sonrosadas por el calor, lo que le daba un toque de sensualidad. Todo parecía marchar a la perfección, pero en el rostro del joven y apuesto chef se adivinaba un gesto de preocupación. Cualquiera pensaría que se debía a las cabriolas que estaba haciendo para ser un buen anfitrión mientras atendía los fogones, pero no. Era porque Fabiola le había pedido algo... complicado.

Cuando esta terminó su periplo por las mesas, fue por fin a sentarse al lugar que tenía reservado, se recogió la mata rizada en una coleta y giró la cabeza hacia la puerta de la cocina, de la que Claudio salió con una cazuelita que parecía de juguete. La depositó frente a su mujer, avisó a los invitados de que iban a asistir a algo único que solo podía verse en contados restaurantes en todo el planeta y que más tarde les explicaría, y preguntó a Fabiola:

—¿Estás lista?

Sin esperar respuesta, retiró la tapa y dejó al aire un pajarillo no más grande que una mano de bebé. Fabiola se frotó las suyas sin ningún rubor. La experiencia había comenzado. Por fin iba a degustar un hortelano al armañac.

Sabía que, más pronto que tarde, servir ese plato sería un delito —el ave en sí misma era especie protegida en Francia, aunque seguía volando a través de un limbo legal dado que su caza no estaba prohibida de forma expresa— y quería probarlo a toda costa. O, más bien, lo que quería probar era la lealtad de su marido, comprobar hasta dónde era capaz de llegar por ella. Era consciente de que Claudio consideraba aquella delicadeza una aberración y le había rogado que se la preparara solo para llevarlo al límite. A él y, de paso, a todos los presentes, que ya empezaban a moverse inquietos en sus sillas preguntándose qué pasaba.

Para conocer la historia del pajarillo era necesario remontarse al siglo XVII, momento en el que empezó a ser codiciado por esos paladares que ya lo han probado todo. Cada año, entre el verano y el otoño, esta rara especie de gorrión migraba desde Rusia hacia África... si tenía la suerte de sortear a los cazadores furtivos de las Landas francesas. El que Fabiola tenía delante había sido capturado en los aledaños de Biarritz, donde fue introducido en una caja para cebarlo de forma salvaje hasta convertirlo en una bola de grasa. El hortelano, que de por sí era un glotón, comía y comía todo el mijo que le ponían delante; y más le valía hacerlo, ya que sus captores eran capaces de sacarle los ojos para que se creyera en una noche perpetua y acrecentar su gula, dado que era un ave nocturna que se alimentaba al ponerse el sol. Unas semanas después, cuando sus huesecillos descalcificados pasaron a ser puro cartílago, lo condujeron en su pequeña cárcel al restaurante de Claudio; y esa tarde, él mismo le sumergió la cabeza en una copa de armañac para que muriera ahogado justo antes de desplumarlo y asarlo para su mujer.

Pero la vergüenza no terminaba en la forma de cebarlo y prepararlo, sino en la liturgia a la hora de comerlo, que imponía una tradición de cuatro siglos que Fabiola estaba ansiosa por cumplir sin saltarse un solo paso.

En primer lugar, se colocó la servilleta de lino sobre la coronilla, dejando que cayera por encima de la nariz y las mejillas para ocultar el rostro mientras comía. Tal y como explicó Claudio en voz alta a los invitados mientras tanto, había quien decía que ese ritual se creó para que los demás no tuvieran que contemplar la crueldad del acto; otros opinaban que era para esconderse de Dios; pero según los cocineros que se atrevían a servirlo en sus restaurantes —aquellos que lo hacían con convencimiento y orgullo, obvió decir, no como él—, tenía la función de que el comensal no perdiera ni uno solo de los sonidos y las fragancias que se liberaban al morder, justo lo que se disponía a hacer Fabiola.

Se llevó el pajarillo a la boca con las manos —jamás con cubiertos, por muy de plata que fueran— e hizo estallar su diminuta caja torácica con los molares. Despacio, experimentando el chasquido de los huesos, las oleadas de grasa caliente y tripas, los chorros de selecto alcohol, todo ello sazonado por las gotas de su propia sangre, que brotaba al pincharse la lengua con los huesecillos, que parecían agujas. Al poco detuvo el masticado y dejó que el animal se deshiciera durante unos minutos que a ella le parecieron un suspiro, mientras que a Claudio y a los comensales que la contemplaban estupefactos se les hicieron eternos. Y, para terminar, sorbió la cabeza, que aún colgaba de sus labios, y la reventó, deleitándose con el crujir del cráneo y el pico.

Estaba en éxtasis. No tanto por las sensaciones indescriptibles, sino por saber que ninguna de las personas que habían acudido esa noche al restaurante podría jamás permitirse algo parecido. Todos ellos se creían lo más de lo más, pero no le llegaban ni a la altura de los talones, que por cierto llevaba enfundados en unos zapatos de piel de cordero español sin costuras internas que daba gusto tocar. Para comerse un hortelano hacía falta dinero, desde luego; poder y contactos, sin duda; un estómago a prueba de carteles de peligro de extinción, también; pero, sobre todo, un nivel de sofisticación y de conocimiento de esos secretos vetados a la mayoría de los mortales que nadie más que ella poseía por esos lares.

Cuando el clímax se evaporó fue a retirarse la servilleta, pero aún permaneció un minuto más oculta tras el lino. No escondiendo el pecado, sino regodeándose en él. No ocultándose de Dios, sino retándole: «Mírame, al igual que me mira toda esa gente. ¿Sabes por qué hago esto? Porque puedo».

Entretanto, Claudio se estremeció ante un pensamiento que sobrevoló el restaurante como un hortelano asustado: ¿me he apresurado al casarme? Así de fuerte y de reveladora fue aquella duda repentina, si bien entonces consideró que era fruto de los nervios y el estrés. Al fin y al cabo, era un día especial y estaban todos igual. Ayudantes de cocina, personal de sala... Hasta los invitados. No había más que mirarlos. No sabían si bromear o echarse las manos a la cabeza, si jalear a la bodeguera o levantarse montando un numerito para hacerla parar. O, lo que solía ser más común en situaciones incómodas, hacer como que nada había pasado.

Cuando Fabiola se retiró por fin la servilleta de la cabeza, le pareció hallarse en un jardín de estatuas. Echó hacia atrás despacio la silla y se levantó, limpiándose la comisura de los labios de forma discreta con la punta del lino. Era tal el silencio que, cuando comenzó a hablar en un susurro, hasta los que estaban sentados en la última mesa la oían a la perfección.

—Cuando mis padres murieron de forma tan prematura —recordó—, nadie pensó que una mujer joven y sola podía sacar adelante una bodega. No podéis imaginar cómo les quería y cómo les eché de menos desde el primer instante. Caminaba por la sala de barricas y cada veinte metros tenía que sentarme en el suelo a llorar. Pero eso no me impidió hacer las cosas a mi modo, de manera muy diferente, hasta diría que opuesta, a como ellos las habrían hecho. Jamás he traicionado a mi instinto, jamás; y, de momento, Bodegas 1521 ha triplicado el número de botellas que lanza al mercado. Y digo de momento porque voy a lograr que no haya cristal suficiente en el mundo para embotellar tanto vino de Rioja como vamos a exportar, con mis etiquetas o con cualquier otra de esta gran denominación que vamos a convertir en aún más grande. —Hizo una pausa y cogió de la mano a Claudio—. Pero hoy no estamos aquí para hablar de mí, aunque me haya permitido estas confidencias, sino de Los Estorninos, el nuevo templo de la gastronomía. Y lo describo como un templo con toda la intención, porque lo que aquí va a ocurrir a partir de esta noche será sagrado, una categoría que no se alcanza haciendo las cosas como el resto de los mortales. Lo que acabáis de ver, queridos amigos, es una declaración de intenciones. Es una provocación. Es un desafío. Entre estas cuatro paredes no hay límites para la creación porque no hay miedo al ridículo, no hay miedo al fracaso, no hay miedo a ser únicos. Como único es este hombre a quien tengo la fortuna de tener a mi lado. Claudio Tejada, mi marido, también confía en su instinto más allá de las reglas, y por eso hace arte. Así que ya sabéis. El que necesite seguir el camino que otros han marcado, que deje la servilleta sobre la mesa y vuelva a su casa. Y el que quiera experimentar el resultado de este desafío, que se aferre bien a los cubiertos y se prepare, porque, si bien no hay suficientes hortelanos al armañac para todos —rio levemente y los asistentes la secundaron—, vais a probar delicias que jamás habríais imaginado. ¡Todos a cenar!

El aplauso desaforado.

Los camareros danzando.

Claudio estremecido, asintiendo repetidamente como un tenor que alza la mano de una diva que acaba de bordar un aria imposible.

# 13

Regresar al lugar de los hechos me resulta durísimo. Al bajar del coche siento náuseas. Apenas contengo el ácido que sube por el esófago, la boca se inunda de saliva, empiezo a sudar. Si el vómito es un mecanismo evolutivo para expulsar venenos ingeridos, más me vale prepararme para arrojar la dosis que Fabiola me tendrá preparada desde que he llamado para avisar de mi visita. Pero no hay marcha atrás. Necesito saber más sobre la relación de mi hermano con Penélope y ella es el único nexo que puedo consultar.

La historia de la bodeguera con mis padres va mucho más allá de una infidelidad que acabó en ruptura. A esta circunstancia tan habitual se suma el otro ingrediente que, junto con aquella, hace triunfar a una ópera: la muerte. En este caso no de uno de los amantes, sino del hijo tan esperado.

Fabiola siempre había querido ser madre, y tal vez esa obsesión retrasó la concepción del niño. Un año después de empezar a buscarlo ya quería someter a mi padre a un estudio de fertilidad, a pesar de que la médica insistía en que la principal barrera solían ser las alteraciones hormonales que provocaba el estrés. Había pasado de ser la empresaria arrolladora que conquistó al guapo cocinero a una demente incapaz de hablar de otra cosa. Tanto sus vinos como el restaurante que mi padre acababa de abrir con toda la ilusión del mundo, de pronto, no existían para ella. Solo le preocupaban los artículos de las revistas de maternidad, que aprendía de cabo a rabo como si fueran el temario de una oposición. Azuzado por semejante estado de enajenación, mi padre fue dándose cuenta —al principio con pánico y después con resignación— de que no era su media naranja. Según mi madre, fue la propia Fabiola quien destruyó la relación, a base de ningunearlo y hacerlo sentir de prestado en su gran imperio bodeguero. Ella tenía el dinero y creía que también podía manejar las emociones: ahora quiero que estemos bien, ahora no. Yo solía decirle que para qué se metía a analizar. Mi padre la dejó por ella y punto. Y en su descargo había que decir que se enamoró de mi madre antes de que Fabiola le hubiese dicho que tenía la primera falta.

Fue un once de junio en el reparto del pez, el acto más emblemático de las fiestas de San Bernabé. Mi padre nunca llegó a confesarle a Fabiola este detalle cronológico, ya que justo era la efeméride del evento histórico que daba nombre a su bodega. Lo que siempre digo, sincronicidades por aquí y por allá. Como cada año, los miembros de la Cofradía del Pez se habían juntado para conmemorar el fin del asedio francés que los logroñeses soportaron gracias al pan almacenado en los graneros, el vino que reposaba en sus calados subterráneos y los peces capturados de forma furtiva, aprovechando la oscuridad de la noche y los pasadizos que desembocaban en la ribera del Ebro. Y lo hacían repartiendo entre la población miles de raciones de esos mismos alimentos: peces del río, pan y vino. Mi padre había sido invitado para colaborar en ese acto multitudinario, y como enseguida se apuntaba a todo lo que tuviera que ver con la gastronomía de la tierra, acudió a primera hora de la mañana a freír los alevines en buen aceite junto a los restos del Revellín, la única puerta de la antigua muralla que se conserva en pie.

A eso de las doce, un poco cansado de darle a la espumadera, se colocó en una de las mesas para ayudar a repartir las jarritas de cerámica en las que se dispensaba el tinto. Las colas de logroñeses serpenteaban cientos de metros y no tenía tiempo material para fijarse en sus rostros, ni mucho menos para intercambiar una sola palabra más allá de un «felices fiestas»... hasta que mi madre acercó su mano.

Fue su piel cuidada, la posición de los dedos, quién sabe. Pero de las manos saltó a los ojos azules y ya no pudo apartarla de su cabeza. Un par de minutos después, pidió a un compañero que le sustituyese y se abrió paso entre la gente hasta que la encontró.

«Disculpa que te moleste. Me llamo Claudio Tejada, soy el dueño del restaurante Los Estorninos, en la plaza del Mercado, y me gustaría invitarte a comer». Mi madre no blandió su espada, como solía hacer cuando le entraba algún pesado, sino que dejó caer todas las corazas del club de esgrima y aceptó. Tan solo dijo: «Espero que ese delantal —que mi padre no se había quitado al salir corriendo a buscarla— sea aval suficiente de que no estás loco o borracho». Y mi padre sonrió con el corazón encogido, dándose cuenta de que ella estaba equivocada. Tenía que estar loco, y mucho, para haber actuado de forma tan inconsciente.

A partir de ese primer instante de terror, las punzadas de arrepentimiento —que las sentía— quedaban enterradas bajo toneladas de excitación y también bajo la certeza de que había conocido a una mujer fascinante. Y todo se precipitó a partir de aquella comida que mi padre disfrazó frente a los camareros como un encuentro con una crítica gastronómica. «Firma sus reseñas con nombre de varón», siguió estirando la mentira con el jefe de sala sin saber bien por qué. A buen seguro que más de uno de sus empleados conocía a Conchita de Logroño, y en realidad le importaba poco que se percatasen de que era una cita. Estaban hechos el uno para el otro. Eso se sabe. Lo único que le apenaba era no haber tenido la referencia del amor verdadero cuando conoció a Fabiola para darse cuenta de que con ella no sentía lo mismo.

Ese mismo día llegó a casa con la intención de confesarle que tenía una relación y pedirle el divorcio. No era justo demorarlo. Pero cuando se disponía a hacerlo, Fabiola le anunció que se había quedado embarazada. Mi padre no daba crédito. Debió de ser la última vez que hicieron el amor, ya que tras conocer a mi madre lo había eludido con mil excusas. De pronto Fabiola se mostraba feliz con aquella barriga incipiente que no dejaba de acariciar y volvía a comportarse como una persona normal, lo cual ponía las cosas mucho más difíciles. Así que fue pasando el tiempo; o más bien mi padre lo dejó pasar, siendo este el gran error de su vida. Porque al día siguiente de decirle *in extremis* que la dejaba, con la gestación ya muy avanzada, Fabiola perdió el niño y se produjo una explosión de odio cuyas esquirlas infectaron el corazón de mis padres para siempre.

Mi madre, de quien yo había heredado la propensión al drama, decía que su película favorita era *Rebeca*, aquella antigua de Hitchcock, porque representaba su propia historia de juventud. Durante mucho tiempo se sintió como la humilde mujer de compañía que conoce casualmente a un lord traumatizado por la muerte de su primera esposa. Fabiola no estaba muerta, pero su hijo sí, y mi padre no podía liberarse de su presencia mientras mi madre se culpabilizaba y se hacía pequeña frente a la imagen que, casi sin conocerla, se había forjado de su exitosa predecesora, ahora recluida en la discreta casa de campo familiar en las proximidades de la bodega. La gente hablaba. No delante de ellos, pero hablaba. Y parecía que aquellas piedras en la mochila no le impedían caminar por la vida, pero le pesaban, y mucho.

Pronto comenzaron las descalificaciones, las versiones tergiversadas de una historia tan desafortunada como simple. Un duelo larvado que parecía haber llegado a su fin con ese golpe de efecto de Fabiola que fue convertir a Lucas en su protegido, contratándolo para un puesto directivo en la bodega cuando el resto del planeta —incluida su propia familia— lo había desahuciado. Era como decirle a la cara a mi madre: menos mal que he venido a salvar al hijo que tú no supiste educar; a partir de ahora todo será distinto para él. Pero mi hermano había terminado volviendo a su verdadero hogar... en ese momento en el que no estuve para él. Y para cuando me dispuse a entregarme del modo incondicional que esperaba de mí, había desaparecido.

El cubo de espejo permanece sellado por la Policía. Rodeo la propiedad por el camino que conduce a las zonas de trabajo de la bodega, situadas detrás. Allí también hay un cancerbero uniformado que vuelve a anotar mis datos y me informa de que la inspectora Santolaya anda cerca. Hay muchas personas a las que interrogar y la Científica sigue avanzando en su cuadrícula por la habitación, a la caza de rastros invisibles. Me viene un recuerdo olfativo tan potente como indeterminado, quizá alguno de los cuatrocientos compuestos orgánicos volátiles liberados del cuerpo de Penélope cuando entró en descomposición.

Le explico que tengo una cita con Fabiola, confirma el dato y me deja pasar. Una vez dentro me da reparo tocar nada, por si mi huella en la manilla de una puerta pudiera hacer peligrar la investigación forense. Tengo que relajarme.

Me sale al paso el joven flacucho y trajeado a quien ya vi al poco de despertar de la pesadilla. Vuelve a llamarme la atención que vista de forma tan impecable, como si lo propio en aquellas circunstancias fuera llevar los ropajes que utilizarías en una guerra o tras un desastre natural. Se detiene frente a mí y permanece callado. ¿Por qué me mira de ese modo? Me fijo en su alfiler de corbata de la recién creada Asociación de Bodegas de Logroño. Por un instante pienso que nos conocemos de una gala que organizaron sobre la que escribí una reseña, pero no.

—¿Sabes llegar a la casa del guardés? —me pregunta por fin.

Es el nombre con el que bautizaron la casita de campo que ya tenían allí antes de construir la bodega, en la cual Fabiola se recluyó cuando la abandonó mi padre. Niego y me pide que lo acompañe. Pasamos junto al edificio de oficinas, el laboratorio de los enólogos y la planta de elaboración. Atravesamos un patio grande con un remolque huérfano y un toro para transportar palés, y señala una construcción de ladrillo de un solo piso levantada en un terreno apartado que se extiende hacia las faldas del monte Cantabria.

—Allí.

Por un momento tengo la sensación de que quiere decirme algo más, pero da media vuelta y me deja sola.

# 14

Es como cualquier otra casa de campo de la época, nada especial. Está elevada del nivel del suelo por una plataforma de un metro de altura que a su vez sirve de terraza circundante. Carece de la piedra de sillería, los balcones de forja o los emblemas heráldicos que lucen algunas bodegas centenarias de la región. Su historia no es otra que la de haber acogido en fin de semana a la familia de un asesor fiscal que tuvo una visión.

Ernesto Marín, así se llamaba el padre de Fabiola, compró esa pequeña propiedad para ir con su mujer y su hija a remojarse en una piscina hinchable y asar chuletillas los días de fiesta. Debido a que algunos de sus clientes eran cooperativas y pasaba buena parte de su tiempo entre barricas, terminó infectándose con el virus de tener bodega propia. Pero en lugar de ir comprando viñedos poco a poco al modo tradicional, optó por un plan de negocio más radical: se hizo por cuatro duros con la extensión baldía de terreno que rodeaba su chalecito, construyó allí la zona de elaboración de la bodega, fue contratando a jóvenes promesas de la enología para que se ocupasen de hacer alquimia, y tiró de pequeños viticultores de las zonas más prestigiosas de Rioja —a los que conocía de la asesoría— para que le proveyeran de uva. La apuesta le salió mejor que bien. Sus vinos fueron elogiados desde la primera añada y vivió unos años prósperos, pero el destino le privó de disfrutar de la sosegada madurez del negocio. Su repentina muerte en un accidente de avioneta junto con su esposa cuando regresaban de un congreso en Burdeos empujó a Fabiola, su única hija, a luchar contra todos los convencionalismos para coger las riendas de una empresa de hombres. Nadie daba un duro por ella, pero pronto demostró que había heredado lo mejor de su padre, que no era la nutrida cuenta corriente, sino su espíritu emprendedor y su visión para los negocios.

Del lateral de la casa parte un seto que deja un espacio fuera de la vista, como si en su día hubieran tratado de dar privacidad a un jardín. Todo el conjunto rezuma inocencia, pero el pensar que es allí donde Fabiola perdió el niño hace que lo perciba como un sombrío páramo de Emily Brontë, con todo el odio y la sed de venganza de sus cumbres borrascosas.

Rodeo el seto hasta que me doy de bruces con una explanada de tierra en la cual hay cerca de una docena de...

¿Menhires?

Entorno los ojos más por extrañeza que para mirar mejor, ya que no hay ninguna duda de lo que tengo delante: rocas neolíticas con forma de inmensa gota de agua, gruesas en la base y más estrechas a medida que ascienden hasta acabar en punta, dispuestas con algún significado ritual. Pienso que tal vez sean un homenaje funerario a su hijo y me recorre un nuevo escalofrío.

Fabiola camina a paso muy lento entre ellas, agachándose para arrancar algunos matojos secos con los que va formando un deprimente ramillete. Pantalón de pana fina, camisa de cuadros y chaleco verde acolchado. A partir de las fotografías que había visto en los medios la había imaginado más alta, pero la autoridad de aristócrata medieval que emana se impone a la discreta estatura. Pelo corto y rizado, que algún día fue pelirrojo y se está volviendo gris. No quedan en su rostro retazos de haber sido una belleza, pero sus ojos ofrecen un reflejo de la historia de la ciudad en la que se ha hecho un hueco para siempre y te invitan a acercarte..., lo cual haces sin saber que te estrellarás contra su maldad al igual que los pájaros, confundidos por el espejismo de su hotel, se estrellan contra el cielo reflejado.

—Buenas tardes, Fabiola.

Levanta la vista a un nubarrón que sobrevuela nuestras cabezas, dejando claro que a ella no le parecen tan buenas.

—Más vale que no llueva. Es lo peor en este tiempo.

—No esperaba que me atendieras.

—¿Qué te hacía pensar eso? No me conoces.

—Bueno, sé lo que tengo que saber.

Da un tirón a una mala hierba que se le resistía.

—Lo que te han contado, más bien.

Tiene un esparadrapo con gasa en la frente, sobre la ceja izquierda.

—¿Qué te ha ocurrido?

Cuando por fin se vuelve hacia mí, me deja como una polilla clavada con un alfiler en un corcho.

—¿Quién te crees que eres para meter la nariz en lo que no te importa?

—¿Seguimos hablando de ese chichón o hemos saltado a otra cosa?

—Me he golpeado con la esquina de una puerta del armario de la cocina —explica con fastidio y una voz rasposa que genera la misma sensación que cuando arañas una pizarra—. Lo peor es que derramé el café que me estaba preparando y no me quedaba más.

Se apoya en uno de los bloques de piedra, que, como ella misma, cautivan por su simplicidad y firmeza. Trato de imaginarla con cuarenta años menos, cuando la conoció mi padre. Me pregunto si ya entonces tendría ese aspecto de loba solitaria o si lo desarrolló más tarde como un mecanismo de defensa.

—¿Bebes vino a menudo? —pregunta mientras retoma su tarea de limpieza.

—Depende de los días.

—Ese es el problema. Parece que hay un repunte del consumo en el mercado interno, pero sigue sonrojándome que los belgas beban el doble de vino que los españoles a pesar de que nosotros lo llevamos en el ADN. Los jóvenes estáis olvidando que, en este país, el vino nunca ha sido para las grandes celebraciones, sino para las ceremonias más cotidianas del día a día.

—Eso dicen que es vivir, ¿no? Celebrar cada momento.

Lo apunto con intención, sabiendo que Fabiola ha pasado décadas encerrada en un caparazón de resentimiento. Pero ella asiente como si la cosa no le tocase de cerca.

—Parece que estoy oyendo a Bugatti. ¿Está vivo?

—Sí.

Dibuja un gesto que deja claro que mi respuesta la ha decepcionado.

—Aunque solo fuera por respeto, deberíais beberlo más —insiste, acostumbrada como está a que todo el mundo le dé la razón—. ¿Sabes cuándo se cultivaron las primeras uvas en la península?

—No tengo ni idea.

—Cuatro mil años antes de Cristo. Imagina cuánto esfuerzo derrochado durante siglos para crear algo que estuviera a la altura. La única forma de encontrar sentido a nuestro paso por aquí es construir algo superior a nosotros mismos.

«Como un hijo», estoy a punto de completar, lo que sin duda habría supuesto el fin de la charla. Tengo que tranquilizarme. Fabiola desvía la mirada hacia los alrededores de la parcela y de ahí a lo alto del monte Cantabria, que se alza sobre nosotras.

—¿Buscas algo? —pregunto.

—Allá por el ochenta y cinco —se remonta precisamente a la época en la que perdió el niño, un poco antes—, le propuse al enólogo cambiar el perfil de mis vinos. Hasta entonces eran algo bajos de color, sin mucha estructura y con demasiada madera. Nos habíamos acostumbrado a elaborar tintos para los críticos de las revistas sin pensar en el consumidor, y me encerré a elaborar otros más finos y dóciles, con músculo pero bebibles. Al principio, muchos de esos que se autodenominan entendidos se me echaron encima.

—Supongo que aún existe ese conflicto entre tradición y modernidad —intento seguirle el juego.

—Si entendemos por tradición la falta de higiene y la mala ventilación de los calados, entonces sí que están reñidos. Pero si piensas que tradición es mantener el compromiso de nuestros ancestros por convertir las uvas en poesía embotellada...

—Mi padre solía utilizar esa metáfora con los clientes del restaurante.

—Te aseguro que no es la única frase de que se apropió ese desgraciado.

Me quedo de una pieza, lo ha dicho con tanto desprecio que es como si se hubiera plantado frente a su silla de ruedas y le hubiera cruzado la cara de un guantazo.

—¿Por qué los menhires? —pregunto mientras reacciono.

Señala un pesado portón que sella lo que parece ser una gruta abierta en la ladera del monte, a la que ha dado un tajo vertical para encastrar la entrada.

—Un buen día me puse a excavar túneles ahí dentro. Era una especie de utopía, pero quería tener mi propia red de calados subterráneos, como los que tienen las bodegas clásicas. A medida que iba profundizando con la obra, extraía más y más piedra; y, como no sabía dónde meterla, me hice escultora.

—¿Estás diciendo que los has tallado tú?

—Probé con otros estilos, pero no era especialmente hábil, así que me decanté por lo que se me antojó más fácil. Además, se me ocurrió pensar que algo tendrían los menhires cuando los esculpían aquellas gentes que aún no se habían adulterado por las miserias de esta sociedad. Y lo de excavar me venía dado.

—¿A qué te refieres?

—Mi padre, que era un gran amante de la historia, escogió mi nombre por una novela llamada *Fabiola o la iglesia de las catacumbas*. Estoy segura de que no la conoces, aunque deberías. La protagonista era una joven romana bellísima que lo tenía todo: educación, dinero, una familia respetada...

Me observa con burla. ¿Por qué te paras? ¿Qué coño sabes tú de mi vida?

—¿Y?

—Y a pesar de tenerlo todo, se sentía vacía. Eso la desesperaba y la empujaba a enfrentarse a todo el mundo para generar algún tipo de emoción. Un día atacó a una esclava y esta, en lugar de callar y someterse, le dio una lección de humildad que la dejó impresionada. Como te imaginarás, la esclava era cristiana y la condujo a la Verdad. Me refiero a esa que va con mayúscula.

—¿Hay alguna verdad de esas?

—Alguna.

—¿Como cuál?

—Como que tu hermano no ha sido el autor de ese estrago.

Me pilla desprevenida. No esperaba que finalmente fuera ella la que entrase de lleno en la cuestión.

—¿Sabes por qué escogió a Penélope para la campaña de publicidad? ¿Es posible que hubiera tenido alguna relación anterior con ella?

—Supongo que la fichó porque se había hecho famosa y era de aquí. Yo confiaba en tu hermano, lo que él hiciera en su departamento me parecía bien.

—¿Se te ocurre algo que pueda ayudarme a encontrarlo?

—Deberías conocerlo mejor que yo.

—Hace tiempo que no nos veíamos.

—Y cuando llegó el momento...

No oculta un gesto de profundo reproche.

¿Se lo habías contado, Lucas? ¿En serio fuiste a llorarle nada más abandonar nuestra casa?

—Hablaba mucho de ti —prosigue, confirmando mis temores.

—¿De mí?

—No debería sorprenderte. Lucas te quería.

—¿Conjugas todo el rato los verbos en pasado porque crees que mi hermano ha dejado de quererme o porque consideras que ha dejado de existir?

Hace como que no me ha oído.

—Anteayer dijo que era una pena que estuvieras... ¿Cómo era exactamente? Tan apocada.

—¿Cómo que apocada? ¿Utilizó ese adjetivo?

Mi mente elabora una relación de sinónimos a la búsqueda de alguno que pueda cuadrar y no me cause bochorno, pero no es fácil: tímida, limitada, encogida, reducida, pusilánime, medrosa, cobarde, deprimida... Este es el veneno que me tenía reservado. Y lo peor de todo es que no tengo fuerzas para vomitarlo.

—Tal vez ha tenido que pasar esta desgracia para que reacciones, ya ves cómo son las cosas.

—¿Te refieres a que he reaccionado a través de mi columna?

—Tu hermano sí que tiene arrojos. Mira el hotel que ha ayudado a levantar, un cubo de espejo que nos invita a mirarnos... o, más bien, que nos *obliga* a mirarnos para tomar conciencia no solo de cómo somos, sino también de cómo es el entorno hedonista e hipócrita en el que nos toca vivir. Hay quien piensa que ese cubo no pega ni con cola con la bodega, pero hemos de mirar al futuro y a lo que demanda el consumidor, que son nuevas experiencias.

—Tradición y modernidad —retomo para escapar del rincón en el que me tiene acorralada.

—Bodegas 1521 no seguiría en pie si mis padres no hubiesen muerto en esa avioneta. Mi vida habría sido mucho más feliz con ellos sobre la tierra y no debajo, o al menos algo feliz. Pero hablando del negocio... ¿Te imaginas lo que tuve que hacer con mis primeras creaciones? Elaborarlas a escondidas, ayudada por un enólogo que era un genio y que, como es lógico, no le caía bien a Claudio. Por cierto, tu hermano me dijo que lo vio francamente mal.

—¿De verdad te interesa?

—Pues ya que me lo preguntas así de claro, no. —Suelta una carcajada macabra que rebota en los menhires—. Solo pretendía suavizar un poco el ambiente, pensando en cómo te sentirás después de lo de anteanoche. Siempre me han dicho que soy muy brusca. Demasiado chicazo, por aquello de que me encanta subirme al tractor y mover las barricas. Como si para hacer buen vino bastase con dibujar las etiquetas.

—Y ¿cómo te sientes teniendo la bodega llena de policías?

Me observa, se lleva la mano a la espalda por el interior del chaleco y saca un corquete afilado que debía de llevar sujeto en el cinturón. No veía uno de esos utensilios en forma de pequeña hoz desde que mi madre nos subía al pueblo en vendimias. En aquel entonces nos prohibían tocarlos para que no nos cortásemos la mano. Fabiola lo empuña con seguridad. Permanece unos segundos callada frente a mí. Al cabo, se agacha una vez más y utiliza la cuchilla para arrancar otro matojo que sale con una larga raíz.

—¿Tú que crees? —pregunta mientras tanto.

—Yo también pretendía ser amable. Si no me puedes decir nada más de Lucas que pueda ayudar, algo tendré que preguntarte antes de dar media vuelta e irme.

—Pues saca más partido a tus dotes de periodista y pregúntame, por ejemplo, si creo que alguien ha hecho esto para destruirme.

—¿Cómo?

—Desde que me hice cargo de Bodegas 1521, mucha gente ha intentado torpedearme, pero yo he resistido un ataque tras otro. ¿Piensas que ha sido fácil levantar esta empresa siendo mujer? Cuando empecé a acudir a las ferias, ¿a quién te crees que se dirigían los proveedores? ¡Al financiero que me acompañaba, que en su vida había visto una cepa! La frase más habitual en los bares de por aquí era: «¡Qué se habrá creído esa que es el vino!». Y ¿qué es el vino? ¿Puedes decírmelo tú?

Se me encara con el corquete en la mano. La veo capaz de cualquier cosa, aunque lo que más me preocupa es lo que ha sugerido. ¿De verdad cree que ese crimen brutal forma parte de un plan para arruinarla? No soy capaz de imaginar un ego mayor. Me doy cuenta de que Penélope no existía para ella. Ni Penélope ni nadie. Pobre hermano mío...

No tiene ningún sentido seguir allí.

Doy media vuelta y regreso por donde he venido. Me cuesta no mirar atrás. Noto su presencia encaramándose por mi espalda hasta los hombros, anclándose ahí como una lapa fría que pesa como el plomo.

# 15

*Treinta y cuatro años antes*

Fabiola abandonó Bodegas 1521 sin tan siquiera mirar a la empleada de recepción. Estaba pensando en otra cosa. En la única cosa. A cada minuto se preguntaba cuándo iba a quedarse embarazada. Más bien se lo exigía a sí misma y se culpaba un mes tras otro de no lograrlo. Iba a encontrarse con una conocida de Arnedo que le había pedido unos minutos para comentarle algo, y había aceptado solo para ver si se olvidaba del tema durante un rato y amansaba esa ansiedad que la empujaba a hacer cosas extrañas, como plantarse en la puerta de una guardería del centro a esperar la salida de un retoño inexistente.

Su cita se llamaba Amparo Loza y pertenecía a la junta de Afammer, una asociación nacional de mujeres del mundo rural. En La Rioja, una pequeña región vertebrada por aún más pequeños municipios, sus socias buscaban dejar de ser invisibles y promover la igualdad de oportunidades. Acababan de lanzarse a esa aventura y estaban con ganas de hacer mil cosas, en ese momento en el que te crees capaz de cambiar el mundo. En eso se parecían a ella. Aunque últimamente tuviera la cabeza ida, ella sola estaba cambiando el mundo del vino.

Mientras pasaba frente al edificio de los juzgados, Amparo la reclamó desde una de las cafeterías próximas al teatro Bretón. Entraron y se sentaron a una mesita redonda de mármol; apoyó los brazos y le pareció que estaba congelado, o puede que fuera ella, que andaba descompuesta como cada vez que volvía a tener el período. Pidió una manzanilla y la otra, un café.

Fabiola la examinó sin pudor mientras Amparo se atusaba la melena recién alisada en casa. Tenía el trasero muy grande, lo cual no le había impedido enfundarse unos vaqueros que se lo marcaban aún más. Por arriba, la blusa de los domingos. Pese a todo no se conservaba mal, ya que le sacaría por lo menos diez años.

Se conocían de la última vendimia. Amparo se apuntó en la lista de controladores de pesaje del Consejo Regulador y le asignaron Bodegas 1521. Su labor consistía en vigilar la báscula para que los agricultores que vendían uva no colocasen más kilos de los que tenían asignados en sus cartillas de producción. Pasaron juntas buena parte de la semana, ya que, mientras pesaban los remolques, era la propia Fabiola quien introducía el pincho para coger muestras. Dado que el precio dependía de la graduación alcohólica, no le apetecía dejar esta labor en manos de algún empleado que le tuviera manía por ser mujer y fuera a mirar en beneficio del otro.

Mientras esperaban a que volviera el camarero, Amparo le contó que su marido también andaba metido en una nueva asociación con un grupo de agricultores y ganaderos. Cosas de los movimientos sindicales del campo y de la crisis de la remolacha y la patata.

—Olvídate de tu marido y háblame del lío ese de Afammer —la cortó Fabiola—. ¿De verdad vale la pena?

—Hacía más falta que el comer. La semana que viene tenemos asamblea y cada vez hay más socias. —Bebió un sorbo e hizo ademán de haberse quemado—. En la central de Madrid están encantadas.

—Pues si sois tantas, no vais a caber en ese cuchitril —anotó la bodeguera, que había asistido en calidad de invitada a la primera reunión en un local prestado en el centro—. El otro día erais una docena y estabais la mitad de pie.

—Por eso te he llamado, para ver si nos dejas el salón grande de tu bodega.

—Vaya una petición directa —renegó con frialdad.

—¡Disculpa, no quería abusar! Se me había ocurrido no solo porque es amplio, sino también porque tienes sillas. ¡Y micrófono! Que empezamos a discutir y la de arriba tiene que poner orden. Y como el otro día dijiste que si necesitábamos algo...

En cuanto se detuvo unos segundos a pensarlo, imágenes del niño inexistente aprovecharon para volver a ocupar su mente. Tal vez para huir de ello resolvió sin más:

—Cuenta con ello.

—¿De verdad?

—Mientras no me pidas que luego os dé de comer a todas...

Amparo aplaudió levemente.

—Ya sabía yo que no me ibas a fallar. Ayer le dije a la que está de presidenta en Madrid: tengo una amiga que seguro que nos echa una mano. No te importa que te llame amiga, ¿verdad? Ya le expliqué que te hiciste cargo sola de la bodega y que eres una jabata.

—Exageras, pero cualquier cosa por ayudar a las mujeres de los pueblos. Bastante mérito tenéis.

—Es complicado en los pueblos y en la capital. Me imagino que en tu caso, y perdona la confianza, aunque vas siempre sacando pecho, la procesión irá por dentro.

Fabiola se alarmó de que Amparo la estuviera leyendo con tanta claridad, aunque le parecía una mujer seria y echada para delante. Si no, de qué iba a estar perdiendo el tiempo con ella. Desde que terminó su trabajo estacional, no habían vuelto a verse hasta que aquella le pidió que las acompañase en la junta constituyente de la asociación, a sabiendas de que iba a asistir la prensa y quedaría bien en la foto un rostro conocido.

—Me ponen zancadillas —le confió, arrastrada por la naturalidad de la de Arnedo—, pero el negocio va bien.

Amparo arrugó la nariz. De nuevo había captado el mensaje que Fabiola le había enviado de forma inconsciente.

—¿Y lo demás?

—¿Cómo?

—En casa, con ese cocinero guapo que tienes por marido. Ya sé que ha montado un restaurante que es la bomba.

—Tenemos nuestras cosas, como todo el mundo.

—Si no quieres no me lo cuentes, que tampoco nos conocemos de hace tanto. Si te lo pregunto es porque eres un modelo para nosotras.

—Ya estás exagerando otra vez.

—Que sí, Fabiola. Mira, por ejemplo, esta cita. Cómo iba a pensar yo hace unos meses que me sentaría a tomar café con una bodeguera como tú, con todas las cosas importantes que tendrás que hacer. Te lo digo en serio, nosotras te vemos como la Diana de Gales o más. Si para algo hemos creado la asociación, es para concienciarnos de que somos capaces de todo. Y también de que no estamos solas.

Fabiola pensó que ella lo tenía todo y, sin embargo, se sentía tremendamente sola.

—No podemos tener hijos —le confesó de repente.

Antes de terminar la frase ya se había arrepentido. ¿Por qué he dicho eso? ¿Por qué? ¿Por qué? ¿Por qué? Pero a medida que avanzaban los segundos de silencio —Amparo no sabía cómo reaccionar—, fue sintiéndose liberada.

—¿Te refieres a ti y a tu marido?

—A quién si no me voy a referir.

—Vaya por Dios. ¿Os habéis hecho pruebas?

—En realidad no, pero vamos... A otras pruebas me remito.

No quería ni oír hablar de análisis médicos, no fuera a enterarse de que el problema estaba en ella. Para poder respirar necesitaba creer que era cosa de Claudio.

—Y ¿no habéis pensado en adoptar?

Tuvo la sensación de que se detenía la música, el ruido de la cafetera, todo.

Claro que lo había pensado.

De hecho, pasaba el día dándole vueltas al asunto. Hasta cuando abría los libros de historia de su padre, que siempre habían sido su mejor vía de escape, buscaba referencias para ver cómo lo hacían siglos atrás. Podría haber escrito una tesis en la servilleta de papel que tenía bajo la tetera. La noche anterior le tocó al rey Hammurabi de Babilonia. En aquella época de toros alados, no solo regularon la adopción, sino también la locura esa de pagar a otra para que incubase a tu hijo. Los griegos, tan sabios, dejaban al bebé en el interior de una vasija funeraria en mitad de un camino, de forma que volvía a nacer si alguien lo recogía antes de que lo devoraran las alimañas. Los romanos crearon las primeras casas de acogida para proveer a quien no tuviera descendencia biológica de un sucesor que rindiera culto a los ancestros. Y lo de la Edad Media ya era el colmo: el niño se metía bajo la falda de la madre adoptiva y salía de nuevo simulando un parto. Según el momento y el lugar cambiaban las ceremonias, pero el objetivo siempre respondía al mismo anhelo humano: perpetuar la estirpe. ¿Por qué ella no podía hacerlo?

—Me parece muy respetable, Amparo, pero es un lío. Primero de todo por los papeles.

—Te diré que lo he estado mirando y no es para tanto.

—¿Estás pensando tú en adoptar?

—Qué va, si yo tengo dos mostrencos que dan guerra como diez. Es... —Se detuvo—. Bueno, a ti te lo puedo decir. Es para una chavalita del pueblo de mi marido, pero al revés.

—¿Qué es eso de al revés?

—Pues que se ha quedado embarazada y quiere darlo.

—Vaya, ¿por qué?

—Porque el padre es un ligue de una noche de fiestas que no va a casarse ni mucho menos a reconocer al niño. Dice que como se enteren en su casa la matan, así que vino a buscarme cuando vio que me había metido en lo de Afammer, e hizo bien. He preguntado al abogado que tenemos en Madrid y me ha dicho que le hará encantado las gestiones para llevar el tema adelante y que ella solo tenga que aparecer en privado un día ante el juez. Si quieres que te informe, puedo darte su teléfono.

Como si no lo hubiera mirado ya con el asesor de la bodega, que sabía de todo tipo de leyes. Antes se ocupaban las inclusas, esas entidades benéficas que acogían a los niños abandonados, y era todo más fácil. Durante las últimas décadas se habían sucedido diversas reformas y el bienestar de los niños primaba sobre el interés de las parejas que querían adoptar, lo cual dificultaba el procedimiento. Y aun cuando habían reducido el tiempo que el niño debía estar abandonado antes de poder ser entregado, había que cumplir otros muchos requisitos, como que los adoptantes tuvieran al menos treinta años. Como si una madre fuera a tener más cabeza por haber soplado más velas.

—No te molestes —dijo, quejumbrosa—. No me da la edad.

—Sobre eso no sé decirte.

—Y luego está la gente. Yo sé bien que nunca iban a mirar igual a ese niño. Antes preferiría hacer cualquier teatro. Irme de aquí unos meses y volver con él como si lo hubiera parido yo.

Amparo tornó a un gesto meditabundo.

—¿Lo harías?

—Estaba hablando por hablar.

—Igual voy a decir una barbaridad.

Le embargó una sensación de ahogo.

—Di lo que sea.

—¿Y si te quedaras tú el niño de esta *chiguita*?

—¿Cómo?

—La del pueblo de mi marido. Aún no se le nota ni lo sabe nadie. Podríais iros ambas con alguna excusa y volver ella sin barriga y tú con el niño en un cesto como si hubiera salido de tu vientre. Con un poco de suerte hasta saca tu pelo, la chica lo tiene muy del estilo.

Dio un sorbo al té. Se sirvió más.

—Es muy complicado, Amparo. Se dice fácil lo de ausentarse, pero luego...

—Anda que no puedes irte tú donde quieras. ¿Quién va a ponerte trabas? Y a esa chica ya había pensado buscarle un trabajo de asistenta con alguna de la asociación de otra provincia para que se alejase del pueblo hasta que todo se resuelva.

Se le vinieron encima toneladas de imágenes de sí misma en un futuro muy diferente al que había soñado. Hasta entonces había barajado esa opción como una mera hipótesis; pero ahora afloraban conflictos como burbujas en un lagar en plena fermentación. ¿Estaba admitiendo su infertilidad? Tenía la sensación de estar negociando con ese bebé —yo te libero, tú me lo das—, como si fuera una propiedad susceptible de permuta. Y, de cualquier forma, la adopción era un premio de consolación, nunca el final —del todo— feliz al que aspira una madre. Era el inicio de un viaje complicado en el que se entrecruzarían dos historias marcadas por el dolor: la suya propia y la de aquella otra madre que nunca dejaría de serlo y la observaría desde las sombras. No estaba segura de disponer de tanta generosidad, pero sí de muchísimo amor desaprovechado al que tenía que dar salida si no quería que terminase enquistándose y pudriéndole el corazón.

La cabeza le hervía. Antes de hablar miró a ambos lados con disimulo, como si estuviera conspirando contra el gobierno.

—Imagina por un momento que lo hiciéramos...

La otra se mordió el puño de nervios.

—Ay, madre mía.

—Hablo solo de imaginar, Amparo, no te alteres. ¿Cómo se lo diré a ese niño cuando crezca?

—Pues como se ha hecho toda la vida. Le cuentas que sus padres murieron en un accidente de tráfico o te inventas otra historia trágica. Lo importante no es lo que pasó antes, sino que el niño sepa que fuiste su salvadora.

—O la niña —murmuró Fabiola.

Más imágenes, cada vez más nítidas.

Más color.

Incluso algún rasgo furtivo, la comisura de un labio que deja intuir una sonrisa en la mejilla sonrosada.

—O la niña —reiteró Amparo—. Con un poco de suerte te llevas una jabata como nosotras.

La bodeguera prometió meditarlo y salieron de la cafetería. Yo me voy para allá, hacia la estación de autobuses. Yo, para el otro lado, optó Fabiola con tal de quedarse sola cuanto antes. Necesitaba analizar cada detalle y posibles eventualidades de aquella locura. Sentía un río de lava por sus venas, un estallido en cada poro de su piel. Pero mientras Amparo se alejaba, levantó la mano como para detenerla. ¿Y si el niño sale con alguna tara?, quería preguntarle, presa del pánico. No podía poner un anuncio como hacían después de la guerra: «Adoptaría bebé con buena salud y cuyo padre haya muerto en defensa del bando nacional». Ni tampoco esperar frente al paritorio para ver si le hacía tilín el arco de sus piernas o la forma de su cabecita.

Bajó el brazo, avergonzada. Aceptaría a su hijo como viniera, por infectos que fueran el vientre de esa individua y el semen del padre que lo engendró. Lo salvaría de esa gente y lo querría como propio porque el verdadero amor se forja día a día. No hay madre más verdadera que aquella que te cuida y te prepara para la vida.

No podía creerlo ni cabía en sí de gozo.

Iba a ser una verdadera madre.

# 16

Santos Valdemar, el abogado de mi hermano, tiene el despacho en una torre emblemática del centro que ETA decidió volar a principios del milenio. Poco antes de la explosión, uno de los terroristas avisó de que habían colocado un coche con cuarenta kilos de dinamita junto a la «torre blanca», sin saber que, aunque este era el color del edificio, había otro llamado exactamente así al final de la misma calle. Allí se dirigieron los cuerpos de seguridad, mientras varios pisos del primero eran reducidos a cenizas. El despacho de Valdemar está situado en una planta elevada que apenas se vio afectada. «Se las sabe todas», presumía de él mi hermano el día que me lo presentó.

Tras escribir una columna sobre mi encuentro con Fabiola y enviarla al periódico, le he llamado para que me atienda unos minutos. Algo me dice que podrá ayudarme a colocar esa pieza del puzle cuyo vacío me colma de ansiedad. «Tienes que ayudarme a pararlo», dijo Lucas. Necesito tener la certeza de que no se refería al asesinato de Penélope. Ha de ser cualquier otra cosa, incluso otro negocio ruinoso.

Lucas y él fueron uña y carne durante años, pero me recibe sin mostrar un atisbo de compasión. Tal vez necesite esa inmisericordia para lidiar en los juzgados y ha calado en el resto de parcelas de su vida, pero a mí me parece repugnante.

Le sigo por un pasillo del bufete con separadores acristalados hasta la estancia más grande, donde me pide que me siente frente a él. Me ofrece la silla de forma automática, como tantas veces habrá hecho con otras mujeres que acudieron con mi misma expresión de agotamiento para pleitear por una pensión. Viste ropa informal. Nunca lo he visto sin el traje estrecho que suele llevar como si fuera un maniquí de Tom Ford al que hubieran insuflado vida. La camisa se ve buena, con las mangas recogidas dejando al descubierto una pulserita de cuero que le habrán regalado los dos niños rubios que sonríen desde un marco. En la foto no hay rastro alguno de madre, ni rubia ni morena.

—Tú dirás —comienza, mirando su reloj.

—¿Tienes prisa?

—No me jodas, Camino. He venido sin rechistar para atenderte en mitad del puente como si fueras la Policía. De hecho, ya he estado con ellos y no me gusta repetirme.

—Si lo prefieres, publico que no te apetece intercambiar unas palabras conmigo a pesar de que llevaste a mi hermano a la ruina.

—Se llevó él solito, querida. Yo no hice otra cosa salvo protegerle.

—¿Cómo puedes decir eso? Al menos admite que le animaste para que se liase la manta a la cabeza con esa sociedad.

—Y gracias a esa sociedad que creamos no debe nada ni está en la cárcel.

—No debe nada porque el patrimonio de mis padres lo cubrió todo, incluyendo tu minuta.

—A ver, Camino, vamos a dejar claritas las cosas, que aunque no tenga por qué justificarme de lo que hago o dejo de hacer en mi despacho, ni tu hermano ni yo nos merecemos que empieces a contar patrañas en tu columna. Lucas montó una promotora convencido de que las cosas iban a ir bien. Empezó a construir los pisos, puso la oficina de ventas, los compradores se mostraron perezosos aun cuando la zona no era mala, los bancos se lanzaron a ejecutar los créditos y presentamos en tiempo y forma el concurso de acreedores. Punto. ¿Hizo algo fraudulento? No. Ni se apropió de bienes, ni manipuló ningún balance, ni dejó que la empresa se pudriera, echando la persiana y largándose al Caribe. Porque, de haber sido así, el fiscal lo habría acusado y el juez de lo mercantil no habría dicho que el concurso era fortuito. For-tui-to, sin responsabilidad para el administrador. Excluyendo lo que tiene que devolver a tus padres, obviamente. Además —sigue con el chorreo—, ¿para qué has venido a verme si soy tan negligente y tan ladrón?

Me resulta fatigoso discutir con él por la despreocupación con la que comenta esas miserias que a cualquier persona de a pie le supondría dolor físico rememorar, pero he de reconocer que explicado así todo parece más inocente.

—Comprendo que tiene que ser complicado digerir lo que os ha pasado —continúa—, pero del mismo modo que el mercado no le fue favorable, ahora podríais estar todos nadando en billetes y querríais a Lucas más que a nadie. Así son las cosas, y tu padre era consciente de la apuesta cuando avaló. Tenía un negocio, sabía de qué va esto.

Nunca había hecho este ejercicio. Imaginar a Lucas —a la misma persona que ahora no puede entrar en casa— contándonos en el salón que había vendido los veinticinco pisos mientras mi padre descorchaba su mejor botella y mi madre llamaba a sus primas para presumir de hijo.

Ha llegado el momento de concentrarme en el presente.

—¿Sabes si andaba metido en algo?

—¿Últimamente, te refieres?

—La mañana antes del asesinato vino a pedirme ayuda.

—Hace mucho que no sé nada de él.

—¿Tenéis colgando algo de lo que mi madre no tenga constancia?

—¿Te refieres a alguna ejecución ajena a los avales?

—No sé, dime tú.

—Todo terminado y bien terminado. Si quieres te saco las resoluciones.

—Tal vez haya cambiado de letrado.

—Yo no reñí con él, si es eso lo que insinúas. Como bien has dicho, cobré la minuta que me correspondía y él ha podido continuar con su vida. No puedo decirte si me ha puesto los cuernos, pero no tiene motivos.

Me fijo en una pareja de máscaras tribales que cuelgan en la pared junto al título de licenciado en Derecho por la Universidad de Navarra. Las habrá traído del safari por el Ngorongoro, en cuyo cráter posa en otra fotografía que relaja la atmósfera cargada de tomos de jurisprudencia. Al verla, yo misma mudo a un tono más gentil.

—No dudo de ti, siento que hayamos empezado con tan mal pie, pero tiene que haber algo. Solo te pido que pienses en esas conversaciones de pasillo que debisteis de tener mientras esperabais a que os llamaran de la sala de vistas. En esos tiempos muertos se habla de cualquier cosa...

—De lo que hablaba tu hermano era de ti.

—Sí, claro.

—Mucho más que de sus novias, y eso que le conocí unas cuantas. Una vez andaba nervioso porque salía con dos a la vez y me dijo que, en lugar de cortar con una, iba a echarse otra más porque así dejarían de preocuparle las tres.

—¿Qué te contó de mí? —no me resisto a preguntarle.

—¿Qué importan los detalles? Te quería y sufrió mucho cuando le diste la espalda.

—No fue algo unilateral. Él mismo se alejó y se puso tan a la defensiva que era imposible razonar. Luego pasó lo de mi padre y todo empeoró. Es cierto que a mi madre le afectó muchísimo y lo hizo todo aún más difícil.

—Que no te lo digo a modo de reproche, Camino. Si yo sé mejor que nadie que lo que ha pasado es muy fuerte. A ver... —Hace ademán de pensar, mostrándose cada vez más colaborativo—. El día que resolvieron la pieza de calificación del concurso y dictaminaron que no tenía responsabilidad, quise llevármelo por ahí a tomar algo. Habían sido muchos meses, más bien años, bebiendo juntos un café tras otro antes de las comparecencias, y nos merecíamos algo un poco más fuerte. Pero me salió con que, antes de celebrar, aún tenía que resolver un fleco.

—¿Por qué no lo has mencionado antes?

—No te sulfures. Primero de todo, ya ves que quiero ayudar porque de otro modo te estaría sacando a colación el secreto profesional. Y, segundo, ¿qué voy a saber yo de algo que solo me dejó caer?

—Pensaba que al abogado se le contaba hasta el último detalle.

—Todos necesitamos guardarnos algún secreto para creer que tenemos una parcela de mundo propia, por pequeña que sea. No imaginas la cantidad de clientes que me ocultan cosas aun a riesgo de que con ello se les compliquen los procedimientos. Amistades políticamente incorrectas, lugares a los que acuden para no sentir esa claustrofobia que provoca el que la ciudad entera sepa dónde estás y lo que haces en cada momento...

—¿Tenía Lucas un lugar así?

—Ni idea. Pero sí que... —Se detiene. No quiero interrumpir sus cavilaciones para que no se le escape el hilo—. Cuando presentamos el concurso, en lugar de ir directo a casa de tus padres para explicarles la que se les venía encima, desapareció tres días.

Desapareció.

Al igual que ahora.

Y luego regresó.

Recibo como un rayo de luz el que pueda tratarse de un patrón de conducta. Por otro lado pienso en que Lucas también se parece en esto a nuestro padre, que buscó la forma de desaparecer cuando todo se vino abajo. Te sumergiste por entero en ese estado catatónico para aislarte, ¿no es así, papá? Querías protegerte de las notificaciones de deuda, de las miradas de lástima que te recordaban que lo habías perdido todo. El mundo se había vuelto un lugar hostil, tu hijo pasó de quererte a hacerte daño; yo también, al no estar aquí para consolarte. Tu cuadro de estupor y mutismo no es una cárcel, sino una burbuja...

—No atendía a mis llamadas —continúa—, y eso que la secretaria intentó contactar con él a diferentes horas. Llegué a pensar que había cometido algún tipo de locura.

Este último comentario me devuelve de un plumazo a la realidad forense.

—Tal vez estaba con alguna de esas novias que decías.

Aprieta los labios echando la cabeza hacia delante con gesto de no saber.

—Hablando de novias, ¿sales con alguien?

—¿Cómo?

—Que si tienes...

—Disculpa, Santos, ¿me he vuelto loca o me estás tirando los tejos?

Se encoge de hombros.

—No es la primera vez. ¿Te acuerdas de la Nochevieja aquella, cuando nos presentó tu hermano? Yo acababa de separarme. —Aguarda unos segundos antes de decir—: Veo que ni siquiera te diste cuenta. Las sirenitas no se fían de los tiburones como yo, tal vez ni me escuchaste cuando te hablaba.

—Es que alucino. ¿Sabes por lo que estoy pasando? ¿No te da ni un poco de vergüenza?

—¿Por qué habría de darme? —contesta con esa naturalidad que imprime a todo—. Al revés, yo no veo mejor momento para tenderte la mano. Para eso están las parejas, ¿no? Para apoyarse en los momentos difíciles.

Pienso en Marcos. En lo que somos y en lo que deberíamos ser. Me levanto y abandono el despacho cabizbaja, como cualquiera de esas clientas recién divorciadas que creen carecer de un futuro y, lo que es peor, de un presente sobre el que recostarse en posición fetal para disfrutar de unos minutos de calor y sosiego.

# 17

Mi madre me telefonea histérica. Acaba de leer mi nueva columna, que han publicado de inmediato. Decido ir a verla, ya que por teléfono no me deja hablar. Cuando llego me está esperando en el descansillo, un recibimiento que empieza a convertirse en una costumbre.

—¿Te ha dicho esa algo de tu hermano?

—No, mamá. Y hablemos dentro, por favor.

—Para saber que no iba a ayudarte no necesitabas hacerle una visita.

—Es la dueña de la bodega donde trabaja.

—Es la asesina de esa chica.

Cierro los ojos y suspiro.

—Lo que tú digas.

—No me crees, ¿verdad?

—¿Tienes algo de comer? —le pregunto mientras entro en el salón y beso el rostro inerte de mi padre. Llevo sin probar bocado desde ayer y, aunque continúa la náusea, también empiezo a notar un agujero en el estómago.

—¿Te crees que tengo los nervios como para cocinar?

Reviso la cajita de las pastillas.

—¿Se las has dado?

—Claro que sí.

—Deberías sacarlo a dar una vuelta. ¿Hace cuánto que no salís?

—¿Para que todo el mundo nos pare?

—Para que os dé el aire. Estar aquí encerrados no os ayuda a ninguno de los dos.

—¿Y entonces?

—Entonces, ¿qué?

—Ha-si-do-e-lla —insiste, remarcando cada sílaba—. Y tú vas y la sacas en el periódico como si fuera una heroína. ¿Qué es eso de la iglesia de las catacumbas?

—¿Te parece muy de heroína el que esa mujer tenga prácticamente todo lo que podría hacerla feliz y, sin embargo, arrastre una vida de amargura? Aunque, al parecer, eso le pasa a mucha gente.

—Ahora soy una amargada.

—Estaba hablando de mí misma, pero tampoco te vendría mal aplicarte el cuento. No pasamos el día lloriqueando por aquello que nos falta, en lugar de mostrar gratitud por lo que tenemos.

¿He dicho yo eso? Es como si la esclava cristiana se estuviera manifestando a través de mí.

—Pero ¿de qué hablas?

—¡Joder, mamá, de la educación que has recibido o del agua potable que sale del grifo! Hablo de valorar las cosas y también de disfrutar con algo. ¿Hace cuánto tiempo que no lees un libro? ¡Te encantaba leer!

—¿A qué viene eso ahora?

—¡A que no puedo charlar contigo de nada! Desde que volví a casa lo único que escucho son quejas y más quejas que me infectan el alma, como este aire viciado. Mira a tu alrededor, esa vitrina con los premios. ¿No te das cuenta? Estamos viviendo con las sobras. ¡Con las sobras! Yo no soy nada, pero tú... —Dudo si decirlo, pero estoy harta—. Por no ser, no eres ni viuda. Papá se ha convertido en un paria enfermo y arruinado.

—¿Quieres charlar sobre lecturas, eh? —se defiende volviendo atrás—. Pues espera.

Va a su dormitorio. Escucho cómo mueve una silla a la que suele subirse cuando quiere alcanzar el compartimento superior del armario. Mueve cajas con brusquedad. Regresa pisando fuerte y me arroja tres sobres.

—Lo único que he hecho durante toda mi vida es aguantar esta condena con estoicismo, sin decir nada ni a tu padre ni a vosotros para que no os preocupaseis. Ay, disculpa por haber dicho estoicismo. Seguro que esa palabra te parecerá demasiado culta para mí.

—No te pongas así, yo solo quiero...

—¡Que leas esas cartas!

Abro el primer sobre. Al igual que los otros dos es antiguo, de esos que por dentro tenían un forro de papel de seda. Cuando extraigo el folio que contiene, se libera un olor a la madera del mueble donde ha estado enclaustrado.

La primera frase ya me provoca un escalofrío.

*Sométeme al patíbulo y al potro, retuérceme, golpéame, flagélame hasta desollarme...*

—¿Qué es esto?

—Sigue leyendo.

Lo hago sin rechistar. Está muy seria, me siento como una niña a la que no se le pasa por la cabeza cuestionar las órdenes de su progenitor.

*Aprieta contra mi pecho láminas ardientes y que un licor licuado entre las puntas del hierro me salpique mientras crepita la llama. Heridas se impriman en mis heridas y tormentos se enfurezcan sobre mis tormentos. Que granos de sal esparcidos en el fuego salpiquen mis miembros y, como las flechas en los suplicios, se claven en mis entrañas.*

Doy la vuelta a la hoja. Por detrás está en blanco. Echo un nuevo vistazo al sobre para cerciorarme de que va dirigido a ella.

—¿Qué es esto?

—Primero termina de leer las otras.

De nuevo asiento, sumisa. El desasosiego que me provoca imaginar a mi madre recibiéndolas tiene algo de adictiva. La segunda no es menos estremecedora.

*Busca un lugar tenebroso y profundo de techumbre agobiante, condenado a una noche perpetua. Amontona allí trocitos de loza de ásperas puntas y oblígame a yacer sobre ellos para que los rebordes mal cortados abran las partes de mi cuerpo que toquen; y al moverme se renovará otra vez el castigo, de suerte que los miembros se encontrarán siempre con aquello de lo que querían escapar. Enciérrame en tinieblas para que ni siquiera los ojos se reanimen buscando la luz, sin persona alguna que me aliente y me acompañe con su conversación.*

La tercera carta sigue subiendo en intensidad y, al igual que las dos anteriores, no va firmada. Tan solo contiene un puñado de líneas demoledoras arrojadas a mitad del folio.

*Pon a prueba mi fortaleza y no ceses en tus martirios, porque en todos ellos tendrás que confesarte vencida. Y es que, al hacerme daño, realmente es tu sangre la que corre, tus articulaciones las dislocadas y tus entrañas las que se muestran abiertas. Cuanto más me hagas sufrir, con tanta mayor gloria soportaré tu tortura y con aún mayor dureza sufrirás tú el castigo.*

Hago una respiración profunda.

—¿Quién te las envió?

—Fabiola.

—¿Lo sabes o lo imaginas?

—No hace falta imaginar nada.

Examino los trazos, que parecen escritos a pluma.

—¿Has hecho alguna prueba caligráfica?

—¡Que no me hace falta ninguna prueba!

—De acuerdo, mamá, tranquilízate. ¿Desde cuándo las tienes?

—Estas las envió al poco de que tu padre la abandonase y nos viniéramos a vivir aquí.

—¿Cómo que estas? ¿Es que hubo más?

—Muchas más durante años.

—¿Qué me estás diciendo?

—Se dedicaba a repetir con otras palabras estas barbaridades de la tortura y de la noche perpetua y de que ella sería la ganadora por mucho que la hiciera sufrir. Estas tres fueron las primeras, temía que me hiciera algo e iba guardándolas en una caja que tenía en ese altillo del armario donde escondíamos vuestros regalos de los Reyes Magos.

—¿Han estado ahí todo este tiempo?

Asiente.

—Pero las demás empezaron a ir directas a la basura según llegaban y las leía. Se me ponían los pelos de punta solo de pensar que Lucas o tú pudierais encontrarlas en el buzón, era angustioso. Y luego estaban las llamadas de teléfono. ¿De verdad creía que no reconocía su voz? Lo único que decía era: «Puta, cabrón. Puta, cabrón».

Un viejo recuerdo me sacude por dentro. Sigo siendo esa niña enfundada en su vestido de comunión, atendiendo una llamada anónima en este mismo salón mientras mi madre se da una ducha. Así que fue ella...

—¿No la denunciaste, al menos?

—¿Qué querías que le dijera a la Policía, que le había robado el marido?

—De todas formas, una cosa es el acoso telefónico y otra muy distinta estas atrocidades... Parecen escritas por un loco; o por un iluminado.

—Por una bestia, como tú dices en tus columnas. Es Fabiola y nadie más que Fabiola la que ha terminado con esa pobre Penélope, que en paz descanse. ¡Fabiola es la bestia!

—A ver, mamá —intento recapitular—, no mezcles las cosas y me vuelvas loca a mí. Date cuenta de que ayer llegaste a plantearte que tu propio hijo había sido el autor de esa muerte horrenda; y ahora cambias a esta mujer que, por muchas cartas que te haya enviado, tiene sesenta y tantos años y nada que ganar. ¿Para qué va a hacer eso el día de la inauguración de su hotel?

—Hazle otra visita y pregúntaselo.

—Es que no tiene sentido. Este evento era un antes y un después en su carrera, como otras apuestas que hizo en el pasado. Y, por lo poco que he hablado con ella, está claro que vive aislada del mundo pero no puede desprenderse de él.

—¿Qué quieres decir con eso?

—Que siente una dolorosa necesidad de aprobación por parte de la gente del sector. Se considera minusvalorada y hostigada desde que fue por primera vez a vendimiar.

—Y eso le habrá hecho perder el norte. Vuelve a leer esas cartas y verás qué cantidad de similitudes hay con lo que ha pasado. Cuerpos desollados, entrañas al aire...

—No me hace falta. —Las dejo sobre la mesa con aversión, como si el propio papel estuviera salpicado de vísceras—. ¿Papá lo sabía?

—Tu padre nunca se ha enterado de nada. O no ha querido enterarse.

Me reclino en el sofá. Estoy rendida. Mi padre tiene los ojos abiertos hacia mí, pero su mirada se agota antes de alcanzarme. Los labios sellados. Recuerdo cómo hablaba sin parar cuando estaba en la cocina de Los Estorninos. ¡Corta más fino ese calabacín! ¡Arregla la besamel de las croquetas, que parece cemento! ¡Limpia bien esas alcachofas! Cuando salía de las Agustinas y no me tocaba escuela de idiomas, iba a verle y me sentaba en la encimera metálica junto al fregadero con los pies colgando para comer alguna torrija que salía fea. Y levantando las manos pringadas de canela y leche caramelizada, le ponía la mejilla para que me diera ese último beso que a veces era sonoro y otras fugaz porque estaba pendiente de la forma en la que el pinche ligaba las cocochas. Pero, fuera de su reino de cazuelas, no abrazaba ningún conflicto, ni el más mínimo enfrentamiento con el que pudiera hacer que su interlocutor se sintiese mal. Una virtud que yo he heredado y que de pronto se me antoja una debilidad. ¿Vivías mejor no enterándote de nada, papá? ¿Buscabas no herir o no comprometerte? Y vuelvo a estremecerme al pensar, como en el despacho de Valdemar al hablar de la huida de Lucas, que su catatonia sea un refugio; todo se hunde, pero lo más importante es no afrontarlo; miro a otro lado, o sonrío, o dejo de moverme y de hablar.

—Solo por saberlo, mamá: ¿crees que cabría la posibilidad de que esto lo hubiera escrito otra persona?

—¿Tanta gente crees que me odia?

—No he dicho eso.

—Te aseguro que he hecho todo lo que podido para que los demás no notasen lo que esa mujer me ha hecho sufrir, pero la procesión iba por dentro.

Suelto todo el aire de mis pulmones.

—Ese era el problema, mamá.

Ella no lo capta; o no quiere hacerlo, porque se vuelve hacia mi padre y le dice con una entonación diferente, como si tuviera personalidad múltiple:

—A ti sí que te gustaba leer, ¿verdad, cariño? —Y de nuevo a mí—: ¿Te contó alguna vez lo del armario?

—No estoy segura de a qué te refieres.

—Tu padre terminó el graduado escolar y se puso a trabajar de camarero —narra de forma pausada, habiendo encontrado una vía para alejar de su mente las atrocidades manuscritas en esos folios—. Soñaba con convertirse en cocinero y, al no tener un padrino ni posibilidad de pagarse una escuela de hostelería, esa le pareció la forma más fácil de acercarse a una cocina. Pronto se dio cuenta de que no iba a poder hacer nada más que llevar la bandeja de aquí para allá, pero, por suerte, un cliente que estaba de paso y con el que se puso a hablar del Logroñés, que por aquel entonces jugaba en no sé qué división con los equipos vascos, le ofreció un puesto de pinche en su mesón de Durango. En esa zona se ganaba mucho y también se gastaba mucho, por lo que los restaurantes precisaban chavales con ganas de trabajar, como tu padre, que además tenía aquella pasión por las salsas que no sé de dónde le venía, porque tu abuelo ya sabes que era maestro.

—Sí, mamá. Pero ¿adónde quieres llegar?

—Ese mismo día se despidió, hizo la maleta y para allí que se fue. Como ya entonces tenía pinta de figurín, las cuatro camareras del mesón le ofrecieron compartir piso. Pero ¡ay, cuando vio la habitación que le tocaba! ¡Con razón ninguna la quería! Apenas había sitio para la cama, porque casi todo el espacio libre lo ocupaba un gran armario que la dueña tenía cerrado a cal y canto. Como te podrás imaginar, a la cuarta o la quinta noche de estar viviendo allí, el curiosón de tu padre sacó una navajita, lo descerrajó y, mientras abría la puerta, exclamó para llamar a las otras: «¡Si hay todo un mundo aquí dentro!».

—¿Qué había?

—Novelas y novelas y más novelas. De la dueña y de su difunto esposo, supongo, porque a ella no podía haberle dado tiempo a comprar tantas. Y tu padre empezó a leer, lo que no había hecho nunca. Y mientras aprendía a cocinar, también se cocinaba él por dentro para convertirse en este hombre encantador. Por eso congenió tan rápido con el tío Bugatti. Eran los dos ratones de biblioteca más atípicos de esta ciudad.

Parece que habla de otra persona diferente a aquella que no quería enterarse de nada. Quizá somos varias personas a la vez; o no somos ninguna, salvo esa imagen que los demás tienen de nosotros y que en esta casa nos preocupa tanto. Una imagen por cada uno de los miles de seres que vagan a nuestro alrededor: familiares, amigos, compañeros de trabajo, aquellos con los que te cruzas cada mañana en la parada del autobús u otros a los que ves una sola vez paseando a un perro. Me genera ansiedad visualizar ese caleidoscopio de mí misma. Me recuerda al cubo de espejo y se me revuelve el estómago.

El teléfono me arranca de mis pensamientos.

Señor Burns, dice la pantalla. Tito del Prado.

—¿Te sirve el director general de Sotocont? —me pregunta.

Me levanto del sillón para separarme de mi madre.

—¿Hablas del empresario que te pedí buscar entre los invitados a la fiesta?

—Darío Soto. Treinta años, hijo único del propietario... Joven, rico y del mundo del vino pero no bodeguero, tal y como quería la señora. Tienen un negocio de jaulas para botellas que exportan a medio mundo. Aparece al fondo de la fotografía número catorce.

Abro el álbum en mi portátil.

—¿El de la media melena?

—Casi no se le ve, pero me han asegurado que es él. ¿Por qué te interesa?

—Es el exnovio de Penélope —le confío por fin, respirando al comprobar que no era mi hermano quien llevaba a la poetisa en coche a Montesoria, aunque siga sin saber por qué discutió con ella durante el evento.

—¡No me jodas! ¿Crees que puede tener algo que ver?

—¿Dónde está la empresa?

—Cerca del Polígono La Portalada.

—Lástima que sea tan tarde. Y estos días estarán cerrados.

—¿Qué te parecería saber lo que pone en su agenda? —Se mantiene en suspenso durante un par de segundos para que me percate de que está haciendo bien su trabajo—. Pertenece a la Cofradía del Vino y tienen un acto esta noche.

Cuelgo pensativa, musitando un gracias que no habrá llegado a oír. Antes de abandonar el salón dedico una última mirada a mi madre. La imagino de pie frente al buzón, rogando antes de abrirlo para no encontrarse con otra asquerosa carta. Ha cogido la mano de mi padre, como solían hacer cuando estaban preocupados por algo. Él sigue con los ojos clavados en el hueco que he dejado en el sofá. Sus labios sellados, las palabras no pronunciadas en su pecho.

—Dentro de ti también hay un mundo, papá —digo.

Y me marcho con el corazón a todo redoblar, produciendo un estruendo parecido al que inundaba la cocina cuando, después de comerme la torrija, golpeaba sus cacerolas con cucharas de palo.

# 18

La Cofradía del Vino tiene su sede en una calle diminuta junto a la iglesia románica de San Bartolomé. Dos hombres mayores charlan con gesto grave en la entrada. Visten cubrecabezas y gruesas capas moradas sobre las que cuelga un medallón, como si fueran miembros de una hermandad antigua. La suya se remonta a cuatro décadas atrás, momento en el que comenzaron a promover la riqueza vitivinícola de la región. Siendo adolescente acudí con mi padre a la ceremonia en la que le invistieron cofrade de mérito, un honor que compartía con diversos personajes conocidos gracias a su pasión por el rioja, incluyendo a algún premio Nobel. En aquel tiempo, la solemnidad del acto me evocó el nombramiento de un caballero cruzado.

—¿No conoces a esta? —le pregunta uno al otro en voz alta para que yo también le oiga—. La hija de Claudio Tejada. —Y dirigiéndose directamente a mí—: ¿Cómo está el hombre?

—Sin grandes cambios, muchas gracias.

—Le dio un ictus o algo así, ¿verdad?

—Algo así.

—Yo también conocía a tu padre —recuerda el otro—. Me tocó firmarle la rehabilitación del restaurante mientras trabajaba de aparejador en el Ayuntamiento. Era una persona como hay que ser.

Ya estamos con los benditos «conocía» y «era», como si todo aquel que se ausentase un instante del escenario pasase a estar muerto.

—¿Qué te trae por aquí?

—Estoy buscando a alguien.

—Apenas hay gente, al final hemos decidido suspender el acto por lo que ha pasado. En la vida he visto unas fiestas más tristes.

Pero qué te voy a contar a ti, ya te he leído. Espero que aparezca pronto tu hermano y que no tenga nada que ver.

—Todos lo esperamos.

—¿Con quién quieres hablar?

—Con Darío Soto.

—A ese sí que lo tienes dentro, no se pierde una.

Se hace a un lado para que pueda acceder al salón noble, como llaman a la estancia donde llevan a cabo los encuentros culturales. Al no ver a nadie que se asemeje a la persona que sale en la foto, cruzo bajo el dintel de piedra que conduce a la sala de catas.

No me hace falta preguntar. Darío está sentado sobre la larga mesa, con un pie en el suelo y el otro colgando de forma campechana. La media melena morena, su constitución fuerte, los zapatos relucientes bajo la capa ritual. Me sorprende su voz atiplada. Le acompaña una chica que no superará los veinte, a la que explica la historia del medallón que ella sostiene y examina como si fuera una joya.

—El anagrama es una réplica del que crearon en 1560 un grupo de exportadores para que no pasasen como riojas vinos que no lo eran —le está contando—. Lo grababan en las botellas para garantizar el origen, como hacen las etiquetas del Consejo Regulador...

Se detiene al verme, pero, apresurándose por seguir llevando el peso de la charla, dice:

—Eres la periodista, estabas en la inauguración.

—Buen ojo.

Recupera el medallón de las manos de la chica y se pone en pie. Debe de darle mucha rabia no superarme en altura.

—¿Vas a sacarme en tu próxima columna?

—Eso depende de si tienes algo que contarme.

—Pues supongo que como todos, mucho menos de lo que tú ya sabes al haberlo visto desde la tribuna.

Para ser un peloteo inicial, juega fuerte. Tal vez la borla del cubrecabezas ha hecho que lo subestime.

—¿Por qué estás tenso?

—Deberías preguntarte por qué no lo estás tú, con la que tienes encima.

—¿A qué te refieres?

—Te lo digo desde el cariño, pero tu hermano ha vuelto a montarla.

Es un comentario tan repulsivo como cierto.

—Veo que lo conoces.

—Todo el mundo conoce a Lucas Tejada.

—¿Te importaría charlar un rato conmigo? Podemos ir fuera si lo prefieres.

—No sé si es lo más oportuno.

Señala a la chica, que ha aprovechado para ir a servirse una copa a la pequeña barra. Una gota se derrama del cuello de la botella y va a estrellarse a un centímetro de sus sandalias.

—¿Tampoco te parece oportuno hablar de Penélope?

Le cambia el gesto. *Touché.*

—¿A qué viene eso?

—Pensaba que te encontraría más abatido. También te lo digo desde el cariño.

—Cada uno expresa sus emociones a su manera.

Menuda frase te ha salido, chaval.

—Darío, no sigamos por aquí. Creo que los dos estamos afectados por lo que ha pasado.

—¿Y por dónde tenemos que seguir?

—Siento mucho lo ocurrido, sé que estabais muy unidos.

Es una artimaña barata, pero debe de funcionar porque él aclara:

—Mientras le convino.

—¿Estás diciendo que fue ella la que puso fin a la relación?

—Cuidado, a ver en qué tipo de relación estás pensando. Más que nada éramos amigos, como continuábamos siéndolo después de dejarlo. Penélope era muy joven.

—Y tú no tanto.

Me analiza como si estuviera discutiendo con un proveedor de ferralla que trata de meterle un gol.

—¿Cómo sabes que salíamos? ¿Te lo dijo tu hermano?

—¿Lucas sabía que erais novios?

—Que ya te he dicho que no éramos novios, coño. Era diferente.

Su acompañante se acerca.

—¿Os sirvo una copa?

Todo en ella es generosidad, empezando por sus pechos.

—Voy fuera con esta periodista unos minutos —se disculpa Darío. Y la insta a sentarse con otros cofrades, que hacen por no deprimirse en lo que debería estar siendo un gran día.

Deja el atuendo ritual en un perchero. Debajo viste una camisa con flores diminutas y pinta de recién estrenada. No parece preocuparle mucho el luto.

Apenas ponemos un pie en el exterior veo a Marcos, que sale de la avenida de Navarra y camina hacia nosotros por el callejón acompañado de la inspectora Santolaya. Desde que comenzó aquella locura, estar con él es como ir en un vagón de metro por una curva interminable, siempre a punto de salirnos del carril. Por un momento dudo si enfilar hacia el lado opuesto, pero ya me han visto.

—Buenas noches —saluda lacónico al llegar.

—Inspectores.

—¿Son policías? —se revuelve Darío.

Santolaya le muestra la placa.

—¿Es usted Darío Soto?

—Parece que de pronto me he vuelto muy importante.

—Ahórrese las frases ocurrentes. Estamos hablando con todas las personas que asistieron a la inauguración del hotel de Bodegas 1521. Tenemos entendido que usted estaba invitado.

—Así es.

—No queremos hacerle perder el tiempo a esta señorita —señala, dejando claro que les estorbo—. ¿Tiene algún despacho que podamos utilizar unos minutos?

—Pueden preguntar lo que quieran delante de ella, no tengo inconveniente en que publique nada de lo que diga. Como todo el mundo, solo quiero que encuentren a la bestia. Tengo a mi coartada ahí dentro, así que no han podido venir en mejor momento. Se llama Yasmina...

Es listo. Prefiere que, una vez he descubierto lo suyo con Penélope, disponga de toda la información para no presentar un retrato sesgado de él que pueda perjudicarle. A Marcos no le parece tan bien, a juzgar por su siguiente comentario:

—Eso de la coartada ha sonado regular.

—¿Cómo?

—*Excusatio non petita, accusatio manifesta.*

O lo que es lo mismo: más te vale no abrir la boca hasta que te acusen de forma expresa o te ganarás la etiqueta de presunto culpable.

—Quería decir que no tengo nada que ocultar y que, por suerte, puedo probar dónde estaba cuando ocurrió el crimen. Miren, yo de esto solo sé lo que veo en las series policiacas. Soy un empresario decente.

—Yasmina, ¿qué más? —pregunta Santolaya.

Darío baja la voz tratando de mostrarse cómplice.

—La verdad es que no lo sé, nos conocimos en la fiesta. Sé que es venezolana por parte de madre y que estudia enfermería. Nos fuimos juntos al terminar y desde entonces no nos hemos separado.

—¿Dos días?

—Estamos de puente, no ha habido interrupciones de trabajo.

—¿Nos dirá ella lo mismo?

—Ahora se la presento para que lo comprueben.

—Y durante el evento, ¿se perdieron de vista en algún momento?

—Lo normal para ir a hablar con este o con aquel. Pero siempre la tuve cerca, no fuera a ser que me la robara algún listo. Una de las chicas del *catering* le había conseguido una invitación y estaba sola, por lo que se puede imaginar cómo andaba el personal masculino.

—Ve tú con él a buscarla —pide Marcos a Santolaya—. Ahora me uno a vosotros.

Nos apartamos junto a unos coches aparcados en el solar de una casa que están derruyendo para hablar con cierta privacidad. Los cascotes me hacen pensar en nuestra relación.

—¿Va a ser así todo el rato, una carrera para ver quién llega primero? —pregunta.

—Solo hay un contrincante al que tenemos que ganar, Marcos. Deberíamos tener claro que estamos en el mismo equipo.

—Eres tú quien no tiene claras las cosas. —Trata de amortiguar la voz para que no nos escuchen, pero le resulta difícil no exaltarse. Tras pensárselo un poco, me revela—: ¡Tu hermano Lucas entró en la habitación de Penélope! ¿Querías saber dónde encontramos su pulsera? Pues aquí tienes la respuesta: al pie de la cama de esa pobre chica, entre las tiras de piel que tanto te impresionaron.

Necesito apoyarme —lo hago en uno de los coches— y reaccionar.

—¿Sabéis algo sobre su paradero?

—Aún no.

—¿Y de verdad piensas que una pulsera que cualquiera podría haber puesto allí es prueba suficiente para incriminarlo? —me revuelvo.

—Por eso hemos venido aquí, Camino. Para seguir apuntando en todas las direcciones posibles. Estamos interrogando a cada persona que asistió a esa fiesta. Solo quiero...

—¿Qué quieres?

Eleva la vista al cielo, resoplando.

—Déjalo. No sé por qué me complico.

¿Tal vez porque se trata de mí? Contemplo al policía protocolario que ocupa casi todas las horas de su reloj y me pregunto si tenemos algo en común. «Ahora veis las relaciones transitorias como un ejercicio de libertad —me soltó un día mi madre—, pero el tiempo pasa». Claro que el tiempo pasa, mamá, tan rápido que me deja sin respiración. ¿Y qué puedo hacer yo?

—Tengo algo que quizá te interese —me lanzo antes de que se marche detrás de su inseparable Santolaya.

—¿Sobre Darío?

—Me parece un impresentable, pero si de verdad tiene coartada, poco podremos hacer.

—Eso ya lo veremos. ¿De qué se trata entonces?

—¿Me darás tú algo a cambio si te lo digo?

Suelta una risotada.

—Hasta luego, Camino.

Echa a andar hacia la cofradía.

—¡Espera! —No contesta. Nunca nadie me había dado la espalda así, tengo que soltárselo ya—. ¡Mi madre recibió unas amenazas brutales de Fabiola!

Se detiene y se vuelve despacio.

—Cuidado con lo que dices.

—No lo digo yo. Está escrito.

—¿Dónde y cuándo ocurrió eso?

Lo pongo al día sobre las tres cartas. Me estremece darme cuenta de que, a medida que se lo cuento, yo también voy viendo más paralelismos con la estampa de la habitación del hotel. Si al final mi madre va a tener razón...

—¿Sabes a ciencia cierta que son de su puño y letra? —me pregunta.

—Lo sean o no, todo apunta a que las envió ella. En aquel tiempo mi madre estaba siendo víctima de acoso por su parte.

—¿Interpuso alguna denuncia?

—Por desgracia, no.

—¿Por qué?

—Dice que le consumía la culpa por haberle robado el marido. Pero son de Fabiola —aseguro, de pronto abrazando esta tesis que se hace hueco dentro de mí de forma imparable según pasan los minutos—. También cuadra su afición a la historia. Si las leyeras lo entenderías, el texto es como de otra época. Debería haberles hecho fotos.

—Envíamelas en cuanto puedas, pero no te vengas arriba. Aunque se probara que las escribió la bodeguera y que lo que dice en ellas tiene alguna conexión con lo que ha ocurrido en su hotel, no sé qué papel tendría Penélope en la ecuación. No estamos buscando al asesino de tu madre, sino al de una poeta jovencísima que no tiene nada que ver con tu familia.

Tiene razón. Apoyo los brazos sobre el techo del coche y hundo la cara como si estuviera castigada. Me cuesta pensar. Son demasiadas cosas al mismo tiempo, una especie de juicio final en el que todas las emociones contenidas, los conflictos no resueltos, los secretos enterrados, los sueños rotos, todo estalla de forma simultánea para barrer el mundo conocido.

—Eres tú quien sabe de perfiles criminales —claudico.

Parece que se toma en serio lo que no había pretendido ser una competición, ya que comienza a hablar como cuando se pone en plan profesor o padre, o los dos a la vez:

—Es muy difícil adivinar en qué cuerpo anida la perversión, y está claro que Fabiola no sería la primera mujer entrada en años que termina revelándose un monstruo.

—No me digas que has perseguido a alguna parecida —le doy cancha, viendo que se ha calmado.

Lanza un vistazo rápido a la puerta de la cofradía para confirmar que su compañera no le reclama y sigue instruyéndome sin urgencia, tomándose un respiro en su periplo de interrogatorios. ¡Enhorabuena a la premiada, le ha tocado un ratito con el hombre con el que sale!

—El récord de sadismo lo tiene una condesa húngara que torturó y asesinó a más de seiscientas chicas de entre nueve y veintitantos años. Ya ves, una noble educada con la realeza. Por ello suele ser conveniente olvidar por un momento la caza del quién, ya que puede ser cualquiera, joven, viejo, hombre o mujer, rico o pobre, y dedicarnos a buscar el porqué.

—Te refieres a encontrar el motivo que ha llevado al asesino, quienquiera que sea, a cometer esa carnicería.

Asiente.

—Hay personalidades psicopáticas que se excitan por el mero hecho de infligir dolor; otros persiguen la emoción del poder y reducen a sus víctimas a la nada con torturas como las que presenciaste; otros creen tener la misión de eliminar la basura de la humanidad... Las poesías de Penélope son bastante limpias y tampoco se paseaba en ropa interior por Instagram, así que no creo que se trate de un perfil de este tipo. Y en cuanto a la venganza que sugieres por parte de Fabiola para castigar a tu madre... Lo siento, pero insisto: no veo la conexión entre la víctima y tu familia.

Me incorporo de golpe.

—La conexión no es la víctima, sino el supuesto asesino...

—¿Cómo?

—¡La conexión es Lucas! Fabiola quiere hacer creer a todos que él es el autor.

—¿Por qué habría de querer eso?

—Porque nos odia, Marcos, lleva odiándonos toda la vida. Y si consiguiera cargar a mi hermano con ese muerto sería un estigma del que ya nunca podríamos desprendernos.

Lo piensa un instante.

—¿Sugieres que ha orquestado semejante escenario solo para inculparle? No lo veo.

—¿Por qué?

—Primero, es muy rebuscado.

—Pero...

—Pero cosas peores se han visto —se me adelanta—, en eso tendrías razón. Segundo, carece de sentido que lo haya usado como cabeza de turco después de haberlo apadrinado durante estos últimos años...

—Tal vez lleva todo ese tiempo urdiendo el plan y si lo contrató fue precisamente para esto. Piensa que pasó años enviando cartas a mi madre, por no hablar de las llamadas anónimas.

—Y tercero —continúa, sin entrar a discutirme ese punto—, ¿qué ha hecho con él?

—¡No lo sé!

Mueve la cabeza con escepticismo.

—Creo que lo mejor es esperar a los resultados del laboratorio. Llegarán en cualquier momento porque, al ser un edificio a estrenar, la escena no estaba contaminada por el uso. Con un poco de suerte sabremos si Lucas, Fabiola u otras personas entraron en esa habitación y podremos acotar el círculo. Y mientras, si me lo permites, he de seguir con mi trabajo.

Se despide así, sin más. Ya he dicho suficiente, pensará. Pero si estábamos hablando tan bien... Se aleja sin un maldito beso ni una caricia. De nuevo el inspector protocolario, ese del que me siento tan lejana, a un millón de kilómetros.

En la puerta de la cofradía se están congregando varios numerarios con sus capas. Periodistas, agentes de Policía... Demasiada presión para un local de techos bajos, deben de pensar, mejor salir con las penas al aire libre. Santolaya me observa a través de la ventana de la biblioteca del piso superior. Aparto la vista hacia la casa derruida. En los pilares que aún quedan en pie, los hierros de forjado asoman como dedos emergiendo de un sepulcro en un cuento gótico.

# 19

*Cuatro años antes*

«Mira qué regalito tengo sobre el colchón», pensó con un rotulador rojo en la mano mientras con la otra se secaba el sudor de la frente. Tenía ganas de ponerse al lío, pero no quería privarse de la excitación que le producía contemplarla indefensa, desnuda y dormida...

O no tan dormida, lo cual era incluso mejor. Le había costado encontrar esa droga de sumisión química. Podrás hacer con ella lo que quieras, había leído en internet, hasta acompañarla al banco para que vacíe su cuenta corriente y te entregue los billetes en un sobre. Pero él no necesitaba dinero, iba a darle un uso mucho mejor.

Primero le dijeron que la planta de la que se extraían los polvos zombis, como algunos llamaban a la burundanga, crecía al borde de cualquier camino. Si hasta la usan para decorar los parterres de Port Aventura, leyó en un blog, con esa flor blanca tan llamativa en forma de campana. Pero seguro que no era *tan* fácil de encontrar; y, aunque así fuera, ¿cómo podía extraer el principio activo de las semillas y con qué debía mezclarlo? Si hubiera estudiado enología como le recomendó su padre sabría darle a la probeta, pero no. También podía comprar un frasco por internet, pureza garantizada y disimulado como escopolamina para el párkinson, pero tenía que pagar con Paypal y prefería no dejar rastro. Así que decidió encargársela a alguien que sí entendía de esto, un camello de la ribera del Ebro que más de una vez le había pasado cocaína para salir de marcha.

Fue al hangar donde aquel tenía la oficina, que consistía en una silla plegable junto a un montón de sacos de pimientos, y antes de nada le preguntó si era tan potente como lo pintaban.

—Que te lo diga la CIA, que la usaba como suero de la verdad.

—Ya será menos.

—Ya será más. Con que acerques un papel impregnado de esta mierda a la cara de alguien y soples para que le llegue a la nariz, tendrás al colega a tu merced. Es el aliento del diablo, chaval, a ver qué haces con ello.

—¿Por qué te preocupa tanto lo que vaya a hacer?

—Porque no quiero perder a un cliente, coño. Mira lo que le pasó al enano.

—¿Qué enano?

—Ese anormal que se disfrazaba de chamán y después de drogar a las tías las violaba. Como si fuera tan difícil encontrar a un delincuente con esa estatura. Lo raro es que le diera tiempo a calzarse a tantas.

—Yo no me voy a disfrazar de nada. ¿Vas a vendérmela o qué?

—Son sesenta pavos.

Un par de días después de ese encuentro, podía afirmar que funcionaba a la perfección. La chica estaba tirada en el colchón con las pupilas dilatadas y cara de flipada, medio adormilada pero dispuesta a hacer cualquier cosa por él, su amo y señor. Si ya lo sabían en la antigüedad, cuando se la daban de beber a los esclavos. Pensó en echarle otra gotita directamente en la boca, pero prefirió no arriesgarse. En el siguiente escalón comenzaban las alucinaciones; después, el coma. Y la quería con aspecto de consciente.

Disfrutó de ese momento con el que tanto había fantaseado. Durante los últimos días, mientras se cambiaba para ir al gimnasio a correr un rato en la cinta, pensaba en cómo sería; estaba comiendo un sándwich vegetal en el bar de abajo, pensaba en cómo sería; se lavaba los dientes con ese cepillo eléctrico que masajeaba las encías, pensaba en cómo sería; estaba viendo pornografía en internet, pensaba en cómo sería. Y ahora por fin la tenía delante, todita para él. Sí, señor, ovación y vuelta al ruedo. Vamos allá.

Quitó el capuchón al rotulador. Era un Edding gordo de los de toda la vida, con la punta plana para dejar un trazo aún más ancho. Primero había pensado utilizar ese otro rotulador de vino que tenía guardado en algún cajón. Sí, de vino. Un artista de la tierra los había diseñado para una promoción del Consejo Regulador, rellenándolos de una tinta creada con uvas garnacha, pero pensó que si apenas dejaba una marca al estilo de una acuarela en el papel, no le serviría para escribir en la carne. Mejor este, sin duda. Eso sí, también de color rojo, para no salirse del pantone sangre-vino-tinta, como si todo fuera parte de un cuadro que le estaba quedando impecable.

Y hablando de cuadros, la cámara de fotos. Del anterior numerito no tenía un maldito suvenir, con lo que le había costado montarlo. Sus copas favoritas para la cata a ciegas de sangre, la venda y las cuerdas, y lo que pasó después... Impecable, pero sin inmortalizar. Por suerte, esta vez había traído la Olympus que llevó al viaje a Venecia con aquella novia, por llamarla de alguna manera, ya que jamás se habría casado con una tía tan sosa, por muchas tetas que tuviera. Porque con la cámara del móvil ni hablar, que luego las fotos se suben solas a la nube y las ve cualquiera, cuando no aparecen de pronto en los álbumes de todos los terminales de la familia, que no sé para qué cojones los tenemos enlazados si esa función no sirve más que para espiar.

«Bueno, vamos con ello que me pongo a divagar». De nuevo ese cosquilleo. Quién decía que él no podía hacer cosas así por vivir en Logroño. Él podía hacer lo que le diera la gana.

Se inclinó sobre la chica y escribió la palabra «PUTA» en su pecho. Despacio, repasando las líneas para marcarlas más, porque eso es lo que era. P, U, T, A. Ella balanceaba ligeramente la cabeza, en un gesto que no dejaba claro si estaba gozando o tenía ganas de vomitar.

Una vez que terminó de escribir, empezó a lamerle los pechos siguiendo el trazo de las letras. Cuando iba por la U, notó de repente el sabor de la tinta y escupió sobre el vientre de la chica.

«Joder, seguro que con la gracia se me ha quedado la lengua roja».

# 20

El reloj de la mesilla marca las seis y diez.

No he pegado ojo en toda la noche. A esta hora, hasta las preocupaciones más pequeñas parecen gigantes de pesadilla, pero las mías son ya gigantescas sin necesidad de alimentarse de oscuridad. Cojo el teléfono y empiezo a repasar los periódicos, a la búsqueda de cualquier información fresca que hayan colgado de madrugada.

Nada nuevo.

Oigo roncar a mi madre a través de la pared. Quién lo diría, con lo delicada que es. Ese porte lo ha heredado de mi abuela, otra patricia de provincias de educación exquisita que falleció, ya viuda, cuando yo tenía quince años. Procedía de Ábalos, una pequeña localidad vitivinícola de casas tan hidalgas como ella, pero llevaba tiempo viviendo en la capital —como llamaba a Logroño, como si fuera el Madrid de los Austrias—. Así que mi madre ya nació aquí y se crio en el piso que tenían junto al parque del Carmen, con una terracita que daba al quiosco. Fue a la Enseñanza, hizo COU en Marianistas y después se ventiló sin sentir los tres cursos de la recién inaugurada Escuela de Turismo, un centro privado adscrito a la Universidad de La Rioja que marcó un hito educativo en la región. Su primera idea era montar una agencia de viajes, pero cuando conoció a mi padre se encomendó a él y a su restaurante. A pesar de que siempre se mantuvo en la sombra, sin ella no habría habido estrella Michelin ni Cristo que la fundó. Sabía que para conseguir algo así no bastaba con cocinar bien, por lo que nada más casarse trazó un plan estratégico que delineaba con exactitud milimétrica desde la imagen corporativa hasta la gestión de los recursos humanos de aquel microuniverso con dos galaxias paralelas, la sala y los fogones. Llevaba al personal más derecho que una vela, algo que le venía muy bien a mi padre, que podía dedicarse por entero a crear y a hechizar a los clientes con esa simpatía innata que también le viene dada a mi hermano. Por una cosa u otra, mi madre terminaba echando varias horas al día en Los Estorninos, pero nunca le faltó tiempo para ocuparse de nosotros. Nos ayudaba con los deberes y de premio nos llevaba algún domingo en su Volkswagen escarabajo al pueblo, donde seguían conservando la casa familiar y algunas amistades ancianas. A Lucas y a mí nos encantaba, porque buscábamos bichos bola por el descampado de la ermita de San Felices y a veces nos escapábamos hasta Zabala, el conjunto arqueológico de lagares rupestres. Ella no disfrutaba tanto, siempre ha sido muy urbanita. De la capital, como la abuela. Se quedaba dormida de puro agotamiento en el viejo sofá y roncaba como ahora, aunque siempre lo negase cuando se lo decíamos al despertar.

Me levanto y me asomo a la calle. La Gran Vía está desierta, las farolas con forma de Y barnizan de ocre la neblina que repta desde el río. Me fijo en los edificios de enfrente. Tras las persianas se adivina alguna luz encendida, nada habitual a esta hora. La gente tiene miedo a quedarse dormida. Acecha una bestia que puede entrar en tu dormitorio, como ya lo hizo en el de Penélope.

Marcos comentó anoche que la cuenta de Instagram de la poetisa está limpia. Me siento en la cama con las piernas cruzadas y accedo a su perfil para echar un vistazo a las fotos.

En una terraza, con el pelo al viento. En la posición del loto sobre un sofá. ¿Será su casa de Madrid? Parece el decorado de un estudio de fotografía. Probándose unas botas que le habrá regalado la marca. También tiene varias con su libro de poemas: junto a su editor delante de la estantería del departamento de prensa; en Sant Jordi, sonriendo con paciencia frente a una fila que serpenteaba por la Rambla Catalunya; en la inauguración de la feria del Libro de Madrid, alzando los brazos en mitad del Retiro, flanqueada por las casetas idénticas.

Qué pena, Penélope. Para ti era la vida.

Reviso los comentarios que le ponen los fans. Nada llamativo. Quiero creer que la Policía estará analizando hasta la última coma en busca de anticipos de psicópata, pero todo son corazones y te quiero y te admiro y no dejes de escribir.

Me estiro hacia la mesilla para coger el ejemplar del poemario que me prestó Mariela. Lo abro por una página al azar.

*Asustada como una niña condenada a ser mayor.*
*La vida en blanco y negro,*
*vacía y vulgar.*
*No es suficiente beber para poder olvidar.*
*Me encuentro desnuda en el garaje de un motel...*

Leo tres más. Una punzada por palabra. Tal vez el saber lo que le ha ocurrido hace que conecte con el alma de los versos; o, simplemente, yo también me siento desnuda en mitad de un garaje mientras el resto del mundo entra y sale.

Repaso el índice. El libro está dividido en dos partes: «De día» y «De noche». Los primeros destilan cierta esperanza, hablan de buscar un camino por el cual echar a andar, aun palpando a ciegas. Los nocturnos son más desazonadores. Negación de casi todo, conflicto existencial, ese no reconocerte ni tan siquiera cuando te tocas o pasas frente a un espejo.

Me suena.

Uno de ellos, casi tan corto como un haiku japonés, me deja helada:

*Tengo miedo a mirar por la ventana,*
*por si veo tu cara*
*sobre la mía reflejada.*

¿Se refiere a Darío?

Si fuera así, está claro que no terminaron de forma tan amistosa como él pretende hacernos ver. ¿La acosó después de que ella pusiera fin a la relación? Puede resultar prejuicioso, pero lo veo capaz. El típico niñato ricachón que se cree con derecho a todo. Quiero ese dulce, lo cojo. Y si no puedo, pues también lo cojo. Cuidado, Camino, no te ciegues.

Miro la hora. Casi las siete.

Abro el WhatsApp y busco el contacto de Mariela, a quien tengo guardada como «Sexo en Nueva York» porque quería ser como Carrie, aunque en realidad se parecía a la remilgada de Charlotte. De pronto, la envidio. Su adosado atiborrado de juguetes por el suelo y de folios pintados por las dos caras y de servilletas de papel sin recoger con migas del bocadillo, y ese marido que regresa del polígono industrial de Lardero con ganas de abrazarla cualquier día entre semana.

Escribo:

«Buenos días, amiga. Quería preguntarte algo que se me quedó en el tintero. Lo hago ahora aunque es prontísimo porque estoy desvelada, pero ya hablaremos cuando puedas. Un beso, me encantó verte».

Me dejo caer sobre la cama mirando al techo. Tengo que ponerme en funcionamiento, no tiene sentido seguir prolongando este suplicio insomne. La pantallita se ilumina sin darme tiempo.

«Hola!».

Bendito signo de exclamación. Parece que me ha perdonado de verdad por no haber asistido al funeral de su padre. Escribo:

«¡Siento haberte despertado!».

Observo durante un rato la indicación intermitente de que ella está tecleando. Madre mía, o lo hace muy despacio o se está dejando llevar. Resulta ser una mezcla de las dos cosas.

«Ya quisiera. Llevo un rato con los ojos abiertos a oscuras, yo tampoco puedo evitar estar nerviosa con todo esto. Aunque a mi marido no le pasa, lo tengo a mi lado roncando y ocupando dos tercios de la cama. ¿Qué quieres saber?».

Al menos se toma su tiempo para corregir las absurdeces del autocorrector y no poner abreviaturas. Me gusta así, por lo que trato de hacer lo mismo.

«Es sobre el exnovio de Penélope. ¿Recuerdas exactamente cuándo dejó de llevarla a casa en el cochazo?».

«Exactamente no sé, ha pasado mucho tiempo».

«Más o menos, lo que te acuerdes».

«La última vez que le vi fue un invierno».

«Gracias, voy a hacer una comprobación».

Veo que ella sigue escribiendo, así que espero hasta que aparece su siguiente mensaje.

«Diría que fue antes de Navidad. Me quiere sonar que estaba con los niños en la calle haciendo un muñeco de nieve con cuatro copos que habían cuajado cuando llegaron».

«¿De qué año estamos hablando?».

«Hace tres».

«¿Y ya no volvió por allí?».

«Al menos que yo sepa. Tampoco estaba pendiente...».

Entro en el canal de Instagram de Penélope y hago una búsqueda del poema hasta que por fin lo encuentro. Allí está su voz de niña adulta, ese deje despreocupado que la hacía sonar aún más dramática, confiando a sus seguidores que tenía miedo de mirar por la ventana por si veía una cara sobre la suya reflejada. La fecha en la que fue subido a la red...

28 de diciembre, y no tiene ninguna pinta de que fuera una inocentada.

A ver el año...

Hace tres. Justo cuando, según acaba de revelarme Mariela, terminó su relación con Darío. Cuando de hecho la terminó —ella misma nos lo está diciendo— lo suficientemente atemorizada como para volcar su desasosiego en un poema. Si no fuera todo tan triste, me pondría a aplaudir por el hallazgo.

«¿Te sirve?», me pregunta Mariela al poco.

«Me sirve mucho, amiga».

Y nos mandamos unos cuantos emojis para compensar la negrura de las almas que no pueden conciliar el sueño.

# 21

Voy a la cocina. Me fijo en el calendario de papel en el que mi madre solía apuntar los eventos a los que estaba invitada, ahora vacío salvo por las citas médicas. Es 11 de junio, San Bernabé se ha abierto paso entre la bruma. Cumpliendo la tradición, el alcalde debería estar preparándose para dar los banderazos en las puertas antiguas de la ciudad, seguido de la procesión encabezada por los gigantes y cabezudos. Tal vez esté preparando un discurso sobre cómo, cinco siglos atrás, una ciudad unida luchó contra el asedio, confiando en que sirva de inspiración a los logroñeses para derrotar juntos a la bestia. Pero no sé si este año habrá banderas, más allá de las que los cuerpos de seguridad utilizan para desviar a los coches hacia los controles que cercan los barrios.

Mientras me estoy preparando una tostada y un café, mi madre se presenta en la cocina. Me besa y le pregunto si está bien.

—¿Lo dices porque me muestro amable?

—Para serte sincera, sí.

—Me tranquiliza verte comer por fin. ¿Quieres un zumo?

Asiento.

El exprimidor eléctrico debe de tener tantos años como yo. Es un armatoste y ronronea como un gato. Mi madre levanta un poquito la media naranja cada cinco o seis segundos para que, al volver a apretar, cambie el sentido del giro. Cuando era pequeña me parecía fascinante, es una pena perder ese nivel de asombro.

—Llevo toda la noche sin dormir —suspira.

—No te apures, es una epidemia.

—No es por lo del hotel, sino por eso que me dijiste ayer. Lo de que te infecto el alma.

Chasqueo la lengua.

—Fue una metáfora desafortunada.

Se me ha puesto la piel de gallina. Me siento en una de las sillas de plástico y metal, subo los pies al asiento y cubro las piernas desnudas con la amplia camiseta de manga corta que utilizo de pijama. Es la postura preferida de la niña que mil años antes lo hacía todo en esa mesa: desayunar con la mochila a sus pies, cenar huevos al plato, estudiar lengua, jugar al bingo en Nochebuena.

Mi madre me acerca el vaso, repleto, y comienza a exprimir el suyo.

—Yo antes no era así, hija. Y lo peor de todo es que no me he dado cuenta de cómo ha ocurrido. Lo único que me agriaba el carácter eran las dietas, eso lo admito. Cuando llegaba la operación bikini me alteraba cualquier contratiempo. Vamos, que si tardaba en subir el pitorro de la olla tenía que tomarme un orfidal. Pero tu padre ya lo sabía y no le daba importancia; y ya que no perdía peso, pues al menos tampoco perdía el sentido del humor. Me reía de mí misma. Por favor, dime que te acuerdas de cómo era yo cuando no me tomaba en serio.

—Me acuerdo.

—Como cuando metía los jerséis en el congelador porque había oído que así no les salían bolas.

—Se les pegaba el olor a langostinos, como a los hielos cuando los poníamos en el cajón que no era. Eso sí que cabreaba a papá.

—Pero esto que me pasa ahora es diferente. —Su gesto se vuelve sombrío—. Fíjate que lo sé perfectamente y no puedo evitarlo. Todo lo que nos viene ocurriendo me reconcome y no me deja pensar, hasta el punto de que se me ha deteriorado el cerebro. El otro día oí que han descubierto una demencia nueva que hasta ahora creían que era alzhéimer, algo del hipocampo que afecta a los viejos.

Enciende la radio. Desde primera hora de la mañana no se habla de otra cosa que no sea el brutal asesinato de Penélope. Hoy la cosa va de autopsias.

—¿Me pasas el azúcar?

—De eso nada, que el zumo ya está dulce de por sí. —Baja el volumen de su pequeño transistor—. Si al menos dieran alguna pista sobre tu hermano... Ayer un tertuliano se empeñaba en que

Lucas ya habrá salido de Europa en los bajos de un camión. ¿A quién se le ocurre semejante bobada?

—¿Me dejarías ver de nuevo las cartas? Quiero hacerles una foto para mostrárselas a alguien.

—Siguen donde las dejaste, no he querido ni tocarlas. Después de haberlas tenido guardadas durante tantos años, me han despertado emociones que también mantenía bajo llave en un cajón. Como si no tuviera bastante con el presente, encima me toca remover el pasado. ¿A quién vas a enseñárselas?

—A un amigo policía que está al mando de la investigación.

—Ese con el que sales.

Voy a replicar que no salgo con nadie, pero me limito a ir a buscarlas. Remito las fotografías a Marcos y le pregunto qué gestiones son necesarias para que el juez apruebe una prueba pericial caligráfica.

Aún tengo el móvil en la mano cuando me contesta.

«Has madrugado».

Primero Mariela y ahora él, dos chats en poco más de una hora. Mi aletargado WhatsApp echa humo. Me siento en el sofá. Las persianas bajadas, el olor a medicina, las fotos familiares junto a la tele, con sus colores tornando hacia el ocre rosáceo de las vidas pasadas. Menos mal que las luchadoras de esgrima aún defienden su honor en la pared.

«Sería más exacto decir que estoy trasnochando».

«No me digas que has pasado la noche en vela».

Ahora resulta que vuelve a importarte cómo me encuentre.

Eso no lo escribo.

«¿Qué opinas de lo que te he mandado?».

«Es difícil decirlo».

«Algo te sugerirá».

«Lo de la pericial no termino de verlo».

Se acabaron los mensajitos. Le llamo por teléfono.

—Son las siete de la mañana —se queja.

—¿No has captado los paralelismos entre las torturas a las que hace referencia Fabiola y las atrocidades que le hicieron a Penélope? «Flagélame hasta desollarme», dice.

—A ver, aun partiendo del supuesto de que ella hubiese enviado la carta, que está por determinar...

—Pues eso es lo que hay que hacer —le corto—, determinarlo. ¿Por qué dices que no terminas de verlo? Supongo que podrá utilizarse como prueba, aunque hayan pasado tantísimos años.

—En cuanto al tiempo transcurrido, no hay problema —explica con paciencia—. El delito de amenazas hacia tu madre habría prescrito, pero si el documento ayudase a probar la comisión de otro delito actual, sí que podría utilizarse en juicio.

—Perfecto. Y ¿cuál es el problema, entonces?

—Que, tratándose de un documento tan antiguo, no sé si un calígrafo podrá determinar la autoría con certeza científica. ¿Te acuerdas de cómo era tu primera firma? Seguro que tiene poco que ver con la de ahora; y no me refiero a la forma, sino a los trazos, que son los que determinan el éxito de estos análisis y también los que más van cambiando con el tiempo. Y, en cualquier caso...

—Pues habrá que buscar un calígrafo bueno, porque esto está más claro que el agua.

—¡Que me dejes hablar, coño! ¡Me sacas de la cama y no haces más que interrumpirme! —Deja un par de segundos en blanco para que sea consciente de ello—. Y, en cualquier caso, te decía, primero tendría que conseguir que el juez ordenase la pericial. Viendo el que nos ha tocado, que es bastante escrupuloso, no sé si entenderá que hay indicios suficientes para señalar a la bodeguera. Si te soy sincero, así de primeras, a mí tampoco me parecen tan claros esos paralelismos que dices.

—Pero lo intentarás —le ruego, más suave.

—Pues claro que sí, Camino. Cómo no voy a intentarlo.

—Tengo algo más.

—¿De Fabiola?

—De Darío Soto, el empresario al que interrogaste ayer.

—La venezolana confirmó su coartada, te lo digo para que no metas la pata.

—¿Me estás diciendo que es cierto que se fue con él de la fiesta?

—No sé si es cierto, pero es lo que ella sostiene. Que salieron juntos y aún no se habían separado cuando les vimos en la Cofradía del Vino. Ya le hemos advertido de las consecuencias que le acarrearía mentir en algo así. Volveré a presionarla más adelante, aunque lo más probable es que esté diciendo la verdad. Ese chaval tiene un todoterreno más grande que mi salón, seguro que muchas lo consideran un buen partido.

—Más vale que, para cuando vuelvas a hablar con ella, no sea demasiado tarde.

—¿Qué insinúas?

Me dispongo a contarle lo de la poesía, el miedo que le daba a Penélope asomarse a la ventana justo después de haber cortado con Darío, pero me contengo para que no me salga con que solo le vengo con mensajes encriptados. Por el momento, con el acertijo de Fabiola ya tenemos bastante.

—Por mucha coartada que tenga, échale un vistazo a su historial —termino por sugerirle.

—¿Qué historial?

—Yo que sé, Marcos, el de esas listas de gente fichada que tenéis en vuestros archivos. Supongo que cruzaréis datos con los cuerpos de Policía de otras provincias. Antes de ir a verle entré en sus redes sociales y se ve que hace mucha vida en el país vasco. Solo te pido que chequees si ha tenido algún juicio en el pasado, aunque sea de faltas, alguna denuncia en contra.

—¿Por qué no me dices más claro por qué lo tienes tan enfilado?

—Si resulta algo positivo de tu pesquisa, te lo explicaré con todo detalle.

Silencio.

Debe de estar pensando: «Así no, Camino, con secretitos otra vez no».

—Dime una cosa...

Veo que duda.

No lo hagas, sé que no me va a gustar.

—¿Vas a publicar lo de las cartas de Fabiola en tu próxima columna?

—¿Cómo?

—Ya me has oído. ¿Vas a hablar de tu madre, acosada por haberle birlado el marido a la bodeguera en cuyo hotel han asesinado a Penélope? ¿Vas a contar a tus lectores la historia del adulterio de tu padre? Porque les prometiste transparencia total desde tu condición de periodista y, por lo que voy leyendo, sigues jugando a dos bandas.

Con solo pararme un par de segundos a meditarlo, ya le estoy dando la razón.

—Eso ha sido duro e innecesario.

—Pero si lo digo por ti. Solo quiero que te des cuenta de que estás en una cuerda floja a la que te has subido tú solita.

—No me vengas con paternalismos, que de eso ya tengo bastante en casa. —Miro hacia la puerta del salón para asegurarme de que la he dejado cerrada. Mi madre sigue en la cocina, desde donde llega el rumor de la radio—. Y ya que nos desnudamos, te diré que creo que te fastidia que abra líneas de investigación. Admite que eres tú quien sigue teniendo a una sola persona entre ceja y ceja: mi hermano.

Aun desde el otro lado de la línea, en el silencio del alba puedo sentir cómo se pasa la mano por el mentón sin afeitar.

—Lo que tengo es una prueba bastante concluyente contra él.

—¿Hablas de la pulsera? Cualquiera pudo...

—Cualquiera pudo ponerla ahí, ya lo puntualizaste ayer. Pero ahora sabemos además que entró en la habitación de Penélope por la noche. O, para ser exactos, que al menos tenía intención cierta de entrar.

Mis pies, de pronto, dos témpanos. Todo el salón, el suelo de parqué, hielo.

—¿Cómo sabes eso?

—Que conste que vamos a hacer un comunicado oficial para mitigar la alarma social, así que puedo decírtelo sin que se me caiga la cara de vergüenza: lo sé porque tu propio hermano, con esas dos manitas que Dios le ha dado, activó una llave magnética de esa habitación.

—No puede ser.

—Cada vez que se pasa una de esas tarjetas por la máquina queda registrado.

—Y ¿cómo sabes que lo hizo Lucas y no la chica encargada de recepción?

—Si me dejases terminar alguna frase... Porque tenemos la grabación de la cámara de seguridad. A la misma hora, minuto y segundo en el que se activó la llave, Lucas se encontraba ocupando el puesto de la recepcionista. Ella misma nos ha corroborado cómo fue. A mitad del evento, tu hermano se acercó al mostrador y le pidió que fuera a hacerle una fotocopia de un presupuesto de una empresa de envasado de cosmética para el spa. A ella le extrañó que lo necesitase tan urgente, en mitad del jaleo que había, pero no se le ocurrió replicar al jefe y lo dejó solo durante el par de minutos que él aprovechó para activar la tarjeta.

—Pero has dicho que no tenéis constancia de que llegase a entrar.

—Eso es porque, aunque está instalado el sistema de vigilancia de los pasillos de las habitaciones, las cámaras aún no estaban en funcionamiento. Dado que no había clientes aparte de las *celebrities*, estaban aprovechando para hacer retoques en el sistema. Les pasó igual con las exteriores, por eso tampoco tenemos imágenes de ese malnacido escapando del hotel después de acecharte en la salita. La cámara de recepción sí que estaba en marcha para tener controlado al personal, ya que eran todos recién contratados.

Me reclino en el sofá.

Las cartas de Fabiola, cuarenta años pudriéndose en una caja... Nada.

El poema de Penélope, que bien puede referirse a cualquier persona que no sea Darío, por no hablar de un agresor inventado por ella... Nada.

Y, contra mi hermano, el mismo que en este salón me pedía que le aconsejase sobre qué camisa quedaba mejor con los vaqueros lavados a la piedra... Una grabación de vídeo. Actual. Objetiva. Incuestionable. Fotograma a fotograma, un sendero de miguitas de pan hacia lo fatal.

Joder, Lucas...

# 22

Bajo a escribir la columna de la mañana a la cafetería del parque Gallarza. La terraza que da al estanque es mi particular burbuja de inspiración, pero ni sentada en mi mesa favorita me salen las palabras. Comienzo tres veces y las tres elimino la primera frase. Marcos tiene razón, eso es lo que más rabia me da. Al cuarto intento, decido echar abajo la puerta para explorar su punto de vista...

> *Pasan las horas y no sabemos nada del paradero de Lucas. La Policía ha encontrado pruebas que lo relacionan más aún con el crimen de Penélope, mientras otros candidatos siguen esparciendo sus comodines sobre la mesa de juego. Tengo un miedo atroz a no saber quién es mi hermano.*
>
> *Estuve enfadada con él durante cuatro años. Había hecho daño a mis padres llevado por la avaricia, la inconsciencia, el ego o quién sabe por qué mal inoculado por vena. Pero, en cualquier caso, yo siempre había visto ese comportamiento como un accidente, una falta grave que tal vez merecía mi tarjeta roja, pero que no le hacía dejar de ser quien era: el hermano encantador que me abrazaba mientras veíamos las nuevas temporadas de* Sensación de vivir, Friends *o* Aquellos maravillosos años, *cuyos títulos parecían un neón promocional de nuestro vínculo. Pero ¿y si esa persona a la que yo amaba nunca hubiese existido? ¿Y si mi Lucas era solo la máscara que ocultaba el verdadero yo de empresario ruinoso... o de algo infinitamente peor?*

Me detengo para cubrirme la cara con las manos. Me resulta dificilísimo escribir esas líneas, pero no puedo negar que también tiene algo de liberador, como cualquier rendición. Dejar de luchar, someterse como una fumadora de opio que en nada interfiere en el devenir de las cosas. Me dispongo a tomar un sorbo de té, pero se ha quedado frío. Cuando levanto la vista para pedir al camarero que me traiga otro, veo una silueta conocida sobre el puentecito de madera que cruza la charca.

Es el muchacho trajeado que trabaja en Bodegas 1521, alzando un dedo huesudo como pidiendo permiso para acercarse.

—¿Puedo interrumpirte un momento? —pregunta al llegar a la mesa.

Lo invito a sentarse. Es la primera persona que viene a mí desde que comencé con mis artículos llamada.

Se ha quitado la corbata con el alfiler de la red de enoturismo y la lleva metida en un bolsillo de la chaqueta. No sabe bien qué hacer con las manos. Empieza a frotárselas con fuerza, un movimiento reflejo en el que ya me fijé cuando me acompañó hasta la casa del guardés.

—Tú dirás.

—Te he dejado un recado en el periódico, pero me han dicho que quizá pudiera encontrarte aquí.

—Pues ya que la cosa es pública, bienvenido a mi oficina.

—¿Estabas escribiendo sobre la otra noche?

—Ajá.

—¿Sabes algo nuevo de Lucas?

—No —miento. Y al momento—: Nada bueno.

—Es una persona muy diferente de lo que parece.

Me sobresalto. ¿Hay alguna posibilidad de que haya mirado la pantalla de mi ordenador mientras me saludaba?

—¿Qué quieres decir?

—Que es un gran jefe. Solo quería que lo supieras. Bueno, que lo sepa todo el mundo, si te parece bien citarme como fuente.

—Ni siquiera me has dicho cómo te llamas.

—Fidel Gil, disculpa. Ayer fui a comentártelo, pero me corté, lo siento mucho. No me gusta que la gente esté declarando culpable a Lucas sin saber a ciencia cierta qué ha podido ocurrir. Las tertulias solo mencionan su desaparición, cuando no dicen directamente que ha huido, y no paran de repasar una y otra vez los procedimientos judiciales contra su promotora. Tampoco les culpo, entiendo que es una reacción natural, por miedo. Es mejor tener identificada a la bestia.

Se seca la frente con la mano, está tan nervioso que le entran sudores. Ha conseguido emocionarme. Dicen que el nombre que recibimos influye en nuestro comportamiento, y el suyo viene de fidelidad, justo lo que yo le negué a mi hermano.

—¿Quieres un café, Fidel?

—Lo que quiero es no molestar.

—Estamos trabajando. Así me cuentas algo más.

—Con leche.

Levanto la mano y vocalizo despacio para que el camarero me entienda a través de la cristalera.

—¿Tenéis mucha relación? —le pregunto.

—Desde el día que se incorporó a la bodega hace cuatro años. Yo por aquel entonces estaba de prácticas en la oficina. Después de licenciarme en económicas hice un máster en dirección y gestión financiera, pero no tenía experiencia alguna y Lucas me ayudó muchísimo. Incluso me sacó de algún que otro marroncillo.

—Eso se le daba muy bien, salvo cuando el del marrón era él mismo.

—Te lo digo en serio, no es por lo que ha pasado. Tenía una enorme inteligencia emocional.

Suelto una risilla espontánea.

—Perdona, es que ha sonado un poco... No sé.

—Yo es que leo muchos libros de *coaching* para intentar mejorar las relaciones laborales con los compañeros y los clientes.

—No me entiendas mal, que me parece una herramienta buenísima. A mí me venía muy bien el yoga, aunque hace mucho que no practico —suelto, menuda estupidez, como para hacerle ver que estoy en su onda.

—Lo que quiero decir es que Lucas lo llevaba dentro. Sabía escuchar, nos planteaba retos, te trataba de igual a igual aunque no tuvieras ni idea. Yo con él, cómo te lo diría... Me sentía valorado. No sé si sabes que, cuando hablamos, las expresiones faciales transmiten más de la mitad del mensaje; y el modo en que se dicen, otro porcentaje altísimo. Pues bien, Lucas era un experto en ese tipo de comunicación más allá de lo verbal.

En eso tiene razón, y no porque mi hermano tenga esa belleza impecable. Es tremendamente expresivo y no duda en dedicar sonrisas a diestro y siniestro. Por un momento, viendo el brillo trágico que despunta en los ojos del muchacho, pienso que incluso se siente atraído por él.

—Es muy bonito eso que dices.

—Y el hotel, si no fuera por él, no lo habrían terminado. También sabía imponerse cuando hacía falta. Por eso es injusto este varapalo de los medios.

—Te agradezco de corazón tus palabras.

—Es la verdad y la defendería donde fuera necesario. Al principio también me tuve que enfrentar a la gente de la bodega.

—¿A qué te refieres?

—Sabes mejor que yo que, cuando se incorporó al trabajo, tu hermano tenía pufos por todas partes. Nadie en su sano juicio le habría confiado el puesto que le confió Fabiola. Yo sé que lo hizo porque vio clarísimo su potencial. Es una mujer un poco extraña, pero también una empresaria con un ojo envidiable, sus decisiones financieras y comerciales son a cada cual más inteligente. Pero los compañeros no pensaban igual que yo.

—¿Qué pensaban?

—Que si lo había contratado era porque venía recomendado y Fabiola no tenía opción de decir que no.

—¿Recomendado? ¿Por quién?

Hace un gesto de extrañeza, dando por supuesto que conozco la respuesta.

—Por tu padre.

—¿Cómo?

—Claudio Tejada, el cocinero. Es vuestro padre, ¿no?

Un escalofrío. ¿Cómo se atreve este niñato a nombrar a mi padre? No a nombrarlo, a afirmar que...

—¿Mi padre habló con Fabiola?

—La llamó a la bodega, yo mismo cogí el teléfono.

Doy un sorbo larguísimo al té. Me sirvo de nuevo haciendo temblar la tetera y vierto bastante en el plato. Me cuesta hablar con normalidad.

—Explícamelo con detalle, por favor.

—A ver si me acuerdo bien... Yo estaba en la puerta del departamento de administración hablando con el creativo que se encarga de diseñar las etiquetas y empezó a sonar el teléfono de la entrada. La chica que se ocupaba de atenderlo debía de haber ido al baño y la de enoturismo que tiene la mesa al lado había pasado a la sala de barricas con unos clientes que querían organizar allí sus bodas de oro, así que fui a mi puesto y contesté.

—Disculpa si suena brusco, pero ¿tienes la absoluta certeza de que era mi padre? Te ruego que lo pienses bien.

No puedo decirle que mi padre borró a Fabiola de su vida y lleva más de tres décadas sin intercambiar una sola palabra con ella; que si mi madre se enterase de que se le había pasado por la cabeza un solo instante el llamarla, sería el fin de todo. El fin de su presente, de su futuro —si es que les queda alguno por vivir— y, sobre todo, de un pasado, cada minuto compartido en la mentira, que se teñiría del hollín de la brasa del restaurante.

—Era él —constata—. Se presentó con nombre y apellido e insistió en que necesitaba hablar personalmente con doña Fabiola. No quería dejar recado ni que ella le devolviese la llamada.

Eso tiene sentido. Mi madre podría haberse enterado.

—¿Y también puedes asegurarme que llegaron a hablar? ¿Le pasaste directamente con ella?

Asiente como pidiendo perdón.

—No sabía cómo hacerlo, ya te he dicho que acababan de contratarme y nunca me había tocado dirigirme a la jefa, que apenas aparecía por la oficina porque está siempre en la casa del guardés. Bueno, salvo estos días, que se pasa las veinticuatro horas merodeando por las instalaciones de la bodega y los campos de alrededor. Pero, a lo que voy, cuando le dije a la compañera de contabilidad de quién se trataba, me dio su extensión privada.

—Ya...

—Y, al día siguiente, Lucas se presentó en la bodega para una entrevista. Como puedes imaginar no escuché la conversación de la jefa con tu padre, pero está claro que no es una casualidad.

No puedo creerlo. ¿Por qué hiciste eso, papá? Me gusta saber que querías ayudar a Lucas. Es tu hijo y nadie podría reprocharte el que, a pesar de lo que te había hecho, te hubieras enfrentado a los elementos para rescatarlo del naufragio. Pero ¿no podías haber pedido ayuda a cualquier otra persona? Tenías como clientes a la mitad de los bodegueros de la región, conocías a docenas de empresarios que celebraban sus comidas de empresa en Los Estorninos. Pedírselo a Fabiola era un movimiento absurdo, no solo por la herida mortal que infligirías a mamá si se enteraba, sino porque la propia Fabiola nunca habría accedido a mover un dedo por esta familia. Tiene que haber algo más. ¿No será —me estremezco— que nunca habías llegado a interrumpir el contacto con ella?

Dios mío...

¿Qué hay detrás de tu mirada perdida, papá?

Intento hilar acontecimientos. Las resoluciones judiciales de Lucas, el trabajo en Bodegas 1521, mi padre desplomado en el suelo del salón después de que le diera el ataque, donde lo encontró mi madre al volver de la compra... Todo ocurrió en fechas muy próximas que no puedo determinar ya que, en aquel entonces, me encontraba a miles de kilómetros de distancia, y no solo geográfica.

Suena el teléfono.

«Señor Burns».

Me disculpo y contesto sin levantarme de la silla.

—No me agobies, que en media hora te envío otra columna. Estoy con Fidel Gil, el chico que ha pasado antes por el periódico.

—Eso da igual ahora.

—¿Qué ocurre?

—Acaban de avisarnos de que ha habido otra carnicería.

# 23

*Treinta y tres años antes*

Claudio Tejada se orilló al borde del barranco, allí donde terminaba la carretera. Apagó el motor y permaneció unos segundos escuchando el silencio. Solía subir a aquella suerte de mirador cuando necesitaba tomar distancia para pensar con claridad, lejos del maremágnum del restaurante. El barrio de El Cortijo apenas distaba unos kilómetros del centro y, en cuanto terminaba el verano y cerraban las piscinas, era raro encontrarse con alguien por los alrededores. Justo la privacidad que necesitaba para hablar con Conchita sin estar pendiente a cada momento de que les viera alguien.

Salieron del coche. Él contempló el paisaje que se extendía como una almazuela, aquellas mantas que los antiguos confeccionaban uniendo fragmentos de telas en desuso. Observó meditabundo los meandros del Ebro, flanqueados por fértiles huertas; las viñas que estallaban en vivos colores tras la vendimia, mostrando su verdadero pigmento —rojas las de tinta, doradas las de blanco— tras desvanecerse la vestidura de clorofila.

Conchita alisó sus vaqueros de talle alto y la arruga que el cinturón de seguridad había dejado en la camisa. Se puso las gafas de sol y se sentó en el morro aerodinámico del Citroën CX color champán. Él no le objetó que lo hiciera. La imagen de su cuerpo estilizado sobre el capó le evocaba la escena de alguna película. La suya propia, que hasta entonces no había podido ser más romántica, se estaba tornando en drama.

—¿Vas a contarme lo que te ha dicho el médico sobre tu mujer?

Esa misma mañana había estado visitando a un psiquiatra, a cuya consulta entró sin pasar por la sala de espera. El doctor

Ochoa, buen cliente de Los Estorninos, le había pintado un panorama difícil de digerir.

—No va a ser fácil contarle lo nuestro.

—¿Por qué?

—Me ha advertido que, cuando se entere, podría hacer cualquier barbaridad.

Conchita miró la Sierra Cantabria al fondo, con la cumbre del León dormido dibujando su apacible contorno. Más vale ser león un día que oveja toda la vida, le habría dicho a su amante.

—Lo que no podemos hacer es seguir así. Cada vez que pienso en los meses que llevamos escondiéndonos... Si no se puede, prefiero dejarlo.

—Pero ¿qué dices? Sabes que a mí también me horroriza esta situación. ¡En qué momento me casé con ella! Todavía dudo que esté enferma de verdad.

—¿Por qué dices eso?

—Porque a veces me parece que lo simula para amargarme la vida.

—Nadie sufre por voluntad propia —intercedió Conchita por la mujer a la que estaba robando el marido—. ¿Qué te ha dicho el psiquiatra exactamente?

—Primero de todo, que este tipo de diagnósticos no son seguros al cien por cien. Cuando en su día la trató por los episodios de angustia que sufría al no poder quedarse embarazada ya se hizo una idea de cómo es, pero no sabía ni la mitad de la mitad. Yo le he explicado lo que veo en casa y me ha dicho que, con esos síntomas, podría tratarse de un trastorno límite de la personalidad. Lo llaman así porque los pacientes se mueven en el límite entre la neurosis y la psicosis. Imagina qué maravilla.

—Solo con oírte mencionar esas palabras se me ponen los pelos de punta.

—Debe de ser algo más habitual en las mujeres, de hecho dice que afecta a no sé cuántas de cada cien. Y todo cuadra. Esos períodos de depresión, cuando se mete en la cama y empieza a lamentarse porque no vale para nada; y los cambios de ánimo... Tendrías que ver cómo se pone, es como vivir en un campo de minas. Por la mañana me dice mil veces que soy el amor de su vida y dos horas más tarde me está gritando que me odia porque no le he recogido un pantalón de la modista. El psiquiatra apuesta que la obsesión por tener un hijo podía deberse a que buscaba una forma de encadenarme a ella. Dice que estos pacientes se dejan la piel antes que permitir que alguien les abandone, da igual que se trate de amigos, familiares o, con más razón, sus parejas. Así que voy apañado.

Le explicó el temor del doctor Ochoa a que, tras las subidas y bajadas, se escondiese un trastorno bipolar. Esa palabra sí que le resultaba escalofriante, aun sin saber nada del mal salvo que llevaba aparejada la falta de necesidad de sueño que Fabiola venía manifestando últimamente. Apenas dormía cuatro horas, se levantaba con una energía que asustaba y comenzaba a dibujar formulaciones químicas y bocetos de etiquetas. Cuando estaba así, más le valía seguirle la corriente, porque a la mínima confrontación estallaba el monstruo que llevaba dentro.

—Lo que no entiendo es cómo consigue sacar adelante la bodega con tanto éxito —comentó Conchita.

—Yo me preguntaba lo mismo, pero el psiquiatra me ha explicado que estos trastornos no tienen nada que ver con el nivel de inteligencia. Algunas personas sufren atrofias del hipocampo que les genera cierta incapacidad, pero no tiene por qué ser así. Por ejemplo, si mides dos metros, es más probable que juegues al baloncesto, aunque no por ser alto tienes que practicar ese deporte por narices. También me ha dicho que, si bien los bipolares se adaptan peor a los trabajos con muchas reglas, pueden destacar en roles artísticos o directivos que les permitan dar salida a su creatividad, como es el caso de Fabiola.

—Siempre se ha dicho que la genialidad y la locura están relacionadas.

—Estos trastornos no son un don, sino una enfermedad bien jodida —puntualizó Claudio—, pero está claro que pueden estimular a las personas que, como ella, sienten tanto y conectan tanto con sus emociones, aunque lo hagan de forma desajustada.

El doctor Ochoa había puesto ejemplos en los que Claudio reconoció de inmediato las fases agudas de su mujer. Cuando crecía su entusiasmo y autoconfianza, empezaba a generar ideas que traspasaban todos los límites establecidos y, precisamente por eso, estaban catapultando la bodega a otra dimensión de negocio. Incluso había metido la cabeza en mercados extranjeros que hasta entonces se habían resistido al vino español. Cuando la veía así, le daba cierta envidia. Él mismo ansiaba esa libertad para experimentar en el restaurante más allá del mundo gris de los mortales. Pero también comprendía que crear desde el caos, sin una mente lúcida y centrada, tenía su reverso tenebroso en la vida personal.

—¿Alguna vez ha intentado suicidarse? —preguntó Conchita.

—¿Por qué dices eso?

—Conocía a una que lo hizo para llamar la atención cuando trató de dejarla un novio. Primero se hacía cortes en el muslo y un día...

—Anda, calla. No quiero ni pensarlo.

Aunque el psiquiatra también lo había sugerido. Si la cosa se acentuaba, podía ser un peligro no solo para sí misma, sino también para los demás. Claudio pensaba en el niño que llevaba en su vientre y se le caía el alma a los pies. ¿Cómo iba a abandonarla en ese estado? Pero luego miraba a Conchita, dispuesta a acompañarle al fin del mundo con sus enormes pendientes de aro, luminosa como un fluorescente recién colocado, y sabía que tenía que lanzarse al vacío si no quería vivir amargado el resto de su existencia.

Le cogió una mano para sentirse aún más cerca. Ella levantó las gafas con la otra para mirarle sin barreras y, con una sonrisa dulce, se encogió de hombros como diciendo: ¿qué podemos hacer si las cosas han venido así? Y Claudio pensó que, además de su belleza, fue ese candor el que le conquistó en el reparto del pez.

Se preguntó cómo lo había seducido Fabiola la primera vez que se vieron, y tomó conciencia de que fue él quien tomó la iniciativa. Era un día cualquiera de verano, en la piscina grande de la Hípica Deportiva Militar, el club al que había pertenecido desde niño por tradición familiar. Estaba tirado en el césped con un grupo de amigos y uno de ellos señaló a Fabiola y dijo que era el mejor partido de Logroño. Cuando preguntó por qué, aquel le dijo que parecía bobo, que si no conocía a la hija única del dueño de Bodegas 1521. Le pareció que no estaba mal. Estatura media, curvas amables, piel muy blanca, cabello pelirrojo muy rizado que trataba de contener con una goma. Cuando se sentó a su lado en el borde de la piscina con los pies en el agua y le dijo sin rodeos que quería presentarse, se fijó en las pecas. Eso fue determinante, las pecas. Cada una un botón para pulsar en aquel juego frenético: pasión, ira, furor, odio. Con ella todo era adrenalina, una fiesta o una batalla campal.

Conchita, haciendo gala de su sexto sentido, bajó del capó y se abrazó a él con fuerza para aplastar el recuerdo.

—Y ¿qué se puede hacer? ¿Habéis hablado de la posibilidad de medicarla?

—El psiquiatra dice que hay tratamientos bastante efectivos, pero el problema es el embarazo. —Como ya le había ocurrido en la consulta del doctor Ochoa, imaginó las balas antidepresivas atravesando la placenta y penetrando hasta el núcleo de cada célula del bebé—. Quiero pensar que prefiere pasarse de prudente, pero sí que debe de haber riesgo.

Perdió la vista en la lejanía. Allí estaban los dos únicos ojos en pie de un puente al que llamaban romano aunque era del medievo, un monumento en horas bajas que hacía suyas viejas leyendas para seguir tirando, como que Carlomagno pasó con su ejército sobre las treinta arcadas que en tiempos cruzaban el río para vencer a sarracenos y gigantes.

Cada uno creaba sus propias mentiras para sobrevivir.

Conchita lo abrazó aún más fuerte, apretando también los ojos.

—Te quiero mucho, Claudio. Hagas lo que hagas estará bien. No te preocupes por mí.

Y entonces rugió el león.

—Esta noche se lo diré.

# 24

Salgo disparada hacia la Casa de las Ciencias, un clásico de la arquitectura industrial reconvertido en centro cultural en el que ha aparecido el cadáver. Resulta macabro que, en sus orígenes, fuera el matadero municipal. Imagino el suelo lleno de sangre y vísceras de animal, pienso en la pobre Penélope y me sube a la boca el regusto acre que anida en mi estómago desde que respiré la muerte en su habitación.

Mientras cruzo el puente de hierro recibo un mensaje de Hugo, anunciándome que se encontrará allí conmigo. Me tranquiliza tenerlo cerca, desprende serenidad y acalla mi mente, que no para de centrifugar la documentación que vamos recopilando, las fotos, las diferentes teorías, todas nefastas.

El que podamos estar frente a un asesino múltiple echa por tierra cualquier línea de investigación focalizada en Penélope, como la que señalaba a Darío, salvo que el hecho de haberse encontrado con su ex en el evento haya despertado al psicópata que lleva dentro. Las mismas dudas me asaltan con relación a Fabiola, aunque no puedo dejar de dar vueltas a sus cartas y a la llamada que le hizo mi padre sobre Lucas, que sigue sin aparecer.

El lugar está muy cerca de Bodegas 1521, en la misma margen del Ebro. Los vecinos de las urbanizaciones próximas se aproximan con calma espectral. Un poco antes de llegar, agentes uniformados me cortan el paso. Arrimo el coche a la cuneta y me acerco a pie hasta la cinta policial.

El bello edificio está construido a una cota inferior a la carretera, casi en la orilla, por lo que desde la acera tengo a la altura de mis ojos la segunda planta. Hay tres pequeñas pasarelas metálicas que conectan con puertas de acceso a ese nivel, pero han sido selladas por la Policía. Junto a una de ellas, Hugo está cambiando el teleobjetivo habitual por otro de más alcance. Levanta la vista al notar que me acerco.

—Por si no nos dejan acercarnos —declara con la gravedad que exhibiría si estuviera montando un fusil automático.

Me apoyo en la valla de la acera para asomarme al recinto. Los jardines circundantes están salpicados de agentes que entran y salen del vestíbulo del centro cultural, que se corresponde con la antigua zona de faenado. Donde antes había reses colgando de ganchos de hierro, ahora penden los cuadros de una exposición de retratos impresionistas que se inauguró unos días atrás. Imagino los enormes rostros aún más distorsionados por la monstruosidad que acaban de presenciar. En el tejado, gárgolas con forma de crías de cerdo y de oveja, un guiño tierno del arquitecto a los ejemplares sacrificados que hoy resulta turbador.

Rodeamos el perímetro por arriba hasta el lateral opuesto del edificio y vuelvo a asomarme. Allí está Marcos, conversando con un compañero de la Policía Judicial junto a una doble espiral y otros juegos didácticos para niños. A su lado, media docena de agentes se disponen uno junto a otro formando una pantalla, como si fueran la barrera de un equipo de fútbol protegiendo la portería ante el disparo de una falta, para ocultar lo que debe de ser el cuerpo de la chica.

Hay una rampa que baja a esa zona pero, apenas hacemos mención de levantar la cinta para cruzar, una policía local nos da el alto. Le explico quién soy y la insto a que pregunte al inspector jefe si me da permiso para entrar, a lo cual se niega en redondo. Hugo ve un hueco que se abre en el parapeto de agentes y aprovecha para obtener un plano de...

Eso.

Me muestra la pantallita de la cámara, en la que amplía la instantánea, pero apenas se adivina el mínimo escorzo de un cuerpo desnudo.

—Estaréis contentos por haber fotografiado esa preciosidad —nos reprende la agente.

Hugo la saluda. Es una chica joven de pelo rubio y rizado con la que, según menciona, coincidió hace poco en un accidente de tráfico que le tocó cubrir para el periódico.

—¿Quién la ha encontrado? —le pregunto.

—Alguien ha llamado al 112, he llegado la primera y se me ha helado la sangre. Ahora, si no os importa...

—¿Se sabe quién es?

—Yo al menos no he visto ni cartera ni documentación. Solo hay un vestido y unas zapatillas de deporte tirados en un rincón de la cafetería.

—¿Es ahí donde la ha matado?

—Salid, por favor.

—Un par de fotos de cerca y no me verás más —insiste Hugo.

—De verdad, si se contamina la escena nos van a crujir a todos...

Tratándonos con esa amabilidad, dan ganas de hacerle caso. Por mucha placa que lleve, está tan impresionada como cualquiera de los curiosos que siguen llegando con sus móviles en alto, abriendo al máximo el zoom para intentar acceder al cuerpo. Entre ellos surge una figura alta y oscura que se abalanza hacia mí. Me pongo en guardia hasta que escucho:

—¡Señora!

Es Manjou, uno de los dos inmigrantes de Burkina Faso que conozco de la Cocina Económica. Está descompuesto, sucias las chanclas y sudado el polo naranja. Habla en su idioma e introduce palabras sueltas en castellano. ¡Nariz! ¡Boca! ¡Piernas! Resulta surrealista pensar en nuestro juego didáctico en este escenario. Pronto comprendo que se refiere a las partes del cuerpo de la mujer asesinada.

—Tranquilízate...

—Aléjense —advierte la agente, pasando a tratarnos de usted.

Manjou sigue intentando hacerse entender. Tiene los ojos desorbitados y sus maneras son mucho más violentas que el baile que me dedica por las mañanas.

—¡Mi hermano, abajo! —acierta por fin.

Señala a la entrada del edificio en la esquina que da al río.

—¿Qué le pasa a Bagdomo?

—¿Es su hermano? —pregunta la agente.

—¡Sí, hermano!

—Lo están interrogando —explica la policía, dirigiéndose a mí como si él no existiera.

—¿Qué habéis hecho?

—¡Nada, señora! ¡Estamos allá!

Señala los bajos del puente. Me consta que han pasado ahí más de una noche, cuando la temperatura lo permite. Dejan apilados los cartones en un rincón del pasaje que les sirve de vivienda y van en busca del rumor del agua que no tienen en su tierra.

—He encontrado al otro merodeando cuando he llegado y los compañeros se están ocupando.

—¡Sí! —asiente Manjou sin terminar de entender lo que dice.

Carece de sentido que tengan algo que ver con el asesinato. Es *tragicasual*, habría dicho Lucas. Nos pasábamos la vida inventando palabras y esta le va que ni pintada a la última vuelta de tuerca del destino de este desgraciado.

—¡Ayuda, señora!

Me agarra de los brazos. No sé qué hacer. La policía le pide que se eche hacia atrás y Manjou le da un manotazo inconsciente para quitársela de encima. Esta empuña la porra, lo sujeta de forma certera y lo empuja hacia el coche patrulla mientras llama a sus compañeros para que acudan a cubrirla. La torre negra sigue vertiendo palabras ininteligibles como si fuera la de Babel, volviendo la cabeza hacia mí con rostro de súplica. Lo observo durante un segundo, pero en lugar de intervenir para calmar los ánimos, aprovecho la confusión para introducirme bajo la cinta y lanzarme escaleras abajo.

Es necesario.

Una vez en el jardín, me escoro para rodear el grupo de agentes a cierta distancia y tener acceso visual al cuerpo...

O, más bien, a lo que queda de él.

Saco el móvil y disparo una ráfaga de fotos intentando no pensar que eso de ahí es una persona. Está tirada en el suelo boca arriba, con las piernas abiertas formando un ángulo de cuarenta y cinco grados y un brazo hacia un lado como si señalase algo. Ha sido atravesada a cortes de arriba abajo. Docenas de ellos en el tronco, en la cabeza, en los miembros. Hay tiras de piel desprendidas por el suelo. El abdomen abierto, desbordándose las entrañas. Una reproducción idéntica del cuerpo vejado de la pobre Penélope. Resuena en mí la voz de la poetisa, dulce como también pudo serlo la de esta mujer sin identidad. La bestia se ha ensañado tanto con su rostro que ha terminado por desaparecer, dejando a la vista la misma masa informe de músculo, hueso y sangre seca con la que me di de bruces en el hotel de espejo.

Pienso en las uñas a un centímetro de mis propios ojos, de mis pómulos, de mis labios.

Me apoyo en la pared del edificio para mantenerme en pie. La Científica comienza a enfundar las manos —los dedos desollados hacen que parezcan un puñado de serpentinas—. Utilizan bolsas de papel para evitar la condensación que, en el plástico, aceleraría la putrefacción. Ante todo deben preservar cualquier indicio biológico de la bestia que haya podido quedar bajo las uñas, si es que dio a la chica una mínima oportunidad de defenderse. Desempeñan su labor con delicadeza, como si estuviera dormida. Fotografían todo. Yo también, de forma disimulada. No estoy cerca, pero puedo sentir ese olor conocido mientras la envuelven en un sudario. Precintan otras bolsas transpirables en las que han introducido los colgajos de piel que se han desprendido del cuerpo. Se aseguran de que no quedan restos por el suelo. Un agente enfundado en el buzo profiláctico se arrodilla para mirar de cerca una brizna de algo que podría ser una loncha de embutido.

Un hombre maduro de paisano abandona el edificio por una puerta próxima al lugar donde me encuentro. Es un forense. Lo conozco porque firmó el informe para la curatela de mi padre tras el ataque. Tiene perilla y esa flema que necesita quien se pasa el día valorando incapacidades laborales hasta que llega la feliz llamada en que le informan de que es preciso abrir un cuerpo en canal. En este caso, se lo dan ya abierto.

—No puedo decirte nada —me esquiva cuando le salgo al paso.

Me recoloco con pasitos rápidos y pongo mis manos en su pecho.

—No quiero que me reveles nada del caso, hablemos en general. ¿Cómo determináis la identidad de un cuerpo en ese estado, con el rostro irreconocible?

—Aunque hubieran desaparecido todos los pulpejos con las huellas dactilares, lo cual es harto improbable, hay otras formas de hacerlo —accede—. Si hubiera sospecha de identidad, intentaríamos conseguir la ficha dental *ante mortem* para cotejarla con la que obtengamos nosotros.

—¿Y si no tenéis ni idea de quién puede ser?

—Por mucho que la superposición de los cortes en la cara haya desestructurado la superficie cutánea y se hayan perdido las partes blandas y los músculos que las soportan, hay formas de hacer reconstrucciones sobre cráneo para conseguir un dibujo más o menos fiel.

—¿Sabéis más o menos su edad?

—Has dicho que nada del caso. No me preguntes más, que voy a acabar contestándote de malas maneras.

—¿Y qué arma puede producir unos cortes como esos? —Hace un gesto de hastío y corrijo—. ¡Hablo en general, no me refiero a este caso en concreto!

—¡Pues si es en general míralo en internet! En principio, más que señalar un arma u objeto específicos, solemos hablar de compatibilidad de las heridas con un tipo de instrumento. Si es punzante, si es cortopunzante con un solo filo, con dos filos, irregular con bordes cortantes y punzantes...

—Estos desgarros, al igual que los de Penélope, parecen haber sido hechos por unas uñas de hierro.

—A título de diálogo podría valer el símil, dado que los cortes van por grupos lineales en paralelo.

—Entonces...

—¡Se acabó! —zanja él la conversación mientras se aleja.

Veo que dos policías se han percatado de que estoy incomodando y vienen hacia mí. Sin darles tiempo a llegar, enfilo hacia arriba para reunirme con Hugo.

Levanta la cinta para que pase y nos quitamos de en medio. Mientras nos abrimos paso entre la gente pienso en Manjou. Me siento fatal por haberle dado la espalda. Para alguien que confiaba en mí... No lo veo por allí, ni tampoco en el coche patrulla hacia el que lo conducía la agente. Antes de preguntarle a Hugo si sabe qué han hecho con él, asiente complacido y dice:

—Bien jugado.

—Mira a qué precio...

—¿Cómo?

—No sé si puedo seguir haciendo esto.

—¿A qué viene eso ahora? Te estaba felicitando.

—Estoy sobrepasada y contaminada, nunca debería haber aceptado la propuesta del periódico.

—Te repito que lo estás haciendo perfecto.

—¿Perfecto para quién?

Vuelvo la cabeza hacia la ribera donde el agua bisbisea en los recodos, como si cambiase impresiones en voz baja con los pequeños juncos sobre las atrocidades que han presenciado.

—No seas tan dura contigo misma.

—Estoy haciendo esto para mí y para nadie más que para mí —me lanzo a reconocer de una vez por todas—. Llevo días sacando a la luz asuntos de casa que nadie debería conocer, bien porque son privados o porque resultan irrelevantes para el caso; y lo hago solo para seguir generando artículos. Joder, Hugo, mírame. Me he vendido al sensacionalismo, con lo que yo lo he odiado y criticado siempre. Solo me falta añadir fotografías de mi hermano en la cunita de bebé. Pero lo peor de todo es que me estoy viniendo arriba y especulo sin cuartel sobre la autoría de estos crímenes, dando lugar a un juicio popular que no tiene garantía alguna. De verdad, no sé quién me creo que soy. Me considero legitimada para actuar así porque está por medio Lucas, a quien presumo de conocer mejor que a mí misma aunque llevábamos cuatro años sin hablarnos, y por tener una legión repentina de lectores que he conseguido a base precisamente de especular.

Una vez soltado el *speech*, me quedo desfondada pero bastante más tranquila. Hay que ver el espacio que ocupan en el pecho las verdades que no queremos aceptar. También me gustaría explicarle que no se trata solo del asunto de Lucas, sino que toda mi familia se deshace como un castillo de arena al borde de un mar enfurecido, que éramos el centro del mundo y, ahora, una goma gigante nos está borrando del mapa.

Hugo enfatiza un gesto reconcentrado, como si estuviera rebuscando la herramienta precisa para desgarrar mis dudas.

—Con diez años me regalaron una Polaroid de plástico —comienza a narrar con ese acento canario que te masajea—. Me lo pensaba mucho antes de disparar cada foto, porque enseguida se acababan y mi padre no hacía más que recordarme cuánto costaban.

—Yo también tuve una —le digo, pero me ahorro que nunca fui consciente de que el papel fotográfico fuera un bien escaso.

—Pero lo que más le cabreaba era que me dedicase a retratar cosas desagradables: un pájaro muerto, un socavón, una bolsa de basura derramada sobre la acera.

—¿Por qué lo hacías?

Me coge ambas manos, un gesto de intimidad que me conmueve.

—¿De qué escribías tú cuando colaborabas con la revista de la facultad? Seguro que no era del certamen de Miss Periodismo.

—Para que algo sea noticia ha de atentar contra el orden —murmuro una antigua consigna.

—Así es. Salvo que toque anunciar algo tan poco probable como que hemos conseguido limpiar de plástico los océanos, la mayoría de las noticias que se precien de serlo seguirán siendo escalofriantemente malas. ¿Y para qué servimos los periodistas? No para esparcir morbo por el mundo y convertirlo en más escalofriante aún, sino para remover las conciencias de los lectores, generar debate sobre aquellas cosas que no nos parecen bien y cambiarlas desde la sana crítica.

—No se trata de ofrecer respuestas, sino de plantear preguntas.

—Y tú estás haciendo exactamente eso: sembrar de preguntas este caso. Y tienes que seguir haciéndolo, por el bien de tu hermano y por el de esta ciudad.

Me veo observando de abajo arriba su metro noventa y tantos como una colegiala, acariciando las manos que tan galantemente me ha ofrecido. La perilla sin afeitar, el corte de pelo desenfadado. Hago incluso un ademán de estirar el cuello, como si pretendiera...

¿Besarle?

Una milésima de segundo antes de forzarle a apartarse y quedar como una desesperada, escucho a mi espalda:

—¿Camino?

Es Marcos.

# 25

Por Dios, que no lo haya notado. ¿Qué me ocurre? Me pondría a llorar si no fuera porque ello me haría quedar al descubierto. No puedo más, estoy perdiendo la cabeza.

Permanecen unos segundos observándose uno a otro. Hugo se retira para editar las fotografías y enviarlas al periódico mientras me recuerda que termine la columna antes de que Tito del Prado empiece a berrear. Marcos me acompaña al coche. Respiro al ver que, en lugar de reaccionar a la defensiva después de la escenita, entra y se deja caer en el asiento del copiloto.

Todo bien..., salvo que su voz suena a despedida cuando me pregunta:

—¿Cómo estás?

—A ratos, confundida.

—Te he visto colarte ahí abajo.

Saco el móvil y repaso las fotos. El cuerpo rasgado me recuerda al paquete de tiras a las que queda reducido un folio tras pasar por el destructor de documentos en una oficina. Ahora que he bajado la guardia, siento una arcada, pero no es nada comparado con el vuelco que me dio el cuerpo cuando encontré a Penélope. Parece mentira lo rápido que nos adaptamos a todo.

—Me rompe el alma no saber quién es esta mujer —me lamento mientas amplío una de las fotografías para ver qué tal está de definición—, desconocer si tiene pareja, padres o hermanos, si le ha dado tiempo a tener hijos. Debe de dolerme tanto porque, al no tener rostro, es todas las mujeres. También yo misma.

—Ese malnacido debió de arrearle una patada a la puerta de la cafetería —explica, cambiando de tercio—. Estaba cerrada por las fiestas y entró como si fuera su casa. ¿Puedes creerlo? A la vista de cualquiera que pasee por la ribera. Tanta despreocupación me rompe los esquemas.

—¿Ha dejado huellas, al menos? Si no quieres, no me contestes. No pretendo molestarte ni discutir contigo.

—El matadero original fue inaugurado tal día como hoy en 1911, exactamente un 11 de junio —me cuenta a cambio de no revelarme lo de las huellas, a buen seguro pensando que podría encontrar esta fecha en Wikipedia por mí misma en un minuto.

—¿Y?

—Casualidad, supongo.

Le habría dicho que las primeras cuatrocientas noventa y nueve veces puedes decir que es una casualidad; pero a la quinientas... En este mundo todo está mucho más conectado de lo que alcanzamos a ver. Por eso, para entender lo que tenemos delante conviene cerrar los ojos y mirar con el corazón. Pero me callo para que no me suelte que me deje de espiritualidades. Él es más de la bici, de tocar tierra en el sentido más físico... O esa idea me he hecho yo al pasarlo por el filtro de mis experiencias pasadas. ¿Tendría que haberte mirado más con el corazón, Marcos? ¿Te estoy perdiendo sin haber llegado a saber lo que tengo delante?

Como si escuchase mis pensamientos, se vuelve por primera vez hacia mí desde que ha entrado al coche. Malditas pestañas largas y oscuras, que le remarcan los ojos como si hubiese nacido en Calcuta. Y los brazos fuertes afeitados para el mallot que tal vez ya nunca volverán a abrazarme. No sabe si seguir compartiendo sus cavilaciones, pero debe de darse cuenta de que a estas alturas ya no espero nada y piensa: voy a hacerle un último regalo.

—Las otras efemérides sí que me inquietan —admite—. Me refiero a que hoy sea el patrón de la ciudad y que la noche que Penélope fue asesinada se estuviera celebrando el día de La Rioja, con toda la parafernalia de la autonomía. Si a eso le sumo la similitud en la forma en la que ha desollado a esta segunda chica, me hace pensar que podría tratarse de un plan calculado y no de los impulsos de un psicótico, como creíamos al principio.

—Todos los vinos de Fabiola tienen en su etiqueta una fecha significativa. Incluso el nombre de Bodegas 1521 hace referencia a la historia de la ciudad —me acelero a medida que voy ligando hechos que hasta ahora se me antojaban aleatorios.

Niega con calma.

—No es que quiera desviar la atención de Fabiola y las cartas que envió a tu madre, pero estoy pensando en alguien con un motivo más conceptual. ¿Te suena Gilles de Rais, el mariscal de las tinieblas?

Ya vuelve a salirle la vena docente... Si es que tendría que dejar la pistola y ponerse a dar clase en la academia. Y sí que quieres desviar la atención de la bodeguera, Marcos, sí que quieres desviarla.

—No me suena.

—Fue un militar que estaba tan enamorado de Juana de Arco que, cuando la quemaron en la hoguera, se convirtió en uno de los asesinos en serie más sanguinarios que se conocen. Escogía víctimas virginales del estilo de la pobre Penélope y se ensañaba con ellas hasta el horror. Abría sus cuerpos y se sentaba sobre sus estómagos para contemplar su agonía. ¿Y sabes por qué lo hacía? Para rebelarse contra la sociedad que había permitido el ajusticiamiento de su amada. Quería que sus compatriotas se avergonzasen de haber creado un sistema capaz de dar lugar a un monstruo como él y revisasen sus mandatos morales.

—¿Estás sugiriendo que el autor de estos dos crímenes quiere lanzar un mensaje de protesta?

—Considéralo una posibilidad.

—Pero esto no es la Francia de la guerra de los Cien Años. ¿A quién iría dirigido? ¿A los políticos? Y, sobre todo, ¿cuál sería la Juana de Arco de la bestia?

—Cualquier agravio que se haya cometido contra él.

—O contra ella.

—Gobernar es complicado, nunca dejas contento a todo el mundo. ¿Sabes si Lucas tuvo algún problema de licencias o cualquier otra historia administrativa que pudo haber influido en su ruina económica?

—Mi hermano hundió la promotora porque creía que vivía en los mundos de Yupi y lo hizo todo fatal, pero ni eso ni lo contrario lo convierten en un asesino. ¿Por qué te empeñas en apartar la vista de Fabiola? Cuando estuve con ella dejó claro su desprecio por la sociedad moderna. Dijo que algo de bueno tendrían los menhires cuando los esculpían aquellas gentes que aún no se habían adulterado por nuestras miserias de hoy en día. Y al hablar del hotel espejo comentó que le gustaba porque nos fuerza a vernos reflejados y tomar conciencia del entorno hedonista e hipócrita en el que nos toca vivir. No me dirás que esto no cuadra con tu tesis.

—Está bien visto, pero no dejan de ser conjeturas. Mejor olvida cuanto te he dicho.

—Cuando se trata de Fabiola, hasta los hechos más indiscutibles te parecen conjeturas; pero si hablamos de Lucas, la simple demora en una licencia municipal iría a misa. Ya veo que por tu parte sigues teniéndolo claro.

Permanece un tiempo pensativo, bajando y subiendo de forma mecánica la ventanilla.

—El mariscal de las tinieblas dejó escrito: «Yo he hecho lo que otros hombres ven en sus peores sueños, soy vuestra pesadilla». Y esto, Camino, es lo que está pasando aquí. Estamos viviendo una pesadilla que puede volver a repetirse en el momento en que nos quedemos dormidos. Por eso he de seguir la línea de investigación más clara aun sabiendo que, a cada paso que doy hacia tu hermano, me alejo un poco más de ti.

—¿Alguna vez hemos estado cerca? —le pregunto sin apartar la vista del parabrisas, al igual que él.

—Qué afán con ponerte dramática...

—Todo esto te está viniendo muy bien.

—Pero ¿qué dices ahora? ¿Bien para qué?

—Para terminar conmigo.

Ahora sí que me mira, con una pena inmensa.

—Dios mío, no entiendes nada...

Se despide con una caricia en el brazo, que yo aparto de forma brusca. Escucho con los ojos cerrados el golpe de la puerta al cerrarse. Por alguna razón noto su colonia en el habitáculo con más intensidad que cuando estaba dentro; la fragancia masculina a madera y especias que se adhería a mi piel en nuestros encuentros, haciéndome creer que no estaba tan sola hasta que, al poco, me duchaba y la fantasía se escapaba en un remolino por el desagüe.

# 26

Allí mismo, echo hacia atrás el asiento para colocarme el portátil sobre las piernas y me pongo a teclear. Completo con lo que acabo de presenciar la columna que había empezado en el parque y la envío a toda prisa. Sigo en la brecha, que se abre más y más bajo mis pies. Doy unos puñetazos al volante y grito con las pocas fuerzas que me quedan.

Formular preguntas...

Eso ha dicho Hugo. Y tal vez sea así, pero antes necesito hacer algo de hueco respondiendo al menos a una que sigue machacándome el cerebro:

¿Por qué llamaste a Fabiola, papá?

Si hay alguien que puede echarme una mano, ese es Bugatti. Trabajó en la bodega hasta que mi padre se lo llevó al restaurante, de donde no se movió hasta que se jubiló. Nunca le he sacado el tema, pero sin duda conocerá hasta el último detalle de la crisis del matrimonio.

Ocupa un chalecito en un barrio frondoso conocido como Las Casas Baratas. Recibió ese nombre al ser construido hace un siglo por una cooperativa fundada en el Círculo La Amistad. Los miembros abonaban cinco pesetas al apuntarse a la promoción y, después, una o dos pesetas más cada semana dependiendo del tamaño de la vivienda, hasta que se procedía a la entrega. Hoy cuestan como un palacio renacentista. Bugatti la heredó de sus padres, quienes fueron allí con la primera hornada de ocupantes, muchos de ellos aún más peculiares que él. Como aquella mujer especializada en eliminar las hernias a los bebés, o un colchonero que vareaba la lana en plena calle mientras conversaba con un perro al que llamaba Laveringuen Chanfebre. Es normal que Bugatti haya permanecido aquí en lugar de venderla para comprarse un piso en una torre. Está a un paso del centro y cada chalé tiene su propio jardín trasero. Ahí es donde me conduce cuando llamo a su puerta.

De la pareja de ciruelos plantados en una esquina cuelga su hamaca de cuerda. En ella se balancea un libro cuyas páginas pasan solas a merced de la brisa. Como hace años que ya no podemos sentarnos los dos al mismo tiempo sin riesgo de que se venga abajo, despliega un par de sillas de playa que tiene apoyadas en una pared.

—¿Cómo estás, sobrina?

—Imagínate.

—¿Y tu madre? La he llamado esta mañana y me ha parecido un poco ida.

—Está sobrepasada, como todos.

—¿Seguís sin saber nada de Lucas?

—Nada de nada. Ni dónde está ni si ha tenido algo que ver con esto.

—No digas eso ni en broma.

—No bromeo, eso es lo malo.

Me da la sensación de que aún no se ha enterado del segundo asesinato. Sobre la mesa de piedra aguarda un bocadillo de salchichón, pasado previamente por la plancha. Al ver la carne abierta a lo largo con cuchillo, no puedo evitar pensar en los cuerpos desollados.

—Así que esa pobre Penélope escribía poemas —comenta—. ¿Sabías que la panadera del pueblo de mis padres era poetisa de encargo?

—No...

—No pienses que tenía grandes conocimientos, ni siquiera había estudiado. Pero si querías un verso, ella te lo hacía. En realidad era una romántica para todo. Yo era un niño, pero recuerdo que fue la primera que se casó de blanco por allí. Antes las mozas iban al altar con sus vestiditos de domingo, no había ni costumbre ni posibilidades de otra cosa. Pero a la panadera tenías que verla, como si fuera uno de sus bollos cubierto de azúcar.

Él sí que es para comérselo, pero a besos. Incluso en estos momentos de desesperación es capaz de arrancarme una sonrisa. Se pasa el día leyendo disquisiciones filosóficas de Schopenhauer,

Nietzsche y no sé cuántos otros y, cuanto más profundiza en los misterios de la vida, más convencido está de que lo verdaderamente importante es tremendamente simple.

—Hoy, más que de bodas, necesito preguntarte algo de lo contrario.

—¿Qué quieres saber?

—Es sobre mi padre y Fabiola.

—¿Qué pasa con esa?

No hay desprecio en su voz, más bien lejanía.

—¿Crees que han podido mantener el contacto?

—¿Después de divorciarse? Tu padre jamás le haría eso a tu madre.

—Eso pensaba yo.

—No te imaginas cómo se las hizo pasar esa mujer a Conchita, como para volver a hablar con ella. Durante los años que estuve en el restaurante ni siquiera pronunciaron su nombre.

—¿Estabas en la bodega cuando Fabiola perdió el hijo?

—No me moví de allí hasta que tu padre me fichó para Los Estorninos.

—Me refiero a si estabas ese día en concreto y sabes con detalle qué pasó.

—Poco había que saber. Fabiola pasaba los días tumbada en la cama, hundida y abrazada a su vientre.

—Tenía entendido que perdió el niño cuando él le dijo que la dejaba.

—Sí, pero ya imaginarás que no fue en ese mismo momento. Pasó cerca de una semana hasta que ocurrió. Entretanto, Fabiola se había encerrado en la casa del guardés y no dejaba entrar a nadie, salvo a la mujer esa.

—¿A quién te refieres?

—A una de Afammer, la asociación de familias del mundo rural. Creo que era de las que mandaban, pero no te fíes porque cada día me falla más la cabeza.

Ya querría yo tener tu cabeza, pienso, no con tus años, sino ahora mismo.

—¿Qué pintaba una de esas mujeres en el dormitorio de Fabiola durante los días más duros de su vida? ¿Eran amigas?

—No te puedo decir, yo hasta entonces no la había visto. Un buen día me pidió que la llamase para que viniera a visitarla.

—Dime que te acuerdas de cómo se llamaba, por favor.

—Me parece que era de Arnedo, pero el nombre... Imposible. ¿Sabes los años que han pasado?

—Uno más de los que tengo yo. Una vida entera, tal vez construida sobre una mentira.

Me levanto.

—¿Ya te vas? —Me encojo de hombros y él añade para despedirme—: Hablando de mentiras, ten siempre presente la historia del diente. Esa es la sobrina que a mí me gusta.

Me emociono y le cojo la mano con cariño. Se refiere al día en el que Lucas se cayó mientras jugábamos con una pelota en la pared lateral de la catedral de La Redonda, junto al restaurante de mi padre. Se dio tal porrazo contra el suelo que se rompió un diente. Era uno de leche que tenía a punto de caramelo, pero él berreaba como si se hubiera dejado la dentadura completa. De pronto se acordó del ratoncito Pérez y se acabó el berrinche. Así era Lucas, ya de pequeño le iban los billetes. Pero la alegría duró poco. ¿Dónde estaba el maldito incisivo? Lo buscamos y no hubo forma de encontrarlo. Debía de haberse caído por la alcantarilla que había donde situábamos la portería. Una vez en casa, ni siquiera cenó; estaba tan deprimido que mi madre le perdonó hasta la ducha. Lo sentó sobre la tapa del inodoro para lavarle con jabón los rasponazos, un poco de mercromina y a dormir.

Me daba muchísima pena, pero al poco se me ocurrió la gran idea: engañar al ratón. Fui a la cocina, cogí una pizca de miga de pan y comencé a apretarla y a moldearla hasta que adquirió la forma del diente que Lucas había perdido. Después de darle unos cuantos retoques, se lo enseñé orgullosa a mi madre y corrí al cuarto de mi hermano, que todavía estaba despierto. Primero pensé en contarle la jugada, pero decidí que Lucas no necesitaba saberlo y le dije que aquel era su diente real. Como apenas se distinguía con la escasa luz que entraba desde el pasillo, se creyó a pies juntillas lo que improvisé: que al caérsele había rebotado en el suelo y saltado al dobladillo del bajo de mi pantalón vaquero, donde yo lo había encontrado. Levantó la almohada para colocar el tesorito y para cuando volvió a echarse ya estaba dormido como un bendito. Yo también me fui a la cama, henchida de gozo por mi hazaña.

Cuando desperté, lo primero que hice fue volver a su cuarto para comprobar si había venido el ratón. Entré con sigilo, levanté el pico de la almohada con cuidado de no despertarlo y allí estaba el billete... que resultó ser del Monopoly, el juego de comprar calles. Tan falso como el diente de pan que se había llevado a cambio. Salí indignada hacia la cocina para buscar a mi madre, que, haciendo como que no sabía nada, me dijo que no tenía derecho a enfadarme. Yo grité que lo había hecho todo por Lucas y ella concluyó: «Pues fíjate la que has organizado. ¿Qué va a pensar cuando despierte y vea que no hay nada? Y si le dejas el billete falso será aún peor, porque descubrirá que le has tomado el pelo». Sin embargo, tras dejar pasar unos segundos para que asimilase la enseñanza, se estiró sobre la encimera y de su monedero sacó un billete de verdad que me entregó para que, ya que no podíamos hablar con el ratón, yo misma se lo colocase bajo la almohada.

Cuando regresé a mi cama, ya no me dormí. No quería perderme, aunque fuera desde la distancia, el aullido de alegría que Lucas iba a dar cuando despertase y descubriera que se había hecho rico.

El mismo aullido que voy a dar yo cuando te encuentre.

Te prometo que nunca más te mentiré, Lucas, ni siquiera para intentar que estés mejor. Porque la mentira solo conduce a la decepción y ya no tenemos a mamá para solucionarnos la papeleta. Ahora estamos solos tú y yo contra el mundo.

# 27

*Treinta y tres años antes*

Amparo amaneció como cada día de labor en su piso de Arnedo poco después de las siete. Tras asearse y despedir al marido, que se iba al campo sin demasiadas muestras de afecto —es que los besos para todos los días no son—, descorrió la cortina del dormitorio de los hijos y empezó la función. Fuera de la cama, no me lo hagáis repetir, yo ya me duché anoche después del entrenamiento, preparad las mochilas, qué haces ahora con los deberes, que los vas a manchar de Colacao, a ver qué has metido para el almuerzo, mamá, ya sabes que tienes que darme dinero para comprar el material de dibujo. Sonó el teléfono. ¿Pero es que nadie va a cogerlo?

—¡Diga! —Sofocadísima.

—¿Amparo Loza?

La otra persona también parecía nerviosa. Vaya par, a esas horas de la mañana.

—¿Quién es?

—Llamo de Bodegas 1521, de parte de doña Fabiola Marín.

Ni en mil años lo habría adivinado.

Un rato después, subía al autobús. El trayecto se le hizo eterno. Las paradas por los pueblos, la cola a la salida de la circunvalación. Sujetaba el bolso en el regazo y perdía la mirada en la bruma del Ebro a través del cristal. Me ha llamado a mí. ¡A mí!

Una vez en la bodega, un hombre corpulento que respondía al apodo de Bugatti le explicó que Fabiola se había encerrado la noche anterior en la casa del guardés y no dejaba entrar a nadie. Él había insistido hasta quedarse afónico: «Mire, Fabiola, si no es por usted hágalo por el niño que lleva en el vientre, pero, por favor, abra y deje que le traiga algo de comer». Y la otra, obcecada, ni comer, ni cenar, ni desayunar, ni nada de nada.

—¿Y seguro que me ha hecho llamar a mí? —preguntó en alto Amparo sin terminar de encontrarle sentido. Dicho así, parecía que venía a prestar servicio a la señora feudal; y aunque lo cierto es que algo de eso anidaba en el sentir inconsciente de ambas, Amparo estaba más hueca que un pavo.

—Eres la de Afammer, ¿no? —se cercioró Bugatti al ver a la otra tan sorprendida—. Pues entonces, sí. Lleva desde anoche diciendo que solo hablará contigo.

Y la condujo hasta la misma puerta.

—Vete, Bugatti —ordenó Fabiola desde dentro.

El chófer obedeció. Amparo no sabía bien qué hacer. Una brisa fuerte agitó los cuellos largos de su blusa de seda. Mientras se la recolocaba —vaya, se había manchado de colorete una esquina—, la puerta se abrió.

Fabiola parecía otra. Su melena pelirroja con un rizo para cada lado, los ojos hundidos. Vestía un camisón sobre el que se había puesto una chaqueta de punto que le iba grande, con la que se envolvía el cuerpo a la altura del barrigón. A Amparo le entraron ganas de apretarla contra su pecho y decirle: «No te preocupes, que sea lo que sea ya estoy aquí», pero no se atrevió por miedo a pasarse de confianza.

—Gracias por venir desde tu pueblo —susurró la bodeguera.

—Ningún problema, un placer ser de ayuda.

Fabiola sacó un pastillero que llevaba en el bolsillo de la chaqueta y colocó dos píldoras bajo la lengua.

—Perdona que me meta, pero esas te las habrá recetado alguien, ¿no? —advirtió Amparo.

—No hagas que me arrepienta de haberte llamado.

—Lo decía porque cuando me quedé embarazada del primero tuve un dolor de muelas que me moría y no me dejaban tomar nada.

—Me sobraban de las que me prescribieron cuando creía que era estéril, ¿te vale?

—¿Y no serán malas para el bebé?

¿Cómo que para el bebé?, estalló Fabiola por dentro. Querría haberle metido en la boca a la de Arnedo todas las pastillas que le quedaban, para ver si así dejaba de decir bobadas. Y ¿qué había de ella? ¿Por qué nadie la compadecía? ¡Estaba sola! Oh, Dios, la soledad... Desde que notó crecer su barriga estaba obsesionada con el día en que ese niño la abandonaría.

—Si algo le pasa al bebé, más aún lo sufrirá Claudio —sentenció.

La tez de Amparo se tornó blanca al darse cuenta de la barbaridad que acababa de oír. Fabiola fue hacia un sofá desvencijado y se desplomó en él, generando una nube de polvo que flotó a media altura en la penumbra. Amparo dio un repaso a su alrededor. La casa entera olía a abandono. La bodeguera había cubierto las ventanas con papeles de periódico. Primero los había ajustado con celo a las esquinas y después había colocado otra capa.

—Es que sin las pastillas no puedo resistir la vida —le confió por fin.

—Pero... ¿qué ha pasado?

—Que me ha dejado.

—¿El cocinero?

—Ese desagradecido, que no tenía donde caerse muerto y al que le di todo hasta mi alma...

Se echó a llorar. Al momento se contuvo y la pena se transmutó en ira. De su boca salieron unos insultos que Amparo no había escuchado nunca en boca de una mujer. Tenía que hacer algo, ya estaba bien de permanecer allí de pie como una pánfila. Dejó el bolso sobre una mesa, acercó una silla para sentarse a su lado y posó la mano en el vientre.

—Vaya, cómo se está poniendo este chavalote. ¿Te acuerdas de cuando quedamos en la cafetería esa y hablamos... —bajó la voz— de lo de la adopción?

—Por eso te he llamado.

—¿Qué dices? ¡Si vas a tener tu propio hijo!

—Lo que quiero hacer es darlo.

—¿Cómo que darlo? ¿Por qué?

—Para que no lo disfrute ese malnacido.

—Pero ¿lo has hablado con él?

—Claro que no, cómo puedes preguntarme eso. Voy a hacerlo para castigarle.

A Amparo la recorrió un escalofrío.

—No puedes hacerlo sin contar con tu marido. Es el padre del niño...

—Pues entonces tendré que buscar otra forma de privarle de él.

Abrió el pastillero y se introdujo otra píldora en la boca sin pararse a mirar de qué color era. Ya no le quedaba ninguna de aquel antidepresivo que iba como una bala a por la serotonina, así que tenía que ser el antipsicótico que le recetaron un año atrás, como si lo necesitase por haber tenido un par de *experiencias* —o así las denominaba el psiquiatra, porque ella sabía que las supuestas visiones habían sido bien reales—. Para este momento le iría perfecto, pensó mientras la disolvía en la boca, porque le arrancaba la profunda tristeza y, de paso, la amansaba un poco. Y es que empezaba a tener unas ganas terribles de levantarse de aquel sofá que la engullía como arenas movedizas y arrojar las sillas contra la pared.

—El domingo pasado estaba tomando el vermú en una terraza cerca de casa con una cuñada —le contó Amparo cuando empezaron a estirarse los minutos de silencio— y el dueño me preguntó cómo habíamos conseguido que nos dejases el salón de la bodega para la junta de Afammer. Tendrías que haberlo visto, rabiaba de envidia, porque el tío va de que lo sabe todo de vinos y sé que daría un brazo por conocerte. Así que cuando le conté que estuve trabajando en tu báscula y nos habíamos hecho amigas, se puso a vocear que si esta añada tuya es buena pero esta otra no tanto, y a hablarme de grados alcohólicos y de maceraciones como si fuera un catedrático de universidad. Yo le dije algo que le he oído varias veces a mi marido: eso es lo que le pasa al vino, que nos lo tomamos demasiado en serio. Si consiguiéramos que la gente lo pidiera como la cerveza, por el hecho de disfrutar, venderíamos tres veces más. Y, sobre todo, le solté a la cara: «Antes de criticar un vino, mejor harías en valorar todo el trabajo que hay detrás de una botella».

—¿Quieres que te diga lo único que hay que saber en este mundillo? —murmuró Fabiola sin abrir los ojos.

—Claro, ¿qué es?

—Que el peor vino de una carta es el segundo más barato. Los dueños de los restaurantes, como ese listillo de tu pueblo, lo colocan ahí porque saben que los clientes más ratas suelen ser además unos *cagaos* que no se atreven a pedir el más económico, y de esa forma se lo endosan.

Amparo se atrevió a reír levemente, complacida de estar levantándole el ánimo. Volvió a mirar a su alrededor.

—Entonces esta era la casa del guardés...

—Así la llamábamos cuando veníamos los fines de semana. En realidad nunca ha estado habitada mucho tiempo seguido, salvo por el último enólogo que contrató mi padre. Era de Burdeos y, junto con el sueldo, solicitó un sitio para vivir en la misma bodega. Se llamaba Didier Lozahic, un gran hombre. Mientras yo terminaba enología, fue él quien me echó una mano con mis primeras creaciones. Como mi padre no me dejaba meter baza en nada, venía aquí y nos escondíamos en el calado que empezamos a abrir poco a poco.

—¿Aquí debajo?

Fabiola tomó aire. Seguía hablando sin mover otra cosa salvo los labios, como si lo hiciera dormida.

—En el interior del monte, con entrada por la ladera que se eleva ahí atrás. No pienses que es como las redes subterráneas de las bodegas centenarias, pero nos esforzamos en hacer algo digno. Cuando los albañiles venían a hacer alguna obra gorda, como cuando mi padre amplió la sala de barricas, aprovechábamos la maquinaria y tunelábamos unos metros. Didier llegó a pagar de su bolsillo a un peón para que lo ayudase a picar y sacar piedra en una capillita lateral que me regaló para que guardase mis primeras botellas. Es mi catacumba.

—¿Qué ha sido del tal Didier?

—Al poco de mi boda se volvió para Francia. Después del accidente de mis padres siguió a mi lado, pero cuando vio que podía funcionar sola... —Se detuvo unos instantes y abrió por fin los ojos—. No es del todo verdad. Se fue porque me quería, pero yo estaba colgada de Claudio, ¡Dios, qué tonta he podido llegar a ser!

—No digas eso, mujer. El amor es ciego y sordo y, si me apuras, mudo, porque cuando ves a un hombre de verdad te quedas sin palabras. Y lo mismo puedes ir a buscarle todavía.

La bodeguera se incorporó con dificultad.

—No quiero estar ni con él ni con nadie.

Amparo se retrajo, pero al momento exclamó:

—¿Por qué no te cambias y vamos a que comas algo y a dar un paseo? Podrías enseñarme esa catacumba.

—¿De verdad quieres verla?

Lo preguntó con un tono agudo que bien podría ser infantil o lo contrario, el de un adulto que se dirige a un niño, y se introdujo en el cuarto de baño. Amparo aprovechó para ir a la bodega y buscar al tal Bugatti para que llenase de ropa una maleta que llevó de vuelta a la casa del guardés. En la otra mano, un táper de paella de conejo y otro de caracoles con fritada, que, según dijo aquel hombre, no podían gustarle más. Aun cuando no consiguió que comiera, al menos le hizo prometer que más tarde probaría el arroz. Antes de salir, la ayudó a cambiarse la chaqueta por otra más decente que encontró en un rincón y enrolló un pañuelo en su cuello, pero Fabiola seguía pareciendo una de esas mujeres sin edad que paseaban por la carretera en las proximidades del psiquiátrico.

Rodearon la construcción hacia la trasera, donde, como había indicado la bodeguera, al final de una explanada que se fundía con la ladera ascendente del monte Cantabria estaba la entrada al calado. Fabiola abrió el candado y la invitó a pasar. Amparo dio los primeros pasos tanteando. El contraste con la luminosidad del exterior hacía imposible distinguir nada. El portón se cerró con estruendo y, entonces sí, las engulló una total oscuridad.

—¿Fabiola?

No contestaba. Dio media vuelta, pero no se atrevía a moverse por miedo a golpearse con algo.

Al poco prendieron los filamentos de una bombilla ocre.

—No encontraba el interruptor —dijo la bodeguera.

Amparo caminó hacia el interior sin poder arrancarse la inquietud que la invadía desde hacía un rato. Efectivamente, aquel pasadizo inacabado era bastante más precario que los calados de las bodegas clásicas con imponentes bóvedas de sillería, pero irradiaban un indudable embrujo a rincón clandestino. La nave se prolongaba al fondo hacia un lado formando una «L» y el techo era bastante irregular, lo que la dotaba de un aspecto de gruta natural. Caminaron hasta el final de la galería. Allí estaba la capilla, como Fabiola había denominado al hueco excavado por el enólogo francés como un apéndice donde, en un botellero metálico, almacenaba unas cuantas muestras de sus vinos más antiguos.

—Pídeme cualquier botella de mi bodega, pero ninguna de estas —le advirtió mientras abría la cancela de barrotes de hierro que la protegía—. Son mis primeras añadas y aquí dormirán para siempre.

—El sueño de los justos van a dormir —apuntó Amparo con repelús—. Siempre me ha chocado que a estos sitios se les llame cementerios. Si el vino aún está vivo...

Vio como Fabiola tocaba su vientre. En la intimidad de aquel enclave, bajo el retumbar de sus propias voces, Amparo se planteó retomar el tema de la adopción por el que sin duda la había hecho llamar. Tal vez podrían hablar con el abogado de Madrid y encontrar una fórmula, cualquier cosa antes que dejarla sola en aquellos momentos. No podía quitarse de la cabeza lo que había dicho sobre buscar una forma de privar a Claudio del niño. Eso, sumado al hecho de ingerir pastillas sin medida... Los pelos de punta. Lo que debería estar haciendo es ponerse en contacto con ese médico pero ya.

—¿En qué piensas? —se adelantó Fabiola.

—Cuando antes decías esas cosas del bebé no hablabas en serio, ¿verdad?

—Yo siempre hablo en serio.

—Me refiero a que...

—Ya sé a lo que te refieres, y me has dejado claro que no puedo darlo en adopción por mi cuenta. Era una estupidez, debo de estar muy trastornada.

—Más bien hablaba de... —¿Cómo preguntárselo? ¿Y si había entendido mal y solo por mencionarlo la echaba de allí a patadas? Rebuscó la forma de decirlo sin decirlo—. ¿De verdad serías capaz de...?

No podía. Imposible.

Fabiola, hastiada, hizo girar una de las botellas sin sacarla del botellero metálico. Despacísimo, produciendo un chirrido insoportable. Tras la primera vuelta le dio otra, y otra más. El cristal parecía a punto de estallar.

—Quiero irme de aquí —rogó Amparo.

La bodeguera soltó un grito y arrojó la botella contra una esquina, tiñendo el suelo de escarlata. Se colgó del cuello de su amiga y comenzó a llorar.

# 28

En cuanto Bugatti cierra la puerta, busco en internet la dirección de la asociación de mujeres del mundo rural y salgo disparada hacia allí. Está en una calle del extrarradio que, al igual que el centro, va contagiándose de una atmósfera postapocalíptica. Me siento la última mujer viva en un mundo de seres escasos que me observan desde la acera. ¿Quién eres? ¿A qué has venido? Nunca te habíamos visto por aquí... Es el miedo el que habla, desterrada la hospitalidad de esta tierra. La bestia nos ha hecho retroceder siglos, pero no al momento que deberíamos estar conmemorando por la gesta que liberó la ciudad, sino a otro anterior de pestes negras en el que la hermana abandonaba al hermano, la mujer al marido, y los padres y las madres preferían no mirar a los hijos para no tener que tocarlos, como si no fuesen suyos.

Al poco me planto frente a la puerta metálica de una lonja. En la fachada, una placa discreta.

—Llama con los nudillos, que el timbre no va, pero ellas están dentro —dice el dueño de la tienda de ultramarinos contigua, que hace guardia entre las cajas de fruta sacadas a la calle—. A quien no vas a encontrar hoy es a la asistente social.

Siento una punzada al pensar que tal vez me esté confundiendo con una víctima de violencia de género. Afammer ha firmado convenios para prestarles atención, y lo cierto es que yo también he acudido allí con una desesperada petición de ayuda.

No necesito llamar, la puerta está abierta. Cruzo la recepción y accedo a una sala flanqueada por estanterías, con una gran mesa plegable en la que media docena de mujeres toman café y pastas de nata, apuesto a que recién hechas porque la manteca con almendras laminadas podía olerse desde fuera. Están rodeadas de máquinas de coser, tablas de planchar y montones de telas apiladas en cajas. Todo el lugar está envuelto en una atmósfera irreal, como si hubiera atravesado un espejo hacia un mundo paralelo.

—Buenas —saluda una de ellas.

—Disculpad la intromisión, buscaba a algún responsable de la asociación.

—Nosotras somos el grupo de costura. Si te quieres unir...

—Creo que en este momento no tendría paciencia para eso —rehúso con su mismo tono suave, esforzándome por crear un buen clima antes de entrar a degüello.

—Es todo solidario, no te pienses. La gente y las tiendas nos donan retales, cortinas... y nosotras hacemos vestidos de comunión.

Recuerdo el que heredé de mi prima.

—¿Para quién?

—Para África. Los mandamos en los contenedores de la diócesis.

—Pero hoy no toca coser —apunta otra—, estamos de despedida hasta después del verano. ¿Te pongo un cafelito?

—Te lo agradezco, pero tengo mucha prisa. Necesito información sobre una de las mujeres que formaron parte de la primera junta.

—¿Te refieres a cuando se montó la asociación?

—Sí.

—Ay, cuánto tiempo ha pasado...

—Siento molestaros, de hecho, no esperaba encontrar a nadie hoy aquí. Pero es muy importante.

—La Virginia seguro que lo sabe —dice su compañera.

—¿Quién es?

—Una chica que trabajó durante un tiempo de administrativa y que ahora echa una mano cuando hace falta. Sobre todo contestando al teléfono, que tiene desviado a su móvil. Esa sí que tiene paciencia, las socias la adoran. A veces llaman para preguntar si vamos a hacer cursos o visitas culturales, porque siempre es mejor montar un grupo que ir solas. Pero otras lo único que quieren es hablar, como si acudieran al confesionario. Y Virginia sabe escuchar de verdad, no como una de esas teleoperadoras que van a lo que van.

—Lo vive —sentencia la primera—. Seguro que te ayuda.

Ya lo están haciendo ellas solo con mostrarse tan agradables.

Mientras discuten sobre qué días le toca a la administrativa pasar por allí y si estará o no fuera de Logroño por las fiestas —en todo caso se habría ido por alejarse del horror en el que se han convertido—, una tercera interviene.

—Dice que viene en nada.

—¿La has llamado ya? —pregunto, sorprendida.

—Le he mandado un mensaje y me ha contestado que anda con el coche por el centro y se acerca en cinco minutos.

No hay duda. Este taller no es real, se trata de una burbuja que mi mente ha elaborado para sobrevivir. He debido de quedarme dormida en la hamaca de Bugatti. Cierro y abro los ojos y las mujeres siguen aquí. Estoy por pedirles una aguja enhebrada, aunque no tengo un buen recuerdo de la última vez que intenté rematar un dobladillo. Al poco de volver a Logroño me apunté a un curso de costura. El folleto decía que era como hacer meditación, que a las personas estresadas les venía bien dar un respiro al cerebro a través de tareas que exigieran toda su atención. Y tenía razón. El coser me mantenía concentrada; y el hecho de sostener una obra terminada en las manos me hacía pensar que no me había vuelto la persona inservible que de pronto me sentía. El problema era que la profesora acababa de dar a luz y todos los patrones que utilizábamos para practicar eran de baberos o faldones de bebé, lo cual me recordaba que yo no tenía visos de engendrar uno al que ponérselos. Era algo que hasta entonces nunca me había preocupado, pero en aquella etapa de frustración la idea de envejecer sola volvía a arrojarme a un pozo de tristeza aún más profundo.

Una de las costureras se fija en mi cuello y arruga la nariz.

—Eso que tienes ahí... —señala.

—¿El qué?

—Mi hijo tenía uno igual y se le fue.

Se refiere a mi mancha de nacimiento, bajo la oreja. La toco de forma inconsciente.

—El beso del ángel —apunta otra.

Sonrío al recordar que así lo llamaba mi padre para que no me acomplejara.

—Si dura mucho se le llama mancha de vino de Oporto —informa la primera—, aunque en La Rioja ese nombre no se lleva por razones obvias.

—No es porque dure o no dure mucho —replica su compañera en lugar de reírle la gracia—. Tienen un nombre u otro dependiendo del tipo que sean, que me lo dijo el pediatra. Pero todas se pueden quitar con láser. ¿No has pensado en borrártela?

—Pues no —contesto sin saber bien por qué no lo he hecho. Seguro que muchos pensarán que me afea, como llegó a decirme un capullo en un pub creyendo que ese brote de sinceridad iba a hacerle ganar puntos.

La tal Virginia aparece al poco con aire apresurado de joven ejecutiva y varias carpetas en la mano.

—¡Hola a todas!

—Felices fiestas —le desea la del móvil—. Aunque con lo que ha pasado...

Es la primera vez que lo sacan a colación desde que he llegado. El rostro de las costureras se ensombrece al unísono, siguiendo con su actuación coral. Mientras esparcen unos cuantos comentarios grises entre las bobinas de hilo, me acerco a darle la mano.

—Me llamo Camino Tejada. Siento haberte hecho venir.

—Me ha venido bien, así archivo estos expedientes que llevaba en el coche desde hace días. ¿Me acompañas?

Me conduce hasta un cuartito situado al fondo que hace las veces de oficina. Se sienta tras la mesa del ordenador y comienza a guardar en carpetas lo que ha traído mientras yo le cuento el objeto de mi visita. Cuando le explico quién soy, se compadece del trago que estoy atravesando y me ofrece su apoyo de forma natural, sin aspavientos. Tal vez las socias tengan razón y sea buena idea utilizarla de vez en cuando como aliviadero emocional. Es complicado encontrar a alguien que simplemente te escuche sin dar recetas, que se identifique contigo y comparta tus sentimientos sin agredirte con su forma de interpretar los hechos.

—Tengo los teléfonos de las socias en la base de datos —me anuncia—, hace tiempo que lo informatizamos todo. Pero deja que primero eche un vistazo a las fichas antiguas, a ver si me evito el encender este cacharro. —Se agacha para hacerse con una caja que coloca sobre la mesa—. ¿Tienes al menos su nombre de pila o alguno de los apellidos que nos permita empezar a buscar?

—Lo cierto es que no.

—¿Y entonces?

—Sé que era de Arnedo.

—De Arnedo, fundadora... Me parece que con eso va a ser suficiente.

—Lo celebro, no esperaba que fuera tan fácil.

Empieza a pasar las fichas con pericia hasta que llega a una que arrastra hacia mí.

—Ahí la tienes, ha habido suerte.

—Amparo Loza —leo, junto a los demás datos de su DNI.

—No puede ser otra.

Me habría dado más confianza si le hubiera costado más trabajo encontrarla.

—¿Estás segura?

—Y tanto. El año pasado fletamos un autobús allí para la exposición «La Rioja Tierra Abierta» y estuvimos hablando de esta mujer porque fue quien se ocupó de impulsar los pueblos de la comarca.

Por fin un poco de luz. Si tiene ese perfil de activista, es más probable que se preste a colaborar conmigo.

—No sabes cuánto te lo agradezco. —Saco el móvil y se lo muestro—. ¿Te importa si le hago una foto a la ficha?

—Ningún problema. Yo no conocí a Amparo, pero debía de ser todo un personaje.

—Perdona, ¿has dicho «debía»?

Asiente con pena.

—Cáncer de páncreas, según comentaron. Sin tiempo para hacerse a la idea.

Me reclino en la silla. Me las había prometido demasiado felices. Escondo la cara en las manos y la maldita pregunta reanuda su sesión de tortura, golpeándome con más fuerza ahora que se sabe sin respuesta: ¿por qué llamaste a Fabiola, papá? Un puñado de células necrosadas me han robado a la única persona que, al parecer, podía decirme lo que pasó realmente entre ellos.

La administrativa, haciendo gala de la caridad que también le han atribuido sus compañeras, vuelve a la carga sin moverse del sitio.

—¿Os acordáis de Amparo Loza? —pregunta al aire en voz alta estirando el cuello.

—Murió hace tiempo —contesta una sin dudar.

—Eso ya lo sabemos, pero ¿conocéis al marido o a algún familiar?

—En aquel entonces tenía un hijo viviendo aquí —informa otra—. Yo estuve en una misa que organizó en la iglesia de Santiago para las compañeras que no habíamos podido ir al funeral y fue él quien se ocupó de recibir a la gente.

Hacen una serie de gestiones rápidas como sus puntadas —que si llamo a esta, que si pregunto a aquella otra—, hilvanando una red que nos conduce a un apodo, Terry, y una dirección. Al parecer, Amparo, entre junta y junta de la asociación, aún tuvo tiempo para criar a tres retoños. El último, bastante más joven que sus hermanos, es el que se mudó a la capital.

Cuando me dispongo a salir, una de ellas señala mi mancha del cuello y dice:

—Piénsate lo del láser.

Vibra mi móvil.

Es un mensaje de «The Killing», que es como tengo guardado el contacto de Hugo porque se parece un montón al protagonista del *remake* de esa serie danesa. Tan solo contiene una foto que me deja helada.

Corro hacia el local, hoy vacío, donde mi padre tuvo el restaurante.

Allí está la pintada.

De espray rojo, ocupando toda la fachada:

«ASESINOS».

# 29

Durante mucho tiempo, la plaza del Mercado fue el centro neurálgico de la ciudad. Con el otorgamiento del Fuero de Logroño y una concesión para celebrar dos mercados francos por año, los comerciantes de otras regiones la convirtieron en su punto de encuentro y en una parada obligada en el Camino de Santiago. Muchos de los curiosos que se arremolinan en grupos son peregrinos. Algunos observan cautos desde los portalillos del fondo. Otros, desde el pórtico de la concatedral, que se alza majestuosa. Todos con la vista clavada en la fachada del que fue el restaurante de mi padre, situado enfrente. La falta de pericia de quien haya usado el espray ha hecho que las letras chorreen, dejando regueros rojos que me hacen recordar la sangre en la habitación del hotel.

La escena deprime. Cualquier local comercial vacío deja un poso de decadencia en su calle, y en este caso, mucho más. Donde no hace tanto había una estrella Michelin, ahora han estampado esa pintada infame. El pobre Bugatti, siempre tan dispuesto, se ha presentado allí con un cepillo y una botella de aguarrás y se está dejando el brazo para borrarla. Seguro que lo ha llamado mi madre. Me acerco para ver si ella está dentro, todavía tiene un juego de llaves. Aun cuando el importe de los embargos supera con mucho el valor del inmueble, dado que aún no se ha vendido ni se lo ha adjudicado oficialmente el banco, mis padres siguen constando como propietarios, un título que solo sirve para que mi madre vaya de vez en cuando a vagar por el interior como un alma en pena y a alimentar su inquina.

Beso a Bugatti, quien me lo confirma con un escueto «ahí la tienes».

La puerta está abierta. Al entrar me sacude un tufo a tubería en desuso. Qué diferente olía cuando mi padre cerró el local para nuestra comunión por partida doble. Me sentía importante porque no tenía que compartir salón con otras familias, aunque me viera privada del menú de niños que nos dieron el año anterior en la comunión de Mariela y que nos permitió salir antes a jugar sin aguantar la lenta cadencia de los mayores. En Los Estorninos, aquello no era una cuestión negociable. Como dejó claro mi padre: «Comeréis espárragos naturales y todo lo demás como el resto, que los productos de la tierra son tan sagrados como las formas del cáliz».

—¿Mamá?

—Estamos aquí —contesta desde la estancia que utilizaban como reservado para comidas de empresa.

Desde el primer momento noto que hay algo diferente en su voz.

—Hola, Camino —me saluda Marcos.

Está sentado a su lado, ambos en un par de taburetes llenos de polvo, con su pantalón chino de loneta beis y una camisa blanca recién planchada que viene a ser su uniforme de paisano. Mi madre sonríe como una pánfila, solo les falta estar cogidos de la mano.

—Parece que no te alegras de verle, hija.

—¿Qué está pasando?

—He venido en cuanto me han avisado de lo de la pintada —explica él—. Tu madre se ha asomado.

—Y le he invitado a pasar.

—Gracias por hacerle compañía, Marcos. Y tú, mamá, siento que hayas tenido que presenciar eso de ahí fuera. Ahora ayudo a Bugatti a borrarlo.

—Ya lo hace él. Y no te preocupes, que yo estoy bien.

Me vuelvo hacia Marcos.

—Entonces... —Me detengo para que sea él quien mueva ficha, pero permanece inmóvil como un inspector de cera. Dios mío, ¿te pasas el día estudiando kinésica para interpretar el lenguaje corporal de los detenidos y no alcanzas a ver que te estoy suplicando que te vayas?—. Ya me quedo yo con ella.

—¿Cómo puedes ser tan seca? —protesta mi madre—. En cuanto he visto esa barba me he dado cuenta de que era el hombre de la foto que siempre intentas ocultar cuando te llama al móvil.

—No puedo creerlo...

—Anda, siéntate aquí con nosotros, que quiero saber más. —Y mirando a Marcos—: Es la primera vez que conozco a una de sus parejas.

—Mamá, ¿te estás oyendo a ti misma? ¿Has olvidado por qué está aquí?

Su rostro recupera la gravedad habitual.

—Porque han humillado públicamente a tu padre, lo cual me rompe el alma porque ni siquiera puede defenderse. Así que no me castigues porque disfrute de un encuentro que, contra todo pronóstico, me ha hecho ilusión.

Estoy abochornada por el desnudo integral al que acaba de someterme. Desvío la mirada hacia mi padre, que, aparcado en una esquina, contempla la nada desde la silla de aluminio. Tras mi conversación con Marcos en el coche junto a la Casa de las Ciencias, pensaba que nuestra relación era eso, justamente nada. No sé qué hacer. Mi madre se levanta.

—¿Adónde vas?

—Al bar de al lado para traeros un café.

—Se lo agradezco, pero no hace falta —retumba la voz de policía correcto y estupendamente agradable y resultón para las madres.

—Pues entonces a darle una vuelta a mi marido por la plaza. No queremos estorbar, bastante estás haciendo por nosotros.

Una vez que cruzan la puerta, Marcos se encoge de hombros.

—No pretendía entrar, pero la mujer es lista.

—No lo sabes tú bien. Para lo que quiere.

Le llega un mensaje al móvil. Lo lee con atención y, acto seguido, comienza a teclear de vuelta de forma compulsiva. Cuando termina, repasa moviendo los labios en silencio lo que sea que haya enviado y levanta la vista hacia mí.

—Ya sé a quién has salido tú, entonces.

—¿Se supone que eso es un piropo?

Arquea las cejas.

—¿Te acuerdas de lo que me contaste por teléfono sobre Darío Soto?

—El exnovio de Penélope —me centro—. ¿Qué pasa con él? ¿Ha cambiado su versión la chica venezolana?

Niega.

—Sigue manteniendo que se marchó con él de la fiesta y que ya no se separaron. Me refiero a lo que sugeriste sobre que tuviera antecedentes en otras provincias.

—No me digas que habéis encontrado algo...

—Ajá.

—¿De qué se trata?

—Primero dime tú qué te hizo pensar que podía ser así.

Me encojo de hombros.

—Por mucha empresa que tenga, es un chulo de barrio.

Chasquea repetidamente la lengua.

—Prometiste que me lo explicarías con detalle si resultaba algo positivo de las pesquisas. Me acuerdo bien porque me llamó la atención que utilizases esa palabra, «pesquisas».

Es justo.

No llevo encima el poemario que me prestó Mariela, pero me impresionó tanto que puedo recitarlo de memoria.

—«Tengo miedo a mirar por la ventana, por si veo tu cara sobre la mía reflejada».

—¿Qué es eso?

—Un poema breve que Penélope escribió justo después de dejarlo con Darío.

—¿Cómo demonios lo sabes?

—Pesquisas —sonrío—. Lo importante es que viene a acreditar que se sentía acosada por él.

—Pues parece que tu chulo de barrio se ha venido arriba en alguna otra ocasión.

—¿Qué ha hecho?

Va a contestar, pero frena a tiempo. Cierra los ojos y permanece así unos segundos, como si estuviera orando. Cuando los abre, brillan tras sus pestañas negras.

—¿Puedo confiar en ti?

Allí sentado, parece uno más de la familia. Tal vez por eso ha despertado a mi madre del hechizo. Me doy cuenta de que no nos juzga, ni siquiera le preocupa el polvo y el olor a tubería. ¿Puedo confiar en ti? Parece una pregunta simple, pero yo la interpreto como una declaración importantísima: estoy solo, como tú. Me está pidiendo que lo coja de la mano como un niño que quiere subirse a un bordillo, solo para tener la certeza de que seguiré a su lado cuando se encarame a otras alturas superiores. O quizá sea yo la que se está viniendo arriba y tan solo me está preguntando si voy a dejarle en evidencia y a poner en peligro su placa.

—Te doy mi palabra de que no publicaré nada de lo que me digas, ni ahora ni nunca.

Pestañea varias veces. Es el brote de intimidad, que aletea y echa a volar lejos.

—Esa postura es nueva.

—Tal vez esté cambiando en algunas cosas. Incluso podría llegar a gustarme la bici de montaña.

—Eso no lo creo.

—Si te soy sincera, yo tampoco. —Me siento a su lado en el taburete que ha dejado libre mi madre—. Anda, dime al menos que eso que habéis averiguado te acerca un poco más a Darío y te aleja de mi hermano.

Repasa el mensaje que acaban de enviarle, como si necesitase constatar que lo ha leído bien.

—En Argos, nuestra base de datos, no había detenciones; tampoco denuncias en Sidenpol. Por no haber, no figuraba ni una triste comparecencia en una comisaría por haber perdido la cartera. Volqué los datos a través de la aplicación Sigo de la Guardia Civil y tampoco.

—¿Ha sido la Ertzaintza?

Niega.

—Dada la trascendencia del asunto teníamos activados los mecanismos de coordinación intercuerpos, así que les envié la filiación para que comprobasen si Darío había sido identificado en alguna intervención policial que no hubiera terminado en detención, ya que desde mi ordenador no puedo acceder a ese tipo de trámites. Pero también ellos me contestaron que no, al igual que después hicieron los Forales de Navarra.

—Y, entonces, ¿qué queda?

—Teniendo en cuenta lo que comentaste sobre las fotos suyas saliendo de juerga por Bilbao que habías visto en las redes, seguí rascando, hablé con una persona de los juzgados de allí y...

Agita en el aire su móvil, mensaje incluido.

—¡Sabía que había algo!

—Y hemos estado a punto de dejarlo pasar. Con los nuevos sistemas de apoyo a la administración de justicia, podemos acceder a una base judicial donde figuran condenas, medidas cautelares... La crearon para que las unidades que investigamos asuntos de violencia de género estemos al día y controlemos las órdenes de alejamiento y cosas así. Pero hay información a la que no llegamos. Por ejemplo, si alguien denuncia unos hechos en el juzgado de guardia y el juez de instrucción no precisa ninguna gestión policial y considera que no hay asunto, puede decretar el archivo sin que nosotros hayamos tenido conocimiento de nada. Eso es exactamente lo que pasó el día que Darío drogó a esa desgraciada de Basauri.

—¿Que hizo qué?

—El padre de una menor denunció en el juzgado que Darío la había drogado para abusar de ella. La encontró en el descansillo de su portal completamente ida, con el botón del vaquero suelto y la cremallera bajada, salió a toda prisa a la calle y vio como él se montaba en su coche y se alejaba de allí marcando rueda. Lo localizaron por la matrícula y se descubrió que a la chica le habían administrado burundanga, la droga de sumisión química, por lo que fue llamado a declarar. Lo negó todo, pero no pudo explicar por qué estaba en ese lugar a aquella hora intempestiva. La cosa pintaba bien para detenerlo, pero de pronto ella cambió su versión y negó que Darío hubiera tenido algo que ver. Incluso llegó a decir que no lo conocía, que el chico que la había acompañado a casa era afroamericano.

—Supongo que alguien le había metido un buen fajo en el bolsillo.

—Es posible.

—Pero entonces no tenéis nada firme.

—Acabo de solicitar una última diligencia.

—¿Era eso lo que estabas escribiendo?

—Te prometo que, si dan resultado mis pesquisas —sonríe al decir esta palabra—, serás la primera en saberlo.

—Gracias, Marcos.

—Ahora sí que me voy. Quiero pasar por casa para ver cómo está Tonga.

—Pobre, ¿sigue igual de flojilla?

—Así va a ser ya siempre. Cuando he ido a sacarla esta mañana se ha hecho la remolona por primera vez en quince años. Supongo que tampoco la ayudan mucho estos horarios que llevo.

—Si necesitas algo...

—No te preocupes.

—Una última cosa, ¿por qué ha dicho mi madre que nos estás ayudando mucho?

—Antes de que llegaras, le he comentado que están practicando la pericial caligráfica de las cartas que atribuís a Fabiola.

—Así que al final la has solicitado...

—Te dije que me ocuparía.

Se levanta. Al hacerlo yo de forma un poco brusca para acompañarle, siento un leve mareo. Tengo la tensión por los suelos. No como, no duermo.

Entonces me doy cuenta.

El estremecimiento me recorre el cuerpo incluso antes de que mi mente procese los datos que está barajando.

—No, no, no, no, no... Por favor, no.

—¿Qué te ocurre?

Me cuesta ligar las palabras. El decirlo será condenarle.

—Creo que yo también fui envenenada con esa droga de sumisión química.

—¿Qué? ¿Te refieres al día del evento?

—Por eso me desvanecí de esa forma. Ni siquiera me lo había planteado, o más bien prefería no hacerlo y pensar que se debía a la mezcla de nervios y estómago vacío y un poco de vino.

—¿Bebiste algo que te dio Darío?

—No.

—¿Entonces?

—Fue Penélope quien me pasó su copa.

—¿Penélope? ¿Qué dices?

—Y a ella se la había dado mi hermano.

Ahora sí que estoy mareada. Un terremoto dentro de mi cabeza. Hiperventilación, pánico.

—No te apresures en sacar conclusiones, Camino. Los análisis de la chica no han arrojado ningún positivo en sustancias, ni de ese tipo ni de ningún otro.

—Me dijo que cogió la copa por compromiso, que ella no bebía y estaba sin tocar.

Se pasa la mano por la barba de forma compulsiva.

—¿Has dicho que fue Lucas? ¿Estás segura?

Parece sorprenderle, o trata de no celebrar de forma muy patente el disponer de la prueba definitiva para crucificar a mi hermano. Lucas y Darío, ¿cómplices de los asesinatos?

Me abraza como nadie lo ha hecho jamás mientras sentencia:

—Nadie, Camino, nadie en este mundo va a volver a hacerte daño.

Hace una llamada, me da una serie de instrucciones precisas para que vaya de inmediato a hacerme un análisis y sale a toda prisa. Yo permanezco inmóvil, mirando cómo se cierra la puerta. Cuando estábamos en el coche junto a la Casa de las Ciencias me echó en cara que no entendía nada, pero ahora he empezado a entender. Quiero gritarle que se quede para siempre conmigo en este local vacío, que me coja de la mano para hacer equilibrios juntos por el bordillo...

# 30

Conozco a la enfermera porque iba a mi colegio un par de cursos por encima. Me saluda de forma discreta, sin hacer alusiones personales. Mientras prepara la documentación que he de firmar me explica que, aunque la burundanga es la preferida de los violadores, no es la única droga de sumisión química. Hay otros muchos cócteles de diferentes sustancias, incluyendo anestésicos de los que se utilizan en las intervenciones quirúrgicas, para generar el devastador efecto hipnótico-sedante que me noqueó en el evento. El problema es que el rastro en sangre del aliento del diablo, como se conoce a la primera, suele desaparecer a las veinticuatro horas, por lo que deciden tomarme además muestras de orina y de pelo. Estas últimas serían las más fiables, pero la enfermera me anuncia que el protocolo dispone hacer una segunda prueba pasado un mes, ya que es cuando esa porquería suele manifestarse en el cabello. Para cuando salgo del laboratorio, tengo serias dudas de que llegue a saber algún día si me drogaron o no.

Estoy nerviosísima, siento mi cuerpo mancillado. Mientras espero los resultados y las noticias de Marcos sobre la investigación que está llevando a cabo a propósito de Darío, aprovecho para acudir a la dirección del hijo de Amparo Loza que me dieron en Afammer. Prefiero presentarme en persona y no darle tiempo para reaccionar. Como comentó Marcos cuando me tomó declaración en comisaría tras la muerte de Penélope, a los testigos hay que apretarles las tuercas en caliente para que no se extinga la llama colaborativa.

Se trata de una casa rehabilitada con gusto en la zona vieja. Fachada color caldera, balcones de forja. Llamo al portero automático y me pego a la camarita, dando la espalda a la calle. Tengo la sensación de estar haciendo algo prohibido y necesito preservarme de las miradas de los transeúntes. Desde algún piso cercano llega una música tradicional típica de las fiestas. Parece salir de un radiocasete, como un eco del pasado que ha saltado por error o compasión a esta dimensión triste. Al segundo intento, contesta una voz de varón.

—Busco a Terry —digo.

—¿Quién eres?

—Vengo por un asunto relacionado con Amparo, su madre. ¿Eres tú? ¿Puedo subir?

—No está ahora.

—¿Podrías darme un móvil? Es muy urgente.

—¿Quién has dicho que eras?

Basta de vaguedades, estoy a punto de perderle.

—Me llamo Camino Tejada, soy la periodista hermana del hombre desaparecido en Bodegas 1521.

Unos segundos de silencio.

Tapa el auricular, a juzgar por el ruido rasposo.

Al poco, el zumbido eléctrico de apertura.

Empujo la pesada puerta de hierro y cristal y enfilo hacia el primer piso por una escalera de madera que huele a barniz. El felpudo con una silueta de Darth Vader avisa: «Bienvenidos al lado oscuro».

Abre un chico de ojos transparentes y pelo oxigenado, rapado por los lados y con tupé bien compuesto.

—Gracias por atenderme, solo pretendo hablar unos minutos con Terry. ¿Podrías decirme dónde puedo encontrarlo?

—¿Qué tiene que ver su madre con lo que ha pasado en la bodega? —ataca sin camuflar cierta hostilidad.

—No he venido por eso. Es algo personal... Aún más personal.

—No entiendo.

—Necesito preguntarle algo sobre Fabiola Marín, la propietaria. Fue la primera mujer de mi padre y, al parecer, también muy amiga de Amparo. Si te soy sincera, tengo muchas dudas de que vaya a poder ayudarme —me adelanto a decir cuando va a replicar—, pero he de intentarlo.

—Deja que pase —interviene otro hombre que se acerca caminando despacio. Vendrá a tener mi edad, más delgado y espigado y con el cabello rizado...

Y pelirrojo, como el que Fabiola tenía de joven, antes de que los años y los disgustos se lo entreverasen de gris.

Durante un instante se me encoge el corazón.

—Soy Terry. Disculpa a Teo, somos muy protectores el uno con el otro. ¿No vas a entrar?

Bienvenidos al lado oscuro, sigue gritando el felpudo.

Pero cruzo.

Me hace pasar al salón, que han reconvertido en un abigarrado taller. Las paredes están atravesadas por ganchos de los que penden alicates de todos los tamaños, taladros con sus brocas, pequeñas sierras y punzones. Al fondo, una mesa con un flexo articulado, balanzas, lupas, limas y crisoles. Por el suelo, pegamentos y soluciones en botellas con pegatinas de inflamable. Sobre un paño han colocado varias piezas de plata de formas desiguales.

Son joyeros.

—Ahora entenderás por qué no nos gusta que suba aquí mucha gente —se justifica—. No hay corales negros ni jade de China, no te pienses, pero sí un montón de esfuerzo almacenado que sería una pena perder. Solemos trabajar por encargo, pero necesitamos algo de stock para los pedidos por internet. Ya sabes, cuando los clientes dan al clic lo quieren ya.

Me acerco a una estantería repleta de cajitas y expositores con anillos y pendientes. Hago como que leo los folletos explicativos de una de las colecciones. Necesito ganar tiempo para procesar esos rizos. Veo una colección de pulseras con un diminuto racimo de uvas y unas piedras de diferentes colores que simbolizan la historia vitivinícola de la región.

—Así que sois vosotros quienes las hacéis.

—Ya no somos los únicos, pero fuimos los primeros. Cuando las bodegas empezaron a contratar a arquitectos estrella y llegó el bum del enoturismo, dijimos: ¿por qué no apostar por la tierra también en bisutería? Al final, lo que importa es ofrecer una narrativa emocionante. Y aquí seguimos. De un tiempo a esta parte estamos dando mucha guerra por Instagram, tal vez las hayas visto ahí.

Entonces me doy cuenta.

—¿No las sacó en una foto Penélope, la poeta asesinada?

—Le mandé una cuando me enteré de que iba a ceder unos versos a Bodegas 1521 para el quinto centenario.

—Entonces, ¿tú también tienes buena relación con Fabiola?

—Por lo que yo sé, nadie tiene relación con ella, ni buena ni mala. Le envié la pulsera a Penélope *motu proprio*, como una acción de *marketing* de nuestra empresa que al final nos resultó muy barata, porque le gustó el diseño y, como bien has dicho, la mostró en sus redes sociales.

—Pero tu madre sí que era amiga de Fabiola.

—Yo no diría tanto.

—¿A qué te refieres?

—Siempre contaba que hicieron muy buenas migas durante un tiempo, pero que todo cambió de forma radical cuando Fabiola perdió el niño.

Intento no mirarle el pelo, juro que lo intento. Pero me resulta imposible no barajar la absurda idea de que ese niño al que se refiere es él mismo, de que tengo frente a mí al hijo de mi padre y la bodeguera, a un medio hermano. Cierto es que no sé cómo era físicamente Amparo, así que doy un repaso rápido a las estanterías en busca de alguna fotografía.

—¿Cuántos años tienes?

—Treinta y seis —contesta. Justo la edad que tendría el otro. Se sienta en el puesto de trabajo, haciendo girar la silla hacia mí. Se le está agotando la paciencia. Teo se acerca a la mesa para hacer piña con su pareja, sobre cuyo hombro apoya la mano, de piel muy blanca. Todo en ellos es etéreo, ambos desprenden ese halo espectral—. ¿Por qué me lo preguntas?

Por fin veo una instantánea que ha quedado arrinconada tras una jarra de cristal llena de corchos.

—¿Eres tú con ella?

Asiente, prudente.

Como había supuesto, el lacio pelo moreno de su madre no tiene nada que ver con el suyo. Tal vez fue su padre quien se impuso en la competición genética. Necesito otra foto en la que también aparezca él. Al ir a mirar en una de las estanterías, empujo una especie de arbolito de metal de cuyas ramas cuelgan unos collares. Estoy a punto de hacerlo caer al suelo, pero lo sujeto a tiempo mientras oscila como un boceto de sauce al viento.

—Vamos leyendo tus columnas y podemos imaginar que lo estarás pasando fatal —dice Terry con resignación mientras me afano en recolocar un par de gargantillas que han resbalado de su rama—, pero dudo que pueda hacer algo más por ti.

—¿Y tu padre?

—No hay fotos suyas en esta casa, si es lo que buscas.

—Me refiero a si es posible que tenga alguna información sobre el tema.

—Mi padre no sabe nada de nada.

—¿Cómo puedes estar tan seguro?

—Porque empezó a alejarse más y más de mi madre cuando me adoptaron, y la cosa no mejoró con los años, cuando salí del armario y ella se puso de mi parte.

—Espera...

—No sé por qué me fuerzas a decir estas cosas, de verdad. Si no te conozco de nada...

—¿Has dicho que eres adoptado?

Teo le aprieta el hombro para transmitirle fortaleza.

—¿También tienes algún problema con eso?

—No, por Dios, qué va...

—Será mejor que te vayas.

—¿Conoces a tu madre biológica?

Se levanta y arroja a la mesa el alicate y la espiral de estaño.

—Pero ¿a ti qué te pasa? No puedes presentarte así en casa de la gente.

—¡Tienes razón, tienes razón! —Aprieto las sienes como si necesitase calmar un dolor extremo—. Pero si llegases a imaginar solo por un momento lo que tengo encima...

—¡Pues cuéntamelo! Pero no vengas aquí a revolucionarme el taller preguntándome sobre lo que sabía o dejaba de saber mi madre muerta y metiendo por medio a mi padre, después del tiempo que me ha costado pasar página.

Le muestro las palmas de las manos en señal de paz y, pensando que se lo debo para compensar, le suelto del tirón:

—Mi padre abandonó a Fabiola cuando estaba embarazada y del disgusto esta perdió el niño. A partir de entonces la bodeguera se dedicó a hacerle la vida imposible a mi madre, llamándola por teléfono a todas horas y enviándole cartas con amenazas horrendas que le han amargado la vida. El caso es que, mientras daba palos de ciego buscando cualquier información que me ayudase a encontrar a mi hermano y a eximirle del crimen de Penélope, me he enterado de que Lucas consiguió el trabajo en Bodegas 1521 porque mi padre telefoneó a Fabiola para pedirle ese favor; y esto me hace pensar que, tal vez, durante todo este tiempo mantuvieron algún tipo de relación, una posibilidad que me pone los pelos de punta porque supondría que mi familia se habría construido sobre una gran mentira. Aunque tal vez eso explicaría cómo hemos acabado todos... —Me detengo para tomar aire—. Por eso he venido, pensando que tal vez tu madre te había contado algo sobre ellos dos, dado que fue la única persona que estuvo junto a Fabiola en los momentos más difíciles de su matrimonio. Solo quiero saber si la bodeguera y mi padre siguieron en contacto después del divorcio, solo eso.

Él niega repetidamente con la cabeza y coge un alicate y un trozo de un material maleable que parece cobre. Empieza a componer una diminuta espiral de forma automática. La mente se me va a un tornillo sin fin que gira en el jardín exterior de la Casa de las Ciencias, junto al que apareció la segunda víctima.

—Pues claro que no lo sé, Camino. ¿Cómo voy a saber yo eso? ¿Por qué no le pides explicaciones a tu padre?

—Porque está en estado catatónico en una silla de ruedas, Terry. Por eso me he presentado en tu casa buscando fotos como una desequilibrada, porque no se me ocurre otra forma mejor de rascar en un pasado que, según veo, se ha desvanecido en el olvido. Siento haberte molestado.

Doy media vuelta y me dirijo a la puerta tratando de no pisar un pliego de papel de lija que se ha deslizado desde un estante.

—Siento lo de tu hermano —dice más calmado—. Me llamó la mañana antes del evento.

Me detengo, cierro los ojos unos segundos y vuelvo la cabeza.

—¿Conoces a Lucas?

—Me aseguró que iba a hacernos un pedido enorme. Había visto la pulsera de Penélope en las redes sociales y quería enviar una a cada gran cliente y proveedor de la bodega junto con la botella conmemorativa del quinto centenario.

—Al menos en esta ocasión llegó a pedirnos precios —añade su pareja con resignación—, porque otras veces en las que ya se había puesto en contacto con nosotros todo era contagiar entusiasmo y luego nada. Como si nos sobrara el tiempo.

—Ya sabes cómo era Lucas —concede Terry—. O lo odiabas o lo amabas. Yo lo conocía de vista porque era uno de los guapos de Logroño. Supongo que el que te estén riendo las gracias todo el día termina haciéndote creer que eres el centro del universo.

—No quiero molestaros más —digo, y vuelvo a hacer ademán de marcharme.

—¿Quieres saber de qué se arrepentía Fabiola? —me pregunta para retenerme una vez más, poniendo cara de estar recordando.

—Desde luego que sí.

—Mi madre decía que esa mujer tenía estudios y mucho dinero, pero que eso no le había impedido equivocarse como una analfabeta al escoger marido.

—Es normal que lamentara el haberse casado con mi padre, después de lo que pasó entre ellos.

—Sobre todo porque, al escogerle a él, renunció a un enólogo francés que la quería de verdad.

—¿De quién estamos hablando ahora?

Se encoge de hombros y ya no dice nada más.

# 31

*Treinta y siete años antes*

El laboratorio de Bodegas 1521 estaba repleto de básculas, balanzas, microscopios. Didier Lozahic extrajo un lápiz del bolsillo de su bata blanca y anotó en una plantilla de papel el dato que arrojaba el ebullómetro. Cuando vio entrar a Fabiola con aquella camisa amplia y un escote que dejaba entrever parte de sus pechos, su altivez gala se resintió hasta el punto de que la mano le tembló y el número se le salió de la casilla. Pero disimuló bien, estaba acostumbrado a hacerlo.

Cuando se incorporó a la bodega, ella todavía era una adolescente. Él, a pesar de su juventud, venía cargado de elogios de un vinatero de Nueva Aquitania, la región de Burdeos en la que varias generaciones de su familia se habían dedicado al vino. De hecho, fue uno de sus bisabuelos, también enólogo, quien le marcó la ruta hacia La Rioja, adonde se había desplazado en tiempos de la plaga de filoxera que asoló los viñedos bordeleses. Por encima de su herencia genética y de sus cartas de recomendación, a Didier no le costó ganarse por méritos propios el favor del padre de Fabiola, con quien trabó una profunda conexión que muy pronto trascendió lo profesional. Lo trataba como a un hijo y así lo consideraba también Fabiola, como uno más del clan. Tal vez por ello la joven bodeguera nunca se había percatado de las explosivas emociones que provocaba en el francés; y por eso no dudó en acercarse con aquel aire seductor que exhibía no solo con él, sino con todo el mundo, y hablarle al oído para que no la oyera su ayudante, que estaba limpiando un destilador.

—¿Por qué no vamos a tu calado oscuro, ahora que tengo un rato libre?

Sabía que lo que pretendía era mezclar vinos, pero eso no le impidió cerrar los ojos un instante e imaginar, justo cuando los labios de ella rozaban el lóbulo de su oreja, que Fabiola empezaba besándole ahí y a continuación seguía por el resto de su cuerpo, bajando por el cuello que justo esa mañana no había afeitado, por su pecho moreno de andar por el campo con la camisa entreabierta, por su cintura, bajo la que apuntaba un sexo que estaba destinado a ella... Prolongó la fantasía echando la mano hacia atrás como si pretendiera recolocarse en la silla y tocó la pierna de Fabiola, donde permaneció otra décima de segundo para utilizar ese exiguo contacto como canal hacia esa dimensión paralela en la que podía agarrar sus caderas y tumbarla sobre la mesa y bajarle el pantalón y, como no era posible quitárselo del todo porque se hacía un rulo bajo las rodillas, ponerla de lado y abrir sus piernas lo suficiente para poseerla sobre el vino de las copas volcadas por la virulencia de sus embestidas.

—¿Estás bien? —lo trajo de nuevo ella a este mundo, apartando los rizos que le caían por la cara.

—Sí, claro. —Se secó la frente con la manga de la bata—. Es que hace calor.

—Pues llévame a tu pueblo junto al mar.

No sigas por ahí, por favor, no puedes bromear con esas cosas y no darte cuenta de que me partes por la mitad...

—Voy al baño —dijo el ayudante para quitarse de en medio, dejándolos solos.

—Entonces, ¿nos escapamos unos días a Burdeos? —insistió ella.

—El día que vuelva a Francia, será para quedarme.

Fabiola agarró una silla y se sentó a su lado.

—Qué serio eres, Didier.

—Eso no es malo.

—No digo que lo sea. Pero habiendo nacido en la misma tierra que la cabernet sauvignon, un nombre que viene de salvaje o, como decís vosotros, de *sauvaaaaage* —pronunció la palabra francesa estirando de forma exagerada la segunda sílaba—, podrías desmelenarte de vez en cuando.

Aprovechando que lo miró tan de cerca, él volvió a su mundo paralelo de clímax bestiales y, barriendo el utillaje de la mesa con el brazo, volvió a penetrarla dejando las marcas de sus dedos sobre la carne tan blanca.

—¿Qué podría hacer para parecer más salvaje? —musitó.

—De momento, hazme un traje a medida.

—¿Ahora?

—¡Ahora mismo! —exclamó ella, recuperando el ímpetu que arrasaba con todo cuando recorría los distintos departamentos de Bodegas 1521 repartiendo instrucciones—. Quiero vender una partida grande a unos distribuidores de Londres y necesito algo sorprendente, pero que al mismo tiempo se adecue a su mercado. Por allí les gusta lo que hacemos, pero sé que el consumidor inglés agradecería un menor impacto del roble. No sé cómo explicártelo, que la barrica no se apodere del vino. Tal vez podríamos seleccionar aquellas que tengan un tostado más leve, más... No sé, tú me dirás.

—¿Cuándo vienen a verte?

—Esta tarde.

—Pero ¿qué dices? No hay tiempo.

—Didier, por favor, que si no te lo he pedido antes es porque se me acaba de ocurrir. Estaban de paso en Bilbao y he enviado a Bugatti con el coche para traerlos a conocer la bodega.

—¿Y no prefieres que hagamos la prueba estando ellos presentes?

Negó.

—Quiero darles la bienvenida con unas patatas con chorizo que ya están preparando en la cocina y con el vino ideal para sus clientes. Para caer rendidos a mis pies han de tener la certeza de que sé exactamente lo que andan buscando, sin necesitar que me lo expliquen primero. ¿Qué me dices, me haces este traje o no?

Le puso morritos y ya no hubo vuelta atrás. Didier llamó a su ayudante y le pidió que le preparase ocho muestras que colocó en hilera sobre la mesa. Todas ellas procedentes de caldos de la misma cosecha, pero criados en barricas diferentes, la mayoría tempranillos, también un graciano y un mazuelo, variedades minoritarias típicas de la zona que podían aportar un toque diferencial. Para empezar, fueron catando uno a uno. El primero dejaba una sensación en boca liviana y elegante; el siguiente, muy atractivo, apuntaba a higo seco; en el tercero percibieron con claridad la vainilla del roble francés, con aquella complejidad que tan bien encajaba con otros matices afrutados; el cuarto presentaba el color ideal... Cuando tuvieron claro el material del que disponían, hicieron una aproximación mental de los porcentajes que necesitarían de cada muestra para lograr el resultado ansiado y se lanzaron a mezclar.

Tiempo atrás, los enólogos tenían colgado el sambenito de químicos maléficos que vertían polvos en las cubas para transmutar el vino en otra cosa que podía ser de todo menos natural. Nada más lejos de la realidad. Una vez realizados con amor de madre los trabajos a pie de viña, la química proveía a Didier de datos con los que jugar hasta encontrar la combinación mágica. Salvo algunas excepciones de vinos de *terroir* elaborados con uvas de parcelas peculiares, la gran mayoría nacían de la mezcla.

—El vino tiene una parte hedonista que es disfrutar de la copa —solía explicar a las visitas—, pero detrás de ese sorbo hay mucha ciencia. De la que se estudia en la universidad y de la que no.

Y es que, tras pasar horas determinando el pH, el sulfuroso o el grado —algo que, según el francés, podía hacer cualquiera—, llegaba el momento de la valoración sensorial. ¿Cómo saber si el color o el aroma era el adecuado? ¿Cómo asegurar que lo que faltaba en la probeta era un aporte minúsculo de grosella o de café? No había paletas que funcionasen con exactitud matemática. En ese momento, el enólogo se sumergía en una zona intangible en la que hasta las sensaciones se quedaban cortas, por lo que había que dar un paso más y liberar las emociones.

Fabiola lo hacía, literalmente. Se dejaba llevar y se enfadaba o reía con algunas mezclas fallidas, e incluso dejaba escapar alguna lágrima, como le ocurrió cuando detectó que habían dado en el clavo.

—¿Lo tenemos?

Didier alzó la copa. Vigorosos rayos de sol entraban por el ventanal, pero se giró hacia la luz blanca artificial para apreciar el color con mayor objetividad. Sin duda era la combinación perfecta, mucho más elevada que cada uno de los elementos que la componían..., como perfectos y más elevados serían ellos dos hechos uno, Burdeos y Rioja en apasionada armonía. Fabiola le miró con orgullo inmenso. Achinó los ojos, mostrándose más dulce de lo que en verdad era. A él ya no le apetecía poseerla. Tenía una necesidad imperiosa de acariciarla y darle sosiego, como a las cepas nuevas; respetarla, honrarla. Pensó que no iba a haber otro momento mejor para soltar lo que llevaba dentro desde hacía tanto tiempo.

—Sabes que haría cualquier cosa por ti, ¿verdad?

Ella echó instintivamente la cabeza hacia atrás, frunció el ceño y lo miró antes de preguntar:

—¿Qué quieres decir?

—Nada en concreto. Por eso digo «cualquier cosa».

Pasaron unos segundos contemplándose mutuamente como quien mira un cuadro recién colgado en el salón, que de pronto altera la atmósfera de toda la estancia.

—Te noto diferente...

—Qué va, Fabiola. Soy el mismo gabacho de siempre que no se desmelena. Lo que ocurre...

—¡Ya imaginaba que te encontraría aquí! —lo interrumpió una voz potente que llegaba desde la puerta.

Era Claudio Tejada, la nueva promesa de la cocina, con su flequillo bien peinado y la pinta desenfadada de quien no tiene que esforzarse por resultar atractivo. Claudio Tejada, capaz de conquistar incluso a Bugatti, el fornido chófer, tan acostumbrado a mantener las distancias, con quien se llevaba de maravilla y no dejaba de hablar de los libros que leían. Claudio Tejada... El novio de Fabiola.

—Buenas tardes —saludó cordial Didier, recomponiendo su estampa altiva.

El recién llegado besó a Fabiola y, sin perder un instante, le habló al francés con una emoción que no podía ocultar:

—¿Te ha dicho ya que tenemos fecha para la boda?

—¡Claudio! —se quejó Fabiola.

—¡Oye, que es Didier! ¿Quién se va a alegrar más que él de saberlo?

Tenemos fecha...

Para la boda...

Mientras el cocinero besaba de nuevo sin pudor a la joven bodeguera, inclinándose sobre ella a un palmo del francés, este trató de recomponerse desviando la mirada hacia el póster que tenían colgado sobre el fregadero, que mostraba una gráfica de la composición química de la fermentación alcohólica. El mazazo lo había dejado KO, jamás podría despegar el rostro de la lona.

Fabiola se quitó a Claudio de encima.

—Ya vale, que vas a acabar tirando alguna copa.

—¿Con qué andabais?

—Con nada.

—Tienes una paciencia con esta mujer... —le dijo a Didier.

—En realidad lo hace todo ella, yo me dedico a verter en una probeta las cantidades que propone.

—No estoy tan seguro —se rio, agachándose junto a la silla de Fabiola y atrayéndola hacia sí con un medio abrazo.

—¿Te quedas a cenar? —le preguntó ella—. En un rato vienen los ingleses.

—Perfecto —confirmó; y volvió a lo suyo, dirigiéndose de nuevo al enólogo en tono cómplice—: Si aún no te había comentado nada de la boda, tampoco sabes lo más importante.

—¿Qué puede haber más importante? —preguntó el francés, y no de forma retórica.

Fabiola sonrió, dejándose llevar poco a poco por el torrente de júbilo de su prometido.

—Claudio quiere que seas nuestro testigo.

—De los que firman en la iglesia —remarcó él—. Te lo mereces más que nadie.

—¿Por qué?

—Por cómo te has ocupado de ella todo este tiempo, con esa entrega y ese afecto. No sé qué sería de esta mujercita y de este negocio de no haber estado tú aquí.

—Os agradezco la consideración, no pienses que no me hace ilusión —mintió—. Pero estás exagerando.

—Didier. —Claudio hizo una pausa para subrayar lo que venía después—. Eres familia.

—¿Entonces? —le apremió ella.

Ya no se refería a escapar juntos a su pueblo de Nueva Aquitania. ¿Por qué no la había cogido del brazo unas horas antes y se la había llevado, no allí, sino a un lugar mucho más lejano en el que nadie pudiera interrumpirles con malditas fechas de boda o firmas en una sacristía? La ansiedad se estaba apoderando de él por momentos. Mientras la parejita, complacida, se daba un último beso antes de ir a cambiarse para recibir a los importadores de Londres, él volvió a pensar que, pasara lo que pasase, haría lo que fuera por ella.

Lo que fuera.

# 32

Al poco de solicitar una reunión con los compañeros del periódico para actualizar información, Tito del Prado me ofrece la cabecera de la mesa en la sala de juntas, como si de repente fuera yo quien llevara la batuta del asunto.

—Tal vez ha llegado la hora de contratar a una nueva redactora —me adelanta—. ¿Qué me dices?

Me quedo callada, los demás sonríen. He conseguido lo que llevaba meses buscando: meter el trasero en una silla de la redacción... o, más bien, en un trono. Cada columna que publico se alza al podio de las más vistas del país y multiplica las suscripciones a la aplicación digital, a cuyos usuarios de pago han restringido su lectura hasta que, al menos veinticuatro horas después, las ofrecen en abierto. Un sueño para cualquier periodista al que renunciaría ahora mismo, trono incluido, a cambio de una mísera pista del paradero de mi hermano.

—Tenemos que marcar otra línea —expongo, yendo directa al asunto tras darle las gracias por su confianza y decirle que no se lo tome mal, pero que ya hablaremos de contratos en otro momento. Sin duda actúo así a modo de espantada ante la nueva responsabilidad y, sobre todo, avergonzada por la forma en la que lo he conseguido. Cuidado con las cosas que sueñas, me dijo alguien una vez.

—A los lectores les encanta cómo escribes.

—Hablo de una línea de investigación más enérgica. Pasa el tiempo y seguimos sin saber nada de Lucas. ¿Quiénes eran sus amigos? ¿A qué eventos había acudido últimamente y con quién?

—¿Ha dicho algo nuevo la Policía? —pregunta Hugo mientras juguetea con el objetivo de la cámara que tiene sobre la mesa.

No había oído su voz desde que hice un amago de besarle en la Casa de las Ciencias. Ruego para que albergue al menos una mínima duda de que era eso lo que pretendía.

—Estamos esperando a que nos indiquen la hora de la rueda de prensa que va a ofrecer el delegado del Gobierno —confirma Estíbaliz, una antigua becaria.

—Al principio nos concentramos en las personas que habían acudido al evento de Bodegas 1521 —recapitulo—, sobre todo aquellas que seguían allí después de las diez de la noche. Esto nos condujo a Darío Soto, quien, según supe por una vecina de la urbanización Montesoria donde vivía Penélope, fue su novio antes de que esta saltase a la fama. Me consta que, aunque diga lo contrario, no se tomó demasiado bien que ella, que en aquel momento era menor, pusiera fin a la relación.

—¿Qué te hace pensar esto último? —pregunta Tito.

—Penélope escribió un poema bastante explícito a los pocos días de dejarlo.

—Eso es oro pulido y no lo has publicado.

—Porque Darío tiene una coartada que de momento no podemos derribar y no quiero ponerle en bandeja la oportunidad de desautorizarme por manipular a la opinión pública. Pero estoy trabajando en ello —aseguro, rogando para que Marcos saque algo en claro de los antecedentes judiciales que ha encontrado en el País Vasco—. Estoy convencida de que la venezolana que asegura haberse marchado con él de la fiesta está mintiendo como una bellaca. Supongo que la Policía se devanará los sesos para encontrarle algún pasado oscuro con el cual presionarle, pero no estaría de más que nosotros también echásemos un vistazo a su currículum.

—Yo me ocupo —se ofrece Estíbaliz.

—Adjudicado —aprueba Tito—. El único «pero»...

—¿En qué piensas?

—Si, como apuntas, Darío fue a por Penélope por algo personal, ¿qué sentido tendría la segunda muerte?

—Quizá el olor de la sangre de esa primera y premeditada víctima activó su lado psicótico, empujándolo a seguir matando a otras sin control —sugiero.

Tito sacude la cabeza.

—En cuanto al resto de asistentes, los hemos investigado y son gente como tú y como yo.

—No te las des de normal —salta Sonia, la otra redactora que asiste a la reunión.

—Y tú no bromees con esto.

—Dame un poco de bola —se queja ella, vaciando de un trago el café de un minúsculo vasito de plástico—, que llevo dos días sin dormir repasando los perfiles de Facebook de todo el listado de invitados.

—Y no tienen ni multas de tráfico.

—Lo habitual es que la bestia sea un hombre o una mujer invisible, no imaginemos a alguien encorvado y lleno de pelo —apunto, echando mano de un comentario de Marcos—. Precisamente por ello, podría haber seguido a Penélope hasta su habitación sin que nadie se percatase.

—Por cierto, has sido muy valiente —me agradece Tito.

Asiento, sabiendo a qué se refiere. En mi última columna he puesto sobre el tapete la tarjeta magnética de la habitación de Penélope que Lucas activó durante la inauguración tras lograr que la recepcionista se ausentase de su puesto. Al mismo tiempo he lanzado unas preguntas: ¿os parece lógico que alguien que está a punto de matar de forma calculada cometa un error tan burdo como dejar su rastro en un vídeo y en un registro informático? ¿No habría sido mejor utilizar la llave maestra que tenía por su condición de mánager del hotel? ¿No tendría entonces más sentido que fuera la propia poetisa quien le hubiera pedido una segunda tarjeta en mitad de la fiesta? Tal vez para ella misma, porque había extraviado la suya, o para otra persona a quien quería permitir el acceso a su habitación. Resulta duro plantear estas hipótesis mientras la pobre cría yace desollada en una plancha metálica del Instituto de Medicina Legal, pero eso es lo que se espera de mí: que siga revelando todas las pruebas que surgen contra mi hermano y, al mismo tiempo, que lo defienda con uñas y dientes. Lo más curioso es que esta frágil pirueta de transparencia y amor fraterno está haciendo que los lectores se encariñen con nosotros, quizá porque nos ven tan imperfectos como lo son ellos mismos.

—Más pronto que tarde habría salido a la luz —digo, quitándome importancia.

—Nadie niega que esto es un campo de minas mediático —me anima Tito, viendo que me vengo un poco abajo—, pero se está tratando con un respeto sin precedentes porque los lectores tienen la sensación de estar viviendo este drama desde el salón de casa de tus padres. No hacen más que dejar comentarios agradeciéndote que muestres tus emociones a tumba abierta, supongo que los irás leyendo.

—Preferiría que, en lugar de felicitaciones, me dieran alguna pista del paradero de Lucas —protesto, pero no puedo negar que los he leído todos con atención.

Siempre había evitado mostrar abiertamente mis emociones como un mecanismo de autodefensa para no ser cuestionada o rechazada. Pero tras haberme desnudado en estas columnas y ver que tantas personas que no me conocen me envían su cariño, estoy comprendiendo que solo soy lo que muestro a los demás. Antes me creía muy sensible porque por dentro sentía de tal forma, o muy sabia porque por dentro pensaba de aquella otra; pero ahora veo que si no plasmo esos sentimientos y pensamientos en palabras, para los demás no existen. Si no los escribo o los digo en voz alta, yo misma no existo. Recuerdo las tardes amables con Marcos, llenas de silencios que no tenían nada de zen y sí mucho de escudos. ¿No es así, Marcos? ¿No es cierto que no existíamos el uno para el otro a pesar de que en nuestro interior estallaban un sinfín de emociones que podríamos haber compartido?

—De todas formas, la Policía ya ha de saber si el asesino utilizó o no la llave magnética para entrar en la habitación —comenta Estíbaliz, trayéndome de nuevo a la sala de juntas—. He hablado con el director de un hotel y me ha explicado que cada vez que alguien pasa una de esas tarjetas por la ranura queda registrado a través de una interfaz. No lo hacen solo por los clientes, también es una herramienta de control de las gobernantas que se ocupan de repasar las habitaciones.

Esto explicaría que Lucas no hubiese utilizado su propia llave maestra.

Mierda.

—¿Se sabe algo sobre la identidad de la segunda mujer? —cambio de tercio.

Tito echa un vistazo a unas notas manuscritas en una libreta.

—Esto es *off de record*, pero me han dicho que no hay restos de tatuajes ni de marcas. Tampoco han encontrado anillos, pulseras o colgantes.

—¿Ocurrió lo mismo en el caso de Penélope? ¿Se llevó la bestia sus objetos personales como suvenir?

—No ha trascendido. Pero es raro que a esta pobre la haya dejado como Dios la trajo al mundo. Los psicópatas suelen escoger un objeto: el DNI, una joya en concreto que les hace revivir la excitación del momento. Pero de eso a llevarse todos... O tal vez estamos metiéndonos en un callejón sin salida porque la mujer no llevaba nada encima cuando pasó por allí.

—O quizá en este caso la pulsión del asesino es tan fuerte que ni todos los objetos de las víctimas le son suficientes y por eso volvió al lugar el crimen —argumento—. Y, como ni tan siquiera esto le bastó para satisfacerse, dio un paso más y volvió a cazar. ¿Qué sentido tendría si no que haya matado dos veces en un área tan pequeña, arriesgándose a que cualquiera pudiera verle?

—¿Has sacado eso de tu amigo el inspector?

—¿Era necesario ese comentario, Tito?

—Coño, que no lo digo con segundas.

—Pues ha sonado a segundas, a terceras y a cuartas.

—Hace unos días presentaron el nuevo programa de Agosto Clandestino —nos calma Sonia—, el festival de poesía que se celebra todos los veranos. He pensado que podría hacer un seguimiento de las mujeres que vayan a intervenir, por si la bestia tiene ese fetiche con los versos.

Me cuesta creer que las manos desolladas que enfundaba la Científica hayan terminado así por haber escrito unas cuantas rimas con corazón, pero todo puede ser.

—Me parece perfecto adelantarnos y no esperar de brazos cruzados el informe forense —ratifica Tito—. Ponte con ello, Estíbaliz.

—Hugo... —me dirijo por fin a él, desterrando la sensación de ridículo.

—¿Quieres que te acompañe a algún sitio?

—Iba a pedirte que te ocupases de localizar esos posibles amigos de Lucas. Gente con la que se haya relacionado desde que cortó el contacto con mi familia.

—Cuenta con ello.

—¿Y tú? —me pregunta Tito.

Efectivamente. ¿Y tú?, me pregunto a mí misma.

—Voy a seguir hincándole el diente a Fabiola Marín.

—Joder, Camino. ¿De verdad crees que ha podido tener algo que ver a sus sesenta y no sé cuántos años?

—Que no sea la autora material de los asesinatos no significa que no los haya promovido.

—Pero si algo echa por tierra el segundo crimen es la teoría de que el primero estuviera relacionado con algún tema de la bodega.

—¿Sabes lo que decía Yogi Berra? —le pregunto—. Que en teoría no hay diferencia entre la teoría y la práctica; pero en la práctica sí la hay.

—¿Quién coño era ese, algún hindú?

—En realidad fue un *catcher* de béisbol de Misuri, pero eso da igual. Solo te pido que esperemos a que sea la práctica la que eche abajo las teorías.

—Tú te estás guardando algo de la bodeguera... —advierte enseguida.

—Unas cartas. De momento no puedo deciros más.

—¿Unas cartas bajo la manga? Espero que sea un póquer de ases.

—Unas cartas de las de sobre y sellos. No me tires más de la lengua.

—Pero ¿son del caso o de tu familia?

Le miro sintiendo una enorme pena de mí misma.

—En teoría, no sé. En la práctica..., todo es ya de las dos cosas.

# 33

Mientras abandono el edificio del periódico, llamo a Fidel Gil, el muchacho trajeado que trabaja de financiero en Bodegas 1521. Cuando todo esto termine pensaré en un apodo para guardar su contacto. De sopetón se me ocurre que podría tener que ver con las íes de su nombre, las cuales son su vivo retrato: flacucho y con una cabecita más pequeña de lo normal. Me cita en mitad del puente de hierro, una propuesta extraña, pero que no desentona con un individuo tan inusual como para haber definido a mi hermano como alguien con gran inteligencia emocional.

Cuando llego al punto de encuentro, me siento como si estuviera en la zona fronteriza entre dos naciones enfrentadas. A un lado, la parte vieja de Logroño, con su *skyline* de iglesias más llenas que nunca y el clamor mudo de la fiesta arruinada; al otro, el extrarradio en el que se levantan la Casa de las Ciencias y la bodega de Fabiola. El río baja agresivo. Me apoyo en la barandilla y cierro los ojos para sentir el aire fresco que revuelve mi pelo. Fantaseo con la idea de lanzarme al vacío y disfrutar de un par de segundos de libertad absoluta antes de que me reciban los brazos de los militares muertos. No mucha gente conoce la historia del puente, construido a finales del XIX para maquillar una tragedia. De eso se trata siempre, de aparentar que nada es tan grave.

En aquel tiempo se utilizaba una barcaza con sirga para cruzar de forma provisional, mientras se reparaban los torreones del viejo puente de piedra que habían sido dañados por los siglos y una reciente riada. El día fatídico, un regimiento de militares que se encontraban de guarnición en la ciudad se dispusieron a utilizarla. Viendo que la estaban desequilibrando por la proa a medida que iban subiendo, el oficial al mando decidió embarcar también a los músicos de la banda del regimiento, a los que pidió que ocupasen el poco espacio libre y, ya de paso, amenizasen el breve trayecto con sus grandes instrumentos. Así que empezaron a tocar mientras soltaban amarras y sin percatarse, ni ellos ni su apretada audiencia, de que el exceso de peso estaba provocando el hundimiento progresivo de la barcaza. Al poco, las corrientes y la falta de serenidad de aquellos que no sabían nadar se los estaban llevando al fondo. Lo último que se escuchó fue un martilleo desesperado del bombo, cuyo parche no se hundió con las trompetas y los sacabuches, sino que sirvió de flotador para salvar a siete de ellos. Los noventa que no tuvieron tanta suerte están enterrados en el mismo cementerio cercano donde pronto yacerán las dos víctimas de la bestia, que tampoco encontraron un salvavidas para llegar a la orilla.

Fidel Gil aparece con un polo burdeos que exhibe el logo de la bodega. Mientras camina va desenvolviendo un sándwich por el que sobresale una loncha de embutido y unas hojas de lechuga.

—Voy a aprovechar que me he escapado para almorzar —se excusa un tanto azorado.

—No me digas que estáis trabajando...

—La inspectora Santolaya se pasa el día en la oficina interrogando una y otra vez a todo el mundo sobre cualquier detalle, así que nos sale más a cuenta estar allí. Es una locura, estamos frenéticos.

—No tiene que ser agradable pasar las horas tan cerca de la habitación de Penélope.

—Desde que terminaron los de la Científica se están dedicando a recrear todos los escenarios posibles: dónde estuvimos cada uno en cada momento de la fiesta, por dónde pudo entrar el asesino, por dónde pudo salir...

—Ya les expliqué por dónde se fue —me revuelvo, sintiéndome cuestionada; y reconduzco la charla hacia uno de los temas por los que le he llamado—. ¿Anda también por ahí el enólogo?

—Te he dicho que no falta nadie.

—Vale, vale —le sosiego—. ¿Va todo bien?

Da un mordisco enorme al sándwich de pura ansiedad y contesta con la boca llena:

—Sí.

—Quizá podrías hacerme un favor: preguntarle el nombre de su antecesor, un francés que trabajaba allí cuando Fabiola se hizo cargo de la bodega.

—¿No prefieres hacerlo tú?

—Escucha, Fidel, si te supone algún problema dímelo claramente, que no quiero molestar pero tampoco perder tiempo.

Traga como puede.

—Me refería a si no sería más conveniente que hablases directamente con él.

—Déjalo, de verdad, soy consciente de que estos días no conviene ir por ahí haciendo preguntas.

—Es que la inspectora me ha puesto un poco nervioso.

—¿Por qué?

—Le he dicho que la noche del evento no me moví de casa. Soy de acostarme pronto, ¿sabes? En todo caso de leer o ver alguna serie, pero no me va lo de salir por ahí y tampoco las fiestas con mucha gente, por eso me quité de en medio en cuanto empezó el jaleo en el hotel. Y cuando me ha preguntado si alguien podía confirmarlo, le he dicho que no. Vivo solo en un apartamento del Cubo, mis padres son de Rincón y lo compraron hace años para invertir.

—¿Y?

—Pues que la inspectora me ha mirado de una forma que no es normal, como si fuera un pecado ser así. Que no soy un antisocial, le he dicho; solo un poco insociable, que no es lo mismo.

—Está claro que no —concedo.

Hace una respiración profunda.

—¿Quieres contarme algo, Fidel?

—No le he dicho toda la verdad a la inspectora.

Una sacudida.

—¿Qué parte no es cierta?

Da otro bocado a su sándwich, como para retrasar el momento de soltarlo, y vuelve a hablar medio atragantándose.

—Lo de que estaba solo.

—¿Quién estaba contigo?

Tose.

—Una chica que he conocido.

—¡Era eso! —respiro.

—Era la primera vez que venía a mi casa.

—¿Por qué no se lo has dicho? ¿Qué hay de malo en ello?

—Porque está recién separada y de momento no quiere que la gente se entere de que ha empezado otra relación.

—Pero esto es muy importante.

—La mañana siguiente al evento le mencioné que se lo había contado a mi compañera del departamento y no le hizo ninguna gracia —insiste—. Después de haber planeado pasar el día juntos, me dijo que necesitaba pensar y que se iba a pasar el puente a una casa de su familia en El Rasillo. Estoy negro, ni lee mis mensajes.

—Bueno, allí en la montaña seguro que no tiene cobertura.

—Que te digo yo que está cabreada. También hay que entenderla. Dice que es muy pronto y que todo el mundo va a pensar que ya estábamos juntos antes de dejar a su marido. Se casó muy rápido y no han durado nada, bastante ha tenido que aguantar ya por eso.

—Tienes que regresar ahora mismo a la bodega y contárselo a la inspectora Santolaya.

—Pero ¿por qué, si no es necesario? Yo no he hecho nada.

—Desde luego que no, Fidel. Pero estamos hablando de una investigación por asesinato en la que no puedes guardarte algo así, ni siquiera para proteger a tu novia.

—¿No irás a publicar lo que te he dicho?

—¿De verdad crees que lo haría? El otro día utilicé tus declaraciones sobre Lucas porque me diste permiso expreso.

—Perdona.

—No tienes por qué disculparte, estamos todos igual de nerviosos. —Me giro hacia el cauce que discurre abajo—. Yo misma, desde que comenzó esta historia siento que no hago pie.

—Yo también me siento una persona distinta desde que he empezado con Nuria, pero para bien —dice él con un brote de profundo cariño.

—¿Así se llama tu chica?

—Sí, Nuria —repite orgulloso.

—Me encantará conocerla algún día.

—Y a mí presentártela... A ti y a tu hermano —añade con acierto—. Estudia chino.

—Qué curioso. ¿Se dedica al vino?

—Bueno, lo sirve. Es camarera. Cuando acabe en la escuela de idiomas buscará algo.

El móvil vibra en mi bolsillo.

Son dos mensajes de WhatsApp de Marcos. Aquí llega mi «Cuerpo de élite», vuelvo a sentir ese cosquilleo que experimentaba con nuestros primeros chateos, cuando le puse el apodo justo después de conocerlo. El primero dice: «tengo lo de las cartas»; el segundo: «puedes hablar». Así, sin poner una triste mayúscula al principio ni un punto al final, ni siquiera un interrogante para señalar la pregunta. Una manía que, por una vez, no me pone frenética. Quizá este giro emocional sea debido a que Marcos está haciendo algo bueno por mi madre. Ya llegará el momento de meterlo en vereda y enseñarle ortografía con *Mis dictados*, un antiguo libro con el que yo aprendí y que andará por algún estante; y, tras corregirle la puntuación, animarle —al igual que yo también intentaré hacer— a pronunciar palabras que muestren por fuera el gran hombre que es por dentro...

Me gustaría perderme en estos pensamientos, pero no tengo tiempo. Antes de llamarle aún me queda un segundo asunto que tratar con Fidel, que ha terminado de devorar el sándwich con un ansia que asusta.

—Necesito preguntarte una última cosa. ¿Tienes idea de cómo conoció Lucas a Penélope?

—Supongo que por lo de la poesía para la edición limitada del centenario.

—¿Seguro que no habían tenido algo antes?

—¿Por qué lo piensas?

—Durante la fiesta, hubo un momento en el que los vi discutir y me resultó extraño. Impropio de ellos.

—Ese día, después del almuerzo, cuando Penélope llegó para instalarse en su habitación y dar una vuelta para conocer el cubo antes de la fiesta, también hubo algo.

—¿Algo de qué?

—Pues de que debieron de decirse alguna palabra más alta que otra.

—¿Les oíste?

—Me lo dijo mi compañera del departamento, que andaba cerca de la chica todo el rato desde que apareció por la bodega. Que no es que la espiara, a ver si me entiendes, sino que le gustan mucho sus poesías. Fue en el spa, pero se callaron en cuanto entró ella.

—Y no te dijo cuál era el motivo del encontronazo.

Niega. Tan solo dice:

—Estas instagrammer, ya sabes...

La verdad es que no lo sé. Nos despedimos de forma fría. Le contemplo mientras se aleja. A mitad de camino se vuelve un instante hacia mí con el mismo aspecto tembloroso que muestra desde que ha llegado, lo cual hace sonar una alarma en mi cabeza. Aunque quizá solo sea el eco de los trombones de varas de la banda del regimiento, que intentan arrancar una última nota a sus tubos anegados.

# 34

—Las cartas que recibió tu madre están escritas por Fabiola.

Cuando escucho esas palabras en boca de Marcos cierro los ojos un instante y, sin separar el teléfono de la cara, me apoyo en la barandilla desde la que se ve la iglesia de Santiago el Real. Allí está la imagen de la Virgen de la Esperanza que ayer, sobreponiéndose al influjo de la bestia, salió en procesión bajo unas campanas que, tocaran lo que tocasen, sonaban a muerto.

—¿Estás seguro?

—Eso han dicho los peritos. Al principio no sabíamos de dónde tomar un cuerpo de escritura actual de la bodeguera para comparar, aunque esto tampoco habría sido concluyente dado el tiempo transcurrido desde que las metió en el buzón. Todos tenemos unas particularidades gráficas que nacen de gestos mecánicos y se mantienen invariables con el paso de los años, pero estamos hablando de casi cuatro décadas. De modo que, mejor que eso, nos pusimos a buscar un documento antiguo que tuviera su letra manuscrita.

—¿Y lo encontrasteis sin pedírselo?

—¿Con quién crees que estás hablando? —se jacta. Me pilla de sorpresa que aparque la seriedad que habitualmente exhibe cuando lleva la placa. Tal vez los escudos empiezan a caer por sí solos.

—Tienes razón, Sherlock —asiento con dulzura—. ¿De qué se trata?

—¿Conoces el reserva 1095?

—Sí, claro. Es el primer vino que Fabiola embotelló tras hacerse cargo de la bodega.

—¿Y su etiqueta original?

—¿No era como la actual?

—Qué va, era mucho más rompedora: una fotografía de la ficha del vino que contenía.

—¿Te refieres a la plantilla que utilizan los enólogos para anotar las peculiaridades?

—Ajá, la cual había sido rellenada de puño y letra... ¿te imaginas por quién?

—Por la propia Fabiola.

—Me gustaría que la vieras. Incluye el tanto por ciento de cada variedad utilizada, los nombres y edad de los viñedos de los que procedía la uva, los meses de permanencia en barrica, con su capacidad y el tipo de roble, los detalles de color y de aroma... El calígrafo se frotaba las manos con tanto material de muestra.

—Y dices que el cotejo ha sido positivo.

—Positivísimo. Piensa que, incluso cuando alguien tiene que escribir un párrafo delante de la autoridad judicial para realizar una pericial de este tipo, por mucho que intente simular una letra que no es la suya termina dejando algún rastro inconsciente que lo delata. A veces es por la presión que se ejerce sobre el papel, por la inclinación de algunos signos, por la distancia entre palabras... Y Fabiola ni siquiera se preocupó de falsear sus rasgos al escribir las cartas, por lo que el técnico ha extraído muchas más coincidencias de las que serían necesarias para servir como prueba indubitada.

—Típico de alguien con su prepotencia. ¿Qué vais a hacer al respecto?

—Aun con este resultado, no puedo detenerla por el asesinato de Penélope, si es eso lo que me preguntas. Pero lo tendremos muy en cuenta según avance la investigación.

—Gracias, Marcos.

—No tienes por qué dármelas. Tengo bien presente la tesis que lanzaste, no vayas a creerte que no te escucho. Pensar que Fabiola haya promovido estos crímenes horrendos solo para inculpar a tu hermano y darle la puntilla a tu familia es descabellado, pero cosas más raras se han visto. Y está claro que ha de estar muy trastornada para haberle escrito esas cosas a tu madre.

Le escucho y definitivamente me parece otro hombre, un faro inesperado en mitad de la tempestad.

—¿Puedo comentarle a ella el resultado de la pericial?

—Gracias por preguntármelo, y sí que puedes. Díselo y publícalo también si te conviene. La prueba es vuestra.

—No había pensado en hacerlo.

—Solo te pido que, a cambio de la información que yo considere oportuno confiarte para seguir avanzando juntos, sigas compartiendo conmigo todo lo que consigas antes de pasarlo al papel. Ese era el trato, ¿no?

Aunque es verdad que nos separamos con un nuevo talante tras la conversación en el local del restaurante, no recuerdo haber sellado ningún pacto. Pero lo cierto es que, de puro simple, podría servirnos para evitar conflictos.

—Claro.

—Te dejo entonces.

—¡Espera! —Pretendo decirle algo bonito, pero al parecer voy a tener que practicar bastante antes de que las palabras importantes empiecen a brotar por sí solas. Saco un comodín—: ¿Tienes algo nuevo de Darío?

—Te lo habría comentado de inmediato.

—Desde luego que sí. Hablamos pronto.

—Cuando quieras. Un beso.

Él sí que se está poniendo las pilas. Es la primera vez que me besa virtualmente.

Voy a ver a mi madre con la noticia bajo el brazo.

Esta vez no me recibe a gritos en el descansillo de la escalera. Sigue más calmada, como cuando se ausentó del local de los Estorninos dejándome allí con Marcos. Cuando le confirmo que las cartas fueron escritas por Fabiola, me abraza y agradece que no la hubiera tachado de loca.

—Saluda a tu padre —dice, ya sentadas en el salón—, mira qué guapo.

Le ha recortado el pelo y puesto una camisa que compró justo antes de que le diera el ataque y que desde entonces había permanecido en un cajón, doblada según vino de la tienda. Le habrá llevado un rato planchar los pliegues para dejarla tan impecable, se me ocurre pensar en mitad del desconcierto que me produce su cambio de actitud. Hace años que no la veía así.

Hablamos de forma pausada, sopesando los pros y los contras de hacer pública la historia de las cartas de Fabiola. Ello supondría desnudarse ante todo el mundo, como la mujer que salió a caminar por la calle. Parecen haber pasado años desde aquel chivatazo, que ahora veo como otra sincronicidad. Al poco concluye que, si ello puede ayudar a encontrar a Lucas, copie palabra por palabra las amenazas en mi siguiente artículo, en el que también me anima a mencionar cualquier detalle personal que considere oportuno.

—Así al menos la gente sabrá quién es esa mujer —sentencia con más calma que saña.

Eso es, mamá, habría querido gritarle. Fuera velos, basta de hacer como que nunca ha pasado nada. De nuevo florete en mano, a pecho descubierto.

—¿Por eso no pediste ayuda en su día? —le pregunto—. ¿Para que no hablase la gente?

Se encoge de hombros.

—Ya te dije que también fue porque me sentía tan despreciable que no merecía que nadie me tendiera la mano. Le había robado el marido a Fabiola, haciendo que perdiera a su hijo. Y en mitad de su duelo yo ya estaba celebrando tu nacimiento.

—Todo el mundo merece ayuda. Además, no se lo robaste.

—Sí que lo hice.

—Fue papá quien salió corriendo detrás de ti para presentarse el día que te vio en el reparto del pez —insisto, recordándole lo que ella misma me ha contado muchas veces—. Nadie puede culparte de haber pasado de forma casual por su mesa.

Me mira a los ojos.

—¿Casual?

—¿No fue así?

Toma aire y acomoda su postura en el sillón, cruzando las piernas y apoyando los brazos gentilmente sobre la rodilla.

—La primera vez que vi a tu padre fue en un acto de la escuela de hostelería de Santo Domingo de la Calzada.

—¿Cómo?

Por un momento creo no haber oído bien, pero ella continúa como si tal cosa:

—Yo había ido a acompañar a mi mejor amiga del club de esgrima, que soñaba con montar una cafetería y se apuntaba a este tipo de cosas. Por aquel entonces no estaban ubicados en las instalaciones actuales, compartían espacio físico con el instituto Valle del Oja como una sección más de la formación profesional; pero quisieron darle un poco de empaque al evento de fin de curso y organizaron una mesa redonda en el salón de actos con tres jóvenes promesas de la cocina, entre los cuales estaba Claudio Tejada. —Envuelve el nombre de mi padre en un boato que puede sonar a broma pero que denota admiración sincera—. Tenías que haberlo visto, tan apuesto y más suelto que nadie en el estrado, hablando de cuchillos y sartenes como si estuviera dando una charla de física cuántica. Aquel día le dije a mi amiga: ese es para mí. Y me dediqué a buscar la forma de entrarle.

—Pero qué dices... —suelto con una sonrisa nerviosa.

—Deja que siga, que como pare no sé si voy a ser capaz de reanudar la confesión. El mazazo llegó cuando me enteré de que estaba casado. Y además con Fabiola Marín, que salía en el periódico más que la reina Sofía. Pero aquello no me hizo flaquear. Tú eres mi hija y siempre me has considerado una vieja, es normal. Pero en aquella época parecía una modelo, te lo puedo asegurar. Sobre todo en las formas, que es donde está la verdadera belleza. Y no se me ponía nada por delante.

Eso lo sé bien. Le vibra un poco la voz. Está orgullosa de esos encantos, pero no de haberlos utilizado para destruir de forma premeditada una pareja. Yo misma me debato entre reprobarla o quitarme el sombrero ante un propósito tan firme. Estoy confundida, intentando seguir lo que se me antoja una historia de alguien muy lejano, de otra raza o continente.

—Pensé en ir a verle a su restaurante —continúa, recolocándose el collar de perlas cuyo broche de pronto parece molestarle en la nuca—, pero pensé que, al ser ese su santuario, era mejor esperar a que fuera él quien me invitase para no robarle ese instante de orgullo. Así que me dediqué a estudiar en qué otros eventos podía participar un cocinero para hacerme la encontradiza. Acudí a varios sin éxito y, fíjate cómo son las cosas, fui a cruzarme con él en el reparto del pez, el único para el que no me había preparado en condiciones. Me despedí de mis amigos con alguna excusa que no recuerdo, volví a casa de mis padres a toda prisa, me peiné y arreglé, ni de boda ni de normal, con ese punto medio que siempre te he dicho que funciona, y al regresar a la muralla del Revellín donde tu padre seguía a lo suyo, esperé más de una hora a que se vaciara un poco de gente para pasar distraídamente por la fila.

—No tenía ni idea...

—Ni él. ¿Soy o no despreciable? —Se gira hacia mi padre, que asiste a la revelación desde su dimensión paralela—. ¿Serás capaz de perdonarme?

—Yo creo que no hay nada de lo que te tenga que perdonar.

—Le he engañado durante toda mi vida.

—Le has hecho feliz, que es muy distinto.

Saca un pañuelo y se enjuga los ojos con finura. Por un momento estoy tentada de compartir con ella el veneno que me está volviendo loca. Pero ¿qué puedo decirle? «No te preocupes, creo que papá también tiene sus propios secretos, que siempre ha estado en contacto con Fabiola, a juzgar por la llamada que le hizo para pedirle que le diera trabajo a Lucas». Sería cruel y, por el momento, innecesario. No deja de ser otra teoría que debe ser confirmada o destruida por la práctica, como diría Yogi Berra.

En lugar de ir a la terraza del parque Gallarza para escribir la columna, por primera vez me siento allí mismo, en la mesa del salón. Aparto un par de marcos de plata con fotografías de cuando éramos pequeños... El corazón me da un vuelco. Una es mía y la otra de Lucas. Mi madre la ha rescatado de la caja del altillo donde ha tenido confinadas durante cuatro años las cosas de mi hermano. Le sonrío mientras aplica crema de manos a mi padre, recorriendo con mimo cada uno de sus dedos desde los nudillos hasta la uña, con esa belleza en las formas que no ha perdido tanto como ella piensa. Entonces sé que, por primera vez en mucho tiempo, no quiero separarme de su lado por nada del mundo.

*Camino Tejada.*
*Logroño. Viernes, 12 de junio de 2020. 15:02 h*

*«Somételme al patíbulo y al potro, retuérceme, golpéame, flagélame hasta desollarme. Aprieta contra mi pecho láminas ardientes*

*y que un licor licuado entre las puntas del hierro me salpique mientras crepita la llama...».*

*Así comienza una de las múltiples cartas que mi madre recibió como pago por haberse enamorado. Unas misivas anónimas repletas de amenazas, con unas escalofriantes similitudes con los asesinatos que mantienen en vilo a nuestra ciudad. Tiras de piel arrancadas, vísceras extraídas del cuerpo, siguiendo un orden macabro que ruego al cielo no continúe reproduciéndose en esta cara del espejo. A continuación la transcribiré entera para que podáis juzgar por vosotros mismos. Y cuando estéis sintiendo el que desearéis que sea el último estremecimiento, os revelaré algo que os encogerá aún más el corazón...*

Lo cuento todo. No la reciente confesión de mi madre sobre cómo conquistó a mi padre, que nada aporta salvo oxígeno a ella misma, pero sí las coacciones constantes, cuando Fabiola se convirtió en una sombra que la asfixiaba, no dejándola vivir como venganza por otra vida perdida. Es bastante probable que con ello esté cavando mi propia tumba, al menos la periodística, dado el poder que la bodeguera sigue teniendo desde su destierro voluntario, pero no voy a desperdiciar la oportunidad de provocar un seísmo que expulse por fin a la superficie los secretos enterrados alrededor de la casa del guardés.

Antes de enviarla, llamo a mi madre para que la lea. Voy a cederle mi silla para que se acomode frente al portátil, pero me detiene cogiéndome de la mano, que ya no suelta, y acerca otra para sentarse a mi lado. Cuando termina, se levanta sin decir nada. Por un momento me preocupo al verla inmóvil, de pie, cabizbaja, saturada de tiempos pasados. Pero entonces camina hasta el ventanal y comienza a subir las persianas hasta arriba, en ese punto en el que ya no pueden enrollarse más y se pierden en el interior del cajón. Me invade una congoja repentina, sobre todo al ver que no imprime a su acción un aire épico ni da enérgicos tirones, sino que lo hace de forma ceremoniosa y contenida, como si estuviera retirando la sábana que deja a la vista una delicada obra de arte.

# 35

Una hora después de publicarse la columna, he vuelto a alzarme con el *trending topic* nacional. Pero es al vibrar mi móvil cuando sé que empieza la verdadera fiesta.

—¿Camino?

Una voz de mujer.

—¿Quién es?

—Sor Blanca.

—¡Disculpe que no la haya conocido! —Es la hermana sirvienta que gestiona la Cocina Económica—. ¿Va todo bien? Siento no haber ido estos días, pero...

—¿Cómo puedes disculparte por eso, hija? Si es que eres única, con la que tienes encima. ¿Cómo estás?

—Bastante regular, pero sacando pecho. Acordándome mucho de lo que usted me dijo cuando me alisté.

—Ay, madre, ¿qué pude decirte yo?

—Que más allá de la solidaridad, lo importante es creer en las personas y en sus posibilidades.

—Eso es cierto. Y de hecho estoy muy orgullosa de ti por todo lo que estás haciendo para defender a tu hermano. Precisamente te llamaba por tu última columna.

—Va a echarme en cara que no es partidaria de que haya aireado los asuntos de familia —me adelanto.

—No seré yo quien se meta en eso. Lo que me preguntaba es si sabes de dónde son esos párrafos.

—¿Cómo?

—Eso no lo ha escrito Fabiola.

—Sí que lo ha hecho, está probado por un perito calígrafo.

—Me refiero a que no se le ha ocurrido a ella, al menos no del todo. Es un texto adaptado.

—¿De dónde piensa que lo ha sacado?

—No lo pienso, hija. Lo sé. Es parte del martirio de San Vicente.

—¿San Vicente de Paúl? —pregunto, refiriéndome al sacerdote francés que fundó la orden de las Hijas de la Caridad de la que forma parte.

—No, el otro. San Vicente Mártir, el patrón de los viticultores, quien también se granjeó el título de ser la persona más torturada de la historia.

—Espere... —Necesito unos segundos para asimilar lo que me está contando—. ¿Qué tiene que ver San Vicente Mártir con mi madre?

—Yo solo te digo lo que veo. Al principio, por aquello de leerlo fuera de contexto, no me he dado cuenta. Sobre todo porque estaba sufriendo con solo imaginar lo que tuvo que padecer Conchita a medida que iba sacando esas cartas del buzón. Pero según avanzaba he empezado a verlo más claro: son frases extraídas de unos manuscritos del siglo x que a su vez transcribieron otro del trescientos y pico, que es cuando el santo fue sometido a las torturas. Antes de llamarte he estado repasando el tema con cuidado y no cabe la menor duda. Se titula «Pasión de San Vicente, diácono y mártir», y cuenta con un detalle que asusta su encarcelamiento y todas las barrabasadas que le hicieron. Si no me equivoco, son propiedad de la Biblioteca Nacional de París y del Museo Británico de Londres.

—Y ¿dónde lo había visto usted?

—Hoy en día hay más de un pdf colgado en páginas web religiosas, pero lo que yo leí fue una reproducción expuesta en Santo Domingo de Silos, uno de los monasterios que los custodió originariamente. ¿Recuerdas la excursión que organizaron los de la junta para todas las monjas de la cocina cuando la institución cumplió cien años? Tú eras una niña, pero tu padre sí que vino, y cómo lo pasamos. Un bodeguero que por aquel entonces estaba de vocal fue quien nos contó el tormento con detalle. Te aseguro que algo así no se olvida.

Mientras me desvela unos retazos del drama del santo, hago una búsqueda en Google para profundizar más. Lo cierto es que nadie querría haber estado en la piel de aquel hombre... cuando todavía le quedaba piel. Allí están los granos de sal esparcidos en el fuego, crepitando en pequeñas llamas y salpicándole hasta las entrañas, así como el resto de delicadezas de las que Fabiola se sirvió para sus cartas.

Según dice, San Vicente nació en Huesca y creció en Zaragoza bajo el ala de un obispo que, por ser tartamudo, pronto le encargó que fuera él quien se ocupara de predicar. Todo fue bien bajo el auspicio de unos emperadores romanos de mente abierta que favorecieron la evangelización, hasta que el cetro pasó a manos de Diocleciano. Un buen día, en una ceremonia en la que sus adivinos fueron incapaces de leer las entrañas de un animal sacrificado, culpó del mal augurio a los cristianos y comenzó la purga.

De la península Ibérica se ocupó el prefecto Daciano, quien tras arrasar iglesias y arrojar a la hoguera libros sagrados en Gerona y Barcelona, se topó con el diácono Vicente en Zaragoza. Consciente de que, si le rebanaba el cuello sin más, podría generar disturbios y se alejaría de su objetivo aleccionador, decidió torturarlo para hacerlo flaquear y que abjurase en público. Lo primero que se le ocurrió fue conducirlo encadenado y a pie a través de la Vía Augusta hasta Valencia, un viaje interminable durante el cual los soldados ya comenzaron a cebarse con él.

Una vez en su destino, tras recluirlo durante unos días sin probar bocado para quebrantar su voluntad, lo hizo llamar y se llevó la sorpresa de que el diácono se mostraba enterísimo, incluso feliz de tener la oportunidad de demostrar que los latigazos no podían hacer mella en su fe. Fue entonces cuando empezaron los auténticos suplicios, algunos a manos del propio Daciano, quien empezaba a perder los nervios y la paciencia ante la fortaleza creciente del cristiano. Es impresionante leer en las actas cómo los verdugos iban dándose por vencidos entre ríos de sudor al ver que no podían hacer callar al santo. Mientras le desgarraban el cuerpo con uñas metálicas, este seguía gritándole al prefecto que se engañaba si creía estar afligiéndole lo más mínimo al destrozar su cuerpo, ya que dentro de él había un ser libre y sereno que nadie podía violar. «Estás destruyendo un vaso de arcilla destinado a romperse —reza la transcripción—, pero te esfuerzas en vano por tocar lo que está dentro, que solo se halla sujeto a Dios».

Daciano, humillado, ordenó someterle al tormento supremo, y es ahí donde reconozco la mayor parte de las amenazas que Fabiola transcribió en sus cartas. Lechos incandescentes, cepos, alfombras de pedazos rotos de cerámica sobre los que había de echarse por la noche, todo tipo de monstruosidades que fueron creciendo en sadismo hasta que Vicente, sin haber flaqueado ni un instante, murió encerrado en una celda oscura mientras, por alguna suerte de milagro, el suelo se cubría de flores que desprendían los más dulces aromas.

—Lo mejor de todo es que el prefecto no pudo con él ni después de muerto —termina de explicar sor Blanca—. Para hacerlo desaparecer y que no pudiera ser venerado, mandó arrojar el cadáver a un vertedero donde esperaba que lo devorasen las bestias, pero apareció un cuervo que lo defendió. Después lo mutiló y lo arrojó al mar en el interior de un odre, y fueron las olas las que entonces velaron por él, hasta devolverlo a la playa de Cullera. Allí lo encontró una cristiana que lo enterró en el sepulcro donde los fieles comenzaron a venerarlo y a propagar su historia por todo Occidente. Hace poco, no sé si lo recordarás, la Santa Sede declaró año santo en Valencia para conmemorar los mil setecientos años de su muerte. Aunque también es patrón de otras muchas ciudades de España y del extranjero.

—Y de los viticultores, has dicho.

—Eso es. Se dice que su túnica terminó en un monasterio parisino que se convirtió en el primer convento viticultor del imperio Carolingio, lo que hoy es la abadía de Saint-Germain-des-Prés. Por eso los franceses impulsaron a San Vicente como patrón de todos aquellos que se dedican al cultivo de la uva. —Se detiene a pensar un instante—. También suele decirse que el nombramiento se debe a que vertió su sangre por su fe, rememorando el vino convertido en la sangre de Cristo que se sirvió en la última cena. De un modo u otro, el mártir caló muy hondo en los viticultores de todo el mundo. Según nos contó el bodeguero en la visita al monasterio que exponía los manuscritos, en algunas regiones tenían la costumbre de retardar la poda hasta el día de su festividad, el veintidós de enero, aunque esto pusiera en peligro el desarrollo de la viña.

Para rematar la faena, esta monja todoterreno me remite por WhatsApp una imagen antigua en la que aparece San Vicente con el halo, una hoja de palma símbolo de su condición de mártir en una mano y, en la otra, un racimo de uvas. Al fondo, unos vendimiadores se dirigen a la prensa, mientras que otros hacen el pisado en un tino de madera.

—Es un grabado francés que tienen en el Museo Vivanco de la Cultura del Vino. El año pasado, durante un par de meses en los que el tiempo andaba revuelto y los viticultores pensaban que la temporada se les iba al garete, se la envié a este amigo bodeguero del que te he hablado para que le dedicara unos rezos por las mañanas. Ya ves, yo misma tiro del santo cuando hace falta.

Repaso el texto de las cartas de mi madre, ahora desde una nueva perspectiva...

> «Al hacerme daño —termina la tercera—, realmente es tu sangre la que corre, tus articulaciones las dislocadas y tus entrañas las que se muestran abiertas. Cuanto más me hagas sufrir, con tanta mayor gloria soportaré tu tortura y con aún mayor dureza sufrirás tú el castigo».

Fabiola se considera a sí misma un alma pura en un cuerpo vilipendiado por mi madre, la cual, al igual que le ocurrió al prefecto Daciano, tarde o temprano acabará pagando y será la verdadera derrotada. Por mucho que me esfuerzo no alcanzo a ver en la bodeguera a una santa serena, libre y abnegada; más bien me ha demostrado ser una persona débil, resentida y carcomida por su propio odio. Pero no hay duda de que, en su demencia, está empeñada en hacer honor al precio que sea al nombre de su patrón: Vicente; en el latín de aquellos tiempos: Vincentius... el invicto.

Mi madre entra en el salón procedente de la cocina, donde ha preparado un té negro que trae en una bandeja con dos tazas y pastas de Iturbe. Me despido de sor Blanca y le paso a ella el teléfono para que se saluden mientras yo decido qué hacer.

En ese momento llaman a la puerta.

Debe de ser algún vecino para preguntar en tono de pésame cómo estamos. Empieza a cansarme que todo el mundo dé por muerto a Lucas, aunque lo cierto es que el tiempo pasa y sigo sin tener nada para desmentirles, aparte de una fe digna del patrón de los viticultores.

Cuando abro, me quedo de piedra.

—El portero me ha dejado pasar abajo —dice.

Es Fabiola.

# 36

*Treinta y tres años antes*

Fabiola era el vivo retrato del dolor. La mirada hundida en dos ojeras cavernosas, los rizos rojos de pronto sin brillo, mal cogidos atrás con un pañuelo, los brazos cruzados enfundados en las largas mangas de la chaqueta de punto, la boca en un rictus torcido que no era el suyo. El doctor Ochoa le había pedido que se sentara en el sofá al fondo de la amplia consulta, bajo la orla de su promoción. Él hizo lo propio en el orejero de cuero contiguo.

—Estamos mucho mejor aquí —dispuso, tratando de mostrarse amable; y añadió—: La mesa solo sirve para extender recetas.

No fue un comentario afortunado. Si Fabiola estaba allí, era porque había ingerido tantas pastillas que había provocado la muerte del niño que esperaba.

El psiquiatra la conocía bien. Fue él quien la atendió cuando empezaron los primeros síntomas depresivos, años atrás; y de nuevo tiempo después, al casarse con el cocinero y ver que el embarazo no llegaba.

—Cuéntame —dijo, cruzando sus manos sobre el pecho.

—Lo he enterrado.

—¿Qué me dices?

—Y ¿qué quería que hiciera?

—No soy yo quien tiene que decidir eso. ¿Qué opina Claudio al respecto?

—¿Por qué debería opinar?

—Porque era el padre.

—Me ha dejado.

—Eso no cambia la circunstancia.

—Para mí lo cambia todo.

—Y ¿dónde...?

—No pienso decírselo. Ni tampoco a Claudio, por si estaba pensando en preguntármelo. Ya le he contado muchas veces que me hacía cosas terribles y lo veo capaz de todo, hasta de cambiar el cuerpo de sitio para hacerme daño.

—Pero, Fabiola, hoy en día sabes que todo aquello solo estaba en tu mente.

—No volvamos a ese tema, no he venido por eso.

—Entonces, ¿lo has enterrado tú sola?

—Yo era la única persona en este mundo para la que ese niño significaba algo. Lo menos que merecíamos los dos era un poco de intimidad, y así seguirá siendo para los restos. No voy a permitir que ni Claudio ni nadie vaya a llevarle flores, porque sé que serían más falsas que las de plástico.

El psiquiatra respiró hondo. Sin separar las manos de la corbata, hizo girar sus pulgares.

—¿Has pensado en las implicaciones legales? —le advirtió.

—No solo lo he pensado. Lo he estudiado a fondo y lo he valorado.

—¿Y bien?

—¿Me está pidiendo que se lo explique?

—Hasta donde yo sé, el reglamento de Policía Sanitaria Mortuoria es muy riguroso al respecto. Salvo que se trate de piezas anatómicas para trasplantes o usos científicos, los cadáveres deben enterrarse, incinerarse en un lugar autorizado o sumergirse en alta mar. Y siempre después de llevar a cabo unos protocolos administrativos que, corrígeme si me equivoco, no has tramitado.

—Me complace que esté tan puesto, doctor. Pero hay algo que no ha contemplado.

—Adelante.

—La Ley del Registro Civil dice que las personas obligadas a dar el parte de nacimiento lo están también a comunicar el alumbramiento de las criaturas abortivas de más de ciento ochenta días de vida fetal.

—Efectivamente, Fabiola. Por eso deberías haberlo comunicado y seguido el procedimiento.

—¿Quién dice que el mío superaba esa cifra?

—Si no me fallan los cálculos, llevabas encinta unos siete meses y medio. Así que la supera en unos cuarenta y cinco días.

—Por eso estoy aquí. Para corregir esos cálculos.

—No comprendo.

—Pues vaya comprendiendo. Tiene que firmarme un certificado acreditativo de que mi hijo ha nacido muerto antes de cumplir los seis meses de embarazo.

—Eso no es posible médicamente —se defendió el doctor Ochoa con un ligero temblor en la voz, dejando a un lado la parte que le tocaba—. Las muertes fetales ocurren en el tercer trimestre.

—No insulte a mi inteligencia, doctor, ni mucho menos a la suya. Sabe bien, porque a mí no me ha costado ningún trabajo documentarme, que cabe la llamada muerte fetal precoz. Es aún menos habitual, pero cabe. Se llama así porque ocurre en el segundo trimestre o, si lo quiere expresar de forma más precisa, cuando el desarrollo es inferior a veintiocho semanas o el peso es menor de mil gramos.

—¿Qué pretendes, Fabiola?

—¿Va a hacer que se lo repita?

El psiquiatra sacó un pañuelo del bolsillo de su americana y se enjugó la zona superior del labio, que había comenzado a traspirar. Estaba aturdido, no tanto por las pretensiones de su paciente como por la tranquilidad con la que las exponía. Había tenido en ese sofá a portadores de las filias y fobias más extremas, pero ninguno le había causado nunca el desasosiego que le producían los ojos hundidos de la bodeguera. Era como mirar por la noche en el interior de un volcán.

—No puedo hacer lo que me pides.

—Claro que puede.

—No entremos en este toma y daca, Fabiola. Sabes que te tengo aprecio y siempre nos hemos dispensado una cordialidad que iba más allá del trato médico paciente, o eso quiero creer. Me parece admirable todo lo que has logrado desde que perdiste a tus padres, haciendo gala de una fortaleza y una habilidad que ya querría para sí cualquier empresario que te doble en edad. Pero lo que me pides no está bien. Y, además, podría perder mi licencia.

—La perderá seguro si le cuento a todo el mundo lo que ha ocurrido.

—¿Qué estás diciendo ahora?

—El colegio de médicos estará encantado de saber que usted me recomendó que tomase una sarta de pastillas tremendamente agresivas, olvidando que podían afectar a la salud del feto que llevaba en mi vientre.

—¡Eso no es verdad! —estalló, poniéndose en pie—. ¡Es más, cuando me llamaste por teléfono hace unos días porque había un rebrote de los síntomas te dije claramente que, en tu estado, no se te ocurriera tomar ni una sola de las tabletas del tratamiento anterior!

—No me apunte con el dedo —replicó ella con una espantosa frialdad.

El psiquiatra recogió el índice que, entonces se dio cuenta, había usado para dispararle mientras gritaba.

—Creo que será mejor que te vayas, Fabiola.

—Y yo creo que no me está escuchando.

—¿Cómo puedes...?

—¡Siéntese!

El psiquiatra obedeció. Tal vez fue por la fuerza arrolladora de aquella mujer, pero él pensó que lo hacía para ganar tiempo mientras decidía cómo lidiar con la situación.

—Volvamos al principio —retomó más calmado—. Está claro que el abandono de Claudio ha sido muy traumático para ti; y también, sin duda, ha servido como detonante para comportamientos que no alcanzas a contemplar con la debida objetividad. Por eso estás aquí, porque confías en mí. Siempre ha sido así y siempre hemos triunfado porque caminábamos juntos. Y veo que tenemos la solución más sencilla al alcance de la mano. Dime dónde has enterrado al niño y yo hablaré con los servicios oportunos para seguir el procedimiento y trasladarlo a un lugar autorizado sin que el cuerpo sufra ningún menoscabo. Te prometo que lo haremos con total escrúpulo y, sobre todo, con esa privacidad que es tan importante para ti. Yo mismo llamaré hoy a Claudio para que respete este deseo tuyo.

Fabiola dejó caer la vista a la alfombra con motivos persas y habló con una pausa que detuvo el canto de los pájaros que hasta entonces llegaba desde el patio de vecinos.

—Voy a repetirle una última vez lo que tiene que firmar, doctor, porque esto será a todos los efectos lo que habrá ocurrido: me quedé embarazada hace poco menos de seis meses, como usted mismo pudo comprobar cuando vine a su consulta, dado que en ese tiempo estaba medicándome por mi depresión...

—Es trastorno límite de personalidad —la cortó él con un coletazo de orgullo.

—Lo que usted diga. Vine a verle y me pidió que interrumpiera el tratamiento, lo cual hice sin rechistar. De hecho, ya no necesitaba tomar nada porque había pasado a ser la persona más feliz del mundo. Todo fue bien durante ese medio año de embarazo y, por alguna extraña razón, llegado ese momento perdí el niño súbitamente; algo que usted también pudo evidenciar, ya que acudió a visitarme en persona a mi bodega y me encontró con el cuerpo envuelto en una tela. Certificó la muerte fetal precoz, que se había producido con algo menos de veinticinco semanas, y me dio el visto bueno para despedirme de él en la intimidad.

—Pero...

—Ya le he advertido de lo que pasará si no firma esta declaración.

—No podrás probar que te prescribí esas pastillas, entre otras cosas porque no es verdad.

—¿Aún no se da cuenta de que resultará indiferente si puedo o no probarlo? Contaré mi versión tan alto y tantas veces que, aunque usted consiga mantener la placa en la puerta, no habrá un solo paciente que se atreva a franquearla. Usted mismo lo ha dicho hace un rato, doctor. La gente me admira, soy un referente en el mundo del vino del que depende esta región, y por ello se me tiene en cuenta y se escucha todo lo que digo. Le aseguro que destruiré esa reputación suya en menos tiempo del que me cuesta descorchar una botella, que, por cierto, es lo que haré para celebrar su hundimiento.

El psiquiatra fue a decir algo. Su trabajo consistía fundamentalmente en escuchar, pero aquel día había oído más que suficiente. Sin embargo, ni un sonido salía de su boca.

Entonces sí, Fabiola se levantó y se dirigió a la puerta.

—Veo que hemos llegado a un acuerdo, ¿verdad? —dijo antes de salir, con el pomo ya en la mano.

—¿Cómo te atreves a hablarme así, en mi consulta, en mi propia casa?

La bodeguera se llevó el dedo a los labios reclamando silencio y le habló en tono cómplice:

—Calle, doctor, que le van a oír.

Salió como si tal cosa y fue hacia el pequeño mostrador de la entrada donde se parapetaba Tati, la enfermera. Esta levantó la mirada del taco de recibos que utilizaba para cobrar y sonrió. Fabiola puso voz apagada de convaleciente para decir:

—Dentro de una hora mandaré a alguien para que recoja un informe que me va a preparar el doctor.

Este fue a replicar, pero la enfermera se le adelantó.

—Desde luego que sí, doña Fabiola, aquí estaré hasta que vengan. Qué menos puedo hacer por usted, muchísimas gracias por el vino.

—¿Qué vino? —saltó el psiquiatra.

Su empleada se agachó bajo el mostrador y levantó, como si se tratase de la medalla de atletismo que acababan de entregarle en el podio, una caja de Bodegas 1521 con una botella mágnum.

—¡Y es de reserva, doctor! Nunca nadie me había regalado nada... tan grande.

—Sobre todo ten en cuenta una cosa —siguió Fabiola con la misma suavidad—: aunque las mágnum envejecen mejor, no esperes ni un solo día para darte un homenaje con tu novio, que nunca se sabe por dónde te va a llevar la vida. El mejor vino con mala compañía sabe a vinagre, pero si te lo bebes con la persona querida, hasta uno de mi bodega te sabrá a gloria.

La enfermera rio y dijo:

—Qué gran mujer tenemos aquí, ¿verdad, doctor?

Fabiola miró al psiquiatra desde las profundidades del volcán.

Él asintió, recompuso el nudo de la corbata de forma mecánica y se encerró en el despacho.

# 37

—No creo que dejarte pasar sea buena idea —digo aferrada al pomo de la puerta.

—Que entre —dispone mi madre desde el salón.

¿Se ha enterado de quién es?

Cuando por fin me aparto, Fabiola cruza el recibidor con la despreocupación de quien ha pasado por ahí un millón de veces —quizá en su mente lo ha hecho—, dejando una estela de aire cargado que parece venir arrastrando desde la calle. Una vez que están de pie la una frente a la otra, mi madre se comporta con una asfixiante normalidad. Quizá considera que se lo debe por lo que me ha contado un rato antes, o puede que sea su forma de concebir este combate y esté esperando a ver por dónde recibe la primera embestida.

—Había preparado té —le ofrece.

—No necesito beber nada.

Ella es más de café, recuerdo al ver el esparadrapo sobre el chichón de su ceja izquierda. Según me comentó cuando la conocí, se había golpeado en la cocina mientras se preparaba un expreso. No seré yo quien le sirva uno. La examino de arriba abajo. Ha cambiado su ropa campera por un pantalón negro y ancho de algodón y una chaqueta de tweed tipo Chanel sobre una camiseta blanca. Me desasosiega verla tan compuesta; es —a la inversa, pero con el mismo efecto— como si yo me disfrazase para Halloween. Mientras se sienta en el sillón orejero, mi madre se fija en sus zapatos de tacón bajo. Se quita con disimulo sus zapatillas de estar en casa, que empuja debajo del sofá, y queda con los pies descalzos sobre la alfombra mullida.

Me siento a su lado. Mi padre cierra el círculo alrededor de la mesa de centro en su silla de ruedas. Fabiola lo observa con atención.

—¿Puede oírnos?

—No.

—No lo sabemos —corrige mi madre.

—El día que murieron mis padres —comenta Fabiola con frialdad sin retirar la mirada—, Claudio no me soltaba de la mano. Decía que todo iba a salir bien, que tenía que seguir adelante. Yo le eché en cara que se mostrase tan optimista, a lo que él precisó que más bien era vitalista. Decía que el optimismo era algo teórico, mientras que el vitalismo era una energía física que lo empujaba a buscar nuevos senderos.

—Te refieres a senderos en la cocina —apunta mi madre.

—Y en la vida, ya que renegó de los votos que había hecho en la iglesia.

—Para reprobarme eso no te hacía falta venir en persona. Ya lo has hecho de otras muchas formas a lo largo de los años.

—Solo estaba poniendo de manifiesto un hecho, no te enerves, que no estoy aquí para discutir. Y no porque me falten motivos para echarte ese té hirviendo a la cara.

Me tenso, pero mi madre me apacigua colocando una mano en mi pierna. Sigue dedicando toda su fortaleza a contenerse, y no voy a ser yo quien altere su estrategia.

Fabiola recorre la habitación con los ojos, deteniéndose en la vitrina de los viejos laureles de mi padre. Empieza a sonreír con sorna mientras salta de placa en placa y de premio en premio, pero termina dibujando un rictus de asco.

—¿A qué has venido entonces? —le pregunto.

—Me has acusado públicamente de haber matado a esa joven.

—Solo he puesto de manifiesto un hecho —me defiendo, utilizando sus mismas palabras—. Basta con echar un vistazo a tus cartas para ver las similitudes con los asesinatos.

—Guárdate esos argumentos para los tribunales.

—¿Vas a denunciarme?

—No seré yo quien pierda el tiempo en eso, pero a saber cómo acaba la cosa si sigues escribiendo así sobre la gente.

—Y tú me hablas de escribir con saña... ¿Sabes el daño que esas cartas le han hecho a mi madre?

—¡Ya está bien! —me corta, levantando las manos—. Si he venido ha sido para poner fin a esta batalla, no para discutir ni con la una ni con la otra. En su día eché unos sobres al buzón y esta es la pena que he de pagar, un día de escarnio público.

—Barato lo vendes.

—Una noticia no aguanta como un gran reserva. En veinticuatro horas llegará otra portada que barrerá la memoria colectiva de hoy.

—A no ser que encuentren nuevas conexiones con el caso.

—Sabes mejor que yo que no he hecho nada que merezca seguir ocupando columnas en tu panfleto. Si no fuera así, ya me estarías interrogando por mi relación con la segunda víctima.

—¿Qué relación? ¿Se sabe quién es? —No puedo resistirme, su comentario ha despertado mi curiosidad.

—Al final voy a tener mejores contactos yo que tú, a pesar de vivir en mi retiro.

—Ilumíname, Fabiola.

—Es una chica que trabajaba en la cafetería de la Casa de las Ciencias donde apareció muerta. Tal vez se dejó algo el día anterior y había ido a buscarlo, así de perra es la vida.

Me irrita que haya sido ella quien me lo descubra, más que nada porque no me deja tiempo para madurarlo. El que la elección de la víctima tenga todos los visos de haber sido casual echa por tierra muchas de las teorías que estábamos barajando, comenzando por su propia implicación en los asesinatos. No me resisto a preguntarle cómo se ha enterado y cuál es la relación que ha mencionado.

—Me lo ha dicho la Policía cuando salía hacia aquí —contesta con desgana—. Venían a detener a uno de mis empleados.

—¿A quién?

—Al joven del departamento financiero que te dio información para otra de tus columnas. Deberías escoger mejor tus fuentes.

—¿A Fidel Gil? —exclamo—. ¿Por qué lo han detenido?

—Me han dicho que estaba liado con esa chica.

—¿La segunda víctima es su novia?

—Otra que, como yo, eligió mal a su pareja y le ha salido caro.

—¿Cómo puedes hablar con tanto desdén? Se trata de uno de tus empleados.

—Tengo muchos. Y aunque la gente de su departamento diga que es bueno en lo suyo, veo en él una doblez que nunca me ha convencido.

—Pero ¿quién es ese? —interviene mi madre.

—El que me llamó para hablarme bien de Lucas —le aclaro.

—Y ¿por qué quería proteger a tu hermano? ¿Se sentía culpable?

—Tranquila, mamá.

Enciendo la televisión. En el magacín de la cadena del periódico ya están mostrando fotos de cómo era Nuria Herce —así dicen que se apellidaba— antes de que le arrancasen el rostro a tiras. La doctora con la que hablé en la sala de maquillaje presume de conocimientos forenses mientras se alisa el pelo de forma compulsiva. Habla de las pruebas de ADN que han determinado la identidad de la víctima y añade que, por si hubiera alguna duda, hasta han encontrado una marca en un órgano interno que se corresponde con una gastrectomía que le practicaron de adolescente. No hay duda de que se trata de la camarera que estudiaba chino y no quería contar que tenía una nueva relación para que no se enterase su ex. Así que era ahí donde trabajaba, en la cafetería de la Casa de las Ciencias, a un paso de la bodega. Seguro que conoció a Fidel porque este, como tanta gente de otras empresas de la zona, acudía a su barra a almorzar. Me sobrecoge pensar que, como ha sugerido Fabiola, tal vez pasó a buscar un maldito jersey antes de marcharse a la montaña y fue a darse de bruces con la bestia, agazapada en un rincón, aún jadeante después de haber desollado a Penélope, escondida allí tan solo porque fue el primer sitio que encontró.

Siguen poniendo más fotos sacadas de alguna red social. Sus rasgos no eran delicados, pero poseía un atractivo sereno, tan solo deslucido por un mohín de infelicidad que sin duda generaba en Fidel el impulso de cuidarla. Pobre chico, se me parte el corazón al pensar que creía que Nuria no leía sus mensajes porque estaba enfadada o no tenía cobertura... A no ser que sus desvelos de enamorado fueran una farsa y sea el autor de ambos crímenes. Escaqueándose de la fiesta, improvisando esa historia de que su novia necesitaba unos días para pensar... A mí sí que me bloquean docenas de pensamientos. No soy capaz de recomponer la ecuación. Lucas, Darío, Fabiola, Fidel.

—¿Me disculpáis un segundo?

Aprieto de forma sutil el brazo de mi madre para decirle que ha de confiar en mí. Ni tan siquiera necesita asentir para que yo sepa que lo ha entendido. Seguro que imagina lo que me dispongo a hacer: encerrarme en mi habitación para llamar a Marcos.

En cuanto descuelga, comienza a darme el parte como si yo fuera una más de su equipo, lo cual hace que por un instante me sienta bien.

—Santolaya se está ocupando del interrogatorio de ese chico —me informa—. Yo sigo pendiente de las diligencias referentes a Darío, aunque ahora me toca lidiar con los de Madrid, que están a punto de llegar.

—¿Quiénes son los de Madrid?

—El grupo de la Comisaría General de Policía Judicial que mandan de la central cuando un asunto se sale de madre. Se supone que son especialistas en homicidios que vienen a prestar apoyo, pero el comisario está que trina por aquello de que parece que no podemos resolverlo por nuestra cuenta. Sólo necesito un poco más de tiempo, coño.

Todos lo necesitamos.

—No puedo quitarme de la cabeza a Fidel, ¿por qué iba a matar a su propia novia?

—Los psicópatas suelen ser maltratadores domésticos. Consideran a sus parejas una herramienta para conseguir sus fines económicos o sexuales, o simplemente para que les pongan el plato en la mesa. Las conquistan y luego convierten la relación en un infierno, sometiéndolas psicológicamente o a golpes para que no huyan.

—Pero... —lo animo a continuar, notando una vacilación.

—Pero el chico aún no tenía una relación estable con la víctima, y tampoco me cuadra que la haya matado después de haberse ensañado con Penélope. Es cierto que este segundo asesinato viene a acreditar el carácter psicopático del autor y, por lo tanto, su instinto depredador. Pero me chirría que haya escogido a la única mujer del mundo que lo deja al descubierto.

—A mí también. Después de haber hablado hoy con él...

—¿Cómo que hoy? ¿Has vuelto a verlo después de la conversación que publicaste?

No quiero sacar a colación al enólogo francés, que es por lo que quedé de nuevo con él. Lo que haya pasado entre mi padre y Fabiola será mi secreto, esa pequeña parcela privada de mundo a la que se refirió el abogado Santos Valdemar en su despacho. Así que le revelo a cambio:

—Me ha confesado que, aunque os dijo que la noche de la fiesta estaba en su casa durmiendo, realmente la pasó con su novia, la cual, al parecer, ya nunca podrá acreditar ese hecho. Lo siento, Marcos, no pretendía entorpecer tu trabajo. Ni se me había pasado por la imaginación que Fidel tuviera algo que ver.

—Ya veremos qué le arranca Santolaya —zanja.

—Hay algo más.

Le hablo de los manuscritos que narran la tortura de San Vicente, desollado por los garfios de hierro de los verdugos del prefecto Daciano, al igual que Penélope y la camarera vieron su piel arrancada a tiras por las uñas de la bestia.

—¿Me estás diciendo que una monja se ha dado cuenta de los paralelismos antes que mi gente? —se desespera—. Si al final va a ser verdad que necesitamos a los de la CGPJ de Madrid...

—¿Qué opinas?

—Que quiero estudiarlo despacio, aunque me temo que no va a cambiar mucho las cosas. No podemos acusar a Fabiola de haber plagiado el *bestseller* de un cura del medievo.

—Pero sí de inducir a Fidel Gil a cometer los crímenes.

—Veo que sigues convencida de que es la responsable.

—Ahora también sabríamos quién es su brazo ejecutor.

—No sería la primera vez que se da este tipo de relación de sumisión, eso es cierto.

—Ha venido a vernos —le suelto de golpe.

—¿Quién?

—Fabiola.

—¿A tu casa?

—En este mismo momento está sentada en el salón.

Suelta una especie de risotada nerviosa que parece decir: «¿Y qué más?». Pero al instante recupera el tono serio.

—Tienes que aprovechar para sacarle lo que puedas.

—¿Yo?

—Ha ido a buscarte, Camino. Quiere hablar.

—Ella dice que ha venido a poner fin a la guerra, ahora que ha salido a la luz lo de las cartas.

—Y tú la crees...

—Claro que no. No hace más que mirar alrededor, como si estuviera buscando algo. Al principio he pensado que esperaba encontrar a Lucas escondido detrás del sofá, pero me da que lo único que pretendía viniendo aquí es aprovechar la oportunidad para curiosear y regodearse con la vida miserable que llevan mis padres. Te aseguro que está disfrutando, parece increíble que más de treinta años después siga odiándoles igual que el primer día. Tendrías que ver cómo mira a mi padre. Parece que le está diciendo: «Fíjate en lo que te has convertido, te está bien merecido por abandonarme». Aunque creo que si lo odia tanto es porque no ha dejado de quererle.

—Escúchame bien: os está retando. Se ha metido en tu casa para demostraros que puede hacer con vosotros lo que le venga en gana, desde ayudar a Lucas hasta reírse en vuestra cara. Así que recoge el guante del suelo, dale la vuelta a la tortilla y exprímela. No sé si al final tendrá o no un papel en esta historia, pero lo que sí sé es que no vamos a disponer de un momento mejor para comprobarlo.

—Que la exprima, pero ¿cómo?

—Confía en tus habilidades, olvida lo personal y piensa que se trata de una entrevista complicada, como tantas que te habrá tocado hacer.

—No es lo mismo entrevistar que interrogar.

—Solo ten en cuenta que ese tipo de personalidades manifiestan una constante necesidad de estimulación, así que, por encima de todo, no la aburras.

No es su única recomendación. Va enredándose hasta que me resume en minuto y medio el capítulo de interrogatorios de su máster en criminología. Punto por punto, como si tuviera delante el temario.

Cuando regreso al salón, mi madre y Fabiola me observan a la espera de que diga algo. De primeras evito los turbadores ojos de la bodeguera, pero al instante agarro el toro por los cuernos y, para dar la sensación de que comparto con ella mi información, le suelto:

—Ya están interrogando a Fidel Gil.

—¿Quién te lo ha dicho?

—Quizá sean tardías, pero tengo mis fuentes.

Confío en que se lo tome como un juego y no como una muestra de superioridad. Para que todo vaya bien, necesito que siga creyéndose el centro del mundo.

—Algo les darás a cambio —asegura con desdén.

—Si tuviera tu dinero les pagaría en metálico, pero...

—Hay otras formas.

—Con fidelidad.

—Has tenido mal maestro —me suelta.

Nueva puya. Si realmente es la enferma mental capaz de ordenar el brutal asesinato de esas dos chicas sin sentir culpa alguna, debe considerar al resto del mundo como la nada absoluta. Pero está claro que mi padre, aun desde su mutismo, sigue ejerciendo un fuerte influjo sobre ella. Tengo que aprovechar el momento para abrir otra fisura en su omnipotencia.

—Fue ocurrente lo de servirte del martirio de San Vicente.

No oculta su sorpresa.

—Apuesto a que no lo has descubierto por ti misma.

—Las personas que tengo a mi alrededor también son yo misma. Se trata de completarse mutuamente.

—¿Te refieres a tus lectores? O recientes lectores, más bien. Esas patrañas que publicas no te convierten en una Pulitzer. Pero tampoco te vengas abajo cuando vuelvan a ignorarte. Yo saqué la bodega adelante estando tan sola como tú lo estás ahora.

«Sabe perfectamente cómo te sientes —me ha advertido Marcos—. Tiene desarrollada una habilidad espectacular para identificar tus vulnerabilidades, pero no siente empatía ni compasión alguna. Todo lo que manifieste al respecto es fingido. Tienes que darle tiempo, dejar que vaya llenando de excitación su vacío. Sé flexible y tolera sus intentos de manipulación...».

A la mierda.

—No irás a decirme que es una casualidad que hayan aparecido dos mujeres, una en tu bodega y otra casi enfrente, desolladas como el patrón de los viticultores... ¡De cuyo martirio te habías servido para amenazar a mi madre!

Esta me mira sin entender. Fabiola sabe perfectamente de qué hablo, pero no esperaba el golpe.

—Esos manuscritos están al alcance de cualquiera —se defiende.

—Y nadie les ha dedicado un minuto en siglos, porque tampoco nadie tiene tu lote de ingenio, afición a la historia y conexión con el mundo del vino.

—Se te ha olvidado meter el móvil en ese saco. Y no me refiero al teléfono.

—¿Te parece un buen móvil el hacer daño a Lucas para vengarte de mi familia?

—¡No te atrevas a decir eso! Si hay alguien que ha tratado a tu hermano como merecía, esa he sido yo. No tienes ni idea de lo que iba a hacer por ese chico al que, por cierto, dejasteis en la estacada.

Mi madre se echa hacia atrás con los ojos abiertos como platos. ¿Es real esta ira? Me inclino a pensar que se trata de otra herramienta que utiliza para achantarme, ya que de otro modo se habría levantado para irse.

—¿Por qué no me lo dices? ¿Qué ibas a hacer por él?

Le tiembla el labio, pero se contiene.

—Está claro que os da bastante igual.

—Has sido tú quien ha llamado a esta puerta.

—Ya te he dicho que he venido para hacer las paces.

—¿Contigo misma?

Mi madre me mira como si yo fuera una desconocida, y tal vez sea así. Al tiempo que yo me crezco, la seguridad que destila el egocentrismo de Fabiola empieza a desvanecerse.

—Me estoy cansando —dice con fastidio.

«Usa la confidencialidad», me ha sugerido Marcos...

—Ten el valor de decir lo que estás pensando. Aquí solo estamos las tres.

—Puede que sea así —concede—, que tenga que rendir cuentas conmigo misma. Ya sabes lo que dicen: para cambiar las cosas por fuera, primero tenemos que cambiar por dentro. —Se inclina sobre la mesa de centro y coge con familiaridad una reproducción de un huevo de Fabergé que mis padres trajeron de un crucero fluvial por San Petersburgo—. Es como la rotura de un huevo. Si se parte desde fuera, es sinónimo de destrucción y de muerte; si eclosiona desde dentro al salir el polluelo, es nacimiento y vida.

Por un momento pienso que va a arrojarlo contra la pared, pero vuelve a dejarlo donde estaba.

—¿Has terminado el discursito? —dice mi madre.

—He cambiado, Conchita. Solo quería que lo supieras.

Lo ha dicho con una repentina voz de niña que me pone la piel de gallina.

—¿Después de que mi hija haya sacado a la luz tus amenazas?

—Fue un poco antes, gracias a tu hijo. He hecho muchas cosas mal en mi vida, pero estaba dispuesta a compensarlo con él.

Me resulta inaudito que siga creyendo que todo gira a su alrededor. Es una narcisista patológica con una constante necesidad de ser admirada, algo que ha logrado con todo el mundo menos con mi padre. Estoy convencida de que, si le pregunto por su historia con él, lo soltará todo, incluida la supuesta llamada que le hizo para recomendar a Lucas. Nada le gustaría más que aniquilar a mi madre a verdades. Pero no voy a exprimirla como me ha pedido Marcos, pues con ello también le pondría en bandeja la oportunidad de diseñar un monólogo a su diabólico antojo. Mi madre no se merece que esta individua siga sometiéndola con palabras envenenadas, como hizo en el pasado con sus cartas y llamadas anónimas. No después de haber sacado a la luz por fin esos papeles. Ha sido su forma de eclosionar como el polluelo —mi madre sí, sinceramente—, de renacer para decirle a mi hermano cuando aparezca: «Aquí estamos tu padre y yo esperándote, con los brazos abiertos, limpios de todo pasado».

Tan solo necesito que me aclare una última cuestión.

Solo una.

—Has mencionado en dos ocasiones que ibas a hacer algo por Lucas.

—Si tú no le ayudaste a pararlo, alguien tenía que hacerlo.

Son exactamente las mismas palabras que utilizó mi hermano cuando se presentó en la puerta de casa: «Tienes que ayudarme a pararlo». Titubeo, noto que de nuevo empieza a manejarme, a recuperar el control, pero no puedo evitar seguir preguntando.

—¿Qué es lo que tenía que parar?

—Creo que se ha hecho tarde —rasga el aire mi madre con un golpe de florete, demostrando que ha vuelto a ser la dama del cuadro—. Será mejor que te vayas, Fabiola.

# 38

Tengo un regusto agridulce, pero sé que habiéndola dejado ir he hecho lo correcto. Al menos eso es lo que me digo a mí misma cuando, un rato después, Tito del Prado me pide que baje a la calle para acudir juntos a la rueda de prensa que acaba de anunciar el delegado de Gobierno. Era lo mejor para mi madre, me convenzo mientras me arreglo el pelo en el espejo del ascensor. Lo mejor, repito al franquear el portal, aunque me produzca dolor físico pensar que he agachado la cabeza, al igual que todo el mundo ante la bodeguera. Incluido mi propio padre, que se sentía obligado a aguantar sus humillaciones por haber montado el restaurante con su dinero. Tuyo es el reino, Fabiola, tuyo el poder y la gloria. Amén.

Tito del Prado está afable conmigo, incluso cariñoso. Mientras cruzamos la Gran Vía a paso rápido le comento que me extraña que se haya levantado el secreto del sumario, algo que los jueces solo hacen cuando tienen la certeza de que no entorpecerá la resolución de la causa. Él opina que, tratándose de un expediente sin concluir, han tenido que dar con algo gordo y, sobre todo, muy positivo para la investigación.

—Te aseguro que si no fuera así, el delegado no pasaría por el trago de dar la cara frente a los medios —me confía al oído mientras, ya en la sala donde va a celebrarse el acto, nos sentamos en un par de sillas centradas frente a la mesa aún sin ocupar.

Tiene razón. Cuando convocan a los periodistas suele ser para mostrarnos alijos de drogas o de armas que tienen a bien colocar sobre un mostrador lateral, hoy vacío. Lo que no cambian son las banderas de España y de La Rioja al fondo, junto a los carteles desplegables de Policía Nacional y de la propia delegación. Que se vea bien la marca. Me comen los nervios por saber qué van a contarnos.

Unos minutos más tarde, el político aparece enfundado en su mejor traje junto con el jefe superior de Policía y la inspectora Santolaya. Me inquieta que no sea Marcos quien se sitúe a su lado. Siendo el jefe de la unidad operativa, es a él a quien correspondería informar de esos detalles de trinchera que los otros dos no tienen por qué conocer. Quiero pensar que si le ha pasado el testigo a Santolaya es porque, entretanto, él seguirá dedicado a meter el dedo en la llaga de Darío. Pero si esas diligencias todavía están en marcha, ¿qué sentido tiene el levantamiento del secreto del sumario? Vuelta al principio.

Tras acomodarse y saludar a los presentes con todo el protocolo, el delegado comienza con un discurso firme, bien aprendido, sobre el trabajo que desempeñan los cuerpos de seguridad. Tiene frente a él un buen puñado de folios que no consulta. Al poco, en clara referencia a mí, anuncia que por fin tienen un candidato oficial al título de La bestia:

—Estamos aquí para advertir a la población de Logroño y de cualquier otra ciudad del país que el principal sospechoso de los asesinatos de Penélope Lasanta y Nuria Herce es el mánager del hotel de Bodegas 1521, Lucas Tejada.

Remarca el nombre y lo repite dos veces, insistiendo en que ya no se trata de vagos rumores e instando a los españoles a interiorizar su fotografía y comunicar de inmediato cualquier información o pista que pueda conducir a su paradero.

Me vuelvo hacia Tito, horrorizada, al tiempo que las miradas de los presentes se clavan en mí. De pronto la rueda de prensa se me antoja una encerrona, las cuatro paredes de la ya de por sí pequeña estancia se estrechan, comprimiendo el aire hasta volverlo irrespirable.

—Como ustedes saben —continúa con su tono sentencioso—, diversos indicios hicieron sospechar de Lucas Tejada a nuestros cuerpos de seguridad ya desde el principio, y no iban desencaminados. A las primeras pruebas que obtuvo la brigada de Policía Judicial han de sumarse otras recién obtenidas que lo sitúan personal e indubitadamente en el lugar de los hechos.

No termino de reaccionar. Me revuelvo en la silla, nerviosa, como si una legión de hormigas me recorriera el cuerpo. El locutor de un magacín de radio pide la palabra, que de inmediato le cede la jefa de prensa del delegado que modera las intervenciones.

—¿Que lo sitúan allí o que acreditan a ciencia cierta que es el autor?

—Para decirlo en esos términos habremos de esperar hasta que sea juzgado y condenado por sentencia firme. Pero si estamos llevando a cabo esta declaración es porque, salvo nuevas pruebas en contra, las halladas confirmarían la participación de Lucas Tejada en ambos crímenes. En los dos —remarca.

—¿Cuáles son esas pruebas?

—La Policía Científica ha hallado un fragmento de vidrio en el tórax de Nuria Herce, lo cual nos indica que las supuestas uñas de hierro de las que se venía hablando de forma metafórica no eran sino la parte superior de una botella de vino rota. El autor habría utilizado el cuello de la botella a modo de mango para desgarrar a ambas mujeres con los dientes resultantes que, dada la curvatura del cristal, es lógico que presenten la forma de una garra. Es también lógico que ese fragmento se hubiera roto durante el ensañamiento al chocar contra el esternón o las costillas.

—Y ¿por qué ese hecho apunta a Lucas Tejada? —Me levanto para preguntar sin solicitar el turno—. ¿Acaso hay huellas en el cristal u otra cosa que lo incrimine?

Tito tira de mí de nuevo hacia la silla. Me siento para no significarme demasiado, pero el delegado del Gobierno hace como que no me ha oído y se dirige a otra periodista que pregunta lo mismo con diferentes palabras.

—Tras el oportuno examen del vidrio se ha concluido que se trata de un cristal de tonalidad marrón correspondiente a una botella de tipo borgoña, más parecida a la de cava —explica a los profanos dibujando la forma curva con ambas manos en el aire—, como las que se utilizaron en Bodegas 1521 para las primeras añadas de sus blancos. Según ha indicado la propietaria, doña Fabiola Marín, de esas botellas solo se conservan unas cuantas, a recaudo en una de las vitrinas de exposición colocadas en el vestíbulo del nuevo hotel, cuya llave guardaba Lucas Tejada por su condición de mánager.

Un murmullo inunda la sala.

—¿Está diciendo que nadie más aparte de él tenía un duplicado? —le ataco, esta vez sin levantarme—. ¿Tampoco la propia Fabiola Marín?

—Le ruego que no rompamos el orden de las preguntas —me pide la jefa de prensa, pero no le hago caso.

—¿Han constatado que falta alguna de las botellas? ¿Se han encontrado restos de la misma o del vino que contenía?

—El hecho de que estemos aquí hoy por haberlo considerado de interés público dista mucho de que tengamos la obligación de comunicar todos los detalles de la investigación.

—Esto es increíble...

—¿Cuál es la otra prueba? —interviene el locutor de radio.

—Hemos detectado ADN de Lucas Tejada en el cuerpo de la segunda víctima.

—¡No puede ser! —me quejo a Tito, tratando de bajar la voz.

—Calma, que nos van a echar...

—¿Cómo quieres que me calme? Informan de lo que quieren y de forma sesgada.

Mientras lo digo me aterra darme cuenta de que la afirmación del delegado ha sido de todo menos sesgada.

—¿Quiere decir que hubo agresión sexual? —pregunta alguien mientras tanto.

—En ninguno de los dos casos se ha tratado de una agresión de ese tipo —desmiente el delegado.

Coge aire como para seguir, pero decide ceder la palabra a la inspectora Santolaya, la cual consulta una libreta. Me da la sensación de que, más que porque necesite refrescar su memoria, es un movimiento mecánico para lidiar con una situación a la que no está acostumbrada.

—El tema era complejo —explica por fin—. No se apreciaban restos en las uñas o en la boca de la víctima, como ocurre en otros casos en los que ha habido defensa a base de arañazos o mordiscos. Y aunque el autor se hubiera cortado con su propia arma, cualquier gota de sangre suya se habría confundido entre los litros que manaron del cuerpo de las chicas. Pero los compañeros de la Científica advirtieron en el cuello de Nuria Herce un área sin cortes que, a su vez, presentaba unos ligeros hematomas y pensaron que tal vez el autor intentó estrangularla o, lo que es aún más probable, que la sujetó por ahí mientras la desollaba. Así que tomaron muestras de la superficie cutánea por si hubieran quedado células epiteliales de la mano del autor, y el laboratorio ha concluido que sí las había; y, lo que es aún mejor, que hay correspondencia con el ADN de Lucas Tejada.

—¿Cómo han llevado a cabo la comparativa estando él desaparecido? —grito más que pregunto.

Santolaya mira al jefe superior, quien la insta con un gesto a contestar.

—Conseguimos una orden para acceder a su piso alquilado, donde le aseguro que había diversos objetos en los que meter el hisopo —se regodea, refiriéndose al bastoncillo de algodón—. Si necesita más datos, le diré que nos llevamos su cepillo de dientes.

—¿Cómo era ese cepillo?

Lucas siempre utilizaba un cepillo eléctrico, me dispongo a explicar, pero una compasiva puntualización de la inspectora me ahorra el bochorno.

—No es muy probable que alguien haya entrado en la vivienda con la intención de colocar en el vasito del baño un cepillo ajeno impregnado con ADN también ajeno.

—Es suficiente —dice el delegado.

—En cualquier caso, también obtuvimos muestras de una taza de la cocina y otros enseres que han arrojado la misma coincidencia —sigue la inspectora, que ha cogido carrerilla.

—Suficiente —repite el delegado.

El resto de la rueda de prensa versa sobre el operativo policial de búsqueda de Lucas. Cualquiera que los escuchase pensaría que están hablando de Bin Laden. Es mi hermano, ¿no os dais cuenta? Muchos de los que estáis aquí —tú también, delegado, cuando trabajabas de funcionario— nos saludabais cuando salíamos de pinchos por la zona de María Teresa Gil de Gárate y hasta os animabais a pagar una ronda de vinos.

Al concluir, mientras los demás salen disparados hacia sus respectivas redacciones y estudios para dar la noticia, me acerco a la jefa de prensa. Le pregunto si tienen algún problema conmigo y ella se excusa con vaguedades. «Lo que necesitamos es trabajar juntos para capturar cuanto antes al criminal», y cosas así. La inspectora Santolaya, que está escuchando, se acerca y me habla muy seria.

—Por fin lo has conseguido.

—No comprendo.

Se recrea unos segundos en el suspense antes de sentenciar:

—Están investigando a Marcos.

—¿Qué quieres decir?

Tito nota la tensión y se acerca a nosotras.

—¿Qué ocurre?

—Mira por dónde —ironiza la inspectora—, otro beneficiado que tampoco sabe nada.

—Vámonos, Camino.

—De momento parece que va a tener suerte —nos retiene, sin privarse del placer de machacarnos—. De lo cual me alegro no solo porque es un buen compañero, sino porque toda la culpa la tienes tú.

—Pero ¿de qué hablas?

—De filtrar información policial a terceras personas no relacionadas con el cuerpo, de incurrir en responsabilidad penal por revelación de secretos, de todo eso hablo.

—¿Qué es esto? —me pregunta Tito.

—Por lo que ha salido a la luz —sigue ella—, el inspector Guerrero no te pasaba datos sensibles ni protegidos de los ciudadanos implicados, así que van a llevarlo por lo disciplinario. Pero, aun así, me dan ganas de...

Se calla. Me asusta que de pronto utilice el apellido de Marcos; y el que explique el caso con ese tono de locución jurídica grabada hace que resulte aún más alarmante. Estoy por replicarle que resulta grotesco llamar sucesos a cosas con tan poca trascendencia como un jabalí abatido o una loca caminando desnuda por la calle. Pero entonces recuerdo algún otro asunto anterior con más enjundia y, sobre todo, la información que ha compartido conmigo debido a mi insistencia desde la desaparición de Lucas. La conciencia me golpea como un gong. Sabía que esto iba a pasar.

Iba a pasar, iba a pasar..., resuena en mi cerebro.

«Vas a lograr que me expedienten», me dijo Marcos la mañana del martes. Y yo quise creer que era una frase hecha. Que aquello era jugar, como todo lo demás. Jugar con fuego mientras nos limitábamos a ver pasar el tiempo. Cuánta razón tenía mi madre.

—¿Qué puede ocurrirle? —pregunto.

—Si se demuestra que tus caprichitos han entorpecido la labor policial, será falta muy grave.

—¿Dónde está ahora? La verdad es que me cuesta creer todo esto, si he hablado con él hace un rato...

Cuando Fabiola ha venido a mi casa, estoy por completar la frase, pero no lo hago. Santolaya compone un gesto de hastío.

—¿Por qué no lo dejas en paz de una vez? Te aseguro que es la mejor forma que tienes de ayudarlo. —Y repite despacio—: Déjalo en paz.

# 39

Mientras paso junto al detector de metales para escapar de allí, el guardia civil me pregunta por mi padre y me cuenta que una vez estuvo en el restaurante por el dieciocho cumpleaños de una sobrina. «Antes de que le dieran la estrella —puntualiza—, que después era impagable».

—¿Cómo estás? —me pregunta Tito ya en los soportales de la calle.

—Pues hecha polvo.

—¿Pero ese poli y tú sois novios, novios?

—Déjalo, por favor.

—¿Has comido?

—Una tortilla francesa que me ha preparado mi madre.

—Menudo atracón. Anda, vamos a por un café con un cruasán.

—Tenemos que ir al periódico a lanzar esto cuanto antes.

—Ya lo haremos después —me apacigua, mientras echa a caminar hacia el paseo del Espolón—. El gabinete de prensa del delegado ha colgado la información y ya tiene más retuits que el selfi de los Óscar, así que da igual un rato más que menos.

Me quedo parada, sorprendida por su empatía. Después del repaso de Santolaya, debería estar preocupado por si la forma irregular en la que he conseguido las exclusivas pudiera salpicarle por haberlas publicado; y, aunque diga lo contrario, le hierve la sangre por no estar saliendo como un cohete hacia el periódico para ponerse a teclear. Pero esta contención es su forma de decirme: confío en ti pase lo que pase. Y no se imagina cuánto se lo agradezco. De hecho, yo también debería salir pitando hacia casa para poner al día a mi madre, pero opto por quedarme, con cruasán o sin él. Al fin y al cabo, lo único que voy a conseguir compartiendo con ella las buenas nuevas genéticas es agobiarla aún más de lo que ya está.

Tito me propone sentarnos en una terraza junto a los parterres de las ranitas, pero le pido ir dentro. No quiero sentirme observada. El espacio alrededor de la estatua de Espartero se está llenando de gente que acude a una concentración convocada para mostrar apoyo a las familias de las víctimas. Desperdigados entre los ciudadanos, se balancean carteles y suenan consignas que instan a las instituciones a desplegar todos sus recursos para encontrar al culpable. Como si no lo estuvieran haciendo ya, todos a una con mi hermano en el punto de mira.

Tito va a pedir y yo me acurruco en una mesa del fondo en la que consulto los comentarios negativos que empiezan a florecer al pie de mis columnas. Hago un repaso rápido en el que apenas me da tiempo a leer unos cuantos en diagonal. Querría pensar que se trata de odiadores profesionales, como esos que inundan las redes con mensajes coléricos cuya única razón de ser es el hecho mismo de atacar. Pero además de alguno de estos cínicos que acaba de hacer suya esta cruzada contra Lucas como si le fuera la vida en ello, hay gente de a pie que también ha decidido darme la espalda. Esa gente de cualquier barrio de cualquier ciudad que al principio abrazaron contra todo pronóstico la presunción de inocencia y se pusieron de nuestra parte, compartiendo mis dudas y mis desvelos. Sé que tengo que ignorar sus palabras, lo sé. Pero mis dedos tiemblan y quiero empezar a repartir yo también a diestro y siniestro, contestar a los odiadores con su misma agresividad y, a los decepcionados, con idéntico desencanto.

Tito sale al rescate. Coloca la taza frente a mí con cuidado de no derramar el contenido. Él se ha pedido un bocatita de atún con guindillas y un té negro, extraña mezcla.

—No te preocupes por los comentarios —me calma—. Tú sigue en tu línea.

—¿Me apoyas porque piensas que mi hermano es inocente o porque te viene bien?

—Te apoyo porque es lo que hay que hacer hasta que Lucas pase por un banquillo, si es que llega ese momento. Pero, sobre todo, porque eres una de las mías.

—Quién iba a decirme que algún día te escucharía decir algo así.

—No soy tan ogro.

—Sí que lo eres. Y también impertinente y egocéntrico. Pero haces bien tu trabajo.

Dibuja una sonrisa efímera que se diluye mientras teclea en su móvil.

—Mi mujer dice lo mismo.

—¿Tienes hijos?

—Dos adolescentes que ya no quieren ir conmigo al monte.

—¿Es a ellos a los que estás escribiendo?

—No. —Termina de enviar el mensaje—. Le estaba diciendo a Hugo que entrase a buscarnos. Anda por ahí fuera disparando fotos a la gente que va llegando a la concentración. Joder, esto va a ser gordo.

Me muestra un vídeo amateur. Es curioso ver en Twitter lo que está ocurriendo a un palmo de la puerta de la cafetería. Junto a aquellos que buscan arroparse para superar el miedo, se han movilizado todas las plataformas y colectivos de mujeres, que se sienten especialmente golpeados. El duelo por Penélope y Nuria no tiene nada de silencioso. Desde donde me encuentro puedo escuchar ecos sobre la caída de una sociedad patriarcal, y también sobre violencia y firmeza y justicia y guerra.

Intento abstraerme, volver a mi minúscula y al tiempo inmensa batalla.

—Ha dicho «salvo otras pruebas en contra» —comento mientras agito el sobrecito de azúcar, del cual me sirvo apenas una quinta parte.

—¿Cómo?

—El delegado ha dicho que han aparecido dos pruebas que acreditan indubitadamente la presencia de Lucas en el lugar de los hechos y su participación en los crímenes; y al poco ha añadido: «Salvo otras pruebas en contra». Una cosa no se corresponde con la otra. O son pruebas concluyentes o no.

—Lo de que tu hermano tuviera las llaves de la vitrina donde estaban expuestas las botellas antiguas está cogido con alfileres, pero a ver cómo le das la vuelta a la prueba de ADN.

Paso la cucharilla por la espuma del capuchino espolvoreada de chocolate. En lugar de mezclarla me la llevo a los labios para saborearla en toda su intensidad, aunque después el café vaya a saber más soso. Quién sabe si llegaré a terminarlo, ya nada es seguro. De pronto me acuerdo de la perito de daños corporales que me presentó en el camerino de la televisión.

—¿Tienes el teléfono de la doctora que sale en vuestro magacín?

La llama sin preguntarme qué estoy buscando, suponiendo por dónde irán los tiros. Intercambia un par de frases breves con ella, le cuenta que está conmigo y me pasa el móvil.

—Siento que se tuerza tu cruzada —se lamenta aquella.

Por teléfono suena igual de estirada. Tal vez es debido a la forma en la que se compone el moño, tensando la piel del rostro hacia atrás.

Le cuento lo que he advertido en la rueda de prensa.

—Y quieres saber si la coletilla del delegado ha sido para curarse en salud y que no le acusen de verter la información a medias —completa antes de que lo haga yo.

Estirada pero lista.

—Ha explicado que, para buscar las coincidencias con el material genético extraído de la víctima, han tomado muestras de un cepillo de dientes y otros enseres de la casa.

—Eso es normal, así han de proceder.

—¿Pero?

Por favor, que haya un pero.

—Pero dices que las obtenidas del cadáver no han sido ni de semen ni de sangre.

—Según han dicho, aunque a mí me parece ciencia ficción, se trata de células epiteliales de la mano de la bestia, que quedaron en el cuello de la víctima mientras la desollaban.

—Siento decirte que hoy en día sí que es posible extraer información de esas células, por despreciables que parezcan. Hay múltiples microorganismos que provocan la degradación de las moléculas de ADN, pero, si las encuentran a tiempo, con una pequeñísima cantidad basta para obtener un perfil genético.

—Entonces no hay forma de discutirlo...

—No corras tanto. Lo que habrán comparado es el cromosoma Y.

—No puedo decirte, no estoy puesta en el tema.

—Cada persona tiene cuarenta y seis cromosomas —explica con ese orden milimetrado que sigue cuando está en la tele—, que son esas hebras interminables de ADN presentes en las células y que llevan impresas nuestras características biológicas. La mitad viene del padre y la otra mitad de la madre y, de todos ellos, los encargados de determinar el sexo son solo dos: el cromosoma X y el Y. Si la combinación entre el cromosoma sexual que recibimos de uno y otro progenitor es XX, resulta un individuo de sexo femenino; si es XY, masculino. Pues bien, ese cromosoma Y del sexo masculino es el que aloja los marcadores genéticos que suelen utilizarse para esclarecer vínculos biológicos de parentesco o para resolver crímenes. Pero la Policía y los jueces no deben olvidar que, por mucha coincidencia que haya con un individuo, eso no exime a los varones de la misma línea paterna del sospechoso.

—¿Cómo?

—Lo que oyes. Los individuos masculinos de un mismo linaje comparten idéntica información en su cromosoma Y.

—Y ¿por qué no se examinan los cuarenta y cinco cromosomas restantes para salir de dudas?

—Porque si hay pocas células donde rascar, como parece que ha sido el caso, esta es la única forma de tener la certeza de que pertenecen al autor. Los demás cromosomas del asesino, al no ser específicamente masculinos, estarían confundidos entre la infinita presencia de ADN femenino de la víctima.

—¿Me estás diciendo que, aunque haya habido coincidencia entre el ADN encontrado en las células de los dedos de la bestia y el del cepillo de Lucas, podría tratarse de otra persona que no fuera mi hermano?

—Si solo se han analizado los marcadores masculinos presentes en el cromosoma Y porque no se disponía de una cantidad suficiente de semen, sangre o tejido del criminal para hacer un estudio más completo, cualquier varón de vuestro linaje paterno podría haber sido el autor de los crímenes.

Hago un repaso a mi árbol genealógico. No tenemos parientes vivos por parte de mi padre, que era hijo único. Ni tíos, ni primos, ni sobrinos.

—Es un asunto delicado —comenta la doctora—, puedes comerte un marrón enorme sin tener nada que ver. No sé si recordarás un caso de agresión sexual que salió no hace mucho en los medios, en el que se siguió la pista a un grupo grande de población. Desfilaron ciento y pico sospechosos que habían estado por el lugar de los hechos el día de la agresión y, finalmente, encontraron coincidencia entre el cromosoma Y de uno de ellos y las muestras que habían extraído del semen encontrado en la víctima. Como es natural, todo el mundo lo crucificó, a pesar de que, como se supo después, el autor de la agresión había sido un hermano del condenado.

Me quedo fría. Todo se congela. El capuchino, el rostro de Tito, que me observa con atención mientras hablo con la doctora.

—¿Podría tratarse de un medio hermano? —pregunto.

—Siempre que fuera de padre, desde luego que sí.

Cuelgo, miro a Tito a los ojos y digo:

—Terry, el pelirrojo.

—¿De quién me hablas ahora?

Bebo el café de un trago. Me atraganto y empiezo a toser de forma escandalosa. Tito me pasa la servilleta, sin duda pensando que he perdido definitivamente el juicio.

# 40

*Treinta y tres años antes*

El río se había desbordado días atrás, pero todavía quedaban charcos en la carretera. La Playa del Ebro, que era como los logroñeses llamaban a un conjunto de bañeras de piedra circundado por un puñado de arena en la orilla norte, había desaparecido bajo la crecida. No había madres con tápers, ni padres con kayaks, ni chillidos infantiles. La ciudad entera se ocultaba tras un manto gris que a Claudio se le antojaba una señal de respeto por el hijo perdido.

Era hijo de Fabiola, sí. Pero también suyo.

Al salir del puente de piedra giró a la derecha en dirección a Bodegas 1521. Conchita le había dicho que no fuera, que le diera tiempo, que esas cosas se tenían que digerir y si se presentaba de improviso lo único que iba a conseguir era que la bodeguera le arañase la cara, como hizo unos días atrás al enterarse de que la abandonaba. Al fin y al cabo, Fabiola ni tan siquiera le había llamado para contarle que había abortado. Fue Bugatti quien le avisó a toro pasado, cuando él mismo se enteró. Pero Claudio estaba empeñado en visitarla, y cuanto antes. No para compartir su pena, sino por una razón mucho más egoísta: soltar un apresurado lo siento y salir de allí corriendo para no volver jamás. La vida era complicada, pero en este caso le había puesto una alfombra roja hacia la libertad. Siempre negaría haber pensado esa barbaridad, pero era verdad. Se había volatilizado el único vínculo que le unía a Fabiola Marín, aparte del contrato matrimonial que ya se estaba disolviendo en la mesa de un secretario judicial.

Poco antes de llegar, al cruzar despacio un socavón anegado en la carretera de Mendavia, se le caló el Citroën. Intentó por tres veces arrancarlo sin conseguirlo. No era la primera vez que le ocurría, tenía que haberlo llevado al taller. Dejó caer la cabeza contra el volante e hizo sonar el claxon. La radio vomitaba el punk de Cerrado por defunción, una banda local que terminaba de convertir el habitáculo en un infierno. Salió del vehículo y, con el agua del charco cubriéndole los zapatos, lo empujó como pudo hasta el arcén y echó a andar el último tramo hasta la bodega.

Cruzó la amplia explanada frontal y entró en la recepción. Alguien debió de avisar a Bugatti, que salió enseguida a su encuentro.

—No te esperaba por aquí —le confesó el chófer, mirándole a los pies mientras se arrimaban a una barrica apartada que hacía las veces de mesa.

—Conchita me ha recomendado que no viniera, pero necesito ver a Fabiola.

—No sé para qué, Claudio.

—Pues para disculparme, para que me cuente, yo qué sé. Ni siquiera he sabido si ha hecho funeral o algo parecido. ¿Qué voy a hacer si no, quedarme en casa mientras ella jura y perjura? La dejo y pierde el niño. ¡Joder!

—Tú verás, aunque no sé si vas a encontrarla. Esta mañana ha salido al médico y creo que no ha vuelto.

—¿Está bien?

—Ha ido a pedirle un certificado. Yo mismo acabo de pasar por la consulta para recogerlo.

—¿Quién la ha asistido?

—El doctor Ochoa.

—No sabía que un psiquiatra podía ocuparse de una defunción.

—Parece que, al no haber superado los seis meses de embarazo, no precisaban nada oficial. De otra forma supongo que tendrían que haberte llamado.

—Pero si llevaba encinta mucho más tiempo que eso... Siete meses seguro.

—Yo te cuento lo que decía el papel, Claudio. Fabiola me ha encargado que revisara bien ese punto cuando me lo entregase.

—Y ¿qué ha hecho con el cuerpo?

—Creo que lo ha enterrado.

—¿Dónde?

—Nadie lo sabe.

—Joder, Bugatti, que estás hablando conmigo. Que me he marchado de esta bodega, pero sigo siendo tu amigo.

—¡Te digo que no lo sé! Durante estos días, la única persona que ha estado con ella es esa mujer de Arnedo.

—¿Quién?

—Amparo Loza se llama. Una de las que han montado esa asociación de Afammer, que trabajó en la báscula en vendimias. Se llevaba bien con Fabiola, aunque yo no sabía que tanto.

—¿Has hablado con ella?

—Qué va. Primero se encerraron las dos en la casa del guardés; y desde que ocurrió la desgracia no ha vuelto por aquí.

—No me jodas, no me jodas... Si es que esta mujer se cree que puede hacer cualquier cosa y quedarse tan ancha. Voy a buscarla a la casa.

—Ya te he dicho que tal vez no esté. O puede que no te abra.

—Estoy acostumbrado a echarle paciencia.

Apenas había dado tres pasos, Claudio se detuvo y se volvió pensativo hacia el chófer.

—¿Qué pasa? —preguntó este.

—¿Te gustaría trabajar para mí?

—¿Cómo?

—En el restaurante. Las cosas van muy bien y necesito a alguien a mi lado en quien poder confiar.

—Ella también...

Claudio sonrió.

—Por estas cosas te aprecio tanto. Solo te pido que lo pienses, tómate el tiempo que necesites.

Atravesó las instalaciones de la bodega y después el terreno baldío hasta la casa del guardés. Llamó a la puerta, pero nadie contestó. Volvió a hacerlo con el mismo resultado. La rodeó hacia la parte trasera. Se acercó a la entrada horadada en la base de la montaña, por la que se accedía al calado que Fabiola empezó a abrir con Didier Lozahic, el enólogo. Otra locura que la ha sacado aún más de quicio, pensó. La verja estaba cerrada a cal y canto, así que volvió a la casa y fue probando las ventanas hasta que dio con una que no tenía echado el cierre por dentro. Se alzó a pulso para apoyar el trasero en el alféizar y giró sobre sí mismo con las piernas encogidas. Una vez que cayó al interior, permaneció inmóvil unos segundos.

—¿Hola?

Podía oír el silencio. Tal vez demasiado, un silencio más de persona agazapada que de no haber nadie. Hacía mucho tiempo que no entraba en la vieja casa de campo de sus suegros, a buen seguro desde que Didier regresó a Burdeos. Estaba en uno de los dormitorios. Estiró el brazo hacia el interruptor, pero o bien no funcionaba o se había ido la luz. Tal vez era cosa del desbordamiento del río, aunque no se había percatado de que hubiera cortes al pasar por las oficinas. Salió al pasillo y le recorrió un frío profundo, quizá por tener empapados los pies hasta el bajo del pantalón.

Caminó tanteando las paredes. Alzó la mano al frente para no darse de bruces con la puerta del salón, que tenía el centro de cristal traslúcido. Al abrirla lo sacudió una bocanada de polvo y cosas rancias. Fruta pasada, telas, piel.

También esa estancia estaba oscura, atravesada por haces finísimos que se filtraban por un par de rotos en el papel de periódico que cubría por dentro las ventanas. Al entrar, pisó algo grande y blando.

Saltó hacia atrás y entornó los ojos, que poco a poco iban adaptándose a la penumbra. Era una chaqueta de punto. La recogió del suelo y notó que desprendía un tufo a vómito y sudor. La dejó en el respaldo de una silla y se acercó al sofá, en el que se desplomó sintiendo un muelle en los riñones.

Cerró los ojos y pensó en la Fabiola que le conquistó en la piscina. En las pecas, en los pechos que reventaban el bikini, en los rizos pelirrojos que incendiaban el césped a su paso. Levantó la mano como si pudiera acariciar la piel blanquísima de la joven bodeguera que creció entre esas cuatro paredes. Maldita sea, Fabiola, podías con todo menos con tu dañada cabeza; y yo apenas alcancé a colocarte unas cuantas tiritas antes de partirte en dos. En el silencio denso que le envolvía volvió a oírla llorar, y gritarle en discusiones absurdas, y reír de forma histérica al crear el vino perfecto.

Cuando abrió los ojos, parecía haber más luz.

Entonces vio el papel junto a él, en el otro asiento del sofá. Un folio garabateado con un tomo nuevo de color rojo encima, que resultó ser un ejemplar del Código Civil con varias páginas marcadas.

Recogió todo aquello, convencido de que se trataba de cuestiones referentes al procedimiento de separación que él había iniciado al irse de casa, y se acercó al ventanal. Rasgó un pedazo de periódico lo justo para poder leer las anotaciones, que sin ninguna duda eran de Fabiola. Se trataba de una relación de artículos de una supuesta ley de 13 de mayo de 1981 que, pensó, sería la reciente normativa sobre el divorcio. Pero cuando abrió el código por las páginas que tenían la esquina inferior doblada, comprobó que no era así. Todo lo que leía versaba sobre procedimientos de adopción. Requisitos, irrevocabilidad, terminación de la patria potestad y de los derechos sucesorios del hijo, ruptura de vínculos con la familia biológica de origen... Volvió a fijarse en el folio, al pie del cual había escrito un nombre: Amparo Loza, y un número de teléfono.

—Qué hijas de puta... —murmuró.

Todo adquirió sentido.

No había habido muerte fetal ni tampoco entierro furtivo. El bebé había nacido prematuro y Fabiola se lo había entregado en secreto a su amiga de Arnedo, para ella o para quién sabe qué otra familia. «Cualquier cosa por alejarlo de mí», pensó Claudio; o por apartar de su propia vida aquello que le habría recordado por siempre, día y noche, al cocinero que la había abandonado.

Arrojó el código y el papel al sofá y salió al exterior. Le costaba respirar. Tenía un hijo al que no conocía. Un bebé recién nacido al que estaban acunando otros brazos, acariciando otras manos, susurrando otras voces. Tenía que ir a buscarlo de inmediato, corregir la barbaridad que acababa de hacer la demente de su mujer. Pero entonces contempló las instalaciones de la bodega al fondo, un mundo que ya no era el suyo y del que creía haberse liberado, pero que, le gustase o no, tendría que seguir compartiendo con Fabiola para siempre, como compartidos eran los genes del niño o la niña que había parido. Cada día —o cada fin de semana o cada mes, qué importaba— tendría que volver a aguantar los llantos de Fabiola, los gritos de Fabiola, las risas histéricas de Fabiola. La humillación constante a la que lo sometía esa puta loca.

Y decidió que el niño o la niña estaría mejor con sus nuevos padres. Con esa tal Amparo Loza, que seguro era una mujer como tenía que ser si se había ganado a Fabiola desde su puesto de empleada de la báscula; o con los padres que aquella hubiera tenido a bien escoger, padres necesitados capaces de buscar consuelo en esa imitación de la naturaleza, que lo querrían aún más porque habían tenido que luchar tanto por tenerlo.

¿Estaba actuando así por egoísmo? Desde luego que no. No podía negar que aquello allanaba el camino hacia su nueva vida con Conchita; que lo liberaba de dar explicaciones a cada uno de los clientes que cruzasen la puerta del restaurante en los próximos años; que evitaba una red de habladurías que, de otro modo, conectaría todos los hogares de la ciudad y de la provincia entera.

Pero no era por egoísmo, no. Era por el bebé.

# 41

En el exterior de la cafetería me da el aire y tengo más cobertura para llamar a Bugatti, a quien necesito preguntar algo de inmediato, pero también he de lidiar con el murmullo creciente de la multitud. La gente sigue llegando en hordas. Algunos manifestantes me miran. Hay ancianos que tienen nietas como Nuria, jóvenes que querían ser como Penélope, madres que agradecen que no les haya tocado a sus hijas. Hablan bajito, pero tejen un clamor que me envuelve. Todos somos las jóvenes muertas, suena dentro de mi cabeza. Afuera, lo que suena es el tono de llamada. Descuelga ya, por favor, descuelga ya...

—¿Estás bien? —suena su voz por fin al otro lado.

—Sí, dime una cosa: ¿dónde enterró Fabiola al bebé?

—Nunca lo he sabido. Ni yo ni nadie.

—Lo imaginaba...

—Siento no poder ayudarte. Tampoco pude hacer más por tu padre cuando me preguntó lo mismo el día que se presentó en la bodega tras haberse enterado.

—Creo que ese bebé está vivo.

—¿Cómo?

—No solo eso. Creo que lo conocí ayer personalmente.

—¿Seguro que estás bien?

—Amparo Loza, la amiga de Fabiola de la que me hablaste, lo crio como si fuera propio.

—No sé, Camino...

—Te digo que sí. Se llama Terry. Su edad coincide exactamente con la que tendría el niño y si le vieras el pelo...

—Lo que yo vi en su día fue un certificado que acreditaba la defunción.

—No olvides que estamos hablando de la todopoderosa Fabiola Marín y de los años ochenta. ¿Quién era su médico?

Noto que respira hondo.

—Un psiquiatra, ¿cómo se llamaba? Ahora no recuerdo. En cualquier caso, no creo que resulte fácil localizarlo.

—¿Por qué?

—Ya entonces no era precisamente joven.

—Que no haya muerto también —ruego, pensando en Amparo.

—Lo sabremos pronto.

Lo mejor de este atípico filósofo que me ha tocado en suerte es que se sube a todos mis carros sin temblar. Acabo de soltarle el mayor despropósito de la historia y ya se ha apuntado a remover Roma con Santiago para demostrar que tengo razón. En su vasto diccionario no tiene cabida la palabra «prejuicio», ni conoce esos barrotes que la mayoría de los mortales nos tatuamos en el pecho.

No obstante, hay algo que no se resiste a preguntar:

—¿Qué motivos tendría ese Terry para asesinar a las dos chicas?

—Pues, sin ir más lejos, perjudicar a Fabiola por haber renegado de él —improviso sin pasar por alto que ese móvil se desinfla con la aparición de la segunda víctima—. Sé que había tenido contacto reciente con Penélope. Le envió una de sus pulseras para que la mostrase en sus redes sociales.

—Pero eso...

—Eso no quiere decir nada, ya lo sé.

Resulta difícil unir los puntos. Los hay infinitos, como infinitas son las posibles respuestas del ser humano a las pruebas a las que nos somete la vida. Pienso que Marcos ha de enfrentarse a esta coyuntura cada día en su trabajo y se me seca la garganta al recordar lo que le he hecho. Lo imagino en una sala sin ventanas con los de asuntos internos, o como quiera que se llamen fuera de las películas esos supuestos compañeros a los que todo el mundo odia. Seguro que está asumiendo alguna culpa extra para protegerme. Es de los que se comportan con los demás como Dios manda, con independencia de cómo le hayamos tratado antes a él. La inspectora Santolaya ha dicho que lo deje en paz, pero necesito mostrarle que sigo a su lado. Lo único que se me ocurre es ir a comprobar cómo está Tonga, ya que no habrá tenido oportunidad de sacarla. Seguro que la pobre nota que todo se está viniendo abajo. Es capaz de percibir los matices más inapreciables en nuestro estado de ánimo gracias a su simplicidad de perro y a su clarividencia de anciana ciega.

—¿Quieres algo más? —me pregunta—. Si no es así, me pongo ya mismo con lo del psiquiatra.

—Me ayudaría mucho. Como además lo conocías...

—Solo le vi un par de veces y en calidad de mensajero, pero cuenta con ello.

Guardo el teléfono en el bolsillo y miro alrededor. El área junto a la estatua ecuestre está abarrotada de gente, por lo que el magma de indignación comienza a expandirse. Alguien se acerca a mí. Es una mujer de mediana edad ataviada con un traje de chaqueta morado y un bolso con cadenilla dorada. La saludo y me suelta que debería darme vergüenza. Así mismo, sin concretar más. Como diciéndome que debería avergonzarme de todo lo que estoy haciendo, de todo lo que soy. Apenas se ha ido, sin tiempo de reaccionar, veo que se aproxima otra chica más joven. Me dispongo a huir, pero se estira como una atleta entrando en meta y me retiene del brazo.

—¿Camino?

—La misma. —Saco pecho.

—Soy Tamara, la secretaria del abogado Santos Valdemar.

—¿Nos conocíamos?

—Yo a ti sí, por las fotos. Y a tu hermano mucho.

—Claro.

—Supongo que no hay nada nuevo.

—Si te parece poco lo que ha dicho el delegado del Gobierno... —Veo que compone un gesto de pena. Parece que viene en son de paz y no merece que me ponga a la defensiva—. Disculpa, estoy nerviosa.

—Cómo vas a estar, si lo de Lucas me está afectando incluso a mí que no soy nada vuestro. Que nadie me oiga decir esto, que el ambiente está muy caldeado, pero tu hermano me cae muy bien. Será lo que sea en lo que se refiere a los negocios, pero es educado y cariñoso, un gusto de cliente.

—Gracias.

—Es cierto. Cada vez que venía al despacho, antes de irse se quedaba un rato charlando conmigo. De pie junto a la puerta de la calle, dándome conversación como si yo fuera alguien.

Me fascina que no vea que, con toda probabilidad, Lucas quería llevársela al huerto. Tal vez se considere poca cosa porque es pequeñita de tamaño, pero a mí me parece una muñeca. A su lado me siento poco delicada.

—Es un preguntón —continúa—, me refiero en el buen sentido. Se interesaba por mis cosas. Si había ido al cine, si había hecho alguna excursión de fin de semana. Por muy cuesta arriba que se le pusieran las cosas en el juzgado, siempre encontraba la forma de hacerme pasar unos minutos a gusto.

Fidel Gil también comentó algo parecido sobre la preocupación de Lucas por hacer que las personas que trabajaban con él se sintieran bien, escuchadas, válidas. Al final va a ser verdad que no intentaba llevársela a la cama... De alguna forma, mi hermano está logrando que yo misma me sienta útil; al menos así era hasta que las cosas han empezado a irse definitivamente a la mierda.

—Voy a tener que dejarte —me excuso.

—No pretendía entretenerte. Es que ha sido curioso verte justo después de haber hablado de ti con mi jefe.

—¿Cómo ha sido eso?

—Este mediodía me ha preguntado sobre la primera vez que Lucas desapareció.

Recuerdo que Valdemar me contó que mi hermano, incapaz de dar la cara ante mis padres al principio del procedimiento judicial, se quitó de en medio durante tres días.

—Agradécele el interés —le digo con sinceridad—. Me alegra saber que se ha preocupado.

—Se lo diré. ¿Y te ha servido?

—¿El qué?

—La información.

—¿Disculpa?

—¿No te ha llamado?

Consulto el móvil y caigo en la cuenta de que me fui de su despacho sin dejarle mi número. Hasta entonces nos habíamos comunicado por email. Seguro que es suyo uno de los que van amontonándose en el buzón de correo que figura al pie de las columnas que publico.

—¿Me estás diciendo que sabes dónde estuvo Lucas esos tres días?

—Claro.

—Entendí que os resultó imposible localizarlo hasta que le dio por reaparecer.

—Y fue entonces cuando me lo contó, ya te he dicho que hablábamos de todo. Estuvo en Sotocont.

—¿No es esa la empresa de Darío Soto?

—La misma. Pero no me refiero a la fábrica, sino al local donde tuvieron su primera tienda abierta al público. Cuando se cambiaron al polígono, lo mantuvieron a modo de exposición permanente de sus productos. Yo creo que es más por aquello de poner en las tarjetas que tienen oficina en el centro, porque los comerciales andan todo el día viajando y cuando vienen clientes a Logroño los reciben en las nuevas instalaciones.

—¿Es Darío cliente vuestro?

Asiente.

Me aturde el gentío que crece y crece. Las voces se multiplican en mi cabeza: todos somos las jóvenes muertas. Resuenan consignas espontáneas, algunas tan violentas como la garra de botella rota. De nuevo me siento observada, cuestionada, escupida. ¿De verdad pensáis que soy yo la carroñera? Puede que esté contaminada, pero escribo desde el amor, no me dedico a multiplicar el odio a través de la distancia de las redes sociales sin tener ni idea de lo que realmente está pasando. ¿Queréis un culpable para acallar vuestra pena por un par de chicas a las que ni siquiera conocíais? Pues mejor haríais escuchando a los que sí conocemos a Lucas. Esa es la forma de hacer justicia, me gustaría decirle a cada uno de los que me señalan. Y cuando no se hace justicia, solo hay venganza.

Pregunto a Tamara si está con alguien y me dice que ha acudido allí con dos amigas, pero que no tiene prisa. Accede a acompañarme fuera del núcleo de la concentración. Escribo un mensaje a Tito —que seguirá en el interior de la cafetería esperando a Hugo— para decirle que nos veremos más tarde en el periódico, y nos alejamos del fuego.

—¿Está acondicionado ese local? —le pregunto mientras caminamos.

—Nunca he estado dentro, creo que lo tienen bastante abandonado.

—Y ¿qué hizo Lucas durante el tiempo que pasó allí?

—Estaba destrozado y solo quería desaparecer. ¿No te han entrado nunca ganas de perderte cuanto más lejos mejor?

Cada mañana.

—Pero ¿dormía en el suelo? ¿Comía? ¿Podía ducharse?

Parezco mi madre, pero siempre me ha ocurrido eso con Lucas. Con seis años y doblándole la edad, tenía sentido ir de hermana mayor. Pero ahora que la diferencia se ha vuelto inapreciable y que no tengo lo que se dice autoridad para dar lecciones a nadie, suena patético.

—Darío tiene allí una especie de...

Arruga la cara.

—¿De picadero? —la ayudo.

—Me contó que el sofá del despacho se hacía cama. Y tienen un baño completo y un *office* que en tiempos utilizaban para los almuerzos. Pero vamos, que lo del picadero lo has dicho tú, no él.

—Y tenía llave.

—O se la pidió al otro, no lo sé.

—En cualquier caso, tenían mucha relación.

—Fue mi jefe quien les presentó unas Navidades, en el vermú que organizamos cada año en el despacho con algunos abogados, procuradores y clientes de confianza. Pero no puedo decirte si estaban o no muy unidos, supongo que no demasiado.

—¿Por qué dices eso?

—Pues si quieres que te diga la verdad, porque Darío no me gusta nada. Es un poco... Como que siempre te mira de forma no muy agradable.

—Disculpa que te interrogue por cosas de tu trabajo —me veo obligada a decir. Después de lo de Marcos no me gustaría meter en líos a esta cría, pero me juego mucho con esto.

—Tranquila —salta con desparpajo de *millennial*—, no soltaría prenda ni de los expedientes ni de cualquier otra cosa que no puedas encontrar por ti misma en internet.

Mientras vamos a buscar mi coche, me pone al día sobre Sotocont. Se dedican a algo tan específico y a la vez tan necesario en el mundo bodeguero como es la fabricación de jaulas de botellas para la segunda crianza del vino. Componen inmensas estructuras para que, tras el correspondiente período en barrica, repose en la posición idónea hasta que llega el momento de ser bebido. Cada jaula alberga unas quinientas botellas que pueden apilarse hasta en diez alturas formando rascacielos de hierro y cristal, me explica. En sus orígenes, el padre de Darío se había dedicado a la perfilería de acero inoxidable y a los contenedores. De ahí ese nombre comercial para el que no tuvieron que romperse la cabeza, que conjuga el producto con el apellido familiar. Pero dada su localización en La Rioja, un buen día vio claro el nicho vitivinícola y se lanzó a innovar. Primero fueron los soportes para barricas, incluso inventó un prototipo a base de rodamientos para manipularlas sin que los empleados de las bodegas se dejasen la espalda en cada trasiega. Y de ahí fue evolucionando hasta dar con los jaulones que hoy exporta a tres continentes. Seguro que este empresario hecho a sí mismo no tiene ni idea de la desgracia de hijo que ha criado. Un agresor sexual, joder, y tal vez un asesino. Parece mentira, un chaval que lo tenía todo.

Ya en la entrada al garaje le ofrezco llevarla adonde necesite, pero prefiere regresar a la concentración con sus amigas para no dejarlas solas. Así lo dice, consciente de su papel necesario. Seguro que ellas también se lo cuentan todo, como los clientes del despacho. Me indica la dirección del local y se despide con una parquedad poco riojana, como si de repente se hubiera sentido desubicada. La observo mientras se aleja con su cuerpo de mujer en miniatura, carente de imperfecciones.

—Tonga...

Para una cosa a la que me había comprometido conmigo misma, he estado a punto de olvidarla. Salgo disparada hacia la casa de Marcos. Antes de meter la llave en la cerradura le telefoneo, pero me salta el contestador. También llamo al timbre por si acaso estuviera dentro, pero lo único que escucho al otro lado son los jadeos de la perrita. Cuando abro, hace un par de giros soltando babillas que indican —o eso quiero creer— que se alegra de verme a través de sus cataratas. Me agacho para hacerle carantoñas mientras se estremece y me dedica unos sonidos muy agudos. Se muestra tan vulnerable que la abrazaría con babas y todo. Y eso que nunca he sido muy de perros.

Me incorporo y paso las manos por la piel erizada de mis propios brazos. No me digas que has dejado puesto el aire acondicionado... Me asomo al salón en el que está integrada la cocina. Imagino a Marcos de espaldas, concentrado en la encimera sobre la que hay un plato con almendras machacadas y un bote de cardo sin abrir. Últimamente le ha dado por lo orgánico y me habla de recetas sin darse cuenta de que, en mi familia, una cocina resulta de todo menos sensual. Pero también a él lo abrazaría profundísimamente, aunque llevase puesto el culote. Hace unos días, cuando todo respiraba una normalidad que no sabía apreciar, me dijo que se acercaba la BTT Extreme Valle de Ezcaray y necesitaba entrenar duro para que no le diera un paro cardiaco a mitad de camino, que uno va teniendo una edad. Ahora quiero acompañarle en todas sus edades.

Antes de abandonar el piso, entro un segundo en el baño. Observo la ducha en la que me metí la última vez hace una semana. Me veo cogiéndome una coleta para no mojarme el pelo, dándome jabón con esa cadencia de quien lleva a cabo un ritual sagrado. Aquel día, Marcos me contemplaba sentado en la tapa del inodoro, resistiéndose a unirse a mí. Tenía que haberme dado cuenta de la intimidad que escondía aquel no hacer nada, aquel no decir nada.

Busco un pósit para dejarle una nota. «Me he llevado a Tonga». No quiero dejarla sola.

Le coloco el collar de paseo, cojo la correa y, tras darle unos minutos por los árboles que rodean la urbanización, la subo al coche y ponemos rumbo hacia el antiguo local de Sotocont.

# 42

El lugar no es tan céntrico como había sugerido Tamara, salvo que lo compares con la ubicación de la fábrica en el polígono. Ocupa los bajos de un edificio en el barrio de la universidad. La calle está desierta. Sin estudiantes, porque han terminado las clases, ni vecinos, ya que estarán todos en el Espolón. Aparco en la acera de enfrente, como si el poner la calzada de por medio fuera a mitigar el desasosiego que me generan esos escaparates atiborrados de jaulas.

La puerta está cerrada. Es endeble, de cristal con bordes metálicos. Tampoco parece que haya nada que robar en el interior, salvo que quieras llevarte un botellero de tres toneladas. Pego la cara a la luna para mirar al fondo, donde adivino una pared de pladur que hará de separador entre la exposición y las oficinas. Llamo con los nudillos varias veces, pero no aprecio el más mínimo movimiento.

—Aquí no pintamos nada —le digo a Tonga, que me observa atenta.

Apenas tiro de la correa para regresar al coche, llega un mensaje a mi móvil. Lo abro convencida de que será o bien Marcos que ya está en casa, o bien Bugatti con alguna noticia sobre el psiquiatra, pero compruebo que son los resultados de las pruebas de las sustancias de sumisión química, que me envía el laboratorio.

Abro el archivo y me siento sucia al leer una palabra que destaca entre hileras de índices que no comprendo:

«Positivo».

No puedo creerlo.

El malnacido de Darío me drogó con burundanga, al igual que a la joven de Durango y a tantas otras que desconocemos. Me tiemblan las piernas al pensar que me tuvo inconsciente a su merced mientras vertía sobre mí su aliento hediondo.

Vuelvo a leerlo.

«Positivo».

Burundanga en la copa que me entregó Penélope. A quien, a su vez, se la había dado mi hermano.

Estoy harta de no saber.

Me agacho para coger un trozo de cemento desprendido del bordillo de la acera y le atizo un golpe descomunal al cristal de la puerta, que se deshace en infinidad de partículas a ambos lados.

Permanezco unos segundos inmóvil, esperando el estruendo de una alarma o una voz desde un balcón cercano. Pestañeo y me toco la cara para comprobar que no me han saltado esquirlas de vidrio. Es Tonga la que, al cabo, rompe el silencio con sus ladridos débiles. No me hace falta ser una experta en el idioma de los perros para saber que me está diciendo dos cosas: «Pero ¿qué has hecho?» y «Ya que has llegado hasta aquí, espabila».

Introduzco un brazo tembloroso por el hueco, intentando no cortarme al hacer girar el cierre desde dentro. Entramos las dos con cautela. Hay tal necesidad de ventilación que no parece que por allí haya pasado ni mi hermano ni nadie en mucho tiempo. Enfilo el recorrido que me marca la propia exposición, entre jaulones de suelo a techo. Salvo un par que han sido rellenados con unas cuantas botellas, el resto están vacíos, lo que acrecienta la sensación de cárcel.

Una vez revisados los recovecos del recorrido para visitantes, me dirijo hacia la puerta de la pared de pladur. Agarro el pomo y me lo pienso un par de veces antes de girarlo. La perra comienza a relamerse, algo que hace no cuando tiene hambre, sino cuando tiene miedo. No te preocupes, yo también estoy aterrada y no sé si es porque voy a encontrar a Lucas o porque no voy a encontrarlo...

Abro de golpe.

Tonga se asusta por mi brusquedad y se echa hacia atrás con las patas delanteras estiradas en el sitio; pero en la estancia a la que accedemos, una suerte de vestíbulo interior, parece no haber nadie y abandona la posición de amenaza. A un lado del distribuidor se abre una sala de juntas con media docena de sillas desordenadas.

En el centro de la mesa rectangular hay un agujero por el que asoman cables y conexiones telefónicas. Todo se ve desangelado, en desuso. Junto a esa estancia hay otra más pequeña que debe de ser el *office*. Intuyo un resplandor que vuelve a activarme, acciono el interruptor de fuera y me asomo. No hay nadie, pero la puerta del microondas está abierta, con su pequeña bombilla encendida. Me pongo aún más nerviosa. En el fregadero hay una taza y una cucharilla.

—¿Lucas?

No hay respuesta.

En el lado opuesto del distribuidor, otra puerta cerrada. Vuelta a empezar. Temblamos la perra y yo, pero esta vez la abro sin dudar.

Nadie.

El despacho es amplio, sin decoración alguna. Lo más funcional posible salvo por el sofá cama del que me había hablado Tamara. Tiene el colchón desplegado, cubierto por una sábana mal colocada y llena de arrugas que causa desasosiego. No tengo claro qué he de hacer. ¿Es mi hermano el que está viviendo allí como un mendigo? Si es así, ¿adónde ha ido? Comienzo a rebuscar por los cajones, pero no encuentro nada que me llame la atención. Un taco de recibos para rellenar a mano, bolígrafos de propaganda de la empresa, una antigua guía de teléfonos, una cajita de pastillas de menta.

Sobre la mesa hay un ordenador antiguo, con el teclado amarillento de tanto rellenar albaranes. Junto a él, un cable suelto a medio enrollar. Me llama la atención porque es lo primero que veo en este lugar que no tenga pinta de haber viajado en el tiempo desde el siglo pasado. Es una conexión USB a otra clavija más pequeña de cámara o móvil, de esas que venden en los chinos por cuatro euros, como la que yo misma tengo para descargar en el ordenador las fotografías que hago para los artículos.

Me giro hacia la cama deshecha y de nuevo hacia el cable con aspecto de recién comprado.

Este es tu cuarto de juegos, ¿a que sí? Completamente aislado, sin ventanas ni iluminación exterior, con este punto de antro que seguro que te excita más que un hotel de cinco estrellas. ¿Qué guardas en este disco duro?

Me siento en el sillón y enchufo el ordenador. En el salvapantallas aparece el espantoso logo de la empresa, con tipografía de la época del Berlín Oriental comprimida en la silueta de un contenedor. Sobre él, una ventanita que me solicita la contraseña.

No podía ser de otro modo. Miro a ambos lados. No hay notas con los dígitos clavadas a la pared. Vuelvo a abrir los cajones por si algún papel me ha pasado inadvertido, pero no va a ser tan fácil.

¿O sí?

Saco el teléfono y me lo pienso una vez, y dos, y tres. No tengo tiempo para una cuarta, así que vamos allá. Llamo a «Ceros y unos»; o lo que es lo mismo, a Álvaro Montaña, el empresario informático vocal de la Cocina Económica con el que estuve liada —cuando lo dejamos, debería haber cambiado su apodo en mis contactos por el de «Ceros y ceros»—. Sé que no es buena idea, lo sé, lo sé. Pero no conozco a nadie más que pueda echarme una mano con esto. La publicidad de sus tiendas ofrece soluciones tecnológicas, qué más quiero. Ya estoy marcando. No hay vuelta atrás.

—¿Camino? —contesta—. ¿Ocurre algo?

—No sé si te has enterado.

—¿De lo de tu hermano? Estoy consternado, como todo el mundo. Me refería a que me ha extrañado ver tu número en la pantalla. Aunque no lo creas, todavía me acuerdo de los nueve dígitos —apunta, lo cual quiere decir que él borró mi contacto de su lista al igual que me borró a mí de su vida. Pero qué pena puedo llegar a dar, ya me estoy arrepintiendo.

—Pues qué suerte.

Me detengo ahí, no sé por dónde empezar.

—Voy leyendo tus columnas del periódico —dice él con cierto afecto. Está claro que su mujer no está delante—. ¿Cómo estás? ¿Se sabe algo nuevo?

—Solo que cada vez pinta peor.

—Vaya, lo lamento.

—Siento cómo me comporté en la Cocina Económica el otro día. No debería ser tan borde contigo, pero es que... no resulta fácil.

—No te preocupes, tú eres así.

—Álvaro, ahora no...

—Que no lo digo con mala leche. ¿De verdad crees que te reprocharía algo en este momento, con lo que estás pasando? Me refiero a que cada uno es como es y a mí siempre me has gustado, aunque siempre fueras a lo tuyo.

Joder con la sinceridad espontánea. ¿Y tú no ibas a lo tuyo cuando saltabas de la cama para volver pitando a tu casita? Por fortuna consigo no decir eso en voz alta. A cambio le hago un breve resumen de mi situación. Antes de llegar al «necesito un *hacker* para destripar un ordenador ajeno», he de pasar por unos cuantos escalones intermedios que no puedo saltarme sin riesgo de que me tome por una delincuente aficionada..., que, por otro lado, es lo que estoy demostrando ser.

—Vaya historia —musita.

—Ya ves.

—Venga, yo te ayudo con esto —resuelve, viniéndose arriba—, pero luego tú me llamas algún día y me cuentas bien cómo te sientes, que eres muy de guardarte las cosas y así no se arreglan.

—Gracias.

—Gracias, no. Prométetelo.

Pero qué quieres ahora de mí, por el amor de Dios...

—Prometido.

—Vamos allá —dispone, cambiando el tono—. Podríamos hacerle un jaqueo clásico con algoritmo. Accedemos al sistema operativo y, desde ahí, obtenemos la contraseña del administrador. En criptografía se llama ataque de fuerza bruta.

—Despacio, que no te sigo.

—No te preocupes, es tan simple como ir probando una a una todas las combinaciones posibles hasta dar con la buena, automatizando los intentos con un programa. El que más me gusta es uno llamado Caín y Abel, pero hay varios que podemos usar. ¿Cómo andas de apurada? Porque puede llevar un poco de tiempo...

—Cuanto antes salga de aquí, mejor. No quiero ni pensar que alguien pase por la calle, vea la puerta rota y llame a la Policía. ¿De cuánto hablamos?

—Depende de la complejidad de la contraseña. Destripar una de ocho caracteres en minúsculas nos llevaría como mucho tres minutos y medio. Pero si añadimos la posibilidad de que haya introducido una mayúscula, podríamos irnos a unas quince horas.

—¡Qué dices!

—Y si incluimos un par de signos o números, ni te cuento.

—¿No hay otra forma?

—Desde luego que sí. Basta con resetear la contraseña.

—Perfecto, y ¿por qué no hacemos eso?

—Porque el dueño del ordenador va a enterarse de que alguien le ha metido mano en cuanto intente acceder y vea que su contraseña habitual no funciona.

—Álvaro, acabo de destrozar la puerta de cristal del inmueble con una piedra.

—Vamos entonces —concluye con una tranquilidad que no esperaba en él.

Dejo el móvil sobre la mesa con el manos libres. A partir de entonces todo son palabras ininteligibles explicadas de forma inmejorable, una larga lista de instrucciones que me conducen de nuevo a la pantalla de inicio de sesión donde, como si se tratase de un juego, he de pulsar la tecla *shift* cinco veces. Ya solo faltan un par de pasos más y a restablecer contraseña.

—¿Cuál escojo?

—La que tú quieras —contesta.

«laBestia», tecleo.

Y estoy dentro.

No puedo creerlo, he accedido a las tripas de la ballena. Como salvapantallas muestra la foto de un chiringuito de playa en el que Darío brinda con una pinta de cerveza junto a otro par de individuos con el pecho descubierto y gafas de sol.

Comienzo a abrir los documentos que tiene esparcidos por el escritorio. Hojas de Excel, catálogos comerciales, presupuestos para clientes.

—No veo nada que me llame la atención.

—¿Qué esperabas encontrar?

—No estoy segura. Fotos, tal vez. ¿Hay alguna forma de esconder un álbum?

—Pues claro que sí...

Se me viene encima una nueva oleada de indicaciones que ya no dudo en seguir al pie de la letra, con esa mezcla de inglés y castellano tan propia del universo informático. Abre *folder options* pulsando el botón *start*, dale al panel de control, verás que pone *Appearance and personalization*... Y así hasta llegar a los llamados ni más ni menos que «archivos ocultos», como si fueran contenedores de información clasificada de algún gobierno.

Abro la primera carpeta y me quedo helada.

Son fotografías de una chica joven, más bien una adolescente. Está desnuda y yace sobre la cama que tengo a mis pies, con una palabra escrita en letras mayúsculas sobre el pecho, entre los senos y el ombligo: PUTA.

Se tapa la cara con las manos, pero ese pelo, esa piel...

Es Penélope.

PUTA.

No puedo parar de leerlo. Recorro las cuatro letras y vuelvo a empezar. Me resulta completamente incongruente. La casi niña que conocí hace unos días en el evento, que ligaba frases inteligentes y sensibles con esa voz de susurradora nocturna que invitaba a dormir plácidamente. La misma que —según me contó Mariela— repartía fotocopias de sus primeros versos por la piscina de la urbanización Montesoria. Lo que me horroriza es que no parece tensa, ni tiene bridas en las muñecas o una cinta americana tapándole la boca. Simplemente está ahí tirada como un despojo, tan solo preocupándose de que no se le vea el rostro.

El corazón va a salírseme del pecho, las fotos me queman los ojos. ¿Tienes algo que ver con esto, hermano mío? ¿Venías a este cuarto a jugar con Darío? O quizá algo peor. Ahora que había descubierto que el autor de los crímenes puede ser un medio hermano, lo cual explicaría por qué encontraron en el segundo cadáver un ADN compatible con el tuyo, me encuentro con este regalito que vuelve a colocarte en primera línea de fuego...

—¿Va todo bien por ahí? —me pregunta Álvaro.

Le digo que volveré a llamarle en un rato, ya que necesito el móvil para fotografiar a su vez esas asquerosas instantáneas que aparecen en la pantalla del ordenador y tener la certeza de que no se van a perder o a destruir. Empiezo a disparar. Una, otra... ¡Más rápido! No tiembles, que salen movidas... Vuelvo a empezar. Cuando llego a la cuarta, la palabra aparece en primer plano. Está escrita con tinta roja. No, más oscura. Es... ¿sangre? Pensando en que alguien podría quitarme el móvil y borrarlas, se me ocurre mandármelas a mí misma para que queden atrapadas en la nube. Mejor aún, decido remitírselas directamente a Marcos.

—Vamos, vamos...

El circulito que indica el envío en curso por WhatsApp comienza a girar, pero no terminan de pasar. Lejos de eso, junto a la primera salta una señal roja con un signo de exclamación que avisa de que no ha podido concluirse la operación. Lo mismo ocurre con la segunda, la tercera... La cuarta se resiste, pero termina uniéndose al grupo de fallidas. Mierda de cobertura o de aplicación o de móvil...

Vuelvo a intentarlo. Reenviar todas.

—¡Vamos!

Me levanto del sillón y comienzo a dar vueltas por el despacho como si así las fotos fueran a surcar el éter más rápido. Cuando vuelve a frustrarse el envío, me dispongo a escribirle un mensaje explicándole lo que he encontrado, si es que puede explicarse. Antes de nada la dirección donde me encuentro, ya que en el pósit que le he dejado en casa al llevarme a la perra no le daba ningún detalle...

—No teclees un solo botón o te abro la cabeza —dice alguien a mi espalda.

Me giro con un sobresalto de muerte. Tonga comienza a ladrar de forma desesperada.

Es Darío.

Tiene una barra de hierro en las manos, que sujeta como si fuera un bate de béisbol a punto de golpear mi cabeza.

# 43

*Cuatro años antes*

Penélope se detuvo frente al escaparate de Sotocont, sola en los minutos previos a la medianoche. Miró a su alrededor. El barrio aburrido se estaba quedando dormido. Casi todas las ventanas tenían la persiana echada; apenas en un par destellaba el reflejo cambiante de una televisión. Dentro del local, todo era muy diferente. Le atraía la exposición de jaulones de hierro porque le evocaba el corredor de una penitenciaría. Tenía idealizada la vida en una cárcel. No las vejaciones a las presas —una imagen que tampoco la incomodaba, al menos estéticamente—, sino el verse obligada a crear un universo propio en cuatro metros cuadrados a golpe de poesía. Se acercó a la puerta de cristal y vio las llaves puestas por dentro. ¿Puedo entrar, mamá? No necesitaba pedirle permiso, como cuando de pequeña iban a las barracas en San Mateo y quería introducirse en el pasadizo de la casa de los horrores. Su madre le contestaba que no, que después iba a soñar, sin darse cuenta de que eso era exactamente lo que buscaba. Soñar la muerte, porque la vida no le alcanzaba.

Si hubiera abrazado la sobreprotección de su madre, se habría convertido en una piltrafa. Se dio cuenta de que debía rebelarse contra su rol de niña buena el día que llegó al instituto y adivinó el desolador panorama que le esperaba: portarse bien en clase, salir con un chico del curso siguiente, emborracharse algún sábado. La alternativa escogida fue ser rara. Vestirse como una muñeca de manga japonés, buscar nuevas temáticas para sus poesías, susurrar como una adulta. Ahora había cumplido diecisiete y quería seguir siendo todo menos previsible. Llevaba varios años inventando nuevas formas de sentir a través de sus versos y ahora quería hacerlo también a través de su piel.

Su madre tenía miedo de sentir. Con razón, porque su marido empezó a maltratarla desde que tuvieron a la niña. Psicológico, pero maltrato. Penélope nunca lo había hablado de tú a tú con ella, pero había escuchado infinidad de conversaciones por teléfono con su tía, que tenía una librería en Cambrils. Allí había nacido, pero se mudaron a Logroño justo después del divorcio. Encontró un buen trabajo y se metió en el adosado ideal de esa urbanización en la que nadie maltrataba a nadie, aunque tampoco conseguían hacerla reír demasiado.

Golpeó con los nudillos el cristal de la puerta. El juego había comenzado. Juego... Mejor tenía que buscar otra palabra. Esa le sabía a poco, como una broma. Lo suyo era una necesidad que nacía en las entrañas y le pedía más cada día.

Para ser sincera, al principio se atemorizó al constatar que se sentía bien al ser humillada. No era exactamente un sentirse bien, era más bien una liberación, un relax, un soltar. Soltar convencionalismos y prejuicios que le imponían su madre y sus profesores y le impedían encontrarse a sí misma. O tal vez hubiera una palabra más precisa que soltar... Resultaba difícil buscar la palabra exacta. Como poeta, sabía bien que las palabras eran un arma de doble filo. Servían para definir las cosas, pero también estrechaban la percepción, al valerse de experiencias anteriores. Por eso, más que definir sus singularidades, había decidido explorarlas.

Algunas de sus compañeras de clase iban al psicólogo para que este les dijera qué les pasaba. Como si fuera a saberlo él... Y como si fuera necesario saberlo. Pagaban una consulta semanal para que un extraño decidiera si sus rarezas eran normales. No tenían el valor de aceptarse y, claro, sufrían. Imagina que cada vez que te mirases al espejo al despertar te preguntases: ¿qué está mal en mí? Como si hubiera algo malo o bueno. Penélope sabía que ella, simplemente, era así. Por alguna recóndita conexión de su cerebro, le excitaba caminar por la delgada línea que separa la sensibilidad de la bajeza. A veces caigo de este lado, a veces del otro. No podía negar que, al principio, le inquietaba encontrar placer en semejante contradicción —por fuera, la niña impecable; por dentro, la sucia— y buscó algún artículo sobre el tema. Pero todos hablaban de vaguedades, como que las tendencias sexuales son el reflejo de otra cosa, o que la búsqueda masoquista suele provenir de una relación muy rígida con un progenitor. Menuda noticia. Por ello, a falta de una explicación detallada, se limitó primero a aceptar esas pulsiones, con lo cual forjó una profunda intimidad con ella misma, y después a explorarlas, empujando a su novio para que apretara las tuercas. Al principio a él le echó para atrás su edad, pero ella le hizo ver que eran precisamente los mayores los que peor llevaban las cosas, ya que preferían ponerse las gafas de la normalidad y dedicarse a sobrevivir desde la traición a sí mismos.

Ella, lo de traicionarse, ni en broma.

Volvió a llamar a la puerta.

Darío salió de una estancia situada al fondo y caminó entre las jaulas para abrirle. En cuanto lo hizo, sin un hola ni un beso de bienvenida, le giró el cuerpo, al tiempo que le tapaba la boca con una mano mientras con la otra volvía a bloquear la llave y se la llevaba medio a rastras hacia dentro.

Penélope se revolvía. Él se tomaba en serio el juego. También se le quedaba corta esa palabra, había pasado a ser algo más. La obligó a sentarse en una silla que había colocado detrás de un jaulón lleno de botellas, en un rincón que no podía verse desde la calle. La ató de pies y manos, le colocó una venda en los ojos y la dejó allí.

—¿Dónde has ido?

El dolor le hacía replantearse sus certezas. Había llegado demasiado lejos. Empezó a sollozar. Ni tan siquiera habían previsto una palabra clave para interrumpir la función si la cosa se les iba de las manos, como estaba ocurriendo desde el primer instante. Aquello no tenía mucha pinta de teatro.

La venda no dejaba un resquicio a la luz. Le apretaba la frente y la nariz, que empezaba a gotear agüilla salada. Todo su cuerpo temblaba. Sus delicadas muñecas estaban en carne viva.

Oyó pasos. Sudaba por el esfuerzo derrochado en tratar de soltarse, pero su piel estaba fría. Cuando escuchó su voz —se percató de que hasta entonces no había dicho nada—, aspiró de golpe y retuvo en sus pulmones el aire viciado.

—Espero que no se te haya hecho larga la espera.

Le acarició la cara. Ella dio tal respingo que levantó la silla del suelo y comenzó a lloriquear. Darío chasqueó repetidamente la lengua de forma afectuosa, como quien calma a un bebé en plena noche.

—¿Has participado alguna vez en una cata a ciegas?

# 44

—Dame ese móvil —me ordena Darío.

—Espera, podemos hablar un...

—¡Que me lo des, hostias! O, mejor, déjalo sobre la mesa. ¿A quién estás llamando?

—A nadie, mira... —Me las apaño para cerrar la aplicación con el pulgar justo antes de mostrárselo y le obedezco.

Mientras se gira para insultar a Tonga, que sigue ladrando, lanzo una mirada a la pantalla del ordenador. Está negra como el betún, bendito economizador programado a los treinta segundos. Darío se fija en la cama.

—¿Cuánto tiempo llevas aquí?

—Nada, acabo de entrar.

—No me engañes, que me jode mucho que me engañen. Has roto el cristal hace dieciocho minutos, que es lo que me ha costado venir desde que me han avisado los de la alarma.

—¿Qué alarma?

—Silenciosa, Camino Tejada, silenciosa. Y esa sábana, ¿se ha revuelto sola?

—No es cosa mía, te lo juro.

—Ponte de rodillas mirando a la pared o yo sí que te juro que esparzo tus sesos por la habitación. ¿Qué cojones estabas haciendo aquí?

—Buscaba a Lucas.

—¡Que te arrodilles! ¡No te hace falta mirarme para hablar!

Obedezco. Tonga quiere ladrar tan fuerte que en un momento consume sus escasas fuerzas y apenas suenan estertores afónicos. Empiezo a llorar. No es por miedo, que lo tengo y muchísimo, sino porque me veo asomada a un agujero negro. Me doy cuenta de que no soy nada, de que todo puede terminar en menos de lo que cuesta chasquear los dedos; y de que, si eso ocurre, dejaré a esta perrita perdida con su ceguera lejos de casa.

—Y ¿por qué iba a estar aquí tu hermano?

Lo pregunta sin ninguna convicción, sin duda sorprendido de que yo esté al tanto de su relación, cualquiera que sea. Un soplido del viejo ordenador le hace percatarse de que está en marcha. Se lanza sobre la mesa para mover el ratón y que se encienda la pantalla, en la que sigue ampliada la horrenda fotografía de Penélope.

—No, no, no, no... ¿Por qué has tenido que hurgar en mis cosas? ¡Quién te mandaba, joder!

—Yo no sé nada de eso, no tienes de qué preocuparte. No sé quién es...

—Claro que lo sabes, me *cagüen* la...

Atiza un golpe bestial a la mesa con la barra de hierro. Me tapo los oídos, que empiezan a pitarme de forma insoportable a partes iguales por el estrés y la cercanía del impacto.

—Deja que me vaya, por favor...

—¿Para qué quieres irte? ¿Para que no te denuncie por haber entrado en una propiedad privada? ¿Para ponerte a escribir mierdas sobre mí y joderme la vida?

—No voy a escribir nada, de verdad.

—Seguro que estás deseando contarle a todo el mundo que la maté.

—¿Lo hiciste? —le pregunto horrorizada.

—¡Pues claro que no, lista de los cojones! ¡Que vas por la vida de investigadora privada y no tienes ni puta idea de nada! ¡Ni la toqué, ni siquiera hablé con ella! ¡Me fui de la fiesta con la venezolana, como os conté cuando os presentasteis en procesión en la Cofradía del Vino! Te lo dije a ti, se lo dije a la Policía, a todos. Que estuve follando con Yasmina toda la noche, como ella ha confirmado veinte veces. ¿Por qué tenéis que seguir tocándome los huevos?

Me siento cada vez peor. Con el rostro pegado a la pared, como siempre últimamente, obligada a hacer lo que otros me dictan, sometida, anulada. No, no, no. No quiero tener que buscarme una nueva terapia de hacer punto para sobrevivir. No quiero seguir presa de esta tristeza que me alejó de la chica que yo era, la que vestía tops de lentejuelas en las fiestas y hacía reír. No quiero que Lucas tenga que volver a decirme, como en la noche del evento, que no tengo valor para enfrentarme al mundo. Nadie va a dirigir mi vida nunca más.

Me vuelvo hacia él.

—Sigo tocándote los huevos porque eres un agresor de mierda.

Y me levanto.

—¿Qué haces?

—Irme de aquí.

Propina otro golpe brutal a la mesa, que vuelve a hacer vibrar todos mis órganos, pero no me detiene. En pura lógica —aunque la lógica parezca brillar por su ausencia en los últimos días—, si Darío es el autor de la carnicería de Penélope no querrá organizar otra en su propia casa y quedar al descubierto. Alza de nuevo el bate. Me da igual. Ya puede arrancarme la cabeza, que no voy a agacharla de cara a la pared.

—¿Por qué me has llamado agresor? ¿Eso crees que soy? A ver si al final vas a comprobarlo...

Alguien llega, sin darme tiempo a contestar. Es la venezolana.

—¿Qué ocurre? —pregunta.

—¡Te he dicho que te quedases fuera!

—He oído que decías mi nombre...

—¡Que salgas fuera!

—Sí, Yasmina —intervengo—, vete antes de que tu novio te haga beber burundanga para violarte. Te aseguro que le gusta más hacerlo cuando estás inconsciente.

—Pero ¿qué dices? —acierta a preguntar Darío mientras reacciona.

—Digo que la burundanga que habías preparado para Penélope terminó en mi estómago, y que por suerte desperté a tiempo para gritar y que te fueras corriendo como el cobarde que eres.

—Darío no pudo ser esa persona que te acosó —sale en su defensa Yasmina—. Estaba conmigo.

Él le dedica un gesto de gratitud, pero la venezolana abre los ojos pidiéndole explicaciones por la primera parte de mi acusación. Me desconcierta. Por cómo ha reaccionado, apostaría a que está diciendo la verdad en cuanto a que se fueron juntos del evento.

Darío debe de estar asimilando que le he descubierto y que poco puede hacer contra eso, salvo terminar conmigo, algo que dudo que haga delante de su novia. Quizá el ser consciente de ello le ha hecho venirse abajo. Se sienta en una esquina de la cama. De pronto parece pesar mil kilos.

—Sabes que yo no hice nada, Yasmi.

—Entonces, ¿por qué ha dicho esta mujer lo de la droga esa?

—Solo quería...

—¿Seguir jugando con Penélope como hacías en esta cama? —me meto de nuevo entre ellos, envalentonada.

La pantalla del ordenador ha vuelto a apagarse, así que le atizo una patada a la mesa para que el ratón se desplace unos milímetros, lo justo para que la foto reaparezca en todo su esplendor.

Yasmina se lleva las manos a la boca.

—Pues sí —se revuelve Darío—, era un juego que nos traíamos, ¿qué pasa?

—¡Que esa de ahí es una niña! —chilla la venezolana.

—¡Una niña que sabía muy bien lo que hacía! De hecho, era ella la que me pedía estas cosas. En la vida se me habría ocurrido a mí montar un numerito así.

—¿Pretendes que nos creamos eso? —le pregunto.

Yasmina no me corrige el plural, he conseguido sumarla a mi equipo. Sus pechos se inflan y desinflan por algo parecido a la ira.

—Creed lo que os dé la gana, que yo ya estoy cansado —intenta desentenderse Darío, pero al momento se dirige de nuevo a la venezolana, que parece gustarle de verdad—. Penélope estaba mal de la cabeza, qué quieres que te diga. Ahí donde la ves, tan fina el día de la fiesta con su faldita y su pelito, lo único que quería cuando estábamos juntos era que la llevase al límite. Estar con ella era como vivir en una especie de película porno. O más bien en una de miedo, porque al final lo que buscaba era que la tratase mal y a mí no me iba eso, joder, que yo soy un tío normal que fabrica jaulones de hierro. Pero luego te vas metiendo y metiendo en ese mundo y las cosas normales te saben a poco. Por eso preparé lo de la burundanga el día de la fiesta. No voy a negar que me dolió que pasase de mí cuando ya no le convine, pero, más que por venganza, lo hice porque estaba convencido de que a ella iba a gustarle y podríamos disfrutar un rato como hacíamos antes.

—¿Cómo puedes pensar que eso pueda gustarle a alguien? —se escandaliza Yasmina.

—Pues porque Penélope y yo ya lo habíamos probado, con su consentimiento.

—Estás enfermo...

—Lo importante es que entretanto te conocí y ya no hice nada. Eso es lo bueno, ¿no? Que gracias a ti no hice nada. Nos fuimos de allí y ya no nos hemos separado. ¿De qué me pueden acusar? ¿De haber preparado una droga que ni siquiera utilicé? Nadie puede probarlo.

—Salvo mi hermano —intervengo—. ¿Le has hecho algo?

Me observa en silencio, apretando el puño con el que tiene agarrada la barra.

—Lucas me debe mucho —declara por fin.

—¿Por eso te serviste de él?

—Pues mira, sí. —Se pone en pie con renovada actitud desafiante—. Por eso mismo. Porque las deudas hay que pagarlas.

Me viene a la cabeza el amago de enfrentamiento que presencié entre Lucas y Penélope a mi llegada al evento; y lo que comentó Fidel Gil acerca de que por la mañana también habían tenido sus más y sus menos.

—Ahora lo entiendo...

—¿El qué?

—Si mi hermano discutía con Penélope era porque intentaba convencerla para que accediera a encontrarse contigo en su habitación. Quería montar ese encuentro por las buenas para evitar a toda costa que hicieras la barbaridad que tenías pensada. Pero la pobre chica se negó en redondo y a Lucas no le quedó otro remedio que entregarle la copa que habías preparado con la droga.

—No sé de qué discusiones me hablas.

—Claro que lo sabes. Sabes eso y todos sus demás movimientos porque lo tenías dominado.

¿Qué clase de deuda te mantiene atado a este impresentable para comprometerte así, Lucas? ¿Te referías a esto cuando viniste a casa de nuestros padres a pedirme ayuda? ¿Buscabas dinero para pagarle? Al pensar en mi hermano como un corderito a merced de sus deseos, otras piezas comienzan a encajar en mi cabeza.

—Te había puesto a la chica en bandeja —murmuro, cada vez más sorprendida de que mi hermano se haya prestado a ese juego macabro—, tarjeta magnética incluida, para que accedieras cuando te viniera en gana a su habitación. Dime que el duplicado que hizo no era para ti.

Darío suelta una risa cansina.

—¿Y qué más da? —dice.

Pero accede a contarme lo que ocurrió. Una versión que desgrana de forma tranquila, sin ocultar un solo detalle; una versión que carece de fisuras y no me queda otro remedio que dar por buena. Al fin y al cabo, mientras Penélope era desollada, él estaba en su casita entregándose a fondo con Yasmina. La venezolana no deja de asegurármelo. De mujer a mujer, insiste para que la crea. Y la creo. Así que, como dice este pervertido, ¿qué más da? ¿Qué importa que hubiera planeado drogar y violar a Penélope si al final no llegó a consumarlo? Creo que no tengo mucho más que hacer aquí.

Antes de salir, lanzo una última mirada a la foto que ensucia la vieja pantalla. No puedo por menos que detenerme un instante en señal de respeto hacia la chica que conocí en la fiesta. La que me pidió que me quedase a su lado para liberarla de los fans, a la cual abandoné en un rincón después de brindar porque ambas éramos sombras que íbamos a ser tragadas por la eternidad. Por dos veces intento irme mientras Darío y Yasmina me observan expectantes, pero me da la sensación de que, cuando franquee esa puerta, estaré diciéndole adiós para siempre a mi pequeña poeta. Querría volver a la terraza de Bodegas 1521 para quedarme con ella hasta el final. Querría borrar las letras de sangre de su barriga de muñeca. No merece que la abandone de nuevo con el cerdo. Tal vez sea cierto lo que Darío ha contado sobre sus tendencias autodestructivas, por llamar de alguna forma al movimiento sísmico que partía en dos su corazón a medio hacer. Pero sigue siendo aberrante. Ella era menor de edad, él era mayor. En este caso el calendario marca lo que está bien y está mal. Por eso, aunque sé que me convendría callar y salir de aquí disparada, me veo en la obligación de decirle una última cosa a Yasmina.

—Pregúntale a tu novio por la chica de Durango. A ver si en ese caso tampoco hizo nada.

—¿Cómo?

—No era la primera vez que Darío utilizaba burundanga de forma no consentida, Yasmina. No es cierto que fuera un juguecito que se traía con Penélope. Es solo cuestión de tiempo que lo haga contigo o con otra mujer.

Darío suelta un grito espantoso y vuelve a alzar el hierro. Yasmina chilla. Tonga vuelve a ladrar, pero lo hace hacia la puerta, por la que alguien se asoma gritando.

—¡Baja esa barra!

Es Marcos. Con la camisa remangada y echando las manos hacia delante, rogando calma. Las manos a las que querría arrojarme, pero no puedo porque Darío se interpone. Este se vuelve. Al reconocer al inspector que le interrogó unos días atrás, vuelve a dar otro alarido y le amenaza haciendo vibrar el hierro en lo alto. Marcos se dispone a coger el arma que siempre lleva en los riñones. Darío se percata. Marcos se queda un instante congelado con la mano a la espalda. ¿Por qué no desenfunda? Abre mucho los ojos mientras Darío, sobrepasado por la situación, se abalanza sobre él para descargar el golpe. Pero en el último instante el empresario parece comprender que sería una estupidez agredir a un inspector de Policía y se contiene, sin reparar en que Tonga se le está echando encima. La perrita ya sabía que algo iba mal, pero ahora está por medio su idolatrado dueño, así que se transforma por un momento en el animal que fue y reúne toda su rabia y la fuerza bruta de su mandíbula en una sola dentellada que atraviesa la pierna derecha de Darío. Este, primero asustado, luego muerto de dolor, vuelve a gritar, lo que hace que Tonga apriete aún más los colmillos. Darío alza de nuevo el hierro y, ahora sí, lo descarga contra la perra, percatándose demasiado tarde de que a quien va a golpear es al inspector, que se ha lanzado medio de rodillas a la vana misión de arrancar a Tonga de su pierna y protegerla. En esa décima de segundo restante, Darío solo tiene tiempo de desplazar la barra unos centímetros y atemperar mínimamente la fuerza del impacto, que aun así alcanza a Marcos en la cabeza.

Voy hacia él, ya caído en el suelo. Sangre en mis manos.

—¡Llamad a emergencias! —les ruego mientras trato de contener la hemorragia.

Darío deja caer la barra, que hace un ruido infernal al rebotar contra el suelo.

—¿A qué número? —pregunta Yasmina, temblando de nervios.

—¡Al 112! ¡Deprisa, por favor!

Mientras presiono con fuerza me fijo en que la funda de la pistola de Marcos está vacía. Tampoco la placa está en su sitio. Dios mío... Escucho la campana que da comienzo al examen interminable de las decisiones que me han conducido hasta aquí. Le pedí que me pasase información sobre pequeños sucesos. Qué importaba, eran cosas menores. No se trataba de revelación de secretos, no eran datos personales de los ciudadanos ni de asuntos en curso que pudieran poner en peligro la labor policial. ¿A quién podía molestar que favoreciésemos la labor informativa? Aunque lo cierto era que lo único que pretendía era ponerme por delante del resto de periodistas, ganarles unos minutos ya que no podía superarles de ninguna otra forma. Y sí importaban esas filtraciones, importaban y mucho. Le han abierto un expediente disciplinario y, como no podía ser de otro modo, mientras se resuelve le han retirado la placa... y el arma reglamentaria.

Resultado del examen de mis actos: un cero, como los minutos de vida que parecen quedarle a Marcos. Yo también me creo morir.

Quiere hablar, pero es incapaz.

—No te preocupes, no digas nada, estoy aquí contigo.

Eso me dijo él cuando me condujo a la comisaría: no te preocupes, estoy aquí contigo. Trato de susurrarle cosas normales, quitar importancia al charco que va formándose bajo su cabeza.

—¿Cómo has sabido dónde encontrarnos, superpoli?

Es una pregunta retórica con la que pretendo decirle que le admiro y que no deja de sorprenderme. Pero él gira el cuello hacia Tonga, que le chupa la mano, y señala algo con los ojos. En el collar de paseo, ahora alcanzo a verlo desde mi posición arrodillada, está el dispositivo de geolocalización que encargamos por internet cuando se agudizaron sus cataratas, temiendo que algún día se metiera por alguna obra alrededor de casa y no pudiéramos encontrarla.

Mi mente se colapsa de imágenes de ese tiempo en el que paseábamos juntos a la perra. Cuando yo caminaba a su lado y el corazón me pedía pasar mi brazo alrededor de su cintura y pegarme a su cuerpo atlético, pero no lo hacía porque temía que alguien me viera. Imágenes veladas por tantas conversaciones conmigo misma sobre el futuro, en las que me obsesionaba con construir un mañana de postal olvidando que tenía que vivir el hoy. Imágenes de un tiempo en el que no entendía nada, como me dijo en el coche mi ángel de la guarda, que de nuevo se ha puesto la capa de superhéroe y ha aparecido en el momento justo para salvarme.

Joder, Marcos, nunca te he dicho que te quiero.

Ni una sola vez...

# 45

El primero en llegar es un policía local que entra y pone cara de estar viendo su primer charco de sangre. Empuña el arma mientras informa de la situación por el intercomunicador que lleva sujeto a la cincha del hombro. Varón en el suelo, herido grave... ¿Y ustedes quiénes son? La barra de hierro en el suelo. ¿Hay más víctimas? No toquen nada. ¿Quién le ha golpeado? Yasmina está desconsolada. Darío no niega su autoría, solo repite: «Yo no quería... Yo no quería...». ¡Póngase detrás de esa mesa y no se mueva! Mientras espera a sus compañeros, el policía nos toma la filiación. Así lo dice, la filiación. Solo le preocupa tener controlado a Darío, que balbucea con los brazos en alto, tratando de convencer a su novia de que ha sido un accidente. Al poco se presenta el personal sanitario. Me apartan para poder maniobrar. Tapan la herida con gasas, hablan de si es necesario colocar dispositivos inmovilizadores o abrir una vía. Oigo palabras sueltas —anisocoria, hemoderivados, concentraciones de alto flujo— revoloteando a mi alrededor como insectos en torno a una bombilla. ¿Hay más heridas? ¿Ha recibido más golpes? Me doy cuenta de que me está preguntando a mí...

—No, un solo golpe.

Uno de los sanitarios me pregunta cuál es mi relación con Marcos. Mi pareja. Me pide que les acompañe en la uvi móvil. El policía me hace firmar un documento a toda prisa antes de permitirme subir, me pide el número de teléfono y me anuncia que no me vaya de la ciudad porque me llamarán para declarar cuando todo termine en el hospital. Quiero creer que cuando dice «todo termine» se refiere a que todo se solucione. Mientras el sanitario cierra la puerta trasera con nosotros dentro, me doy cuenta de que he olvidado a Tonga. Me dicen que no pueden llevarla ahí, pero yo grito como una histérica —en este momento veo a esa perrita como el único nexo de Marcos con el mundo de los vivos: tiene que darse cuenta de que no puede morir porque ha de sacarla a pasear— hasta que acceden a meterla en el asiento del copiloto, aislada del habitáculo medicalizado.

Por el camino, el paramédico intenta hacerse oír por encima de la sirena. Para sacarme del shock me cuenta que vamos a desgranar la historia del paciente. Es como un juego, dice, cada letra de la palabra «historia» nos da una información esencial. La h, hora exacta de la agresión. La i, su identidad. La s, salud previa al ataque. La t, tóxicos ingeridos... Así hasta la a de alergias. Me concentro para hacerlo bien mientras el otro le examina las pupilas, tapona la herida con nuevas gasas, arrojando a un cubo las empapadas de sangre. Comunica el «código trauma» por radio. Habla de Glasgow 5, de escasa reactividad. «¡Código trauma!», repite aún más fuerte al teléfono, aferrándose con la otra mano a la camilla para compensar la inercia en una curva.

Una vez en el hospital, mientras el equipo que aguardaba nuestra llegada conduce a Marcos a las entrañas del inmenso edificio, veo que no puedo entrar con la perra. Tampoco quiero sentarme en una silla de plástico para levantarme cada vez que una enfermera pase por delante y preguntarle si se sabe algo, rogando para que no apriete los labios y apoye su mano en mi hombro. Solo quiero retroceder en el tiempo a cualquier día entre semana de hace un par de meses para hablar con Marcos del entrenamiento para esa prueba de bici por los montes de Ezcaray, del cardo con almendras, de cómo me mira mientras me enjabono en la ducha.

La ambulancia también se va. Tonga y yo nos quedamos solas frente a las puertas correderas, envueltas en un repentino silencio bajo el ocaso que envuelve a la ciudad afligida. Comienza a aullar como una loba, nunca le había escuchado ese sonido. Tengo las manos y los antebrazos manchados de sangre. Paso un rato intentando arrancar hasta la última gota con toallitas que me han entregado los paramédicos, con tanto empeño que me dejo la piel en carne viva.

Tengo que avisar a la familia de Marcos. El problema es que sus dos hermanas viven en Gijón, la ciudad que también fue su hogar hasta que comenzó el periplo de destinos con su nombramiento como inspector. Saco el móvil que me han entregado los de la ambulancia junto con sus llaves —un terminal chino que me cuesta desbloquear por mucho que conozco el trazado que hay que dibujar sobre la pantalla— y busco en la agenda el contacto de un primo que sí vive en Logroño. Tiene una pequeña farmacia y es un pirado del baloncesto, tal vez porque no supera el metro sesenta. De hecho, lo conozco de un día que estaba viendo una semifinal de la selección en la inmensa televisión de la cafetería que hay debajo de la casa de Marcos, por lo que tampoco me hizo mucho caso. Aunque menos le hice yo a él, ya que pasé todo el encuentro reconcentrada en mi móvil para no tener que confraternizar. Le pongo al corriente para que venga, yo prefiero quedarme fuera. No merezco velar a mi Cuerpo de élite; no me he ganado disfrutar de un acto tan íntimo como sería cogerle de la mano. Soy un desastre que lo único que hace es contaminar todo lo que toca.

Me siento en un bordillo del aparcamiento. Cuando llega el primo, hablo con él unos segundos. Ni siquiera me pregunta por qué estoy fuera, simplemente entra en el edificio. Veo cómo se cierran las puertas correderas y el reflejo me evoca el hotel espejo de Bodegas 1521. Me pregunto qué vería ahora si me colocara delante del gran cubo de Fabiola. Tal vez nada. Un espejo vacío. Me he vuelto invisible, es el mecanismo de autodefensa que el resto del planeta ha activado para evitar que le haga daño.

Pasan las horas. A eso de las tres de la madrugada me asalta una tiritona brutal. Por más que lo intento, no puedo parar el castañeteo de los dientes. Esto es lo que tiene La Rioja, esta diferencia de temperatura entre el día y la noche que tan bien le viene a la maduración de la vid. Llega un momento en el que siento que me voy a desmayar, pero me abrazo a la perrita y sigo a duras penas en este mundo.

Un par de horas después del amanecer, aún sigo aquí, las piernas anquilosadas; por fortuna, de vez en cuando he de moverme porque molesto a algún vehículo que quiere aparcar o salir. Veo acercarse al primo.

—Está estable.

No ha despertado ni saben si quedará o no alguna secuela. Me explica tecnicismos acerca del lóbulo anterior y el área de las emociones, y se va. Dice que ha de pasar por la farmacia para resolver un par de cosas urgentes y volverá de inmediato. Pienso en eso que dicen acerca de que de tanto hacer lo urgente olvidamos hacer lo importante, pero la verdad es que se está portando de maravilla. Soy yo quien sigo sintiéndome incapaz de entrar. Y tampoco puedo continuar aquí. Me duele todo, estoy aterida por dentro, da igual que haya salido el sol. Voy hacia el primer taxi, me desplomo en el asiento trasero con la perrita a mis pies y cuando el conductor me pregunta adónde quiero ir, me descubro contestando:

—No lo sé...

Le pido que me lleve a casa. Por el camino sigo pensando en lo mismo que me ha obsesionado durante toda la noche: el microondas abierto con la bombilla encendida, avisando de que mi hermano ha estado en ese agujero y se ha marchado poco antes de llegar yo. Miro el móvil como si fuera a encontrar un mensaje suyo y veo que es Bugatti quien ha escrito para contarme que ha localizado al médico que atendió a Fabiola cuando perdió el niño.

Me reclino sobre el reposacabezas, no puedo más. Sin embargo, es posible que el seguir tirando de ese hilo sea lo que más me convenga para dejar de pensar y no terminar arrojándome al río. Sí —me convenzo—, necesito hacer bien una sola cosa, por pequeña que sea, que dé sentido a todo lo demás.

—Es un tal doctor Ochoa, mayor, pero no tanto como pensaba —cuenta cuando le llamo.

—¿Cómo lo has encontrado tan rápido?

—El que me guste pasar mis veladas en compañía de pensadores muertos no quita para que tenga algunos contactos vivos en la agenda. Después de tres décadas trabajando en Los Estorninos, más de uno me debe un favor por aquella mesa que les conseguí para su aniversario o el cumpleaños de la suegra.

—Gracias por haber gastado un cartucho por mí.

—Por ti, el cargador entero. Pero eso ya lo sabías.

—Ese médico, ¿sigue trabajando?

—No me lo han asegurado, pero no te resultará difícil dar con él. En los últimos años ya no atendía en la consulta que yo conocí, sino en otra de la calle Daniel Trevijano que también debe de ser su domicilio.

Me dicta los datos concretos. El taxista me observa a través del retrovisor. Le canto el nuevo destino y le pido que acelere. Una vez allí, cuando me dispongo a llamar al portero automático, una pareja sale del portal y aprovecho para colarme. Subo por la escalera hasta el segundo piso y golpeo la puerta, que abre un hombre de pelo blanco bien peinado. Como ha dicho Bugatti, es mayor pero no tanto.

—Soy Camino Tejada —me presento sin rodeos—, la hija del chef de Los Estorninos.

Él lanza una mirada a la perra con cierto recelo, pero se esfuerza en sonar amable cuando dice:

—Pasa, te estaba esperando.

# 46

Me quedo tan sorprendida que, por un momento, dudo si debo entrar. Me cuesta creer que la persona a la que haya podido llamar Bugatti le haya puesto sobre aviso; doy por hecho que habrá indagado con discreción. ¿A qué se debe entonces este recibimiento? Me conduce con la mano hacia un despacho de estilo inglés. Mucha madera, cuero verde. Sobre la mesa, un recipiente de cristal lleno de bolas de golf con el logotipo de los mejores campos. Valderrama, El Saler, Las Brisas... Incluso me parece reconocer una de Saint Andrews.

—¿Juegas? —me pregunta al percatarse de que me he fijado.

—Cuando abrieron el campo en La Grajera subía casi a diario. Mi padre me regaló unos palos Callaway a los que era difícil resistirse.

—No te cuidaba mal.

—Aun así, no me duró mucho la afición. Era muy joven.

—Muy joven, dice... Y ¿qué eres ahora?

—¿Cómo sabía que iba a venir?

—Más que saberlo, lo imaginaba.

—¿Por qué?

Respira hondo.

—Por Fabiola Marín.

—¿Se refiere a lo que ha ocurrido en su bodega?

Niega.

—Me refiero a la visita sorpresa que ha tenido a bien concederme después de treinta y seis años.

—¿Cuándo ha sido eso?

—El lunes por la mañana, unas horas antes de lo que ocurrió en su bodega. Pero siéntate, nunca me ha gustado hablar de pie. Será por deformación profesional, no imaginas la cantidad de monólogos que he escuchado desde esta silla.

Él se acomoda y yo hago lo propio mientras Tonga cae derrengada en la alfombra. Entre la decoración impecable y su aspecto de lord aún más británico que los muebles, me siento una pordiosera; agotada, con la ropa pegada al cuerpo después de una jornada interminable. Hay sangre en mi pantalón. Coloco una mano encima, pero aún quedan salpicaduras a la vista.

—¿Quieres tomar algo? ¿Un vaso de agua? También puedo traer un cuenco de la cocina para la perra.

—Prefiero ir al grano.

—Lo entiendo, yo también estaría así.

—¿Lo dice por el asunto de mi hermano?

—Entonces estás al corriente... —murmura.

—Disculpe, ¿qué se supone que he de saber? Aparte de que está desaparecido desde hace cuatro días y que todo el mundo piensa que es un criminal.

—¿Qué habías venido a preguntarme tú?

Frunzo el ceño, me marean las preguntas cruzadas.

—Hace treinta y seis años, usted firmó el certificado de defunción, o como quiera que se llame el documento que daba carpetazo al embarazo truncado de Fabiola Marín y mi padre.

—Como bien dices —asiente—, no era un certificado, sino una declaración que dejaba constancia del tiempo de gestación. Tras perder el bebé, Fabiola vino a comunicarme que lo había enterrado en un lugar secreto, sin contar en absoluto con Claudio. Se excusó diciendo que había obrado así porque tu padre los había abandonado y me pidió un informe médico que acreditase la muerte fetal precoz. Quería tener un justificante de que todo había ocurrido antes de cumplirse los ciento ochenta días para que nadie pudiera pedirle explicaciones, ni mucho menos meterle mano legalmente. Pero ella sabía bien que la gestación se había estirado un mes y medio por encima de esa cifra.

Lo confiesa sin tapujos. No porque no alcance a ver su responsabilidad, sino porque tenía unas ganas enormes de soltarlo. «Te estaba esperando», ha dicho cuando he llegado.

—Y ¿por qué usted accedió a firmarlo?

En ese momento se asoma a la consulta una mujer de expresión amable.

—Camino —me presenta el médico—, esta es Tati, mi mujer.

—Disculpe que me haya presentado sin avisar —me excuso, deseando que nos deje en paz para continuar.

Pero el doctor Ochoa añade:

—Ella puede decirte tan bien como yo por qué firmé el papel. Antes de convertirse en mi esposa era mi enfermera, por lo que conocía a mis pacientes aún mejor que yo.

—¿Estáis hablando de la bodeguera? —pregunta ella, evitando pronunciar su nombre.

—De Fabiola Marín —le confirmo, aunque le duela.

—Si es que no va a llegar el día en que nos libremos de esa individua, por el amor de Dios.

—Creo que es lo mismo que pensamos todos —concedo.

—Lo que más rabia me da es lo engañada que me tenía.

—¿Por qué dice eso?

—Me traía regalitos y yo le reía todas sus gracias. Aún me resuena lo que me dijo el día que vino a solicitar el informe, después de entregarme una botella mágnum. —Pasa a imitar su voz—: «No esperes ni un solo día para darte un homenaje con tu novio, que nunca se sabe por dónde te va a llevar la vida». Mira por dónde ha llevado la vida a mi marido, por el camino de la amargura.

Él retoma la cuestión principal con serenidad.

—Si le firmé ese certificado con los datos falsos que me pedía fue porque amenazó con hundirme la consulta. Me amedrenté, así de simple. Y puedes creerme si te digo que me he arrepentido de ello toda la vida.

—No solo se ha arrepentido —corrige su mujer—, le ha atormentado.

—Entonces —recapitulo—, no solo mintió acerca del tiempo de gestación que había transcurrido, sino que estampó su firma sin tan siquiera haber visto al feto. —Él asiente—. Por lo que incluso podría darse el caso de que la muerte fetal fuera otro bulo y que ese niño hubiera nacido en perfectas condiciones y siguiera vivo hoy en día.

—De hecho, sigue vivo. Me lo confirmó ella misma el lunes.

Me estremezco. Una cosa es que yo lo pensase y otra muy diferente escucharlo así de claro. El doctor exhala como si acabara de hacer cuatro series de abdominales, liberado tras haber extirpado ese quiste que le asfixiaba. Su mujer sigue plantada en la puerta.

—¿Cree que podría haberlo entregado en adopción?

—Sin duda. Lo único que buscaba Fabiola era castigar a Claudio por haberla abandonado, y qué mejor forma de hacerlo que privarle de su propio hijo. Además, te aseguro que lo sabía todo sobre el tema. Durante el tiempo que pasó intentando quedarse encinta se sentaba en ese sillón y no hacía más que darle vueltas de forma obsesiva a los pros y contras de adoptar, a cómo responden psicológicamente los padres y los hijos a esa circunstancia.

Ya no hay duda. Terry es hijo natural de mi padre y la bodeguera, que se lo entregó a Amparo sin decir a nadie que había llegado a nacer. Si es que lo supe desde que vi esos rizos pelirrojos... Lo que jamás habría imaginado mientras hablaba con él entre gargantillas y pulseras con pequeños racimos de uvas era que fuese el autor de semejante baño de sangre. Tan frágil que parece, con su pareja al lado para protegerle. Pero si hay algo determinante, es el ADN que dejó en el cuello de Nuria Herce. El mismo código genético que ha incriminado a Lucas, con quien comparte el linaje paterno y el maldito cromosoma Y.

—Todavía no me ha dicho por qué Fabiola vino a contarle todo esto.

—Entonces no sabes lo de Lucas...

Ya estamos con lo mismo que al principio.

—Le suplico que me diga ya lo que sepa.

El doctor se vuelve hacia su mujer. Esta le hace un gesto empujándole a seguir.

—Fabiola vino a verme porque quería preguntarme algunas cuestiones médicas de forma confidencial. Tu hermano está enfermo.

Decididamente, no era esto lo que esperaba oír.

Tal vez le he entendido mal.

—¿Cómo ha dicho?

—Muy enfermo, más bien.

—¿Qué tiene?

—Si es cierto lo que me contó Fabiola, necesita un trasplante de médula ósea.

Siento que el cuenco de cristal con las bolas de golf estalla en mil pedazos. Salen disparadas en todas las direcciones y golpean en cada centímetro cuadrado de mi cuerpo.

—¿Tiene... algún tipo de cáncer? ¿Desde cuándo?

—Solo me contó que tu hermano se enteró de forma casual, como ocurre tantas veces. Acudió a urgencias hace unos días por una retención de orina, vieron un par de marcadores que no les gustaban y le llamaron porque necesitaban hacerle más pruebas, cuyos resultados le comunicaron la mañana del evento en el que murió esa chica.

Por eso llegó a casa con el rostro descompuesto, directo del hospital. Me parte el corazón pensar que fue al primer sitio al que acudió a pedir ayuda. Ante algo tan importante —*verdaderamente* importante—, ¿qué más daba lo que hubiera ocurrido entre nosotros? Trato de pensar en Lucas enfermo y me cuesta recordarlo con un triste resfriado.

—Pero por la noche lo vi en la bodega y no se le notaba.

—Está en un estadio incipiente, pero eso no le resta gravedad y urgencia. El problema que tradicionalmente se planteaba a los pacientes que requerían un trasplante de células madre hematopoyéticas —me explica sin poder alejarse de los tecnicismos— es que solo la cuarta parte disponía de un hermano compatible al cien por cien. Por eso no quedaba otra que echar mano de sangre de cordón umbilical en el registro internacional de donantes no emparentados, aunque muchas veces tampoco se obtenía éxito por esta vía. Pero la investigación avanza y se ha empezado a experimentar con los trasplantes llamados haploidénticos, procedentes de un donante que comparte la mitad del material genético con el paciente. Puede ser del padre, de la madre, de un hermano... Esto reduce el porcentaje de compatibilidad, pero se compensa administrando una quimioterapia selectiva tres o cuatro días después de la intervención.

Me sorprendo a mí misma con la boca abierta.

—Disculpe, estoy confundida.

—Es normal.

—Lo que todavía no alcanzo a ver es qué tiene que ver la bodeguera en todo esto.

—Se presentó aquí diciendo que quería disculparse por cómo se había comportado conmigo en el pasado, pero yo sé que no estaba en absoluto arrepentida. Si algo me han enseñado los años de profesión es a reconocer cuándo alguien muestra sus sentimientos de forma genuina. Lo único que buscaba era poner un paño caliente antes de confesar abiertamente que su hijo estaba vivo y preguntarme si, tratándose de un medio hermano de Lucas por compartir el mismo padre, podía ser su donante.

—No sé qué decir.

—Como te imaginarás, lo primero que le pregunté fue si había hermanos de doble vínculo. Fue entonces cuando te mencionó, pero me contó que Lucas había ido a pedirte que le hicieras este favor y que...

Se detiene.

Tienes que ayudarme a pararlo, dijiste.

Te referías al cáncer.

Dios mío, Lucas. ¿Por qué no me lo explicaste más claro? Para cuando salí de mi dormitorio ya te habías ido de casa pensando que te había despreciado. ¿Por qué no me diste tiempo a corregir? Apenas habían pasado unos minutos y ya estabas camino de la bodega para ir a llorarle a Fabiola. En cuanto a ella, me rompe los esquemas que se decidiera a remover su mundo secreto para ayudarte, por mucho que eso supusiera salvarte la vida. Pero así eres tú, ¿verdad? Un hombre encantador que enamora a su paso, incluso a la bodeguera con el alma tan dura como los menhires que esculpe en la casa del guardés, quizás porque eres igual que papá. Recuerdo lo que me ha dicho este mediodía en el salón: «No tienes ni idea de lo que iba a hacer por ese chico al que dejasteis en la estacada». Pero aparte de que esa mujer haya sucumbido a tus encantos, y no quiero quitarte mérito, tiene que haber algo más. ¿Pretendía utilizarte como vía de expiación? ¿También ella necesitaba extirpar su propio quiste, aprovechar tu enfermedad para sacar a la luz la verdad sobre la existencia de nuestro medio hermano y volver a respirar?

—En cuanto le confirmé lo que había venido a saber y le expliqué cómo podían actuar, cogió la puerta y se fue —concluye el doctor Ochoa ante la mirada grave de su esposa, la cual sin duda lamenta que su marido siga sometido, que no se haya plantado y enviado a la bodeguera al infierno del que procede.

—Y siguiendo la cadena de acciones de ese día funesto, Fabiola fue directa a pedirle el favor a Terry...

—¿Terry? —interviene la mujer—. ¿Es ese el nombre del niño? ¿Lo conoces?

—Tal vez esa conversación —retoma el doctor— fue la tecla que despertó...

—A la bestia.

Puedo imaginarlo al igual que está haciendo él, sin necesidad de haberme empollado los libros de patologías de la mente que ocupan su estantería: «Hola, soy tu verdadera madre, te entregué en adopción hace treinta y tantos años, privándote de una vida millonaria por mi propio interés, haciéndote vivir con un padre prestado que te impidió despertar y ser tú mismo, y ahora vengo de pronto a buscarte no porque esté arrepentida, sino porque vuelve a interesarme, ya que necesito que entregues parte de ti a un medio hermano al que no conoces». Y Terry, incapaz de digerir ese regalito, decide presentarse en el evento y dar salida al salvajismo animal que cultivó durante los años de estar encerrado en el oscuro armario del que no se atrevía a salir por miedo a su falso progenitor de mierda.

O tal vez esté tejiendo esa tesis porque no quiero prestar atención a otra que surge del fango que remuevo: Lucas, desahuciado por su enfermedad, viene a pedirme ayuda y yo, su propia hermana, le rechazo al tiempo que nuestra madre lo expulsa de casa pensando que había vuelto para pedir dinero. Como ya no tiene nada que perder, se le cruza un cable y asesina a la chica más adorable que conoce, y luego a otra, de forma irracional, como irracional se ha vuelto su vida. Cualquiera puede convertirse en un monstruo, me enseñó Marcos al comienzo de esta locura.

Marcos... ¿Cómo estará? No puedo pensar en él, si lo hago me pondré a llorar. Yo misma soy ese monstruo, al haberle conducido a la desgracia. Quiero echar mano al cajón de las pastillas del psiquiatra, meterme en la boca un puñado y tumbarme a dormir sobre el diván. Estoy hundida. No lo digo desde la desesperación, sino desde la certeza de que no puedo caer más bajo. Me siento tan rota que cuando me levanto de la silla del psiquiatra para abandonar la consulta, apenas puedo caminar. Mis piernas van a quebrarse como si fueran de barquillo.

Cuando salgo del ascensor, me siento en las escalerillas que bajan hasta el portal, junto al elevador que han instalado para salvar la barrera arquitectónica. No quiero asomarme a la calle y recibir un nuevo mazazo, aunque lo cierto es que nada de lo que pueda ocurrirme podrá acrecentar el dolor que ya siento.

Suena el móvil. Es Tito del Prado. No tengo fuerzas para contarle todo lo que ha ocurrido desde que le dejé en la cafetería del Espolón durante la concentración que siguió a la rueda de prensa. No se trata solo de las revelaciones del doctor Ochoa. Han sido unas cuantas horas que se han estirado como años para dar cabida a la llamada de Bugatti, la aparición de la secretaria del bufete de Santos Valdemar, que me habló del maldito local de Sotocont, y a todo lo ocurrido allí: el informático Montaña, las fotografías de Penélope, la irrupción de Darío... Tiro de la correa de Tonga para acercarla a mí y la abrazo. Está como estática, ruego al cielo que no presienta que algo va mal en el hospital.

Tras el primer intento, Tito vuelve a la carga. No me queda otro remedio que atenderle.

—¿Dónde estás? —arremete a su más puro estilo cuando descuelgo.

—Es una larga historia.

—Veo que no te has enterado. ¿No has visto las redes sociales? ¿La cabecera que acabamos de colgar en la web?

Primero fue Fabiola descubriéndome la identidad de la segunda mujer asesinada y ahora Tito con otra noticia que ya debe de saber todo el mundo. Menuda reportera de lujo, voy siempre a rebufo.

—He estado desconectada.

—Tu hermano ha aparecido.

Se me salta el corazón.

—¿Dónde?

—Se ha entregado a la Policía.

# 47

*Cuatro años antes*

Si había algo que le gustaba hacer a Claudio cuando estaba solo en casa, eran rosquillas. Conchita se ponía enferma. No solo te metes en la cocina después de pasarte el día en el restaurante, le decía, sino que además me llenas el piso de olor a fritanga. Pero para él era como recitar un mantra. No las hacía para comerlas, sino para relajarse. De hecho, terminaba recorriendo las escaleras de piso en piso, repartiendo bandejas entre los vecinos, los cuales no decían que no ni por educación. Llevaba a cabo el proceso entero sin pensar. Derretía la manteca acompañada de unas cáscaras de limón para aromatizar en una de esas sartenes francesas de acero multicapa que traía para él su distribuidor de Horotel; la dejaba entibiar mientras batía los huevos con el azúcar, añadía las ralladuras, el zumo y el anís... Y a remover y amasar con las gaseosas y la harina.

Aquel día se descubrió a sí mismo con la cabeza ida y las manos embadurnadas de aceite sin saber cuál era el siguiente paso. De pie frente al barreño que tenía sobre la isleta, no acertaba a dar forma a la bola que le indicaría el punto de la masa. Solo podía pensar en los papeles del banco, en los papeles del juzgado, en los papeles de la Seguridad Social, en los papeles del seguro, en los papeles de Hacienda.

Observó las palmas de las manos como si no fueran suyas. En realidad, no reconocía ningún rincón de su anatomía. Era como si le hubieran teletransportado al interior de otra persona. De alguien arruinado, quebrado, miserable, acabado.

Metió los brazos bajo el grifo del fregadero, se secó con un trapo y se asomó al salón.

—¿Conchita?

No había nadie.

Sonó el móvil. Miró a un lado y a otro, tampoco reconocía su casa. Finalmente lo localizó sobre el aparador, junto a una fotografía del día que inauguró Los Estorninos en la que hinchaba el pecho de esa forma que lo hinchas cuando sientes que puedes tocar las estrellas, y en su caso no pensaba solo en las del cielo.

Descolgó sin decir nada. El pequeño terminal le pesaba como una mancuerna.

—¿Claudio? —dijo Bugatti desde el otro lado.

—Sí, sí, aquí estoy.

—Perdona, no te había oído contestar. Llamaba por lo del poder del notario. ¿Quieres que me ocupe de...?

—Ocúpate de todo lo que quede por hacer, por favor. Ya todo da igual.

—De acuerdo, no se hable más.

—Te pagaré estas gestiones, no te preocupes.

—No me fastidies que vas a empezar ahora con esas bobadas. Si yo tengo de sobra con mis ahorros y la jubilación; lo único que quiero es echarte una mano. ¿Qué haces?

—Me había liado con unas rosquillas, pero ni de eso soy capaz.

—¿Te has tomado un orfidal?

—No.

—Pues qué quieres que te diga, las pastillas se han inventado para temporadas como esta.

—Es que no me gusta la sensación que me deja.

—Pero es mejor que sufrir.

—La gente no hace más que preguntarme qué tal estoy. No sé qué esperan que les diga, que se me ha aparecido el genio de la lámpara y le ha dado la vuelta a los embargos. Y eso los que se dignan a mirarme a la cara, porque desde que eché el cierre hay muchos que se hacen los locos.

—No me digas...

—Conchita está desesperada, ella sí que va a volverse loca. Fíjate que no sale de casa más que para ir a la compra, pero ni ahí se libra. El otro día vino enferma del súper porque la encargada le había sugerido que aprovechase no sé qué oferta y ella debió de contestarle que no necesitaba limosnas. Se pasa el día repitiendo lo que tendríamos que haber hecho y no haber hecho, diciendo barbaridades de Lucas. Que ya sé que la que ha montado es muy gorda, Bugatti, pero yo... —Se detuvo un momento—. Yo sabía dónde me metía.

—Me alegro de oírte decir eso.

—¿Cómo?

—Lo que ha pasado es terrible, pero está bien que admitas tu parte. Más que nada porque es la verdad.

—Lo admito pero no lo acepto, joder —se revolvió—. No imaginas lo que es ver cómo se hunde el sueño por el que has luchado toda la vida.

—Sabes que lo siento como si me hubiera ocurrido a mí.

—Pero no te ha ocurrido a ti.

—Lo sé, Claudio.

—¡Discúlpame, Dios! Encima que me llamas para ayudarme te contesto mal.

Cerró los puños, uno de ellos con el móvil dentro, y los pegó a los ojos para contener un alarido. Bugatti dejó unos segundos de vacío antes de preguntarle:

—¿Y Camino?

—En Bruselas.

—¿No tiene pensado venir?

—No lo sé, a ella le va bien por allá. Al menos, que un miembro de esta familia viva la vida que merece.

Bugatti notó que Claudio se estaba emocionando.

—¿Quieres que me pase a verte?

—No, no.

—De verdad que no me importa.

—Tengo que salir de esto solo. Siempre he podido con todo, ya sabes cómo me hice cocinero, a base de echarle un par. El problema es que no sé por dónde empezar.

—¿Por qué no empiezas haciendo algo bueno por Lucas?

—¿Cómo?

—A ver, tal vez te parezca un disparate, pero...

—Pues dicho así, después de lo que ha pasado, sí que me lo parece.

—Deja que te explique, hombre. El verano pasado me dio por Alan Watts, ese filósofo británico del siglo pasado que popularizó la espiritualidad oriental. El taoísmo, el zen... Ya sabes.

—No lo sabía.

—Es que últimamente no hemos hablado de nada. El caso es que me picó la curiosidad y ahora llevo una temporada estudiando los fundamentos de estas religiones, o doctrinas, o como quieras llamarlas. Un lío, sobre todo porque yo siempre he sido más de la cuerda de San Agustín. Pero, leyendo sobre el budismo, llegué a lo que se conoce como los tres votos. Tres compromisos que deberíamos adoptar para salir adelante en este mundo que ellos ven como un foco de caos y sufrimiento.

—Yo también lo veo así.

—Eso es por lo que estás pasando ahora.

—Lo que tú digas. ¿Cuáles son esos votos?

Más que estar interesado, le relajaba tener un amago de conversación con su amigo, como tantísimas disecciones de libros sobre cualquier tema que habían compartido a lo largo de su vida.

—Está el voto *samaya*, que trata de aceptar el mundo tal y como es, sin prejuicios, conscientes de que cualquier cosa que ocurre ante nosotros es una vía para el despertar. También el voto *pratimoksha*, que habla de no infligir daño alguno con nuestras acciones, palabras o pensamientos; esto es, mostrar siempre bondad para evitar que las emociones negativas tengan cabida en nuestra mente. Y para terminar, el voto *bodhisattva*, que supone un paso más ya que habla de practicar la compasión de forma activa, con el compromiso de cuidar de los demás.

—Y me pides que cuide precisamente de Lucas, la última persona de la que el cuerpo me pide cuidar ahora mismo.

—No te pido nada, Claudio; y la verdad es que no tengo ni idea de por qué me meto, que ya te he dicho que yo soy un novato en estos temas de Oriente. Pero sí sé que la Biblia habla de amar a tu enemigo y bendecir al que te maldice, y al final todas las religiones coinciden en lo más importante. Tu hijo no es tu enemigo, no hace falta que me lo digas, pero sí es la persona que ahora encarna toda vuestra ira y frustración. Así que, si esos tres compromisos de Buda valen para algo, enfocándolos en Lucas deberías llevarte el premio gordo.

Claudio sonrió y Bugatti lo detectó a través del cable. Se entendían sin hablar, sin mirarse. Uno estaba en la Gran Vía; el otro, en su jardín de las casas baratas. ¿Qué era kilómetro y medio de distancia para ellos?

—Gracias, Bugatti.

—Gracias a ti por escucharme. Nadie me aguanta una charla entera.

—Pero si eres medio autista y no hablas con nadie...

—Contigo sí hablo.

—Conmigo sí, un montón. Mira todo lo que acabas de soltarme.

—Y con tu hija, aunque se haya ido fuera.

—Con Camino también hablas, sí.

—Te dejo pues. Ya me dirás si has hecho algo.

—Que sí, pesado.

Colgó. Permaneció pensativo tratando de contemplar su situación sin prejuicios, como había sugerido Bugatti. Anda que no era difícil...

Voy a buscarle trabajo a este hijo, sonó de pronto en su cabeza.

Así, al menos, que vaya recuperando la autoestima y tenga para ir pagando lo que debe. No por mí, por él.

Pensó en varias personas de confianza a las que podía recomendarlo sin que Lucas llegara a enterarse de que había movido ficha. Necesitaba que creyera que lo habían llamado por él mismo, no por ser «el hijo de». Sacó la agenda. Casi todos eran clientes fijos de Los Estorninos. También andaban por ahí los compañeros de la Academia Riojana de Gastronomía, algunos de los cuales tenían negocios prósperos. Pero ¿dónde podía encajar Lucas? Había estudiado administración y dirección de empresas, pero su trabajo anterior a montar la promotora había tenido más que ver con el *marketing*, en una bodega de Fuenmayor que estaba en plena fase de expansión. ¿Por qué tuviste que irte de ahí, con lo bien que estabas? Buen sueldo, estatus... Pero tú, a montar tu propio negocio. Es cierto que cada uno necesitamos buscar nuestro sitio y la ambición juega un papel importante en la balanza, pero qué diferentes habrían sido las cosas si...

Se acabó.

No quería empezar con lamentos, que para eso ya estaba Conchita.

Entonces se le ocurrió algo.

De primeras le pareció una locura, pero sin duda sería la forma de sacar aún más rendimiento de los tres votos. ¿No se trataba de ser compasivo? Pues de ese modo lo sería por partida doble. Y de paso se quitaría de encima un peso que llevaba tres décadas sintiendo sobre los hombros.

Buscó en internet el número de Bodegas 1521, que resultó no haber cambiado. A medida que iba pulsando los nueve dígitos pensaba que nunca, nunca, habría siquiera imaginado que alguna vez volvería a marcarlos.

Tardaron en contestar. Lo hizo una voz de chico joven.

—Le atiende Fidel Gil, buenos días.

—Quería hablar con doña Fabiola Marín.

—Disculpe, la encargada de recepción ha salido y por eso he cogido yo el teléfono. ¿Puede decirme su nombre?

—Claudio Tejada.

—¿Le importaría dejarme también su número para que le llame mi compañera en cuanto vuelva? Y si pudiera adelantarme de qué se trata...

—Disculpe usted, pero no quiero ni dejar recado ni que me llamen de vuelta. Prefiero esperar y hablar directamente con la señora Marín.

—Pero es que yo desde aquí no sé si puedo pasarle.

—Pues póngame con alguien que sepa.

—Un momento —se excusó.

La musiquita se alargó bastante más que un momento, pero Fabiola terminó haciendo aparición al otro lado de la línea.

—Vaya sorpresa, y no grata.

—Todavía no sabes para qué te llamo.

—En cualquier caso, no grata.

A Claudio le chocó la voz rota, mucho más áspera de como la recordaba. Imaginó su tez también quebrada, tan diferente a la suave y llena de pecas que acariciaba cuando se conocieron.

—¿Cómo estás?

—Dime cuanto antes el motivo de tu llamada, porque cuando se esfume la curiosidad te colgaré y no volveré a atenderte nunca más.

—Han pasado muchos años, Fabiola.

—¿Lo dices en positivo, en plan el tiempo lo cura todo?

—No creo que sea así. Más bien el tiempo lo gangrena todo, al menos las cuentas pendientes.

Ella dejó unos segundos de silencio, como si en eso estuviera de acuerdo.

—¿Entonces? —preguntó por fin, cansina.

—Llamo para pedirte ayuda.

—¡Ja! —rio—. Ahora sí que estoy disfrutando.

—No es para mí.

—Pues he oído que la necesitas.

—Las cosas no han salido bien últimamente, pero podré sobrellevarlo. Te llamo por mi hijo Lucas. Quiero pedirte que le des trabajo.

—¿Por qué habría de hacer eso?

—Porque es un chaval fenomenal que ha sacado lo poco que en su día te pudo gustar de mí y muchas virtudes más, pero que ha cometido un error tremendo que lo ha hundido.

—Y te ha llevado con él al fondo.

—Ya te he dicho que eso no importa.

—No importará, pero quieres encasquetármelo para que me hunda a mí también.

—Todo lo contrario. Quiero que por una vez caiga en un lugar apropiado para crecer, como es tu bodega. Te aseguro que tiene mucho que aportar.

—Resulta enternecedor que te preocupes así de tu hijo.

—Siempre lo he querido. De hecho, si estoy así es porque lo apoyé cuando...

—Me refería a que no te comportaste igual cuando concebimos al nuestro.

—Fabiola, por favor. No quiero discutir sobre aquello.

—Tampoco quisiste hacerlo entonces. Te limitaste a ningunearme mientras estabas con esa y a quitarte de en medio. Yo era tu mujer, llevaba a tu hijo en mi vientre y me abandonaste de un día para otro después de haberme engañado durante meses. Y mira lo que pasó.

Claudio tomó aire.

—¿Qué pasó?

—Ya lo sabes.

—Tú lo has dicho, lo sé. Lo sé muy bien.

—¿Qué insinúas con ese tonillo?

—Quitémonos las máscaras, por favor.

Una pausa.

—Voy a colgar.

—Si quisieras hacerlo, no me lo anunciarías. Lo que quieres es hablar de ello porque estás tan arrepentida como yo.

—Estás divagando.

Había llegado el momento de soltarlo. Iba a decir aquello que llevaba alojado en el diafragma desde hacía treinta años, aquello por lo que realmente le había telefoneado.

—Sé que diste a nuestro hijo en adopción, Fabiola.

—Pero qué...

—Vi los papeles sobre el sofá de la casa del guardés.

—¿Cuándo entraste allí?

—¿Qué importa eso? Dime que estoy equivocado, que es verdad que nuestro hijo nació muerto y que lo enterraste. Ni tan siquiera quiero que me reveles el lugar, solo confírmame con el corazón en la mano que fue así y seré yo quien cuelgue ahora mismo.

Más silencio.

—¿Cómo te atreves a venir ahora para echármelo en cara?

—No te estoy echando en cara nada. Ya te he dicho que solo quiero...

—Me das asco.

—No fui yo quien montó semejante teatro para... Para...

—¿Para qué crees que lo monté?

—Para hacerme daño.

Si hasta entonces le había parecido que la voz de Fabiola venía entreverada de odio, era porque aún no había escuchado sus siguientes palabras, que visualizó a través del teléfono saliendo de su boca entre babas y espuma.

—Así que de nuevo volviste a engañarme, como cuando te tirabas a esa zorra a mis espaldas. Sabías que el niño estaba vivo y te callaste para seguir riéndote de mí mientras me veías actuar desde mi confusión y desesperación. Y ahora encima tienes el valor de llamarme para restregármelo y humillarme de nuevo. No me das asco, Claudio, antes he dicho mal. Lo que me das es pena. Una pena inmensa. Porque ni siquiera te das cuenta de que, si obraste así, fue porque siempre has sido un cobarde, una basura de hombre incapaz de enfrentarse a nada. Mientras todo esté bien a tu alrededor, tú siempre tan contento. De risitas por la vida, con esa pose de actor de comedias de pueblo. Pero en cuanto se tuerce algo, giras la cara. Si me permitiste que apartase a tu hijo de ti, fue porque te convenía, esa es la única verdad. Así te evitabas lidiar conmigo, porque siempre has sabido que a mi lado se te ve el plumero y quedas como el chulo salido del arroyo que eres. Solo era cuestión de tiempo que todo el mundo se diera cuenta de que sin mí no eres nada. Lo que te ha pasado es pura justicia divina.

—Fabiola, ya vale...

—¿Y sabes lo que voy a hacer? —siguió arrollando la bodeguera—. Voy a contratar a tu hijo Lucas. Mira por dónde, sin yo esperarlo, me has puesto en bandeja una oportunidad única para asestarle un buen golpe a esa puta de Conchita. ¿Qué pasa? —preguntó tras una pausa—. ¿No habías pensado en qué va a parecerle a ella tu ideíta? No me digas por qué, pero no me extraña. Nunca piensas en nadie que no seas tú mismo.

—Haz lo que quieras, Fabiola. No tengo por qué seguir aguantando este chorreo. Ha sido un error...

—Que no, Claudio, que no. Que me alegro mucho de que hayas llamado. Porque, ya que estamos, voy a aprovechar para contarte una cosita que te va a encantar sobre tu otro hijo, aquel del que renegaste.

—¡Que no renegué de él, joder! ¡Que pensé que iba a estar mucho mejor con quienquiera que terminase, siempre que no estuviera contigo!

—¿Estás seguro de eso?

—¿De qué?

—De que mirando hacia otro lado le diste una vida mejor.

—¿Qué insinúas?

—¿No te pica la curiosidad por saber dónde acabó ese niño?

Esta vez no se hizo el silencio, sino el vacío absoluto. Un instante sin gravedad ni tiempo.

Y Fabiola habló.

Habló durante un rato.

Claudio no era capaz de decir nada. Por un momento dudó de que lo que estaba oyendo fuera verdad. Pero su exmujer le estaba dando tal cantidad de detalles que resultaba imposible que estuviera improvisando. Conocía bien sus cambios de humor, que hubo de soportar mientras estuvieron casados, así como los altibajos en su estado de ánimo, y el horror que escuchaba no tenía nada de delirio. Estaba en uno de sus estadios de plena lucidez, más y más serena a medida que iba sacando aquella historia a la luz.

Claudio empezó a notar que le faltaba el aire. Fue a abrir una ventana, pero se detuvo en mitad del salón para llevarse las manos a la cabeza, que de pronto le dolía intensamente. Algo terrible estaba ocurriendo ahí dentro...

Se desmayó.

Por suerte fue a caer sobre la alfombra, esquivando de milagro las esquinas de la mesita baja y el mueble de la televisión.

Cuando llegó Conchita y lo vio tirado, pensó que había sufrido un ataque al corazón. No podía imaginar que era un estado catatónico provocado por haber introducido en su cerebro ya de por sí angustiado mucho más de lo que incluso uno sano habría sido capaz de procesar. Tampoco se percató del teléfono caído en un rincón con el número de la bodega en el listado de llamadas realizadas. Toda su atención estaba depositada en los ojos vacíos de su marido, que la miraban desde alguna lejana habitación del infierno.

# 48

Paso por casa para dejar a Tonga con mi madre, convencida de que van a hacerse bien la una a la otra, y salgo corriendo hacia la comisaría. Una vez allí, pregunto por Lucas y los agentes de seguridad ciudadana me indican que no estoy autorizada a verlo. Solo se me permite traerle ropa o medicación si la tiene prescrita por un facultativo —me rompe el alma desconocer lo que sea que esté tomando—. «Su hermano tiene la facultad de comunicar su detención y lugar de custodia a la persona que desee», me informa el policía en tono solemne, antes de añadir: «Como si quiere hacerlo a un sacerdote o a su cómplice. Eso sí, con un teléfono que nosotros le suministramos y en presencia de un funcionario policial». Por lo demás, no puede ser visitado ni por su familia ni por sus amigos. Por nadie...

Salvo por su abogado.

Santos Valdemar irrumpe en el vestíbulo con la seguridad de un rompehielos. Nada más verme, me coge del brazo y me lleva a un aparte.

—Quédate tranquila —dice con calma mientras se ajusta el nudo de la corbata—, ahora le digo que has venido, para que al menos lo sepa.

—¿Podréis hablar a solas?

—Ventajas de la reforma de la Ley de Enjuiciamiento Criminal. Tengo derecho a entrevistarme con él antes de la toma de declaración y, de nuevo, al terminar. Supongo que la cosa irá rápida. Como aún no he tenido acceso a las diligencias, le sugeriré que no diga ni mu hasta que lleguemos al juzgado. No quiero meter la pata delante de toda España.

—No será eso lo que te importa...

—Pues claro que me importa, Camino, cómo no me va a importar si tengo un despacho abierto al público. Pero eso no significa que esté aquí para salir en la tele, sino por el afecto que le tengo a tu hermano.

Se recoloca bien los gemelos de la camisa. Me conforta que se detenga a revisar cada clavo de su armadura antes de la batalla.

—¿Dónde lo tienen ahora?

—No te preocupes por eso. Tratándose de un detenido tan... —escoge con cuidado la palabra— relevante, lo habrán metido en una celda independiente.

De nuevo encerrado en compañía de un camastro, como en el agujero de Sotocont donde ha pasado los últimos días. Siento su presencia en los sótanos, bajo mis pies. Lo imagino sudoroso y con poco aire en los pulmones, dando vueltas por un cubículo asfixiante, pasando las manos por las paredes.

—Sí me preocupo, Santos.

Le pongo al día acerca de lo que me ha contado el psiquiatra. Me escucha acentuando una expresión de extrañeza, como si de pronto le estuviera hablando de alguien que no conoce. Nadie podría imaginar que Lucas padece una enfermedad así, de forma tan repentina. Aunque es lógico que, si la tenía latente, le haya aflorado en esta época difícil. El cuerpo lo somatiza todo.

—Los agentes que le custodian son profesionales —acierta a decir—; voy a ocuparme de que tenga lo que necesite. Y no olvides que ha sido el propio Lucas quien se ha entregado.

—¿Qué quieres decir con eso?

—Que hemos de suponer que sabe lo que hace. Es más listo que tú y yo juntos.

—Que es un inconsciente, Santos, lo sabes igual que yo. De pronto se le mete algo entre ceja y ceja y no calibra. O quizá lo que pasa es que no puede más y ha hincado la rodilla.

—Lo más importante es que estés tranquila y me dejes hacer, ¿de acuerdo? Y ahora tienes que disculparme, porque quiero presentarme abajo antes de que le asignen un letrado de oficio.

—Me han dicho que puede hacer una llamada.

—Le diré que quieres hablar con él —me asegura antes de mostrar su carné de colegiado al policía e introducir su maletín en el escáner—. Pero aun si te eligiera, será muy breve.

—¡Mi número! —me percato en el último momento.

Saco un pañuelo de papel, lo escribo con un bolígrafo que tomo prestado de un mostrador y se lo paso justo antes de que se aleje con su traje impecable y sus no menos impecables promesas de que todo va a ir bien.

Entonces veo que la inspectora Santolaya se encamina hacia mí en sentido contrario. Viene acompañada de Fidel Gil. El chico parece más perdido que nunca en el interior de su americana cruzada, de la que solo escapa el rostro consumido y los dedos que asoman bajo las mangas, un poco más largas de lo debido.

Se despide de la inspectora con un apretón de manos que le brinda de forma inocente, que es como ya le considerarán a él si están actuando así. Santolaya no le niega el gesto. Es lo menos que puede hacer después de haberlo detenido. Empleado de la bodega donde aparece la primera víctima, pareja de la segunda, con ese aire friki y su impostada forma de hablar... Resulta obvio que sus inquietantes silencios son más propios de un autista que de un asesino que trata de ocultar sus cajas negras, pero le habrán mostrado imágenes hasta del último colgajo de su novia desollada para llevarlo al límite y asegurarse de que no hay por dónde rascar.

Se acerca a mí con la misma candidez.

—Yo salgo y tu hermano entra —dice.

Podría parecer un comentario irónico, pero es más una constatación. Le agarro el brazo con cariño.

—No sabes cómo siento lo de tu chica.

Por un instante hace un gesto de asombro, como si se estuviera enterando por mí. Está en plena negación, como cuando apareció el cuerpo junto a la cafetería en la que trabajaba Nuria y ni llegó a plantearse que podría tratarse de ella, aferrado a la creencia de que no le devolvía los mensajes porque estaba pasando el puente en una casa de montaña a kilómetros del wifi más cercano. Me gustaría decirle que estoy convencida de que si Nuria no quería contar públicamente que salían juntos no era porque él no le gustase lo suficiente, sino porque prefería no compartirlo con nadie y guardar todo su candor para ella sola.

—Lucas no ha hecho nada —declara, tratando de sujetarse a otra de sus certezas.

—Lo sé, Fidel, gracias por tu apoyo una vez más.

—Lo sacarán pronto.

—Eso espero.

—Bueno, pues ya nos veremos. Mis padres están afuera con el coche para subir a Rincón, no quieren que me quede solo en el apartamento.

—Cuídate y mucho ánimo. —Él asiente y echa a andar hacia la puerta—. Si...

Se gira.

—¿Me decías algo?

—Si necesitas cualquier cosa, ya sabes, tomar un café para hablar o lo que sea...

Asiente con una lastimera sonrisa de gratitud.

—Con quien hablé fue con el enólogo —le viene de pronto a la cabeza.

—¿Cómo?

—Cuando nos citamos en el puente de hierro me pediste que preguntase en la bodega el nombre del enólogo que trabajaba allí cuando murieron los padres de Fabiola. Tenías razón en lo de que era francés, se llama Didier Lozahic.

Imposible acordarme, después de todo lo que ha ocurrido desde que visité a Terry en su casa taller. Fue el joyero quien me dijo que, según lo que le había contado su madre adoptiva, Fabiola había lamentado siempre el haberse equivocado al escoger marido y no haberse casado con un enólogo. Lo más alucinante es que se acuerde Fidel, con la que tiene encima. De cualquier modo, qué importan ya los líos sentimentales de mi padre y la bodeguera. Ahora sé que Terry es su hijo, con eso me basta.

—Eres un encanto, siempre pensando en los demás. Pero lo que tienes que hacer en este momento es olvidarte de todo lo que no sea descansar.

—Al dejar La Rioja empezó a trabajar en una bodega de Burdeos, cerca de su pueblo de origen —continúa él sin escucharme—. No recuerdo el nombre, lo apunté en mi agenda de la oficina junto con el resto de notas que iba tomando. Mañana hablaré con mi compañera para que te las pase.

—Fidel. —Le cojo de los brazos—. Hazme caso...

—Que no es molestia, ha sido un hombre muy amable. En cuanto le dije quién era me preguntó por la marcha de la bodega, por Fabiola... Quería saber si la jefa había seguido excavando el calado que tiene en la casa del guardés. Por lo visto fue él quien empezó a tunelar. Me contó que incluso abrió una especie de cámara secreta en un ramal para que Fabiola guardase sus botellas más preciadas, y no le dijo nada hasta que la terminó para darle una sorpresa. Si me lo preguntas, oyéndole hablar parece que sigue sintiendo algo por ella.

—Te lo agradezco de corazón, Fidel. Pero también te ruego que salgas ahora mismo para que tus padres te den un abrazo y se te lleven de aquí.

Le dedico una última caricia y se va por fin.

Yo también necesito que me acaricien. Ahora que me he quedado sola en el vestíbulo de la comisaría, la vida se me echa encima como un remolque de cemento... al igual que se vuelca sobre mí la inspectora Santolaya, que ha estado esperando a una distancia prudencial, no tanta como para no habernos escuchado.

Me echa un silencioso pulso de miradas. Es su compañero quien está en la uvi, aquel con el que trabajaba codo con codo, ella jefa de grupo, él jefe de brigada, el equipo ideal para cazar a la bestia. Pero Marcos también es mi novio. Eso le gritaría a la cara: ¡mi novio! El inspector jefe de Policía con su apartamento junto al campo de fútbol en el que querría dormir todas las noches que me quedaran por dormir.

—Solo te pedí una cosa —me escupe—, que lo dejaras en paz.

—Ni tan siquiera le llamé, apareció él de pronto...

Para salvarme.

No sé por qué me justifico, la inspectora me condenó desde el momento en que abrí los ojos en la habitación contigua a la de Penélope.

Niega, cerrando los suyos.

—Muy propio de él.

—¿Tienes alguna noticia? —le pregunto, dócil.

—Acompáñame abajo, por favor.

Da media vuelta, entendiendo que la sigo.

—¿Para qué?

Se gira con fatiga.

—Para prestar declaración.

—¿En qué calidad?

—Ya lo veremos.

—No entiendo.

—Eso es lo que tenemos que hacer todos, empezar a entender. ¿Quieres comenzar explicándome cómo supiste que tu hermano había estado en el local de Sotocont? ¿O cómo encontraste el álbum de fotografías de la primera víctima? O si lo prefieres podemos revisar qué hacías tirada junto a su puerta después de la carnicería. Porque la verdad es que mi compañero, que siempre ha sido un policía fantástico, pasó por alto ese punto. Ah, claro —teatraliza—, esto nos lleva a la presión que ejercías sobre él para que te pasase información.

—No estarás sugiriendo que...

—Solo sugiero que se acabaron los jueguecitos, ese ahora escribo en el periódico lo que me da la gana, ahora no, ahora hago de poli, ahora no. Vamos a bajar a una sala de interrogatorios y vas a contarme todo lo que has descubierto desde el primer día, pasito a pasito.

—De acuerdo.

—Ah... —Sin duda no esperaba convencerme con tan leve esfuerzo—. Mejor así.

Vuelve a hacer ademán de marcarme el camino y yo vuelvo a retenerla.

—Te lo diré todo. Incluso el nombre de nuestro medio hermano de padre.

—¿De quién estás hablando ahora?

—De ese que comparte con Lucas el cromosoma Y que esgrimís como prueba fundamental.

—Eso es una estupidez. No tenéis más hermanos.

—Lo único que quiero a cambio de sentarme en esa silla que me tienes preparada es que me dejes hablar con Lucas —prosigo, sin concederle la más mínima explicación—. Y no me refiero a recibir una llamada de treinta segundos en la que solo tenga tiempo de decirme lo que ya sé: que está encerrado en una celda en lugar de estar tratándose su enfermedad en un hospital. Ah, claro —la imito—, que eso tampoco lo sabes.

—Es imposible.

—¿El que esté enfermo?

—Lo de hablar con él.

—No pasa nada. —Levanto las manos—. Ve pidiendo una orden o lo que necesites para obligarme a declarar, que yo entretanto voy a seguir con mi jueguecito y a publicar la historia en el periódico. En un rato podrás leerla en el digital. No solo mi texto, sino también los comentarios de la gente, que se estará echando las manos a la cabeza por el desliz del delegado del Gobierno y aquellos que estabais con él, supuestamente para asesorarle, y olvidasteis mencionar que la prueba de ADN no era infalible al tiempo que crucificabais a un inocente.

La he puesto muy nerviosa.

—Era y sigue siendo una posibilidad remota.

Repito el gesto de levantar las manos.

—Lo dicho, no pasa nada.

—No acepto chantajes.

—Ahora eres tú la que no entiendes, inspectora. Y te lo digo con todo el respeto del mundo, no te equivoques. Lo que estoy haciendo no es presionarte, sino darte la oportunidad de que mi hermano diga todo lo que tenga que decir, algo que hará conmigo porque ambos nos debemos esta conversación desde hace tiempo. De otro modo, sabes bien que sellará sus labios como en este momento le estará aconsejando su abogado.

—¿Así le ayudas ahora, contraviniendo la estrategia de defensa de su letrado?

—Lucas no tiene nada de lo que defenderse.

—Y ¿por qué ha permanecido oculto desde el primer asesinato?

—Vayamos ahí abajo y deja que él mismo nos lo cuente.

La inspectora niega repetidamente y se atusa el pelo hacia atrás.

—Conmigo presente.

—¿Cómo?

—La entrevista con tu hermano, yo estaré delante.

—De acuerdo.

—Y todo quedará registrado —sentencia—, como en cualquier otra declaración.

Mientras me baja a los sótanos, comunica su decisión al secretario judicial para que no le pille de sorpresa cuando reciba las diligencias. Le remarca que, aun cuando no vaya a ser un interrogatorio convencional, Lucas disfrutará de todas las garantías. Al ver las hileras de celdas me recorre un estremecimiento. Los barrotes son gruesos, de base cuadrada y pintados de burdeos, no los cilíndricos que hay en el imaginario colectivo. A un lado están las de las mujeres; al otro, las de los hombres, de las que emana un olor acre aun cuando todo se ve limpio. Sobre el mostrador del puesto de control donde están los monitores de vídeo hay una bandeja de comida preparada, embalada en plástico transparente con el sello de la Policía Nacional. Contiene una especie de paella y unos paquetes en los que pone «pan galleta» que estarán destinados a Lucas, ya que no veo que haya más detenidos. De hecho, él tampoco ocupa una celda, sino una estancia que llaman el precalabozo, donde aguarda hasta que llegue el momento de prestar declaración. El portón tiene un ojo de buey, pero no me asomo al pasar por delante porque alguien le ha atizado un golpe desde dentro y ha resquebrajado la primera capa del cristal de seguridad.

Me pasan a la sala de interrogatorios. Sobre la mesa tienen preparada la hoja de identificación de la Policía Científica, con las casillas para las huellas dactilares que mi hermano deberá ir dejando en cada diligencia para asegurar la cadena de custodia. No veo el momento de que me coja las manos con los dedos entintados para poder decirle todo lo que llevo dentro desde que dejamos la charla colgada en la fiesta.

—Antes toca desgranar tu historia —establece la inspectora mientras otro agente se sienta al ordenador para ocuparse de la transcripción.

Comienzo con la fingida muerte fetal que me ha revelado el doctor Ochoa, rogándoles que traten con discreción la identidad del psiquiatra. Al fin y al cabo, cualquier delito cometido estaría prescrito y ha sido él mismo quien ha decidido confesar; pero sobre todo porque, con solo pensar en lo que ha sufrido mi madre por el demonio de Fabiola, puedo imaginar lo que también habrá padecido él.

Santolaya da instrucciones inmediatas a una pareja de su brigada para que vaya a buscar a Terry, nuestro medio hermano secreto. Lo más probable es que nunca haya sido detenido y que su ADN no esté en la base de datos, por lo que antes de nada habrán de hacerle la prueba para constatar lo que ya sabemos.

Acto seguido, le detallo cómo llegué a la habitación de los horrores de Sotocont. No menciono a Álvaro Montaña, a quien, por cierto, no he vuelto a llamar desde que le colgué poco antes de que Darío hiciera aparición. Pase lo que pase no voy a dejarle al descubierto, prefiero decir que tengo el vicio secreto de comprar revistas de programación.

Cuando termino, Santolaya se queda pensativa. Me lo debe, lo ha prometido. Abre la boca y todavía duda unos segundos antes de ordenar a otro policía que permanece de pie junto a la puerta:

—Traed a Lucas Tejada.

# 49

Está flaquito.

Eso es lo que pienso al verlo. La misma sensación que me daba cuando mis padres y yo íbamos a visitarlo en julio al Achichuelo, el paraje donde pasaba quince días con el grupo 109 de scouts de los jesuitas. No sé qué comían o a qué tipo de caminatas les sometían, pero siempre volvía del campamento con algún kilo de menos. También le veo unas cuantas arrugas de expresión que nunca había tenido. Se congregan en una mueca compleja como un garabato, tal vez un interrogante sobre cómo le habrían ido las cosas si la vida no hubiera sido tan cabrona.

Me levanto y lo abrazo como si fuéramos uno. Eso me dijo él aquella noche fatídica: antes éramos uno.

—¿Cómo te encuentras?

Me contempla con profunda intimidad, introduciéndose por mis retinas para llegar hasta lo más profundo. Tras rascar un poco y comprender que no hay dobleces, aprieta los labios y respira de forma entrecortada. Intenta contestar, pero no puede, así que sigo hablando yo.

—Daría lo que fuera por poder regresar al momento en que apareciste en casa para... —Valoro cada palabra antes de pronunciarla, preguntándome si va a herirle, si va a sonar forzada y se esfuma toda espontaneidad—. Para comportarme de otra forma.

—Te salió como te salió y tenías motivos para reaccionar así —consigue articular por fin—. Fui yo quien se comportó injustamente cuando viniste a la inauguración.

—Solo dijiste verdades.

—No hay por qué soltarlo todo.

—Mejor empecemos de nuevo. Me he enterado de lo que te ocurre y voy a ayudarte a pararlo.

—No es tan sencillo.

—Eso da igual. Vamos a hacer lo que sea necesario para que todo vuelva a ser como antes.

—¿Es eso lo que deseas?

—Me refiero entre tú y yo. Lo demás no importa.

Echa un vistazo a su alrededor. El policía que lo ha conducido hasta aquí se ha quedado en la puerta. La inspectora está sentada con cara de impaciencia. El abogado Santos Valdemar también, en una postura estudiada que habrá sacado de alguna película basada en un libro de John Grisham. Yo regreso a mi silla y Lucas se sienta enfrente, en la única vacía.

Santolaya le pasa un impreso que ha de leer y firmar al tiempo que le recuerda en voz alta su derecho a guardar silencio, que no va a ejercer porque lo que más desea ahora es hablar; a no declarar contra sí mismo, del que tampoco va a hacer uso porque ambos hemos decidido que se han acabado los secretos; a ser reconocido por el médico forense, ante lo cual compone un rictus de tragicomedia, pensando en lo que encontrarían si ahora mismo le abrieran en canal con un bisturí... Y estampa una firma afligida en la que apenas reconozco la que solía utilizar. Mientras decido cómo comenzar, la inspectora pierde la paciencia.

—Señor Tejada —abre la caja de Pandora—, ¿por qué no empieza diciéndonos algo tan simple como si usted ha matado a Penélope Lasanta y a Nuria Herce?

—Desde luego que no —contesta él.

—Todo tuyo —me brinda entonces.

—Y ¿por qué has permanecido escondido estos días? —le pregunto.

—Todo es por Darío.

—¿Qué tienes pendiente con él, Lucas? ¿Por qué le has reído tanto las gracias a esa basura de persona?

—Cuando la promotora empezó a irse a pique, antes de presentar el concurso de acreedores —explica sin reparos, de pronto más suelto—, Darío me prestó dinero. Primero fueron pequeñas cantidades para tapar agujeros, después un pellizco bastante mayor con el que solo conseguí generarme más deuda. Lo había conocido a través del despacho de Santos. —Señala a Valdemar—. El negocio de los jaulones de hierro le iba como un tiro y era suficientemente ambicioso como para no renunciar a sacarse unos miles de euros sin mover un dedo, jugando al prestamista.

—Lo que no entiendo es cómo accedió a dejarte dinero, dada la situación en la que estabas.

—Avalé el préstamo con el piso de Gran Vía de los papás.

—¿Qué?

—Lo sé.

—Es lo único que les queda...

—Que ya lo sé, Camino.

—¿Cómo pudiste hacer eso? Me refiero, legalmente. El piso no era tuyo.

—Papá firmó un papel. Se lo pasé entre tantos otros que teníamos entre manos esa temporada y ni lo leyó.

—Oh, Dios...

—No me odies, por favor.

—¿Cómo podría odiarte? Sigue.

—Por eso me escondí en el local de Sotocont. Mi plan era esperar a que Darío apareciera por allí, algo que haría seguro sabiendo que yo ya había utilizado antes ese antro para esconderme, y obligarle a que me entregara el documento con el reconocimiento de deuda. Necesitaba arreglar al menos ese fleco antes de...

Se le entrecorta la voz.

—No vas a morir.

—Tenía que hacer algo bien. Al menos eso.

—Que no vas a morir, Lucas.

—El caso es que iban pasando los días —prosigue—, él no aparecía, no tenía nada para comer, no hacía más que darle vueltas a todo y no pude más. Debí de irme un poco antes de que tú llegaras. No sabes cuánto siento lo que le ha ocurrido a tu amigo... —Se vuelve hacia Santolaya—. Al inspector jefe.

—De todas formas —esquivo para no entrar en barrena—, ¿por qué pensabas que Darío iba a entregarte el documento así como así?

—A cambio de mi silencio.

—Parece que él no ha tenido nada que ver con los asesinatos —interviene Santolaya.

El rostro de mi hermano se torna aún más pálido.

—¿Cómo que no? ¿Quién ha sido, entonces?

—Cuéntanos todo lo que sepas sobre lo que ocurrió el día de la inauguración del hotel en Bodegas 1521 —le ordena Santolaya— y después ya te contaré yo lo que considere oportuno.

Valdemar asiente, aunque Lucas no precise de su beneplácito, ya que es a mí a quien vuelve a dirigirse. Nos sentimos ajenos a todo, como cuando nos metíamos bajo el castillo de almohadones que levantábamos en el salón.

—Cuando Darío se enteró de que Penélope iba a acudir a la fiesta, me llamó para decirme que quería estar con ella y necesitaba mi ayuda. Yo le contesté que se dejara de rollos. Acabábamos de contratarla para que escribiera unos versos para la edición limitada que lanzaremos por el quinto centenario y no me apetecía comprometer mi trabajo en la bodega, con lo que me había costado volver a sacar la cabeza. De hecho, gracias a este trabajo venía pagándole a él una pequeña cantidad cada mes para ir amortizando el préstamo. Pero Darío pasó a mayores y me amenazó con ejecutar de golpe la garantía que tenía sobre el piso de la Gran Vía si no le daba acceso a la habitación de Penélope y conseguía que antes bebiera un preparado químico que me entregó en un frasco. Como te podrás imaginar, lo primero que hice fue escandalizarme, decirle que estaba loco si pensaba que yo iba a participar en algo así. Pero al mismo tiempo imaginaba a los papás desahuciados y se me ponían los pelos de punta. Así que pensé que tal vez podría convencer a Penélope para que le diera una oportunidad por las buenas. Si habían sido novios, algo tendrían en común. Tal vez aún sentía algo por él y podía evitar la barbaridad que el otro tenía pensada.

—Pero no funcionó...

—Las dos veces que intenté hablar del tema con ella, una después de comer y la otra cuando tú apareciste en pleno evento, me dejó claro que no quería saber nada de él.

—Y por eso no te quedó otro remedio que hacer lo que te había ordenado.

Se encoge de hombros.

—No podía terminar de hundir a nuestros padres, Camino, te digo que no podía. Así que tragué saliva y me puse al lío...

Y tanto que fue un lío. Mientras vamos montando el puzle entre lo que Lucas me cuenta y lo que yo aporto a partir de lo que descubrí en Sotocont, pienso en todo lo que ha tenido que sufrir para obrar así.

En primer lugar, tras desistir de convencer a Penélope para que accediera a verse con su exnovio voluntariamente, le entregó la copa de vino en la que había volcado el contenido del frasco, sin poder imaginar que sería yo quien terminaría bebiéndosela y cayendo desmayada. Acto seguido, fue al mostrador de recepción y activó el duplicado de la tarjeta magnética de acceso a la habitación de Penélope, que entregó a Darío. Cuando la instagrammer se retiró de la fiesta, este esperó un tiempo prudencial para que la droga —que estaba convencido de que había tomado— hiciera efecto. Entretanto conoció a Yasmina y le impactó su exuberancia y su piel canela, pero seguía obsesionado con la poetisa, por lo que, cuando llegó el momento, aparcó a la venezolana, retomó su plan y bajó a la planta de las habitaciones para cumplir su fantasía. El propio Lucas le vio enfilar la escalera. Lo que no vio fue lo que pasó después...

Darío se plantó frente a la puerta de Penélope, introdujo la tarjeta y, al abrir, descubrió que seguía despierta, ya que desde el baño le llegaba el sonido de la ducha. Pensó en esperar un poco, aún convencido de que había bebido la copa y era cuestión de tiempo. De hecho, cuatro años antes había probado con ella —y con otras— una burundanga comprada al mismo proveedor y había funcionado a las mil maravillas. Volvió a mirar el reloj y constató que ya tenía que haber hecho efecto. Dudó si entrar y abusar de la poetisa a las bravas, algo que también le ponía pero que no podía permitirse. Y, en un arrebato de lucidez, soltó el pomo y, sin tan siquiera sacar la tarjeta magnética de la ranura, regresó a la terraza, cogió a Yasmina del brazo y se la llevó a su casa para calmar con ella su excitación. En ese momento Lucas debía de estar hablando con algún otro invitado de los pocos que iban quedando, ya que no se percató de que la pareja se ausentaba de la fiesta.

Cuando se marcharon los últimos, mi hermano despidió a la gente del *catering* y se encerró en su despacho. No podía quitarse de la cabeza lo que había hecho, estaba convencido de que en ese mismo instante Darío estaba violando a una Penélope sometida por la droga que él mismo le había suministrado en una copa del mejor reserva de la bodega. Cada vez más torturado por haberse convertido él también en un esclavo del empresario y arrepentido de haberse prestado a semejante bajeza, corrió hacia la habitación de la instagrammer dispuesto a irrumpir con su llave maestra y confesarle todo. Cualquier cosa con tal de parar a Darío. Confiaba de forma ingenua que no fuera demasiado tarde, que todavía siguiera entretenido con algún tipo de juego preliminar y no hubiera llegado a consumar su vejación. Pero lo que encontró tras la puerta entreabierta fue algo muchísimo más aterrador que sus peores temores. Algo que, como me ocurrió a mí, arrasó como un tsunami con toda razón y toda emoción, algo que ningún cerebro humano habría sido capaz de procesar de sopetón, tanta sangre, tantas llagas, tanto horror. Lloró, dio vueltas desesperado por la habitación, se echó las manos a la cabeza... y se le cayó la pulsera que yo le había regalado y que se había puesto para venir a pedirme ayuda, la misma que la Policía encontraría más tarde en el suelo y sirvió para incriminarlo.

Inmóvil frente a las tiras de piel en las que se había convertido Penélope, Lucas solo podía pensar que Darío había llevado hasta un extremo salvaje los juegos perversos que le gustaba practicar en la antigua oficina de Sotocont, los cuales conocía bien porque el empresario se había jactado de ellos en la época en la que tuvieron contacto por motivo del préstamo. El préstamo... Al recordar que Darío aún tenía el documento que podía dejar a nuestros padres en la calle, se le ocurrió la gran idea: obligarle a que se lo entregara a cambio de no denunciarlo por haber desollado a su exnovia.

Solo tenía que buscar un sitio para esperarlo y hacerle la propuesta; y dónde mejor que en aquel local que Darío usaba para sus encuentros clandestinos, del cual Lucas aún tenía llaves y el código de la alarma, ya que —como me había contado la secretaria del abogado Valdemar y ha confirmado mi hermano— el empresario se lo prestó para apartarse unos días del mundo cuando la promotora quebró y se interpuso el concurso de acreedores. Sería coser y cantar. Tarde o temprano, sabiendo que era la única persona que podía incriminarle, iría a buscarlo a ese rincón clandestino que solo ellos dos conocían, y el trato no podía ser más simple: un papel a cambio de su silencio.

Poco podía imaginar, mientras huía angustiado del hotel boutique hacia ese agujero, que Darío no había tenido nada que ver; que ni siquiera había llegado a entrar en la habitación de Penélope; que la bestia que había cometido esa atrocidad había aparecido por allí más tarde y había encontrado la puerta entreabierta con la llave aún en la ranura, como una invitación a servirse de la carne blanca; y que acababa de abandonar el escenario del crimen y estaba acechándome a solo unos pasos en la sala de lectura, donde desperté justo a tiempo para ahuyentarla y seguir el reguero de gotas de sangre hacia el infierno en el que se ha convertido mi vida.

Cuando terminamos de hilar los cabos sueltos, sobreviene un pesado silencio que los demás respetan. Todos necesitamos un tiempo para digerir lo que acabamos de oír. Es Santolaya quien lo quiebra con su propia batería de preguntas, alargando el interrogatorio hasta la saciedad. En un momento dado, dejo de escuchar. Solo estoy pendiente de la puerta, esperando a que un agente se asome a este cuartucho para informar con cara de satisfacción de que han detenido a Terry y de que las pruebas han dado positivo en compatibilidad de parentesco.

—No puedo creer que sea él —murmura Lucas cuando Santolaya le revela esa parte de la historia. Y nos explica lo que Terry ya me dijo a mí cuando lo visité en el taller: que se había puesto en contacto con el joyero para negociar la venta de bisutería con motivos vitivinícolas para la bodega—. ¿Y decís que es nuestro medio hermano?

—Eso aún no está constatado —señala la inspectora—. ¿Quiere añadir algo más?

El abogado permanece en silencio. Cuando Santolaya se dispone a cerrar la diligencia, mi hermano comparte conmigo una última confidencia.

—Papá renegó de él.

—¿Qué quieres decir?

—Cuando fui a ver a Fabiola antes de la fiesta, después de que tú renunciaras a echarme una mano... —Se detiene una décima de segundo, pero no le corrijo. Sé que no lo ha dicho para herirme, solo quiere tejer bien su relato—. Me aseguró que iba a ayudarme a pararlo. Yo le pregunté que cómo pretendía hacerlo y ella me dijo que teníamos un medio hermano que sería mi donante.

—Así que te confesó su existencia...

Asiente.

—Lo que no me dijo, ni a mí se me pasó por la cabeza, es que fuera el joyero.

—Pero eso que has comentado acerca de que papá renegó de él... —retomo.

Vuelve a asentir, esta vez con una tremenda pesadumbre.

—Según Fabiola, nuestro padre jamás se tragó lo de la muerte fetal, sabía perfectamente que el niño estaba vivo, pero prefirió hacerse el tonto para no tener nada que le ligase a ella y quitársela de encima para siempre.

—Según Fabiola —recalco.

Lucas se encoge de hombros. Está agotado, incluso diría que no ve el momento de que vuelvan a llevarlo a la celda provisional para ponerse en horizontal. Pregunto si van a liberarlo y Santolaya me observa como si hubiera contado un chiste. Hemos de tener paciencia, aunque el ambiente no acompañe. Tal vez estemos uniendo la mayor parte de los puntos, pero todavía no he visto que nadie irrumpa para anunciar «lo tenemos».

Abandono la comisaría. En el exterior, la cosa no está mucho mejor. Familiares y amigos de las chicas asesinadas con sus nombres escritos en camisetas blancas piden a gritos la cabeza de Lucas. Les miro, quiero contarles lo que sé, pero no puedo. Uno de ellos me reconoce y se encara conmigo. «Asesinos», rezaba el grafiti en la fachada de Los Estorninos; «Asesinos», leo en su rostro aunque no termine de estallar, para lo cual falta poco. Uno que debe de ser el padre de Nuria habla de luchar por su legado, otros reclaman tecnicismos que habrán leído por ahí, como la prisión permanente revisable, inundando el ambiente de una aséptica legalidad que estremece. Me cambio de acera para alejarme cuanto antes, pero los manifestantes me siguen. Los tengo pegados a mi espalda, noto su saliva en mi cuello cuando me increpan cosas terribles y echo a correr.

# 50

Mientras espero noticias de la inspectora sobre Terry me planteo el ir a casa con mi madre, pero no tengo fuerzas para reproducir segundo a segundo la declaración de Lucas, que es lo que voy a tener que hacer si me siento en el salón con ella. Así que la llamo para apaciguarla con la versión rápida y le prometo que iré a verla más tarde. Acto seguido llamo al primo de Marcos para ver si tiene noticias. «Estoy en mitad de algo», se excusa, dejando claro que él tampoco está por la labor de pasarse media hora dándome detalles. Tan solo me informa de que sigue igual, sin llegar a explicarme si eso es bueno o malo. Estamos todos saturados. Se me ocurre pasar por la Cocina Económica y rogar que me dejen echar una mano para ocupar mi mente durante un rato en algo que no esté corrompido.

En la puerta hay varias personas haciendo cola. Busco a los dos hermanos de Burkina Faso. Quiero disculparme por cómo me comporté con Manjou en la Casa de las Ciencias, cuando le di la espalda para colarme en el recinto. Necesito saber que están bien, jugar al reto de las palabras. Decirles: esta es mi nariz, esta es mi boca, esta es mi vida destruida. No hay rastro de ellos.

Un hombre me escruta. Debe de rondar los cuarenta, pero se le ve baqueteado. Mal pelo gris, rostro enjuto en el que destaca un cigarrillo de liar pegado al labio superior. De estatura media y cuerpo fornido ablandado por la falta de cuidados, viste un vaquero con un siete a la altura de la rodilla y botas de motorista de punta redonda. Me dispongo a explicarle que no se preocupe, que pronto abrirán. Pero él se adelanta y me dice:

—No te cueles.

—¿Disculpe?

—Si quieres comer, ponte en la fila como todo el mundo.

Entro horrorizada. Cierro la puerta tras de mí y apoyo la espalda contra la pared. Me estiro la camiseta, el pantalón salpicado de sangre. Aprieto los ojos como si así fuera a desvanecerse el bochorno.

Esta es mi nariz, esta es mi boca...

Noto la presión de unos dedos en mis brazos y abro los ojos, asustada...

—¡Bugatti!

No hay nadie en el mundo que pudiera alegrarme más de ver. Le doy un abrazo apresurado.

—Te he asustado —se disculpa—. ¿Qué haces aquí?

Lo pienso un segundo.

—Buscar un sitio donde sentirme segura.

Parece no impresionarle la profundidad de la frase, acostumbrado como está a los rastreos existenciales de sus filósofos. O tal vez sí le ha llegado, y por eso prefiere no añadir nada para no adulterarlo. Muchas veces hablamos de más, yo la primera.

—Ya me iba —dice al cabo—. Pero si quieres me quedo y cuando termines te acerco adonde necesites. Tengo la furgoneta aparcada atrás.

—No hace falta, haz tu vida. No quiero molestarte, ni a ti ni a nadie.

—Pedir ayuda no es molestar. Me he enterado de lo de Lucas, ¿lo has visto?

—Sí.

—Y...

—Está bien.

—Menos mal. Anda, vayamos dentro a sentarnos y me cuentas.

Pasamos al comedor, aún vacío. Para volverlo más acogedor, han decorado una pared con grandes fotografías cedidas por la Asociación de Informadores Gráficos. Me fijo en una panorámica nocturna de la ermita de Santa María de la Piscina que apostaría a que es de Hugo, no solo por el estilo, sino porque vive con su novia en un pueblecito a un paso de esa joya románica. Nos sentamos a una de las mesas que tienen ya montadas. La cocinera se asoma por el ventanuco con su gorro de rayas y me saluda con gesto contenido. «Huele muy bien», le digo. Están preparando caparrones rojos de Anguiano. Seguro que añadirán un poco de berza y, con suerte, algún sacramento. Así llamaba mi padre a los pedazos de cerdo con los que daba el toque de gracia a las legumbres: tocino, taquitos de jamón, oreja... Sacramentos, bendito sea el fruto de la huerta y de la granja. Aquí todo sigue igual. En un rato abrirán las puertas y darán de comer sí o sí a todos los que hacen cola, y fregarán los platos y cacharros y por la noche volverán a colocar los cubiertos en su sitio para darles de cenar. El mundo parece haberse venido abajo, pero este pequeño mundo sigue girando. Como todos los pequeños mundos. Eso debe de ser vivir, capear el temporal mientras seguimos amando aquello que está a nuestro alcance.

—¿Consideras que te quiero lo suficiente? —le pregunto.

Cruza los dedos y suspira.

—¿Te quieres lo suficiente a ti misma?

Resoplo.

—Eso es lo de menos.

—Para mí es lo de más. Si no te aceptas a ti misma con todo lo bueno y lo malo que viene en el paquete, sin importarte poner tus debilidades encima de la mesa —palmea junto a su plato—, tampoco puedes aceptar a los demás tal y como son, ni por lo tanto respetarlos ni entregarles ese amor del que hablas.

Sus palabras me trasladan al día que subí al avión para volver de Bruselas. Mientras tomábamos pista, la azafata comenzó su locución: el cinturón se abre así, se cierra así; cuidadito con fumar en los lavabos, que hay detectores; y luego dijo aquello de que, en caso de accidente, antes de ayudar a tu hijo a ponerse la mascarilla de oxígeno, póntela tú primero, ya que de otro modo moriréis los dos. Nunca lo había visto desde ese punto de vista, será por eso que me falta el aire. Respira, Camino, que ahogas al resto.

—No es lo mismo leer ese tipo de cosas en un libro que aplicarlas en la realidad —me revuelvo.

Bugatti me contempla sin prisa.

—Poco antes de que tu padre cerrase el restaurante, nos llegó publicidad de un cacharro llamado la llave del vino. O, mejor dicho, la *clef du vin*, ya que era un folleto de una fábrica francesa de material de cocina...

—Mi padre siempre decía que los sacacorchos eran la llave de los sueños.

—En esta ocasión se trataba de un artilugio que se sumergía un segundo en la copa y, según tocaba el vino, lo envejecía un año. Así de fácil, gracias a no sé qué aleación de metales que provocaba una especie de oxidación exprés. No pongas esa cara —me dice—, que no es la primera vez que se intenta ganar tiempo para reducir costes. Los romanos realzaban el sabor del vino añejo sirviéndose de cámaras de humo; y hace unos años patentaron unas botellas de roble que en un par de semanas convertían un vino peleón en un crianza. Pero esto era más serio y podía tener unas consecuencias fatales en una región como la nuestra, en la que hay millón y medio de barricas destinadas a envejecer el vino como Dios manda. O eso pensaban los bodegueros cuando veían cómo los compradores metían y sacaban ese cacharro en la copa hasta que lograban la textura y los aromas que más les gustaban. Se echaban las manos a la cabeza diciendo: «Se nos va a hundir el negocio», sin darse cuenta de que tenían la solución al problema al alcance de la mano.

—¿Cuál es esa solución?

—Intentar mejorar cada día, pero sin traicionarte jamás a ti mismo. Respetar por encima de todo aquello que te convierte en alguien único, como el buen hacer de los bodegueros riojanos, lento y dedicado, que ha convertido nuestro vino en lo que es. Esa llave del vino de los cojones podrá sorprenderte de primeras por la anécdota, y no les quito mérito a los ingenieros que la hayan diseñado, pero no es real. Es puro artificio y, por eso mismo, está destinada a morir.

—Ya...

—Ya no, Camino, ya no. Tú hablas de quererme cuando soy yo el que no puede quererte más, porque tienes un corazón que no cabe en veinte comedores como este. Pero me duele que lleves toda la vida sirviéndote de llavecitas para intentar ser esa persona que te has construido en tu cabeza, en lugar de permitirte ser tú misma.

Se gira para mirar a ambos lados un tanto apurado, pero es solo porque ha elevado un poco la voz. Nunca me había hablado así. Ni él ni nadie, salvo Lucas, cuando me echó el rapapolvo en la fiesta. Yo también esquivo sus ojos, volviéndome hacia la fotografía de la ermita. Eso suelo hacer cuando me enfrento a una situación así, apartar la mirada. Como cuando me agacho al pasar junto al espejo del recibidor para no verme reflejada.

—Ya estaba suficientemente mal como para que encima me digas estas cosas —murmuro.

—Pero si lo hago por ti...

—Que no sé quién soy, Bugatti, eso es lo que me pasa.

—Y ¿quién lo sabe?

—¡Tú, que eres feliz con tal de estar rodeado de libros en el jardín de tu casa!

—No te equivoques. Todos y cada uno de los días de los setenta años que llevo peleando desde que me parieron me he preguntado qué coño hago aquí, para qué sirvo, cuál va a ser el legado que voy a dejar a este mundo. ¿Por qué te crees que me he leído todos esos libros? Para buscar las respuestas que no puedo encontrar por mí mismo. A veces pienso que soy un desperdicio de persona que lo único que hace es ocupar sitio; otras me admiro porque ayudé a tu padre a construir un templo de la gastronomía, aunque fuera llevando paquetes por la mañana y la contabilidad por la tarde; y otras pienso que todavía no he encontrado mi propósito. Bueno, sí, mi propósito siempre ha sido buscar mi propósito, que ya es algo. Pero lo que marca la diferencia entre tú y yo es que, en mi caso, no permito que los demás me marquen los raíles por los cuales he de caminar en esa búsqueda. Nunca he necesitado la aprobación de nadie, ni me ha importado lo que pensaban al enterarse de que trabajaba de chófer cuando tenía capacidad para estar dando clases en un instituto. Ni después me sentía incompleto cuando pasé a hacer los recaditos al cabeza loca de tu padre en lugar de exigirle una participación en un restaurante que se habría venido abajo mucho antes si yo no hubiera llevado los números con disciplina prusiana. Nunca me ha condicionado lo que piensen los demás, Camino, y gracias a eso puede decirse que he sido un poco feliz. Al menos disfrutaba de algo fundamental que nadie puede quitarme.

—¿Qué es?

—Libertad. Y, al ser libre y no tener miedo a ser como soy, ni al fracaso ni al rechazo, me entrego al cien por cien a la gente que quiero. A tu padre, a ti, a tu madre cuando ha hecho falta y ella me lo ha permitido, que ya sabes que es muy suya y seguro que de ahí has heredado tú esta predisposición. Me entrego al cien por cien, o mejor, al doscientos por cien. Me doy por entero sabiendo que en algún momento esa forma de actuar regresará multiplicada por mil; y, entretanto, me siento bien al tener la certeza de que soy yo mismo.

Estas tres últimas palabras quedan suspendidas en el aire. Se entreveran con el olor de los caparrones, con el reflejo de los cubiertos de acero inoxidable, con el eco de la conversación de dos monjas que han entrado en la cocina, como puedo adivinar por las siluetas de sus cuerpos cubiertos por el hábito a través de los paneles traslúcidos que nos separan.

—No sé qué decir.

Vuelve a dedicarme un espacio vacío, o se lo dedica a él mismo. Sabe bien que en el silencio caben todas las palabras.

—Ya por terminar —retoma al cabo—, y que Dios me perdone por hablarte con esta crudeza, con relación a eso de pedir ayuda con lo que hemos empezado la charla...

Se detiene. Sí que ha de ser duro.

—Di lo que sea, no te preocupes.

—Cuando pides ayuda, algo que ya te he dicho que es legítimo y necesario, si a cambio no le das al otro todo lo que eres, este siente que le estás utilizando.

Pienso en Mariela, y en Álvaro Montaña, y en Marcos. También en Tito del Prado y en mi propio hermano, al que he utilizado para conseguir la notoriedad que ansiaba. Pienso en mi padre, que utilizó a mi madre para librarse de Fabiola. En mi madre, que utilizó a mi padre para, evocando su película favorita, *Rebeca*, pasar de ser una dama de compañía a la mujer del lord traumatizado cuyo espíritu solo ella era capaz de sanar, convirtiéndose en la dueña de su corazón y, por tanto, de su casa. Todos nos utilizamos, ¿no es así? Pero quizá, como afirma Bugatti, no hay nada de malo en ello si a cambio nos damos por entero. Algo que yo no he hecho. En absoluto. Pienso en Manjou, quien aparecerá dentro de nada por este comedor... si es que la Policía no lo ha deportado. También a ti te utilicé, amigo. Me serví de ti y de Bagdomo para creerme una buena chica y te di la espalda a las primeras de cambio para bajar a sacar fotos a un cuerpo desollado.

Bugatti pone en pie su figura de forzudo romántico, yo hago lo mismo, me da dos besos y abandona el comedor.

Abro el móvil para mirar la hora. Me importa un bledo saber qué hora es, pero necesito concentrar mi atención en cualquier acto mecánico, por pequeño que sea, para no pensar en la que me acaba de caer. Sigo pulsando iconos en la pantalla. El Instagram sin *megustas*; la aplicación desde la que accedo a los contenidos del periódico, que repaso por encima. Después entro en mi galería de fotos, en la cual aparece el álbum de la Casa de las Ciencias con toda su casquería. Al cerrarlo deja paso a las instantáneas de Penélope en el cuartucho de Sotocont.

«PUTA», sigue escrito en su pecho.

Tirada como una colilla que se ha fumado a sí misma, su cuerpo de virgen nipona de piel tan blanca sobre la sábana cutre.

Me gustaría acariciarla a través de la pantalla. ¿Qué clase de ayuda precisabas tú de Darío, pequeña? ¿Para qué tanta sordidez? Te aterraba ser una más, ¿no es así? Te envidio porque, al igual que Bugatti, tú también eras libre y escogiste tus propios raíles en la búsqueda de tu identidad, aunque estos te condujeran a esa exploración extrema que de algún modo terminó contigo. No temas, no eras vulgar. Eras tan dramática como tus versos. Tan hipersensible que la realidad que vivimos te hería, y por eso renunciabas a ella para construir la tuya propia.

Sor Blanca se presenta en el comedor.

—¡Camino!

Me dejo caer en su abrazo de tela tosca. Huele a jabón de manos antiguo.

—Gracias.

—¿Gracias por qué, hija?

Me acaricia la cara. Eso quiero, que vuelvan a tratarme como a una niña.

# 51

Esta monja es imparable, como la sor Citroën de aquella película española que iba de aquí para allá en un coche destartalado, pero al mismo tiempo inspira una calma de lago. Parece decirte todo el rato: «La vida es un lío, pero ¡no pasa nada!». También ella me pregunta por Lucas. Le reproduzco sin escatimar detalles la conversación que hemos mantenido en comisaría. Ella no es como el tío Bugatti; es más de hablar a todo meter, como yo.

—Gracias a Dios, espero que esta pesadilla termine pronto. Por cierto, que no te he preguntado si has tomado algo. ¿Quieres un café con una rosquilla? No son como las que hacía tu padre, pero no me salen nada mal.

Va hacia la cocina sin esperar respuesta y regresa al poco con la bandeja. Me levanto para coger la taza y que no se derrame el líquido al dejarla sobre la mesa.

—Disculpe que me haya quedado aquí esperando como si fuera boba, cualquiera diría que no puedo ponerme el café yo misma.

—Por algo soy la hermana sirvienta. Tú relájate un rato.

Como si fuera capaz de hacerlo... Nos sentamos y doy un mordisco a la rosquilla, que, tal y como ha reconocido sor Blanca, no está mal, pero no tiene nada que ver con las que he comido toda la vida en casa. Recuerdo la primera vez que vine a este lugar con mi padre, cuando estaba terminando el instituto. Me presentó a una docena de personas entre miembros de la junta, trabajadores y voluntarios. Así era él. Derrochaba tanta pasión como aceite de oliva y todo el mundo le adoraba. Han pasado un montón de años, pero me acuerdo de cada cosa que esa gente me dijo para marcarme los malditos raíles en dirección a mi identidad forzada. Un oftalmólogo con manchas en la frente de haberse teñido el pelo me soltó aquello de «a ver si has salido a tu padre, que este hombre se merece una hija que esté a la altura». Un perito de agencias de seguros que iba con él, tres cuartos de lo mismo. Que para qué iba a complicarme con una carrera de algo tan mal pagado como el periodismo, pudiendo sucederle en el restaurante. «¿Cómo puedes despreciar algo así?», me echó en cara. «Despreciar», ese fue el verbo que utilizó.

—La verdad es que lo necesitaba —le agradezco a mi monja lago, calentándome las manos con la taza.

—Pues me alegro mucho, barata me sales. ¿Te sirvió de algo lo que hablamos sobre el martirio de San Vicente?

Apenas había vuelto a pensar en las cartas de mi madre. Son demasiadas cosas, unas encima de otras como un taco de naipes en el que hay un repóquer, latente pero escondido.

—Me sirvió para confirmar que Fabiola Marín tiene la cabeza perdida.

—¿Y las similitudes de las torturas del santo con lo que les ha ocurrido a esas pobres chicas?

—Creo que es mi cabeza la que interpreta las cosas a su antojo —digo, agotada de lanzar hipótesis que acaban en nada.

—Que no eres la única, hija. Yo me quedé tan de piedra que no he podido sino repasar varias veces el texto del martirio para ver si veía algo más, aunque creo que ya te dije lo más importante por teléfono. Lo único que no sabía es que había un riojano de la época que ya escribió sobre ello.

—¿De aquí?

—De Calahorra. Un poeta llamado Prudencio que pertenecía a una familia de la aristocracia hispano-romana.

—Más le valía ser noble si quería dedicarse a la poesía.

—Fue prefecto en varios destinos y terminó en la corte del emperador, lo cual no le vino mal para darle a la pluma. Dejó más de veinte mil versos escritos, imagina lo que es eso, está considerado uno de los poetas cristianos más importantes de la Antigüedad. Su obra más famosa es *Psychomachia,* una alegoría de la batalla que libran en el alma las virtudes y los vicios, a los que representa con caracteres humanos. Algo así como lo que hizo Calderón de la Barca en sus autos sacramentales. Pero lo mejor de todo es que también escribió una obra llamada *Peristéphanon* en la que recoge catorce himnos sobre las vicisitudes de los mártires, entre los cuales se encuentra...

—San Vicente.

Asiente.

—La busqué para leerla y volvió a ponerme los pelos de punta, incluso más que cuando leí el manuscrito original. Primero porque tienes que ver cómo escribía ese Prudencio, con una fuerza y un sentimiento que te sobrecogen. Ensalza los valores del mártir como si fuera un héroe, que por cierto es lo que era, más les valdría a los chavales cambiar a Spiderman por alguno como este. Pero sobre todo por las imágenes que plasma en el texto. Vamos, que parece que lo estás viviendo.

—Cuesta creer que alguien haya sido capaz de soportar algo así.

—Sobre todo la parte de la cárcel, fíjate lo que te digo. Lo de los garfios y demás barbaridades que le hicieron en el potro es terrorífico, pero cuando se acabaron, se acabaron. Lo que a mí me marea es pensar en el tiempo que tuvo que pasar tirado en ese agujero al que le arrojaron después de las torturas. Prudencio lo describe tan bien que, sabiendo que era contemporáneo de San Vicente, solo queda pensar que lo vio con sus propios ojos. Te lo digo yo, que eso no se lo puede inventar nadie. Mira cómo a la propia Fabiola también le impactó, a juzgar por cómo le dio importancia a esa parte cuando reprodujo el martirio en sus cartas.

—¿Tienes por ahí ese *Peristéphanon*? —Y al instante—: Mejor no te preocupes.

—¡Pues claro que lo tengo! Imprimí unas páginas porque cada día me cuesta más leer en la pantalla. Y más aún si encima no está claro el escaneo. —No tendría por qué, pero no puedo evitar que me haga gracia escucharla decir palabras así: escaneo, Spiderman—. Espera un poco.

Se dirige a su despacho para regresar correteando con una copia de un manuscrito en el que apenas se distingue la caligrafía. Me encanta esta monja, capaz de salvar cualquier obstáculo que se le ponga por delante. ¿Qué son para ella trescientos servicios de comida al día? Se sienta a mi lado, coloca los folios en la mesa y los leemos juntas, guiadas por su resolutivo dedo índice.

Como bien ha dicho, resultan estremecedores los párrafos que narran cómo Vicente es arrojado a una celda donde, además del lecho de tejas rotas que le cortaban el cuerpo y el sueño, le esperaba algo aún peor: la soledad. Es angustioso pensar cómo su cuerpo mancillado iba pudriéndose en lo más hondo de un calabozo que, como escribía el poeta, era más negro que las mismas tinieblas, ahogado por las piedras de una bóveda estrecha bajo el nivel del suelo, una lúgubre cueva privada de toda luz que pudiera animar su ya de por sí elevado espíritu.

Saco el móvil para repasar las cartas de Fabiola. No me acostumbro a este texto abominable, se me siguen cerrando los ojos por muchas veces que intente leerlo, ya que cada palabra me conduce a las chicas muertas: «Retuérceme, golpéame, flagélame hasta desollarme, heridas se impriman en mis heridas y tormentos se enfurezcan sobre mis tormentos...». Pero en esta ocasión vuelco toda mi atención en el final. Como bien ha dicho sor Blanca, Fabiola también se sirvió de la parte del encierro para demostrarle a mi madre que siempre será más fuerte que ella. Tras afirmar que ninguna tortura podría doblegarla, creyéndose ella misma una santa abnegada a la que le ha tocado soportar lo peor en la vida como vía para demostrar su inmensa virtud, termina diciendo:

> «Busca un lugar tenebroso y profundo de techumbre agobiante, condenado a una noche perpetua... Y enciérrame en tinieblas para que ni siquiera los ojos se reanimen buscando la luz, sin persona alguna que me aliente y me acompañe con su conversación...».

Permanezco unos segundos pensativa.

Algo de lo que he leído me toca por dentro, y no es la similitud entre ambos textos, que ya nadie pone en duda. Ni tampoco la angustia que me provoca imaginar al santo viendo pasar uno detrás de otro los días sin sol con la única compañía de su fe inquebrantable.

—¿Estás bien, hija? —me pregunta sor Blanca.

—Hay algo...

—¿El qué?

—Aún no lo sé. Pero he de irme.

—¿Adónde?

—Necesito pensar...

Salgo sin apenas despedirme, abriéndome paso entre el magma humano que, una vez que la monja de recepción ha dado el pistoletazo de salida, va inundando el pasillo en dirección al gran comedor. No me fijo en sus rostros ni para comprobar si Manjou y Bagdomo están en la fila, que, estirándose hacia fuera del edificio, avanza a pasitos impacientes por la calle Rodríguez Paterna. Continúo hasta el hospital provincial, delante del que he aparcado al llegar. Mi mente no deja de parlotear. Imágenes, frases, conceptos. Me veo como una de esas locas que hablan solas con la vista clavada en las baldosas; la única diferencia es que, en mi caso, lo hago en silencio.

Para terminar de arreglarlo, suena mi teléfono.

Es la inspectora Santolaya.

—¿Está bien mi hermano?

—Sí —me tranquiliza, pero añade para no perder autoridad—: Encerrado en su celda hasta que lo pasemos a disposición judicial. Te llamo por Terry, el joyero.

—¿Lo habéis detenido? ¿Habéis podido hacerle la prueba?

—Lo hemos localizado en su vivienda y estamos en ello. No ha puesto ninguna pega. Su pareja también está aquí. Dice que quiere denunciarte, que no entiende por qué has mezclado a Terry en esto.

—¡Porque es medio hermano de Lucas y ha asesinado a las dos chicas!

—Él niega ambas cosas.

—Terry es la bestia.

—Más te vale tener razón. Si el test no acredita el parentesco con tu familia, habremos hecho un ridículo espantoso.

Esta vez no te fallaré, me dispongo a decir. Pero en su lugar pregunto:

—¿Cuándo tendréis los resultados?

—En unas pocas horas.

—Daos prisa, por favor. ¿Le habéis sacado sangre o lo que sea necesario para estar seguros de que son fiables?

—Todas las células de una persona poseen idéntico ADN, es indiferente que tomemos muestras de sangre, de cabello o de restos orgánicos que hayan quedado en un chicle. Lo importante es que los alelos, que son las formas alternativas de un mismo gen, den compatibilidad en todos los marcadores.

—Y si es así, no habrá duda...

—La estadística nos diría que nunca hay un cien por cien de certeza, pero si todo va bien y chequeamos pruebas de ambos progenitores, podemos hablar de una seguridad del noventa y nueve con nueve, nueve, nueve, nueve.

—Si hay que esperar, ¿por qué me llamas?

—Terry nos ha contado una historia que deberíamos considerar antes de tener los resultados.

Todavía no la he escuchado y ya tengo el pálpito de que se están viniendo abajo todos esos nueves de probabilidad.

—¿Qué historia?

# 52

*Treinta y tres años antes*

Amparo Loza entró en la cafetería próxima al teatro Bretón en la que había quedado con Fabiola mes y medio antes, cuando esta accedió a prestarle una estancia de Bodegas 1521 para la asamblea de Afammer. Estaba igual de emocionada que en aquella primera cita. No había presumido ni nada desde entonces... y lo que le quedaba por presumir, ahora que había sido la propia bodeguera quien la había llamado.

Estaba esperándola en la misma mesita redonda de mármol de la otra vez. Una mujer de costumbres, eso siempre es bueno. Se saludaron con todo el afecto que admitía su relación desigual y se sentaron la una enfrente de la otra.

—¿Cómo va la vida? —le preguntó Fabiola para romper el hielo—. ¿Vas a trabajar en vendimias?

—¿En el pesaje, dices?

—Apúntate y ya moveré yo algún hilo para que vuelvan a asignarte mi bodega.

—Me encantaría, Fabiola. Así nos veríamos de nuevo, aunque fuera trabajando.

—Y tus compañeras de la asociación, ¿están contentas con cómo fue la asamblea?

—Tal vez demasiado, ya están hablando de volver a pedirte la sala para la próxima.

—Si solo es eso...

Ambas desviaron la vista hacia las paredes, pintadas con un estucado que habían hecho trazando curvas con cabezas de muñeca a modo de pincel. El local estaba decorado como si fuera una calle, con falsos escaparates, su acera y hasta alguna que otra farola. Amparo estaba escamada; Fabiola se mostraba extrañamente contenta.

—¿Qué puedo hacer por ti? —se lanzó a preguntarle. Sabía que a la bodeguera le gustaba ir al grano y le pareció buena cosa dejarse de prolegómenos y jugar en su liga.

—¿Te acuerdas de cuando quedamos aquí el mes pasado?

—¡Cómo no me voy a acordar! Si fue uno de los días más importantes de mi vida.

—Ya se te está yendo la mano con los piropos. ¿Y también te acuerdas de lo que hablamos?

Amparo miró a ambos lados y bajó la voz.

—No me digas que has pensado en lo de la adopción...

—Claro que lo he pensado, desde que salí de aquí no dejé de pensarlo.

—Y ¿qué has decidido? Ay, madre mía, no me digas que me has llamado porque vas a adoptar a ese bebé, que me muero de la emoción. La *chiguita* de la que te hablé necesita saber algo cuanto antes, que se le va a empezar a notar. Ya te comenté que podríais ausentaros ambas y regresar ella sin barriga y tú con el niño. Entretanto, yo le busco trabajo de asistenta en otra provincia. Pero si hasta tiene el pelo rizado. ¿Recuerdas que te dije que es medio pelirroja, como tú?

—Amparo, Amparo... —la apaciguó, mostrándole las palmas de las manos.

—¿He dicho algo inconveniente?

—No es eso. Tengo otra noticia para ti.

—¿Ha ocurrido algo malo?

Fabiola desplegó una abierta sonrisa. Amparo se dio cuenta de que era la primera vez que la veía hacerlo.

—Me he quedado embarazada.

La de Arnedo se levantó de la silla empujándola de forma brusca hacia atrás, lo que produjo un chirrido agudísimo.

—¿Qué me dices?

—Anda, siéntate, que nos está mirando el camarero.

—Pues que mire, que él también está de muy buen ver, y de paso que nos saque algo. —Le hizo una seña—. ¡Chaval, trae un reserva de la bodega de esta señora y dos copas!

—Y ¿cuál es esa bodega? —preguntó él desde la barra.

—¿Es que no eres de aquí o qué? Bodegas 1521, a ver si vas enterándote de la gente ilustre que viene a tu local. Y no tires el corcho, que lo que sobre me lo llevo a casa.

Fabiola estaba abochornada, pero soltó una carcajada. Amparo no podía estar más feliz. ¡La había hecho reír y todo!

—Y ¿cómo ha sido? —le preguntó.

—Pues ya sabes cómo, que tú has fabricado dos.

Más risas, ambas.

—Pero si no podíais...

—Eso pensábamos, aunque ya te dije que nunca nos habíamos hecho análisis.

—¿Ves como tenía razón? Una mujer como tú puede conseguir todo lo que se propone, eres un ejemplo para todas las riojanas y también para las de fuera. Si es que hasta a la esterilidad vences.

—Que no es que la venza, Amparo, que nunca he sido estéril... Ni tampoco Claudio.

—¡Pues a brindar por los dos! —Se volvió hacia el camarero, que ya se acercaba con la botella—. ¡Ponte una copa tú también y siéntate aquí con nosotras!

Él negó con prudencia y comenzó el pausado ritual de descorche que merecía aquel reserva 1095. Tenía nombre de evento histórico, y a Fabiola le gustaba decir que cada vez que alguien abría una de esas botellas convertía el instante en otro evento igual de importante. Así de modesta era ella, para qué disimularlo. Además, este vino también llamaba la atención desde lejos porque la botella venía envuelta en una redecilla de hilo dorado que el camarero soltó por la parte superior antes de cortar la cápsula.

—Siempre me ha llamado la atención lo de la mallita —comentó Amparo mientras tanto.

—Algunas bodegas clásicas de Rioja la utilizaban para evitar el fraude —le explicó Fabiola, remontándose a unos años veinte que a su amiga le sonaban a una época inventada.

En aquel tiempo, cuando se pusieron de moda en Madrid los primeros restaurantes de lujo al albor de los que abrieron el Palace o el Ritz, los bodegueros riojanos les enviaban el vino en grandes barricas que embotellaban en destino, reutilizando botellas vacías de las respectivas bodegas. Y todo fue como la seda hasta que a algún listo se le ocurrió integrar el garrafón en la ecuación y comenzó a rellenarlas con tintos de baja calidad de otras procedencias. Los bodegueros, viendo que su prestigio se iba por el desagüe junto a los caldos imbebibles, no solo comenzaron a vender el vino ya embotellado en origen, sino que además lo lacraban con estas redecillas, que servían como certificado de garantía.

—Fíjate en lo populares que pudieron llegar a ser que, cuando dejaron de ponerlas porque llegó la Segunda Guerra Mundial y no había metal para fabricar nada que no fuera de uso militar, algunas bodegas incluyeron una nota en la etiqueta para disculparse, asegurando a los clientes que la calidad no se resentía por la ausencia de la mallita.

—Y hoy, ¿para qué lo usáis? Seguro que es para llamar la atención, porque anda que no hay marcas en las estanterías.

—No te voy a negar que los países a los que he empezado a exportar agradecen cualquier distintivo que suene a tradición o a prestigio. Pero sobre todo lo hago como homenaje, por mi amor a la historia. A la del vino, a la de nuestros ancestros y a la de esta tierra.

Amparo se habría lanzado a aplaudir, pero se le adelantó el sugerente sonido del descorche. El camarero sirvió las copas, no sin que antes la bodeguera oliese la suya vacía. La gente se las daba de entendida a base de pegar la nariz al corcho o al vino recién escanciado, cuando muchas veces el eventual olor indeseable procedía del cristal mal lavado.

—No puedo beber mucho, que estoy embarazada —avisó Fabiola, y se le escapó otra sonrisilla.

Habría preferido no dejarse leer tan abiertamente, pero con esta mujer no podía evitar el mostrar sus emociones. No estaba acostumbrada a que la gente se dirigiera a ella con tanta llaneza, lo cual hacía que se vinieran abajo sus defensas. Aunque ya que perdía el control de sí misma, mejor si era para mostrar alegría. ¿Dónde quedaban la depresión y la angustia de los últimos meses? En cuanto volviese a casa tiraría por el váter las pastillas que aún quedaban en las cajas que le recetaba el doctor Ochoa.

Después de probarlo y dar el visto bueno, sacó del bolso un bolígrafo muy pesado de cartuchos recambiables que había pertenecido a su padre, se hizo con un posavasos de cartón con el logotipo de la cafetería y escribió algo por el reverso. Acto seguido, alzó la copa y colocó detrás el texto.

—Antes se decía que un vino era fino si podías leer un papel a través de él —expuso—. ¿Qué ves aquí?

Amparo estiró el cuello y entornó los ojos para mirar más allá del fluido rojo. A medida que avanzaba por las palabras moviendo los labios sin emitir sonido alguno, se le iluminaba la cara. Vaya que si se leía, más claro que el agua y en mayúsculas:

«VALE POR UNA SALA DE BODEGAS 1521 PARA TODAS LAS ASAMBLEAS DE AFAMMER QUE NECESITE AMPARO LOZA. FIRMADO: FABIOLA MARÍN».

—Así te evitarás la vergüenza de pedírmelo cada vez —sentenció la bodeguera.

—No sé qué decir, Fabiola.

Temblaba y todo.

—Esto no es nada comparado con la fidelidad que tú me has demostrado, aun sin conocerme. No te creas que hay muchas personas en el mundo con las que puedo hablar con la confianza con la que lo hice contigo el mes pasado, y menos aún de estos temas. Soy consciente de lo que estabas dispuesta a hacer por mí. Conseguirme un niño... Simplemente, gracias.

A Amparo se le ensombreció el rostro.

—Lo único...

—¿Qué ocurre?

—¿Quién se quedará ahora con ese crío del pueblo? Perdona que sea tan ingenua, pero daba por hecho que ibas a ser tú. ¿No querrás otro aparte del que has concebido?

—Amparo, lo siento, pero...

—Calla, calla, que acabo de decir una bobada.

—No te preocupes.

Las dos enmudecieron.

—Me lo quedo yo —dispuso de pronto la de Arnedo.

—¡Qué dices!

—Lo que has oído.

—Pero si tú ya tienes dos adolescentes...

—Pues por eso mismo, que echo de menos el gusto que da tocar un cuerpecito de bebé.

A Fabiola le entró una especie de risa nerviosa, sobre todo porque se imaginaba a sí misma acariciando al que llevaba en su vientre.

—Y ¿qué va a decir tu marido?

—Que diga lo que quiera, que siempre hacemos todo lo que él quiere. Esta vez va a pasar por el aro y, si no, que se busque a otra.

Se retocó el peinado de peluquería que había compuesto esa mañana para estar a la altura de su amiga. Fabiola la observaba con cierta fascinación. Hasta entonces se había creído la mujer más valiente de este mundo, pero la que tenía delante, con sus pantalones de señora mayor y sus botines de mercadillo, atesoraba el desparpajo natural de los héroes de leyenda.

—¿Estás segura?

—Y tanto que lo estoy —sentenció con firmeza—. Tan segura como que dentro de unos meses estaremos paseando juntas a nuestros bebés.

La propia Amparo no podía creer el giro que estaba dando su vida. Primero lo de ayudar a montar la asociación, luego lo de codearse con la *jet set* de los bodegueros y ahora esto. Siempre había sido una mujer echada *palante*, pero de pueblo, dirían algunos. Algo que ella no solo llevaba bien, sino de lo que presumía. Para hacer grandes cosas en la vida no necesitaba amplias avenidas ni farolas encendidas toda la noche. Le bastaba un corro de tierra bajo las estrellas en el cual plantar unos tomates de esos que olían a gloria y que pronto prepararía cortaditos en tacos a su niño para cenar.

Su niño, su niño...

Tenía que ir pensando en un nombre.

—Lo llamaré Terry.

—Pero ¿qué dices? —saltó la bodeguera sin disimular su asombro.

—Que sí, que leí ese nombre una vez en una revista y, no sé por qué, pero me gusta mucho.

—Pero ¿es diminutivo de algo o se va a llamar así directamente?

—Así, sin más. Terry —repitió Amparo de forma pausada, lacrando la decisión con la delicadeza de una redecilla de hilo dorado.

# 53

Parada en plena calle, trato de digerir lo que Santolaya acaba de contarme.

—Si Terry es hijo de esa otra mujer del pueblo, ¿dónde está el de mi padre y la bodeguera? —le pregunto con el teléfono tan pegado a la oreja que parece un accesorio de cíborg—. Porque el doctor Ochoa ha dejado claro que no hubo muerte fetal. Fabiola parió un bebé. Prematuro, pero lo parió.

—Lo daría en adopción a otra familia.

—Sí, pero ¿a quién? Entiendo que habrá algún registro de adopciones en el que poder consultar las de una época determinada.

—¿Necesito decirte que estamos en ello? —protesta la inspectora—. Además, olvidas que cualquier cosa que hubiera hecho Fabiola con ese crío fue ilegal. Al haber simulado que su fallecimiento fue anterior a los ciento ochenta días de gestación, ni siquiera habrá constancia de su existencia.

—Pues entonces chequeemos los nacimientos que figuran por esas fechas en el registro civil. Los padres que se lo quedaron tuvieron que inscribirlo, aunque fuera acompañado de alguna película como que lo habían parido en la bañera de casa.

—¿Te refieres a inscripciones de nacimiento aquí en Logroño? Los adoptantes podrían ser de cualquier sitio, a ti siempre te parece todo sumamente fácil.

—Lo que me parece es que deberíamos aparcar las cuestiones personales —sugiero con toda la paciencia que soy capaz de reunir. Aun cuando estemos trabajando en la misma dirección, no debo olvidar que Santolaya me odia por lo que le ha ocurrido a Marcos casi tanto como yo me odio a mí misma.

—Y, en cualquier caso —vuelve a atacar—, veo que estás dando por hecho que Terry dice la verdad.

—¿Le habéis preguntado a la propia Fabiola? Entiendo que es ella quien ha de hablar antes que nadie. Si quieres, me paso por su bodega.

—No la han visto por allí en todo el día, estamos intentando localizarla. Pero tú haz lo que quieras.

Desde luego que lo voy a hacer. Menuda gilipollas de tía, ¿para qué me llamas si luego vas a tratarme con semejante desprecio? Subo al coche y me incorporo a la calzada con un acelerón que asusta a una pareja de ancianos parados en el bordillo. Puede que Fabiola no esté en Bodegas 1521, pero un canto de sirena me atrae hacia ese infierno en la Tierra, como lo llamaría mi madre. Quizá sea el momento de arder para siempre con todas mis máscaras, esas que hace un rato me ha reprochado Bugatti. Una vez leí que, en lengua etrusca, la palabra «persona» se decía igual que la palabra «máscara», por lo que esa lacra social no debe de ser cosa de hoy en día. Los actores de aquellos escenarios con enormes columnas de mármol disponían de varios modelos: apasionadas, tristes, trágicas. Yo siempre he preferido la de estupenda. Todo va bien, que no se noten los problemas. Ahora que he decidido arrancármela, me da pánico enfrentarme al cubo de espejo y no ver nada reflejado.

Tomo la curva paralela al río y ahí está, alzándose imponente con sus cuatro caras planas e inmensas a las que se ha adherido una capa de la niebla que repta desde la ribera. Sobre ellas, la terraza en la que se celebró la fiesta permanece huérfana. Es difícil saber si alguien volverá a subir allí a tomar un vino, por muy buenas vistas que ofrezca. Tampoco creo que nadie quiera dormir en la cama de un hotel boutique donde han desollado a una niña adorable —el mundo no ha visto las fotos perversas de Penélope—. Ni mucho menos creo que nadie quiera meterse en su jacuzzi, vuelto a teñir de rojo por los productos de enoterapia.

Cuando voy a entrar en el aparcamiento, serpentea por el suelo una de las cintas que utilizaron para trazar el perímetro policial. Se me ocurre pensar que van a darme el alto en cuanto trate de cruzar la recepción del spa o, si bajo por el camino de acceso de los camiones, en el portón de las instalaciones de la bodega, así que doy un volantazo y continúo hasta que dejo atrás el complejo. Un par de cientos de metros más adelante, orillo el coche en el arcén y me asomo por la ventanilla.

Frente a mí se eleva el monte Cantabria, casi en vertical con su abrupto precipicio. Quiero pensar que caminando por sus faldas podré rodear los terrenos de la bodega, situada a sus pies, y acceder por detrás a la casa del guardés.

Cruzo la calzada corriendo para que no se me lleve por delante un camión que se acerca por el otro carril y me introduzco en un campo de tomillo. El cerro tiene forma de pirámide truncada, con la cumbre plana cubierta de vides salpicadas de cerámicas prerromanas. En este lugar, a cada momento encuentran nuevos restos arqueológicos: un recinto amurallado celtibérico, vestigios de un puerto fluvial de tiempos visigodos y hasta fósiles de una rara especie de mamut del período interglaciar. Seguro que el padre de Fabiola escogió este enclave porque, allá donde mirase, respiraba retazos de historia, cuyo estudio era su única afición aparte de ganar dinero con el vino. Poco podía imaginar que todos esos eventos que habían sobrevivido al rodillo de los siglos iban a quedar ensombrecidos por lo que había ocurrido en su propia casa. Vuelvo a mirar hacia arriba con inquietud. El cerro Cantabria ha pasado a ser el cerro de la bestia.

Troto por la ladera desigual. Las zapatillas blancas enseguida se tiñen de polvo de arcilla. Paso por encima de una valla de alambre que delimita la propiedad, más que protegerla. Al poco, veo a lo lejos la casa del guardés.

Avanzo hacia allí con una sensación diferente a cuando lo hice acompañada de Fidel Gil, el día que conocí a Fabiola. Ahora sé que es una empresaria única, pero también una criminal capaz de simular la muerte de su hijo o torturar a mi madre con unas cartas en las que sin duda está la clave de todo lo que ha venido después.

Me detengo frente a la puerta de la casa. La humedad me cala los huesos, hasta aquí llega la niebla. Llamo con los nudillos. Espero unos segundos y vuelvo a intentarlo sin recibir respuesta. Repaso el monte con la sensación de que hay alguien en esa atalaya que, desde tiempos remotos, ha controlado la ciudad y sus gentes. Me acerco a una de las ventanas del salón. Las persianas están a medio bajar y, los cristales, cubiertos por dentro con papeles de periódico.

Rodeo la construcción y me asomo al campo de menhires que se extiende a su espalda. Imagino a Fabiola tallando con ese diseño neolítico la piedra que iba extrayendo de la excavación, primero uno, luego otro y otro más, de forma obsesiva, al igual que lo hace todo. Lo cierto es que es un espectáculo contemplarlos en su conjunto, erguidos como un ejército de guerreros mágicos engendrados para proteger el acceso a la catacumba.

Me introduzco entre ellos y siento una suerte de flujo energético que me recorre por dentro. Es como si cada menhir estuviera conectado a los demás y, al penetrar en su campo telúrico, todas mis células se conectasen también entre ellas formando una malla incandescente. La sensación es demasiado intensa. Quiero salir de aquí..., pero entonces me fijo en la entrada al calado, abierta en un cortado en la ladera del cerro.

Y mi mente empieza a dar vueltas.

De nuevo el parloteo, aunque ahora, estando aquí, resulta más inteligible. La inesperada noticia de que Terry no es el hijo de la bodeguera, los comentarios de sor Blanca acerca de la mazmorra del santo...

Y todo ello, ahora veo clara la conexión, sumado a lo que Fidel Gil me comentó sobre su conversación con Didier Lozahic, el enólogo francés.

Oh, Dios.

Está dejando de ser cháchara mental. Es tremendamente inteligible...

Y aterrador.

Me dirijo despacio hacia el acceso a la catacumba.

Cuando voy a pasar junto al último menhir...

La veo.

Al principio solo son dos pies desnudos que asoman detrás de la roca. Me acerco con el corazón en un puño. Hay algunas prendas alrededor. Unos pantalones de pana como los de la bodeguera. Su chaleco acolchado, unos trapos que resultan ser ropa interior arrastrada por el viento. Sigo caminando, estirando el cuello para ver mejor. Los empeines de los pies están rasgados. También las piernas. Doy un paso más...

Es Fabiola, desollada de arriba abajo.

¡Dios, Dios, Dios!

El pecho va a estallarme. Por un momento siento que se ha hecho... justicia. No puedo pensar así, tienen que ser los nervios, estoy sobrepasada, lo noto por un cosquilleo conocido que me sube desde la garganta hasta el cielo de la boca. Observo su cuerpo de mujer mayor pero no tanto, como diría Bugatti, con esas formas que un día conquistaron a mi padre y la piel blanquísima de pelirroja rasgada mil veces por las uñas de la bestia, ese trozo de botella rota que ya no hay que imaginar dado que lo ha dejado junto al cadáver al irse...

Si es que se ha ido.

Giro sobre mí misma para repasar uno por uno los demás menhires por si estuviera escondida. Algunos son tan anchos en la base como para ocultar a una persona de tamaño medio y, en cualquier caso, hay muchos ángulos muertos. ¿Qué hago aquí? ¿Por qué no salgo corriendo, gritando despavorida? ¿Por qué no me desmayo, como me ocurrió frente a la cama de Penélope? Es esa energía que emerge desde las profundidades de la tierra y me recorre y me enciende la que me mantiene en pie como un menhir más. Vuelvo a contemplar al demonio que le amargó la vida a mi madre, tirado en el suelo en una posición inverosímil debido al cuello descoyuntado, y suelto una risotada nerviosa que al mismo tiempo es llanto.

Al igual que ocurría con las dos víctimas anteriores, no se distingue el rostro, tan seccionada está la piel desde el cuero cabelludo hasta la barbilla, habiendo sido rasgados por el camino la frente, los párpados, la nariz, las mejillas y los labios, que cuelgan dejando a la vista la mandíbula en una mueca terrorífica. Imagino a este despojo treinta años atrás, mientras escribía sobre una mesa de gruesa madera las cartas inspiradas en el tormento de San Vicente, redactando las barbaridades que hoy reproduce su propio cuerpo hecho tiras. Ella quería ser la invicta, pero a mis pies solo veo colgajos que no son nada.

En este momento, oigo un repique de campanas.

Me vuelvo con el corazón en la boca.

Es el tono de llamada de un móvil. Procede del chaleco de Fabiola. Me agacho para buscarlo. Meto la mano en uno de los bolsillos, en el que encuentro un par de pañuelos de papel y un bolígrafo pesado. Lo saco del otro. Las campanas siguen replicando, parecen estar aquí mismo, con sus enormes badajos golpeando el metal fundido para comunicar la defunción desde lo alto del templo.

En la pantalla, un número oculto.

—¿Sí? —contesto.

Alguien dice algo al otro lado, pero el viento constante me impide escucharlo. El volumen está bajo. Me dispongo a subirlo, pero noto que algo se mueve a mi espalda. Me doy la vuelta, asustada. Es la braga arrancada de Fabiola, que se desplaza por el suelo. Se me mete polvo naranja en los ojos. Los cierro, brotan lágrimas para que no raspe las córneas. Voy a limpiarme con el dorso de la mano. Otro ruido. ¿Es el móvil? Aún no puedo abrirlos...

En ese instante, ocurre.

El tiempo se detiene una milésima de segundo, lo suficiente para darme cuenta de que estoy muerta.

Una zarpa áspera como un madero me agarra del cuello y me arroja al suelo. Me estrello boca abajo y me rasgo la barbilla y la nariz, aunque el dolor brutal procede de la muñeca. La he lanzado hacia delante de forma instintiva para mitigar el impacto y se ha doblado debido al peso de mi propio cuerpo. Intento ponerme en pie apoyándome en la otra mano, pero la garra de la bestia ha formado un puño que me golpea en la espalda con la brutalidad con que lo haría un bloque de cemento desprendido de un andamio. Mi columna se arquea antes de volver a darme de bruces contra la tierra humedecida por la niebla. Suelto un alarido sordo y comprendo que soy la persona más estúpida del planeta por no haber salido corriendo nada más ver el cadáver de Fabiola. Pero es que nada de lo que ha ocurrido en los últimos días es normal. Lloriqueo como una adolescente enfrentada al mundo, ninguna de mis reacciones ni de mis pensamientos son como se supone que deberían ser. Qué puedo hacer yo si la vida se ha vuelto del revés y me rozan todas sus costuras, provocándome ampollas que solo puedo calmar sabiendo. Así somos los seres humanos, capaces de darlo todo, hasta la vida, por saber. Por saber lo que hizo mi padre para terminar en estado catatónico; por saber lo que hizo Fabiola con mi medio hermano. Suelto una patada hacia atrás, intentando hacer que retroceda y ganar un segundo para ponerme boca arriba sin la ayuda de la mano izquierda, que sin duda está rota. Quiero mirarlo a la cara, quiero saber.

Y me giro, pegando la espalda al suelo del campo de menhires.

Y lo veo.

Comienzo a llorar de pánico, aunque él parece estar aún más asustado que yo.

Es un varón, aunque más bien debería decir un macho, por su aspecto de animal salvaje. Es posible que mida un metro setenta y tantos, pero la postura un tanto encorvada le hace parecer más bajo. El pelo rizado y enmarañado le cuelga más abajo de los hombros; mechones oscuros, algún destello anaranjado. La piel del rostro, transparente hasta volverse azul por el efecto que producen los vasos capilares y las venas superficiales. Sus ojos me están viendo pero parecen no mirarme, son como dos esferas de marfil en las que han colocado unas lentillas empañadas y un tanto desplazadas. Viste un pantalón de loneta gris y una camisa negra abrochada hasta el último botón, al estilo de un predicador. Sobresalen los músculos tensos de su cuello, que parece sacado de un tratado de anatomía. El resto de su cuerpo sigue el mismo patrón, desprovisto de carne sobrante. Los brazos están cubiertos de cortes curados sin cuidado. Los pies, descalzos y encallecidos.

Con uno de ellos me atiza un pisotón en el pecho que me corta la respiración. Me encojo en posición fetal. Cuando vuelvo a abrir los ojos lo tengo mucho más cerca; se ha puesto en cuclillas para pegar su cara a la mía, como cuando desperté en la sala de lectura del hotel. Reconozco el aliento hediondo, si bien ahora hay algo que me aterra más aún que su silueta: lleva en la mano la botella rota que ha recogido del suelo, la garra de cuyas cuatro puntas gotea sobre mi mejilla la sangre de Fabiola.

Me estremezco y él, asustado por esa sacudida casi imperceptible, vuelve a ponerse en pie de un salto y a pisarme el pecho, aprovechando su propio peso en la caída. Siento que se quiebran mis costillas, aunque lo peor es que después del impacto mantiene el pie sobre mis senos, ejerciendo tal fuerza que podría detener la rotación de la Tierra.

Me observa de arriba abajo. Lo hace durante mucho tiempo, o eso me parece, ya que me falta el aire, mis órganos y tejidos empiezan a reclamar oxígeno de forma desesperada, me aferro con ambas manos a su tobillo e intento sin éxito levantarle el pie. Mi cerebro dispara una bengala de rescate poblando el cielo de pensamientos terribles, ya no relacionados con el monstruo que me aplasta el tórax, sino otros de diferente dramatismo, como que he dejado la cama sin hacer, por lo que pueda pensar mi madre cuando la vea. Voy a irme ahora que las dos hemos tenido la oportunidad de conocernos un poco más, irme sin que nadie haya llegado a quererme del todo.

La bestia afloja la presión para recomponerse, apenas un instante que me sirve para sorber una bocanada de niebla del río. Noto ese aire tan de mi tierra en el interior del pecho ansioso, devolviéndome la vida... durante unos segundos, porque al poco se reanuda el desvanecimiento, la sequedad en la boca, los pensamientos de niña y vieja y joven al mismo tiempo, porque soy todas ellas y a la vez ninguna en este instante sin tiempo.

Y cuando voy a dejar de luchar, y decido soltarle el tobillo y extiendo los brazos a ambos lados como un Jesús crucificado que recibe con júbilo la mano que tira de él hacia el otro lado...

La bestia afloja la presión.

Durante dos segundos continúo sin poder respirar.

Después toso. Me duele mucho.

Y sus ojos se clavan en mi cuello.

En mi mancha de nacimiento.

En el beso del ángel.

Y deja caer el trozo de botella, las uñas de cristal.

—Voy a levantarme —se me ocurre decir, como si al informarle de mi siguiente movimiento estuviera sellando un pacto que me permite hacerlo.

La bestia sigue con la mirada clavada en mi cuello.

Se toca el suyo en el mismo punto, donde tiene una abultada cicatriz.

Y en cuanto me incorporo, creyendo que el ángel ha obrado el milagro, me suelta un puñetazo bestial en la cara. De nuevo un bloque de cemento que está a punto de aplastarme la cabeza. Y todo se funde a negro.

# 54

*Diecinueve años antes*

Fabiola se consideraba diferente. Como buena amante de la historia, conocía otros casos. Había muchos más de los que la gente creía, algunos documentados con fotos, como las de aquella noble de Poitiers llamada Blanche Monnier que permaneció encerrada en un ático durante más de veinticinco años en los que no vio la luz del sol. Pero esa joven no era un buen ejemplo. Su madre la recluyó para castigarla por su empeño en casarse con un abogaducho de medio pelo; y la obligó a vivir en la inmundicia, arrojada a un colchón putrefacto entre heces y orines, desnuda y tan desnutrida que, cuando fue rescatada, pesaba menos kilos que años llevaba encerrada. De ninguna manera, Fabiola no era así. Ella tenía a su pequeño Vicente como un pincel, siempre aseado y vestido con ropa nueva. Le cambiaba la bacinilla cuando menos una vez al día, lo duchaba metiendo entre los barrotes la manguera de limpiar las barricas y lo alimentaba como Dios manda, con los mismos productos de la huerta riojana que ella consumía. Y, lo más importante: no lo tenía encerrado para castigarlo, sino para salvarlo. Quería convertirlo en un hombre de verdad —no como Claudio, su patético padre— y había decidido conducirlo a la virtud por el sendero que tiempo atrás dejó marcado el santo y patrón de los viticultores del que había recibido el nombre.

Como cada mañana, Fabiola salió de la casa del guardés y giró sobre sí misma para contemplar las instalaciones de la bodega al fondo y, al otro lado, el barranco del monte Cantabria. Qué gusto de día, con esa brisa que traía a la vida al más dormido; y sin nadie alrededor, ya que todos sus empleados tenían bien claro que no podían acercarse a su reducto privado salvo por fuerza mayor y avisando antes. Acto seguido, cruzó la explanada de los menhires, como había empezado a llamarla ahora que ya llevaba tres cincelados a partir de la piedra que iba sacando de la excavación de su calado, y se dirigió a la entrada abierta en las faldas del cerro.

Su preciada catacumba no era tan impresionante como las grandes redes subterráneas de otras bodegas centenarias de Rioja, pero podía presumir de haberla cavado ella misma... con la ayuda de algunos tuneladores y, sobre todo, del enólogo francés Didier Lozahic. Cuántas veces se había arrepentido de no haberse entregado a él en lugar de a ese estúpido cocinero... Didier no solo le enseñó a mezclar vinos. La animó a seguir perforando el calado y hasta abrió la capilla secreta destinada a cementerio de botellas a la que Fabiola terminó dando un destino mucho mejor.

Accionó el interruptor que prendía la hilera de bombillas macilentas y atravesó el primer tramo a ritmo pausado mientras aspiraba el olor de la madera y los caldos añejos. Al llegar al fondo de la galería principal, continuó por el corredor de la izquierda hasta casi el final, donde en la pared lateral se adivinaba una puerta baja de hierro. Introdujo la llave que traía en el bolsillo, tiró de una aldaba que no produjo chirrido alguno —para algo se preocupaba ella de aplicar aceite cada mes a goznes y cerraduras— y dejó a la vista otra puerta que volvía a impedir el paso un metro más adentro, esta de barrotes.

—Buenos días, hijo —saludó a través de ellos, mientras retiraba el orinal por un pequeño hueco abierto en la base y, a cambio, introducía el hatillo con comida que había llevado consigo.

Encendió una nueva bombilla con forma de llama que iluminó la estancia, que vendría a tener unos seis metros de largo por cuatro de ancho. Al fondo se adivinaba un camastro sobre el que una figura agazapada cambió de postura.

—No remolonees que no tengo todo el día —le urgió.

Y mientras aquel se desperezaba, contempló el perfecto habitáculo con regodeo. Un calabozo idéntico al que describió el poeta Prudencio en el himno del mártir, más negro que las mismas tinieblas, ahogado por las piedras de una bóveda estrecha bajo el nivel del suelo, una lúgubre cueva privada de toda luz que pudiera animar el ya de por sí elevado espíritu del santo... Al igual que elevado era el espíritu de este otro joven Vicente que no había conocido el mal, ya que había estado dedicado por entero a una vida de contemplación de lo divino sin distracciones humanas.

No había sido fácil mantenerlo aislado sin que nadie se percatase de su existencia. Sobre todo al principio, cuando lo parió antes de tiempo tras el disgusto. El niño lloraba y tuvo que probar con todas las técnicas que había aprendido en las revistas para calmarlo. Lo balanceaba de la forma más rítmica que le permitía su falta de gracia para bailar, lo suficiente para que creyera que seguía flotando en el líquido amniótico; lo envolvía con una mantita dejando al aire las piernas para no causarle una luxación de cadera, pues lo quería mantener entero; masajeaba su piel fina, preparándola así para el tormento futuro; y, cómo no, le ofrecía el pecho a cada momento, sintiéndose madre en aquella clandestinidad escogida.

El chico se incorporó, se frotó los ojos y caminó hacia los barrotes. Dónde quedaba el tiempo en el que le daba de mamar... Era su catorce cumpleaños, aunque no lo celebraban —ni siquiera comentarían el hecho— porque el tiempo no era algo que importase entre aquellas cuatro paredes. Qué estirón has dado —pensó Fabiola—, aunque saltaba a la vista que necesitaba más proteína. Hacía los ejercicios, muchos días delante de ella, pero aún se le veía escuálido. Más ejercicios, hijo, más ejercicios. Quería esculpirlo fibroso para que no se pareciera en nada a su padre, quien siempre había tenido éxito con las mujeres bobas como ella aun cuando su cuerpo era un poco más blando que musculado. Más ejercicios, hijo. Imagina qué ocurriría si de pronto tuvieras que superar los castigos del potro; y quién sabe qué ocurrirá cuando ya no esté aquí para protegerte.

—Abróchate el último botón —le ordenó, y él obedeció sin rechistar. No solo abotonó el cuello de la camisa negra, sino también los puños de las mangas, que llevaba sueltos.

—He hecho muchas mallas —dijo Vicente, y se apresuró a mostrar a su madre una bolsa llena de redes de alambre dorado para precintar botellas—. Con los nudos pequeños.

Fabiola calculó a simple vista que ahí dentro habría alrededor de doscientas. Bien, bien. Parece que le había sacado provecho al artilugio que le trajo días atrás: un palo vertical de poco más de un metro anclado a una base, cuya punta entraba por el agujero abierto en el culo de una botella de madera. Era fácil de utilizar. Vicente se sentaba en la cama con él entre las piernas, colocaba una madeja de hilos dorados en un clavo que sobresalía en la parte superior e iba trenzándolos en una malla romboidal, utilizando como referencia unas cuñitas también de madera repartidas por el molde. Cuando terminaba, sacaba la malla por arriba y ya estaba lista para envolver una botella real y sellarla con lacre.

Fabiola fue a coger una de las redecillas para examinarla de cerca y Vicente le agarró la muñeca. Ella la apartó de un tirón, haciendo que su hijo se estampase contra los barrotes.

—¿Qué haces, loco? —le reprendió.

Vicente la miró con los ojos abiertos, cuyos globos habían adquirido una tonalidad amarillenta.

—Quiero tocarte.

—¡No puedes tocarme!

—¿Por qué?

—Porque yo formo parte del mundo.

—¿Qué hay en el mundo?

—En el mundo solo importas tú.

—Ahí arriba, digo. ¿Qué hay?

—Dios.

—No tan arriba.

—Basura.

—¿Qué es basura?

—Las bestias. Las bestias son basura.

La tarea de aprendizaje había sido compleja. No podía hacer uso de la radio ni de la televisión, ni tan siquiera de libros escolares o de ningún otro tipo, dado que en todos ellos había dibujos o referencias al mundo del cual tenía que liberar a Vicente. Por eso se limitaba a hablarle de ellos dos y de Dios y del mártir, santificado a base de resistir el castigo de las bestias. Pero al mismo tiempo no quería pasarse y que el aislamiento severo influyera en su desarrollo. Quería un santo sin tacha, al que debía cincelar cada día al igual que cincelaba los menhires. Al principio, la limitación de movimientos y la falta de interacciones sociales le generaron un severo retraso con relación al que correspondería a un chico de su edad. Pero eso no afectaba a su plan, repetía para sí en los momentos de flaqueza. ¿Quién marcaba el reloj universal? La prisa y la ambición y la impaciencia y la ansiedad por quererlo todo, ese era el único tictac que preocupaba a la gente. Quererlo todo y al mismo tiempo, como por ejemplo una mujer bodeguera y una puta llamada Conchita.

Por eso se esforzaba en enseñarle con rectitud para que no se desviase del camino y, al tiempo, para que no se interesase ni preguntase demasiado, castigándole en cuanto se rebelaba una pizca, gritándole como un perro salvaje para asustarlo —sobre todo cuando era pequeño, que es cuando hacía más efecto y dejaba poso—. Si se portaba mal, también lo cincelaba carnalmente con una botella rota, en concreto con el trozo que había quedado de una de reserva que arrojó al suelo años atrás, el día que bajó a ese calado a su amiga Amparo justo antes de parir, recién conocida la infidelidad de Claudio. Agarraba ese trozo de cristal, que era el cuello de la botella con cuatro dientes, y le llagaba al niño el brazo u otra parte del cuerpo, como las bestias rasgaron el cuerpo del santo en su celda oscura. Y después lo curaba con agua de romero, como la que usaban los *picaos* que se abrían la espalda en la procesión de penitentes de San Vicente de la Sonsierra, y volvía a amarlo y a dedicarse a él por entero, de nuevo maestra, de nuevo mentora, por aquí vas bien, hijo mío, por este camino vas bien.

Con los años, lo más difícil seguía siendo escoger las palabras, enseñarle algunas nuevas sin por ello hablarle del mundo, seguir creándole ese universo propio en el que solo cabían ellos dos y la sombra de las bestias de fuera. Con este escueto ejercicio intelectual evitaba que se atrofiasen sus pequeños hemisferios cerebrales, sobre todo el izquierdo, en el que, además del lenguaje, se cocía la lógica. Y es que necesitaba que Vicente basase sus actos en una lógica aplastante: arriba están las bestias, no intento salir; aquí encuentro la virtud, me quedo para siempre. En lo de expresar emociones, que era otro síntoma de que su desarrollo iba viento en popa, estaba claro que no se quedaba corto. Hablaba con Dios y le mostraba sus avances, los rezos, las llagas. Con diez añitos ya levantaba el brazo cortado hacia el techo y gritaba: «¡Mira, mira, mira!».

Volvió a fijarse en lo que había crecido y se sintió muy orgullosa de él. Todo un adolescente, quién se lo iba a decir a ella cuando pensaba que no podía tener hijos, algo que el bastardo de su marido, en lugar de apoyarla, le reprochaba con miradas aviesas cada vez que se cruzaban por el pasillo. ¡Pues ahora te jodes, cabrón! Es mi hijo y no se parece en nada a ti. ¡En nada! ¡En nada! ¡En nada! ¡En nada!

Pero en ese momento sus ojos se clavaron en la marca de nacimiento que Vicente tenía en el cuello, similar a otra que tenía su padre, quizá un poco más pequeña pero en el mismo lugar. La llevaba viendo catoooorce años —pensó, estirando la o hasta colapsar de oes su cerebro—. ¿Cómo era posible que una maldita coloración oscura en la piel fuera suficiente para no poder quitarse a Claudio de la cabeza? No podía más, no podía, no podía. De súbito comenzó a gritar de forma animal y golpeó los barrotes con los puños; y como se le quedaba corto el ruido también los golpeó con la bacinilla, esparciendo los orines por encima incluso de ella misma. Vicente se hizo un ovillo a una distancia prudencial, como cada vez que evocaba los castigos de pequeño. «Si es por tu virtud, hijo», solía decirle su madre. Pero la lógica que afloraba de su hemisferio a medio hacer era más simple: después de los gritos viene el dolor, y después del dolor, los cuidados y el amor. Así que no hizo nada, salvo tragar saliva y prepararse, recogiendo el pelo hacia atrás para dejar el cuello limpio a la vista, cuando su madre cogió del suelo la botella rota y le mandó acercase mientras le decía:

—Vamos a borrar esa marca de una vez por todas, hijo mío, vamos a rasgar ese cuello, como al santo le rasgaron todas sus marcas de identidad humana para dejar solo la esencia invisible que le conectaba con Dios...

# 55

Una punzada de dolor en la columna me hace abrir los ojos y veo el techo abovedado, una bombilla, al cabo otra, y otra... Y en medio, la piedra oscurecida y húmeda. Está arrastrándome boca arriba por el suelo del calado, tirando de mi pierna como si fuera un saco. Giramos hacia la izquierda y me rozo contra la esquina el pecho y la cara ensangrentada por el puñetazo. Tenso el cuello para que no rebote la cabeza por el traqueteo, me agarro fuerte la muñeca rota con la otra mano. La espalda me quema por el roce, ha debido de hacerse un agujero en la camiseta, pero no soy capaz de revolverme ni de incorporarme ni de intentar nada, salvo rogar que todo pase cuanto antes.

Me introduce en una estancia aún más angosta a través de dos puertas de hierro, la primera maciza y, un metro más adentro, otra de barrotes, y me deja tirada junto a una de las paredes. Su celda. Idéntica a la que Fabiola describía en su segunda carta, el agujero oscuro que San Vicente Mártir terminó convirtiendo en un vergel espontáneo en el instante en que alcanzó la virtud y brotaron flores entre la piedra mohosa... Aunque aquí no hay rastro de flores. Hay un camastro y un orinal y un artilugio de madera con material para confeccionar esas redecillas de alambre dorado que acumula en un rincón. También una taza, de la que bebe y que vuelve a depositar sobre una mesilla, después de apartar restos de comida...

Su hogar.

Por fin, todo cuadra.

Mi mente se apacigua. Incluso lloraría de compasión si no tuviera tanto miedo y los párpados tan hinchados. El bebé de Fabiola, mi medio hermano, nació vivo pero no fue dado en adopción.

Ni a Amparo ni a ninguna otra familia. Su madre lo arrojó al cementerio de botellas que había abierto para ella el enólogo francés, donde lo ha mantenido encerrado hasta que por alguna razón ha salido al exterior para desollar. No es un psicópata. No es un psicótico. Es un animal asustado que nunca ha visto el mundo, que solo reproduce lo que su madre le ha contado, lo que durante toda su vida ha hecho con él.

Se arrodilla en el suelo junto a mí. Hago ademán de apartarme, pero apenas me desplazo un centímetro entre espasmos. Me duele tantísimo la zona lumbar que creo que me ha dejado paralítica. Me desconcierta que se limite a observarme. Más allá de su aspecto pavoroso, parece agotado. Como una ballena varada en una playa, incapaz de revolverse contra su destino. Echa hacia atrás su pelo abundante dejando ver de nuevo la arrugada cicatriz en el lateral del cuello. Me toca la pierna y me tenso. Aprieta mi muslo por encima del vaquero como si quisiera comprobar si tengo las carnes firmes, luego se inclina para olerlo... No. No quiere oler, sino seguir palpando, ahora con la nariz y los labios en lugar de con los dedos, con los carrillos, como haría un bebé que se enfrenta a un objeto desconocido. Está claro que no le basta con mirar. Lleva toda su vida encerrado en esta gruta, su vista no se ha alzado al habitual primer puesto en la carrera de los sentidos, y necesita estímulos diferentes para percibir con claridad. Me aprieta un pecho y me da un vuelco el corazón.

—Eres una bestia —suelta de pronto, dejándome de una pieza.

¿Por qué dice eso? *Él* es la bestia. No entiendo, no parece probable que haya leído mis columnas, ni tan siquiera que sepa leer. Habla raro, arrastrando las letras. Será porque durante su niñez no escuchó otros sonidos aparte de la voz de su madre, y sus neuronas no se preocuparon de asimilar bien todos esos matices que conjugamos de forma inconsciente para pronunciar una simple ese...

¿Qué hago pensando en esto? Necesito salir de aquí, pero tengo tanto miedo y me duele tanto la espalda...

—No soy una bestia —acierto a decir—. Soy una mujer.

Continúa tocándome, pero no de forma obscena. Se afana como haría una doctora en busca de un ganglio, o un niño que siente el impulso prohibido de jugar con la muñeca de su hermana y se debate entre la contención y la rabia contra sí mismo. El caso es que, por alguna razón, me está dando tiempo. Quiero creer que le refrena el beso del ángel, la marca que tengo en el mismo lugar donde él tiene su horrenda cicatriz... La misma marca de nacimiento que, algo más pequeña, también tenía nuestro padre. Recuerdo a la costurera de Afammer recomendándome borrarla con láser y pienso que, de haberlo hecho, ahora estaría muerta.

—¿Cómo te llamas? —le pregunto, pensando que si soy capaz de forjar algún tipo de intimidad con él, tal vez tenga alguna oportunidad.

—Vicente —contesta.

—Yo soy Camino y he venido porque quería conocerte.

—Camino.

—Eso es. ¿Por qué has salido al exterior después de tanto tiempo?

—Para ver bestias.

—¿Te has escapado?

—Mi madre abrió la puerta.

—¿Fabiola te soltó?

Su silencio significa que sí. No comprende muy bien cómo lo sé, ni siquiera cómo sé quién le ha parido. Le soltó y escapó y ahora ha regresado y ha acabado con su vida sin piedad. Me toca la nariz, desciende hacia el pómulo y se detiene en una llaga que él mismo ha abierto un rato antes al reventarme la cara con los nudillos.

Aprieta hacia dentro metiendo el dedo y doy un chillido.

—La virtud —concede.

—¿Por qué abrió la puerta tu madre?

—Para ayudar a mi hermano.

Suelto un sollozo.

—¿Te dijo que tenías un hermano?

—Si está fuera es una bestia —concluye a su manera.

Otra lágrima gruesa escapa de mi ojo sano, por llamar así al que todavía no está escondido tras la enorme hinchazón que palpita en mi rostro. ¿De verdad hiciste eso, Fabiola? ¿Estabas dispuesta a sacrificar la obra de tu vida para sanar a Lucas, mostrando al mundo a su medio hermano secreto para que fuera su donante? Por un momento siento gratitud hacia ella, incluso admiración. Pero pronto comprendo que esa jugada maestra, al igual que todos sus actos anteriores, tenía como único objetivo dejar patente que ella siempre había estado y seguía estando por encima de mi familia. Quería restregarle por la cara a mi madre que había sido ella quien apoyó y dio trabajo a Lucas cuando este cayó en desgracia, y que ahora volvía a ser ella quien iba a salvarle la vida. Y de paso le daría a mi padre la estocada definitiva, si es que aún queda algo de vida tras su mirada perdida. Si fuera cierto —como me ha contado Lucas— que mi padre sabía que el niño había nacido vivo y renegó de él para llevar una vida más cómoda alejado de su ex, puedo imaginar el shock que le supondría enterarse de que Fabiola, en lugar de haberlo dado en adopción, lo había arrojado a ese agujero desde su primer día de vida...

He dicho algo que me ha generado una idea fugaz. Uno de esos pensamientos que vienen y se marchan al instante. Vuelvo hacia atrás, frase a frase, hasta «el shock que le supondría enterarse».

Oh, Dios...

¿Ocurrió así, papá? ¿Te reveló Fabiola el martirio de tu hijo Vicente el día que la llamaste por teléfono para pedirle trabajo para Lucas? ¿Fue esa la causa del ataque?

Desde luego que sí...

Este caldo de maldad no podía estar mejor diseñado, una mezcla en perfecta proporción, como el enólogo francés le enseñó a hacer con los vinos. Te castigó privándote de tu hijo y volvió a castigarte devolviéndotelo treinta años después, envuelto en humedad y en la aterradora verdad. Fabiola estaba loca, sin duda, pero el combustible que la impulsaba no era una suerte de mandato divino fruto de sus trastornos mentales, aunque ella misma se convenciera de que era así, sino el odio que anidó en su corazón desde que mi padre la abandonó. Siempre había sido el odio. Hasta el punto de estar dispuesta a sacar a la luz lo que había hecho, con tal de dar otra vuelta de tuerca al potro de tortura de mis padres.

Las últimas piezas que faltaban por colocar en el puzle que he compuesto con Lucas en la sala de interrogatorios comienzan a encajar. Después de que mi hermano fuera a llorarle tras haber pasado por nuestra casa la mañana del día de la fiesta, Fabiola visitó al doctor Ochoa, quien le confirmó que un medio hermano sí que podría convertirse en donante. Sin esperar más, al terminar la inauguración bajó a este agujero para explicarle a Vicente lo que se disponía a hacer y, como primer paso, le abrió la puerta y también la mente sin contar con que lo primero que iba a hacer su hijo era lanzarse a ese mundo que le había sido vedado. Por mucho que lo había preparado a conciencia, él también era capaz de darlo todo, hasta la vida, por saber. Por saber qué había más allá. Por saber cómo eran las bestias.

De primeras golpeó a su madre para quitársela de encima, tal vez empujando con violencia los barrotes en cuanto ella giró la llave, o con el puño que me ha machacado a mí. Por eso Fabiola tenía una herida en la frente, aquel esparadrapo que cantaba como un anuncio luminoso sobre un poste, pero en el que nadie parecía reparar porque se trataba de la gran e intocable bodeguera. Ella misma pensaba tenerlo todo controlado, no podía imaginar que el hijo al que había cincelado día a día como a sus menhires iba a dejarla inconsciente a la primera oportunidad. Una vez en el exterior, Vicente sacrificó a Penélope tan solo porque vio la puerta de su habitación abierta; y después a Nuria Herce porque, habiéndose escondido en la Casa de las Ciencias por ser el sitio más próximo a la bodega que encontró tras horrorizarle el mundo exterior, la pobre camarera pasó por allí por algún motivo insignificante antes de marcharse a la montaña. Y de allí Vicente regresó a su celda, el único hogar que su cerebro consideraba seguro, donde volvió a encontrarse con su madre, que llevaba buscándolo por los alrededores desde que se le escapó.

Seguro que lo recibió con esa prepotencia suya, pensando que podía seguir manejándolo como a una marioneta sin voluntad; como hacía con mi hermano, con todos. Y, precisamente por eso, porque Vicente solo era capaz de circular como un esclavo por los carriles que su madre le había marcado, volvió a reproducir el martirio por tercera vez, ahora en las carnes de ella misma, pensando que estaba haciéndole el mejor regalo, brindándole la vía para alcanzar la luz.

De pronto, Vicente se levanta y se marcha.

¿Qué va a hacer? Trato de moverme, pero no puedo. Me desespero, lo intento de nuevo poniendo todo de mi parte, pero tengo mil agujas en la zona lumbar y un hormigueo en las piernas, que ya no parecen mías.

Al poco regresa con el trozo de botella rota que había tirado arriba.

Mierda.

Vuelve a sentarse en el suelo y acerca las uñas de vidrio a mi cuello... Al beso del ángel. Lo roza. Noto cómo una de las puntas penetra ligeramente en mi piel, pero aguanto el tipo sin mover un músculo ni soltarle un manotazo para que aparte la garra, sabiendo que, si hago eso, la apretará contra mi yugular y empezará a manar la sangre, como ocurrió con la de Penélope sobre la cama del hotel y con la de Nuria sobre el enlosado del antiguo matadero. Quizá mi destino es terminar vertiendo mi sangre entre las juntas de esta piedra fría para que broten flores, como ocurrió en la gruta donde masacraron el cuerpo del santo.

Suena un móvil.

Y no son las campanas de Fabiola.

No, no, no. Ahora va a ponerse nervioso...

Frunce el ceño.

No, no, no...

Es un tono de llamada sutil que implora atención desde la lejanía de mi bolsillo con el volumen casi al mínimo. Ahí está una cantante londinense que me encanta poniendo banda sonora al trágico final de la obra de teatro de mi vida —y es que una es dramática hasta la muerte, diría si con este juego de palabras no me estuviera pasando dos pueblos, pero es que estoy terriblemente angustiada y cuando estoy así se me ocurren estas cosas—. Me susurra que es capaz de cantar pero no de encontrarse a sí misma No me fastidies, si va a ser que había compuesto esa canción para mí, que voy a irme de este mundo sin haberme encontrado...

Quienquiera que esté llamando no se da por vencido. Sigue sonando, sonando, sonando. Me tenso, aunque debería dar gracias porque Vicente, lejos de alterarse, se ha convertido en un maniquí embelesado por la música.

He de descolgar. No sé qué voy a decir, pero antes de que se corte prefiero que sigan saliendo voces o cualquier otra cosa por ese micro, a ver si se prolonga el hechizo. Llevo la mano despacio al bolsillo del pantalón, mostrándole cada fotograma de la secuencia para que vea que no saco una pistola. Aunque tal vez le altere más el móvil que un revólver, ya que no tendrá ni idea de lo que es un arma. Lo extraigo despacísimo, contesto con un temeroso «sí» y escucho al otro lado un hilillo de voz:

—Camino...

—¿Mamá? —pregunto, mirando a los ojos a Vicente, que a su vez observa expectante cómo me dirijo a un pedazo de hierro que desprende luz.

—Hija... Lo siento.

—¿Qué ocurre? —le pregunto, como si aún en esta situación me sintiera responsable de ella, y me pongo a llorar al comprender la paradoja. No soy capaz de decirle que no voy a verla más, que no volverá a sacarme de quicio cuando me habla desde una habitación a otra.

—Papá ha dejado de respirar.

... De respirar, escucho un eco.

—¿Qué quieres decir con eso?

Ahora es ella la que llora. Las dos lo hacemos. Vicente no entiende qué está ocurriendo. Yo sí, poco a poco.

—Pues que se ha ido —logra confirmar mi madre entre gimoteos.

—No puede ser, papá...

—¿Dónde estás?

Vicente sigue taladrándome con sus ojos de pez abisal hecho a la oscuridad, sin comprender nada o quizá comprendiéndolo todo como el místico de la Antigüedad que da sentido a su vida.

—Con mi hermano —se me ocurre decir.

A lo que él reacciona con un grito brutal que rebota en las cuatro paredes de la celda, también en las de mi corazón, terminando de romperlo en mil pedazos.

Levanta la garra de vidrio sobre mí.

Todo va a terminar...

Es gracioso —de nuevo dramático, teatral cuando menos— que en este momento esté entrando en la bodega la inspectora Santolaya en un coche patrulla, seguida de otro vehículo policial que casi le golpea el parachoques trasero de tan rápido y tan pegados como vienen. Es gracioso que estén buscando la forma de llegar hasta donde yo estoy, enfilando el camino de los camiones y tractores que conduce a los almacenes. Era ella la que había telefoneado a Fabiola, volviendo a la carga una vez que recibió los resultados negativos de la prueba genética de Terry; era ella la que había hecho repicar las campanas del tono de llamada de la bodeguera y la que me había oído contestar justo antes de que Vicente me agarrase por el cuello; era ella la que había corrido como alma que lleva el diablo hacia el aparcamiento situado en los bajos de la comisaría —pegado a la celda provisional en la que Lucas sigue encerrado— mientras movilizaba a tres compañeros de la brigada para que la acompañaran, ahora que sabía que Fabiola estaba conmigo y que algo gordo debía de estar ocurriendo dado que había sido yo la que había contestado al teléfono. Pero lo más gracioso, lo más gracioso de todo, es que para cuando llegan corriendo a través de la trasera de bodegas 1521 hasta la casa del guardés, y la rodean y se introducen en la explanada de los menhires, para cuando eso ocurre ya han pasado cinco minutos desde que Vicente ha alzado las uñas de vidrio en mitad de su espantoso alarido.

Cinco larguísimos minutos.

Santolaya no lo sabe. Por eso sigue corriendo entre las piedras con forma de escultura neolítica hasta que se da de bruces con el cadáver de Fabiola. Aparta la cara y suelta un juramento, pero en lugar de perder tiempo lamentándose a los pies de una muerta, pone los suyos de nuevo a funcionar para buscar a una viva...

Ya han pasado seis minutos.

Ve la entrada al calado abierta en el cortado de la falda del cerro. Se introduce bajo la lánguida luz de las bombillas, respirando la humedad de la caverna. Avanza con el arma en la mano seguida de dos agentes igualmente pertrechados, habiéndose quedado el cuarto junto al cuerpo desollado. Llegan al fondo y toman la galería de la izquierda porque al final hay un resplandor diferente que proviene de un hueco abierto en la pared, el cementerio de botellas reconvertido en celda en la cual mi medio hermano, medio bestia, sentado en el suelo a mi lado, sigue observando el teléfono del que emerge la voz de mi madre.

La escucha llorar y sonarse los mocos y decirle cosas como que no me haga nada, que me quiere muchísimo y que a él también le querría, que de hecho ya lo quiere tan solo por tener la sangre de su marido, quien parece haberse ido para expiarse manteniéndome viva, y también evitando que a Vicente le peguen dos tiros. Todo eso le dice mi madre a este hombre de pelo largo y camisa de predicador mientras yo le contemplo con admiración, pensando en lo valiente que es, en cómo ha podido sobrevivir tanto tiempo en esta cueva. Yo, que consideraba mi ciudad un mundo tremendamente pequeño en el que no me podía mover, apenas respirar; yo, que me quejaba de que semejante paraíso era mi prisión...

—No le hagáis daño —ruego a Santolaya mientras le pone las esposas, a lo que él no se opone. Ni a eso ni a nada. Solo quiere seguir escuchando la voz de mi madre, que sigue amándole a través del teléfono.

Mientras observo cómo se lo llevan, le explico a la inspectora que me duele mucho la espalda y apenas puedo moverme. «Ya ha acabado todo», me tranquiliza. Y mi mente se vacía de pronto como un cubo de agua al que propinas una patada y cuyo contenido se extiende por un suelo del que no brota flor alguna.

# 56

Parece mentira cómo corre el tiempo y cómo pasamos página. Mientras la ciudad conmemora el quinto centenario del fin del asedio francés, se olvida de que hace doce meses estaba bajo el asedio de la bestia. En aquel momento nadie caminaba tranquilo. Ahora, mientras atravieso el Espolón tirando de Tonga —que sigue aferrándose a este mundo con una fuerza que para mí la quisiera—, he de abrirme paso entre los grupos de gente que ríe y vocea y se recoloca el pañuelo de fiestas. Mi madre cuenta que, cuando era joven, la población de Logroño eran cien mil almas y en la calle siempre había ciento diez mil, y es que siempre nos ha gustado echar el rato fuera.

De los balcones y farolas cuelgan banderas con el aspa roja. Compañías de actores enfundados en ropajes medievales recorren el centro entonando trovas de la época. En las conversaciones resuena el coraje, el inconformismo, la unidad... Valores que forjaron una defensa épica de la que no perdura mucha muralla, pero sí mucho orgullo entre el pueblo. Yo me quedo con otra palabra mágica que también se escucha: libertad. Tal y como me recomendó el tío Bugatti en la Cocina Económica, he decidido ser libre. Quiero parecerme aunque sea un poquito a él, desprenderme de tantas cadenas innecesarias que yo misma he venido enrollando a mi tobillo. Y para lograrlo acabo de hacer lo que mejor se me da: publicar una columna en el periódico.

Hace tiempo que quedaron atrás las que escribí durante la caza de mi medio hermano. Desde entonces está ingresado en un hospital psiquiátrico penitenciario. En España solo hay dos, por lo que para verlo hemos de conducir varios cientos de kilómetros... de ida, más otros tantos de vuelta. Pero es lo mínimo que podemos hacer. Solo nos tiene a nosotros y a veces duerme en una cama con cinchas para brazos y piernas, un refuerzo impermeable para los orines y una cámara de vigilancia en lo alto. Hablo en plural porque, cuando voy, mi madre me acompaña. De nuevo es la espadachina del cuadro, lanzándose conmigo a pecho descubierto adonde haga falta. Y a estas visitas, con más razón. Vicente es hijo de Claudio. Punto final.

Nadie sabe muy bien qué hacer con él. Todo es extremo. En su caso poco resuelven las leyes vigentes o las instituciones carcelarias. Le cortaron el pelo y le alimentan en condiciones, poco a poco su expresión va mutando hacia lo humano e incluso puede decirse que tiene esa guapura de la mezcla, con toques de padre y algún brochazo intenso de Fabiola, pero no puede maquillarse la muerte que dejó por el camino. Está siendo tratado por doctores de todas las disciplinas venidos de aquí y de allá. Se han visto pocos casos similares, o más bien pocos han salido a la luz de forma tan ruidosa. Estudian su comportamiento, su lenguaje, plasman en plantillas de colores la actividad de su corteza cerebral. Se preguntan si la dificultad para aprender algunas habilidades básicas, como la memoria espacial, o para establecer lazos afectivos se debe a un retraso de nacimiento o al confinamiento radical al que fue sometido... Como si hubiera alguna duda. Cada vez que vamos, el psiquiatra que está al cargo nos sienta en su despacho y nos da cuenta puntual de todo. Algunos informes afirman que Vicente heredó de Fabiola —a quien durante años medicó el doctor Ochoa— la predisposición a los brotes psicóticos, que en su caso se vieron agravados por sus circunstancias. Quién sabe si llegó a creerse una reencarnación del santo o si recibió de él un mandato de ejemplarizar. Lo único cierto es que no está siendo fácil esta segunda vida que le ha tocado en suerte, otro martirio que confío termine algún día y le conduzca a un lugar mejor en el que estaremos esperándole.

De momento, voy a acercarme un poco más a él. Mañana me mudo a Madrid. Un amigo me dijo una vez: hasta que no estés bien en Logroño, no te podrás ir de Logroño. Ahora por fin estoy bien y ha llegado el momento de rematar la cuenta pendiente que tengo fuera. Trabajaré lejos una temporada —después de lo ocurrido, por suerte o por desgracia, ofertas no me faltan— y cuando me haya encontrado a mí misma por ahí ya decidiré si regreso a mi pequeña gran ciudad de provincias. No empujada por las circunstancias, sino porque lo deseo de verdad. En realidad, ya deseo un poco desearlo.

La columna que acabo de enviar no habla de Vicente, sino de aquella mujer que encontraron caminando desnuda por la calle la mañana antes de lo ocurrido en la bodega, sobre la que ya escribí un artículo que no llegaron a publicarme. Había tocado fondo en su relación, tenía un marido que la había trastornado hasta tal punto que necesitó arrancarse todas las capas superficiales —de ropa, de contención— para convencerse de que en lo más profundo seguía siendo ella misma. Yo también he terminado de desnudarme ante todos para abandonar una época de luces y sombras... Con muchas sombras y poca luz, siempre artificial, pero una época que termina con este puñado de líneas en las que he hablado de frustración, de ambición, de conflictos... y también de aceptarme, de abrazarme, de quererme. Por fin puedo mirarme en el espejo del recibidor. Incluso sería capaz de plantarme frente al cubo de Bodegas 1521 y contemplarme, a mí y a mi entorno, sin miedo a no ver nada reflejado.

Lo primero que he hecho tras enviar el texto al periódico ha sido ir a casa de Marcos, hacer el amor con él y sacar a la perrita mientras él va y vuelve a Nájera con la bici. Madre mía, qué afición. Está más atractivo que nunca, con la barba recién arreglada en esa peluquería que parece un estudio de tatuajes. Al poco de detener a Vicente lo sacaron del hospital, aunque la mayor alegría fue enterarnos de que no iban a quedarle secuelas. Volvió al servicio, a hacer vida normal... y me apunté a eso. A la vida normal. Hemos pasado unos meses bonitos, compartidos desde la serenidad y el anhelo de ir creciendo juntos poco a poco. Ha sido él quien, lejos de retenerme, me ha animado a dar el paso de marcharme, precisamente porque ahora estamos bien. Es su forma de decirme que me quiere tal y como soy, y antes de nada yo misma he de descubrir cómo soy. A veces hasta me entran ganas de ponerme un culote y darle al pedal con él montaña arriba... Bueno, no tanto.

Bajo por Capitán Gallarza dejando a la izquierda los mil y un bares de la calle Laurel inundados de risas y alguna que otra jota, rodeo el mercado de abastos San Blas y sigo hacia la no menos abarrotada calle San Juan, de la que también llegan brindis y un muestrario de olores que me reclaman como un hipnotizador. Si es que me apetece todo: champis, zapatillas de jamón, hamburguesitas de Kobe, bocatitas de bacalao desmigado con guindilla, pimientos rellenos, oreja... En los últimos meses he cogido un par de kilos y ni tan mal.

Justo antes de meterme en el lío, llego a La Vinoteca. Así es como se llamará el nuevo negocio de Lucas.

Otro reto, se le ve feliz. Tras pasar unas semanas en el hospital lo mandaron para casa con la pegatina de todo en orden, pero ha tenido una larga convalecencia. Como cualquier trasplantado, tenía que lavarse las manos treinta veces al día y estar atento a una simple tos; yo misma como donante tuve que tener cuidado al principio, aunque en todo momento me sentí como si no hubiera pasado por el quirófano más que de visita. Pero en cuanto cruzó la meta de los seis meses, dijo que no aguantaba un día más parado —como si lo hubiera estado—, se puso a darle a la cabeza y hace dos semanas ha empezado las obras.

Ha cogido en arrendamiento el local de una antigua tienda de vinos, de aquellas que tenían grandes depósitos de cemento en el almacén trasero y servían con grifo allí mismo o dispensaban en garrafas para llevar, y quiere convertirla en un rincón acogedor mitad salón de casa, mitad museo de arte moderno, con las botellas repartidas en expositores dispares y un par de mesas para hacer catas y probar por copas allí mismo. Pasamos las noches buscando en internet objetos curiosos relacionados con la enología. El otro día, aprovechando la jugada, compré un estuche con veinticuatro frasquitos de esencias para aprender a distinguir los aromas del vino que regalé a Mariela por su cumpleaños y no veas lo que le gustó, sobre todo porque es algo a lo que podemos jugar juntas. Bajamos sin móviles a media tarde al cuarto del sótano, empezamos a oler la pimienta, la grosella, el jazmín... y nos dio la hora de cenar sin enterarnos.

Mi madre también está feliz de ver a Lucas de nuevo en acción y le hace la visita diaria. De hecho, estará a punto de aparecer por aquí. Por un lado le acompaña en estos meses posteriores a la intervención quirúrgica, temerosa de que se haya puesto a funcionar demasiado pronto —aunque es ahora, desde que se ha enchufado a su nuevo sueño, cuando a su hijo le está cambiando la cara de verdad—; y disfruta quedándose de pie en una esquina, toda compuesta, collares incluidos aunque sea entre semana, para charlar con los obreros. El caso es no callar, parece que necesitase recuperar el tiempo perdido, soltando a cada momento frases de mi padre, como que lo difícil no es reconocer un vino bueno que cueste treinta euros, sino uno de quince que parezca que vale el doble.

—Buenos días —me saluda Lucas todo educado desde el fondo del local, mientras atiende a una aparejadora joven que le observa de esa forma en que suelen mirarle.

Cuando se despiden, se acerca a mí y me enseña una chapa que le ha regalado la chica. Si te digo yo... Lleva impresas unas palabras del médico persa Avicena: «El vino empuja al estúpido hacia las tinieblas y guía al sabio hacia Dios».

—Recuerdo el sorbo de la copa de Penélope que me envió a las tinieblas. Está claro que era muy estúpida.

—Como te pasas, hermana.

—Es que es verdad.

—Bueno sí, es verdad. ¿Qué tal la perrita?

—Llevamos meses diciendo que fatal, pero nos va a enterrar a todos, ¿a que sí, Tonga? ¿A que nos vas a enterrar?

Me agacho a hacerle una carantoña. Ella babea y me roza la pierna. Vaya malos ratos que pasamos cuando hirieron a su amo, aún se me ponen los pelos de punta cuando lo pienso. Dicen que somos un setenta por ciento agua y el resto recuerdos, algunos no tan buenos. Siendo de esta ciudad, también tendremos un pequeño porcentaje de vino, lo cual confío que me ayude a olvidar los peores momentos; o, al menos a dejar que den vueltas alrededor de mi cabeza sin hacerles ni caso.

Hablando de bregar con pasados de mierda...

—Tengo algo para ti —le anuncio.

Pronto se da cuenta de que el asunto es serio. Se dispone a apagar la música, pero le pido que la deje. Nuestro grupo favorito, en un guiño macabro a la pulsera que se le cayó en la noche de la fiesta, canta sobre un ave que despliega sus grandes alas. Lucas recoge las suyas y se cruza de brazos, poniéndose a la defensiva.

—Dime.

—No es nada malo. Al menos ha dejado de serlo.

Saco del bolso una carpeta, que le entrego. La abre al tiempo que también despliega al máximo sus ojos azules. Contiene un folio impreso por las dos caras que hace tiempo que no veía, pero del que no ha dejado de acordarse ni un minuto en estos últimos años. Se trata del documento con el que mi padre avaló sin saberlo el préstamo leonino de Darío, que en cualquier momento podría dejar a mi madre en la calle.

—¿Es el original? —pregunta, sin terminar de creérselo.

—Ya ves que sí.

Pasa la yema de sus dedos por la firma estampada al final.

—¿Cómo lo has conseguido?

—He quedado con él y se lo he pedido.

—¿Y te lo ha dado sin más?

Me encojo de hombros.

Darío aún está pendiente de juicio por la agresión a Marcos en la oficina de Sotocont. Va pasando el tiempo, pero el juzgado se lo está tomando con calma debido no solo a los abogados que intervienen —Santos Valdemar no quiso hacerse cargo—, sino a que los investigadores y peritos siguen dejándose la piel para trazar con exactitud milimétrica todas las conexiones entre los hechos y las personas implicadas. Parece claro que Darío no podrá ser acusado de colaboración en la muerte de Penélope por haber dejado abierta la puerta de su habitación por la que se coló Vicente, habida cuenta de que no llegó a consumar la agresión que había urdido y desconocía lo que iba a ocurrir después. Pero, en su situación, lo que menos le interesa es que saque a la luz las fotos que encontré en su ordenador. Nadie tiene constancia de su existencia, ni tan siquiera Marcos, ya que cuando intenté enviárselas por WhatsApp desde aquel antro no llegaron a salir por falta de cobertura, y al poco hizo aparición en persona y todo se precipitó hacia el abismo dejando ese fleco colgando.

—Y te entregó el documento a cambio de las fotos...

—Le dije que las eliminaría.

—¿Y te creyó?

—Tiene mi palabra, no le queda otra cosa. Aunque tal vez sea mejor que no me haya creído y piense que guardo copias, por si en algún momento se le pasa por la cabeza hacer algo parecido.

—Eres increíble...

—*Nah.*

—Le devolveré hasta el último euro, una cosa no quita la otra.

—No quiere nada, Lucas. Solo olvidarse. Sabía en lo que se metía cuando te prestó el dinero. Piensa en lo mal que estabas tú en esa época y en los intereses brutales que te fijó.

—¿Y no te importa dejarle impune? —insiste, tal vez porque su inconsciente se resiste a considerarse la víctima.

Aprieto los labios y me tomo un tiempo.

—La verdadera bestia es Darío, no nuestro medio hermano, y de una forma u otra va a pagar por ello. Pero nunca le caería una condena añadida por esas fotos, por sucias que sean. Él está agobiadísimo con el tema, pero si ya en las originales no se veía quién era la chica porque tenía la cara tapada y eran bastante oscuras, de hecho ni tan siquiera se podía probar que fuera la misma habitación ni el mismo colchón, imagina lo que podía adivinarse en las que disparé a la pantalla del ordenador con el móvil y la mano temblorosa... Nada. Y te aseguro que me encantaría hacerle pagar aunque solo fuera un día o una hora de cárcel por cómo trataba a Penélope, o cuando menos por haberse prestado a ese juego con ella a sabiendas de que no estaba bien, pero creo que sacando las fotos a la luz solo removeríamos el asunto hasta la saciedad para no conseguir otra cosa que enturbiar la memoria de esa dulzura de poeta.

Mi hermano respira hondo.

—No sé, tengo la sensación de que me estoy aprovechando de ella.

—Es Darío el que se ha aprovechado de todo el mundo hasta que le hemos parado los pies.

Lucas echa un último vistazo al folio y lo rompe despacio, consciente de cada pedazo resultante, como quien rasga una vida anterior a la que no quiere regresar jamás. Arroja los papeles —y esa vida— a una caja de cartón que tiene en una esquina a modo de papelera, sonríe con esa luz que desprende y sube la música.

Abandono el local emocionada. No me doy la vuelta, sé que Lucas también estará derramando una lagrimilla al verme marchar. Pero aún me queda una visita pendiente antes hacer la maleta.

En unos quince minutos llego andando a casa de Bugatti. Él no es de fiestas, estará haciendo lo mismo que cualquier otro día. Cuando abre la puerta de su chalecito, se le ilumina la cara. Me encanta que, aunque hayamos estado juntos el día anterior, cada vez que nos vemos parezca que es la primera después de un largo tiempo.

—Buenos días, sobrina.

—¿Has comido ya?

—Ya sabes que sigo horarios europeos. ¿Qué tal está la Conchita?

—En un rato se pasará por el local de Lucas. Si te quieres acercar para verlos, ya sabes dónde los tienes.

—Me da pereza moverme. Además, se me hace raro un San Bernabé sin tu padre sirviendo el pez y el vino en el Revellín.

—¿Te acuerdas mucho de él?

Sonríe y me dedica uno de sus silencios.

Me conduce al jardín trasero, donde estaba leyendo al raso. Tonga empieza a dar vueltas, olisqueando las patas de las sillas plegables, los tiestos, el tronco de los ciruelos. Hace un día ideal de junio, con apenas algunas nubes en lo alto. Le pido que me agarre bajo las axilas y me levante hacia ellas, como hacía cuando yo era niña. Primero se niega, pero luego no se resiste a amagarlo en plan de broma; y, ya que me tiene tan cerca, me abraza. Por encima de su hombro poderoso observo cómo se balancea la hamaca de cuerda. Sobre ella ha dejado un libro abierto cuyas hojas empiezan a pasar solas, movidas por la brisa. Después no sabrá por dónde iba, pero seguro que no le importa.

—Soy libre —le digo.

—Pues eso es todo.

Y me abraza más fuerte.

# Agradecimientos

Cuando escribí los agradecimientos de *A merced de un dios salvaje* comencé diciendo que tanto las localizaciones como algunos organismos o asociaciones que aparecían en la novela eran reales, pero lo que ocurríe en ellos y las personas que los representaban eran pura ficción... afortunadamente, dadas las cosas tan tremendas que pasaban. En este caso ocurre lo mismo. Prometí escribir otra novela ambientada en La Rioja y aquí la tenéis, saltando del mágico universo rural a esta maravillosa capital de provincias que es Logroño. Gracias a quienes hacéis crecer esta tierra cada día. Que nadie se dé por aludido... ni por desollado.

Gracias con mayúsculas a mi impresionante editora, Miryam Galaz —qué gusto y qué lujo trabajar contigo—, y al resto del equipo de Espasa y del Grupo Planeta, por luchar a mi lado. Y siempre a mi agente, Montse Yáñez, juntos desde el primer día. ¡Sigamos soñando!

A todos los miembros de la Asociación de Bodegas de Logroño, por compartir un mismo propósito: promocionar la cultura del vino y seguir impulsando a la capital riojana como destino enoturístico de primer nivel internacional. Y, cómo no, a las demás bodegas de mi tierra y amigos del Consejo Regulador DOCa Rioja que me habéis apoyado desde el primer día, creyendo en la fuerza de las palabras.

A mi hermano Miguel, por tu valiente y bendito sopapo a tiempo —amén de enseñarme a destripar un ordenador a distancia—; a Cristina y a mi madre, por haber vuelto a emplearos a fondo para hacer crecer el manuscrito; y, siguiendo con la familia, a mis sobrinas Laura y María, por asesorarme sobre lo que siente una niña el día de su comunión.

A Toño del Río, por tus explicaciones, con esa atención al detalle y esa emoción que vuelcas en todo, sobre cómo vivís el periodismo en el gran periódico *La Rioja* del que formo parte como responsable del Aula de Cultura —una parte pequeñita, pero que me hace muy feliz desde hace más de una década—. Gracias al director y también amigo José Luis Prusén, y a todos los compañeros del equipo de redacción y reporteros gráficos, que me tratáis tan maravillosamente bien desde que empecé a publicar. En concreto a Jorge Alacid, porque te he birlado unas frases de un artículo sobre las malas noticias; a Marcelino Izquierdo, defensor a espada de la historia de esta tierra; y a Alberto Gil y tu portal «Lo mejor del vino de Rioja», de cuyo boletín on+ aprendo cada día.

Al inspector de la Policía Judicial Luis Manso, por tus detalladísimas explicaciones de buen docente sobre un mundo mucho más complejo que el que nos muestran las películas. Gracias asimismo a los responsables de la Jefatura Superior de Policía de Logroño, por vuestra amabilidad y confianza. Cualquier error que haya podido cometer al trasladar al papel vuestra labor —así como en otros temas sobre los que he pedido ayuda experta— se deberá únicamente a mi falta de pericia, nunca a vuestro asesoramiento, que ha sido oro puro.

A Roberto Rodríguez, por tus concienzudas explicaciones sobre la magia de la enología. Y a Manu Ruiz, también fantástico enólogo, por esos inspiradores brochazos de romanticismo con los que pintas tu día a día, y por conducirme a Joseba Ibáñez, quien tiene en Villabuena la obra que ha inspirado el campo de menhires de Fabiola. El vino es cultura, y no solo el caldo que hay dentro de la botella, sino también la arquitectura de las bodegas y las propias viñas y su entorno, que dan forma a un paisaje único.

En cuanto a la poesía que tan bien marida con el vino y que está presente en estas páginas, gracias a Loreto Sesma por el verso que pongo en boca de Penélope, solo uno entre tantas bellas líneas tuyas que podría haber escogido; a Amado Nervo, por la sombra que traga la eternidad; y a Ecequiel Barricart, por el poema extraído de *Oscuro motel*, mi tema preferido de nuestro segundo disco de Catorce de septiembre.

A José Ignacio López, a Javier Porres y al resto de amigos de la Cocina Económica, por vuestra inspiradora entrega y por haber creado un escenario ideal para algunos capítulos.

A Maricruz Ruiz y a todas las mujeres de Afammer, por dejar que me apropie de vuestra bendita asociación y reinvente algunos detalles de vuestra historia para la trama.

A Javier Gracia y a los demás cofrades de la Cofradía del Vino, por vuestro empeño e ilusión, y por prestarme vuestra sede para que mis personajes dancen por ella a su antojo.

A Jorge González Fernández, referencia internacional en medicina forense, por seguir ayudándome a matar con conocimiento de causa; a Icíar Aisa, por aguantar con tu facultativa paciencia mis interrogatorios sobre diagnósticos psicológicos y psiquiátricos; a Toni Espila, por tu infatigable búsqueda de enfermedades imposibles; y a mi prima Ana Pascual, siempre cae alguna preguntita de última hora, ¿verdad?

A Javier Aguirre, por tus lecturas, qué generoso eres siempre, y por refrescarme los procedimientos jurídicos que van perdiéndose en mi memoria de antiguo abogado. A Emilio Reina, por los buenos recuerdos de Montesoria. A Jesús Arnedo, por los secretos mejor guardados del funcionamiento de los hoteles. A Ángel Martín, por tu historia del armario lleno de libros.

A Marian Bueno, por la forma de guardar tus contactos en el teléfono, menudo lujo para el personaje de Camino; me encanta mi apodo, por cierto.

En esta novela apenas se menciona el Museo Vivanco de la Cultura del Vino, que se convirtió en uno de los escenarios de la anterior, pero a modo de homenaje, por el cariño que Santi Vivanco y familia le habéis dedicado a ese puñado de páginas, os he birlado un par de platos de la carta de vuestro restaurante para la inauguración del ficticio Los Estorninos.

A lo largo del texto encontraréis citas del *Decamerón* de Boccaccio con relación a la peste negra. También del estudio publicado en Paraula-Iglesia de Valencia sobre los manuscritos de San Vicente Mártir. Los tres votos del budismo están explicados mejor que en ningún otro sitio en los libros de Pema Chödron. También me he servido del trabajo de investigación de Lucas de la Cal sobre el mundo de las drogas de sumisión química publicado en *El Mundo* cuando esta plaga se dio a conocer. Y de muchos otros reportajes, libros, conferencias o conversaciones con tanta gente fascinante que tengo la fortuna de que os hayáis cruzado en mi vida y a los que, aunque no os mencione aquí, os debo un gracias de corazón por hacerme crecer cada día.

Los Héroes del Silencio suenan fuerte —cada uno tiene sus debilidades—; y Dido ha vuelto a poner banda sonora a algún capítulo, esta vez con *Take You Home*. Veremos si, de la mano de tu melodía, mi protagonista y todos los lectores son capaces de encontrarse y brillar juntos.